PREDADORES Y PRESAS

AYANA GRAY

PREDADORES Y PRESAS

Obra editada en colaboración con Editorial Planeta – España

Título original: *Beast of Prey*

Publicado mediante acuerdo con G. P. Putnam's Sons, un sello de Penguin Young Readers Group, una división de Penguin Random House LLC.

Diseño de portada: Theresa Evangelista y Mike Heath

Bajo el sello editorial CROSSBOOKS M.R.
Avenida Presidente Masarik núm. 111,
Piso 2, Polanco V Sección, Miguel Hidalgo
C.P. 11560, Ciudad de México
www.planetadelibros.com.mx

Primera edición impresa en España: septiembre de 2022
ISBN: 978-84-08-26049-3

Primera edición en esta presentación: abril de 2023
ISBN: 978-607-07-9951-8

Impreso en los talleres de Bertelsmann Printing Group USA
25 Jack Enders Boulevard, Berryville, Virginia 22611, USA.
Impreso en U.S.A - *Printed in U.S.A*

Dedicado a las raíces del árbol del que brotó una flor

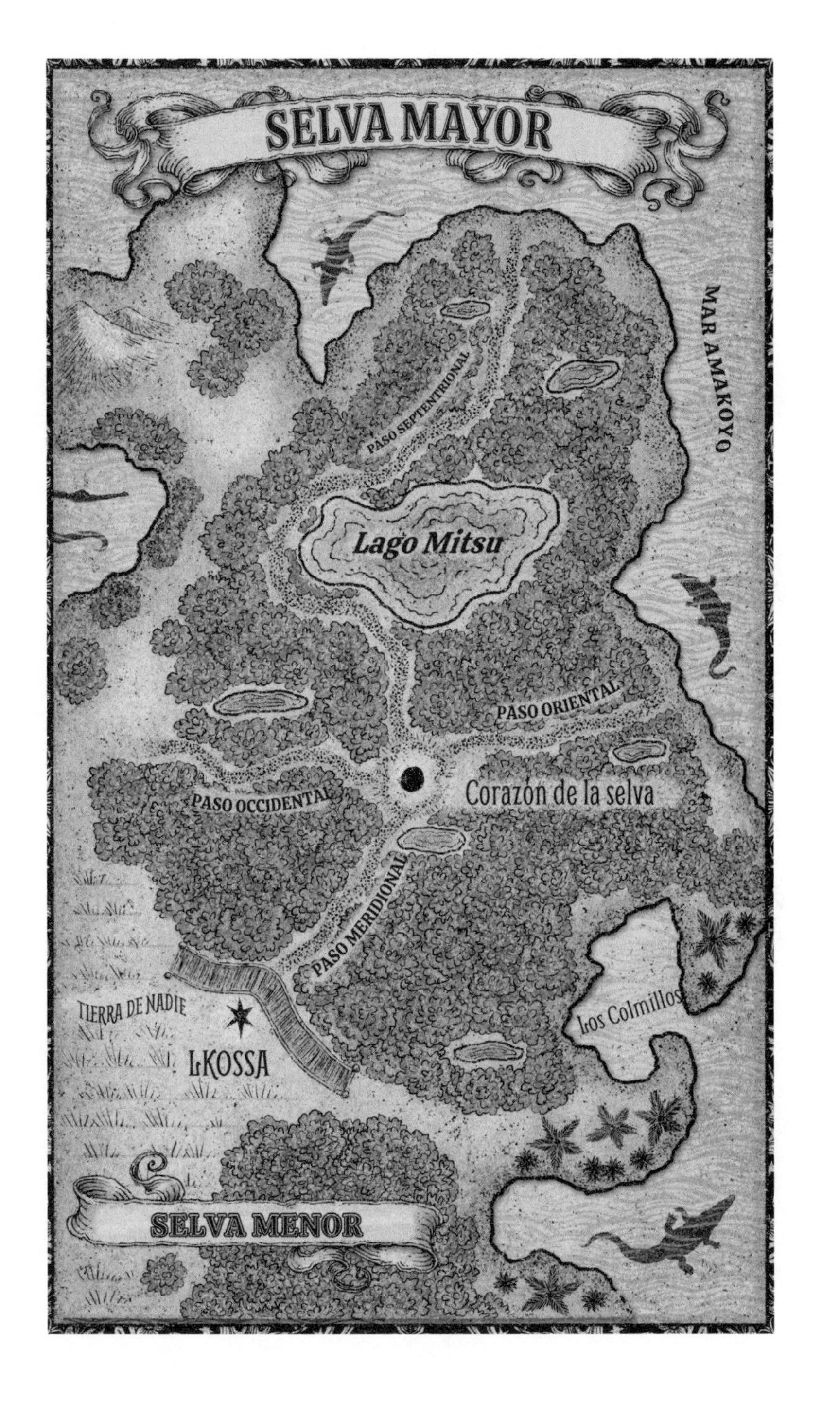
SELVA MAYOR
MAR AMAKOYO
PASO SEPTENTRIONAL
Lago Mitsu
PASO ORIENTAL
PASO OCCIDENTAL
Corazón de la selva
PASO MERIDIONAL
TIERRA DE NADIE
Los Colmillos
LKOSSA
SELVA MENOR

La fruta prohibida

Adiah

Baba dice que después de la medianoche solo pasan cosas malas, pero yo sé que no es verdad.

Contengo el aliento y luego me siento aliviada al comprobar que la puerta principal no rechina cuando la empujo un poquitín, y me deleito en la sensación de la brisa nocturna en la piel. A esta hora emana un aroma distinto, una mezcla intensa de olor a tormenta y a pino. Miro por encima del hombro. Mis padres duermen profundamente en la habitación contigua; los ronquidos de Mama son suaves; los de Baba, estrepitosos. Me resulta fácil imaginarlos, dos cuerpos oscuros acurrucados juntos bajo una sábana desnuda, ambos agotados tras un día de duro trabajo en los campos. No quiero despertarlos. Puede que en la placidez de sus sueños su hija sea distinta, una niña responsable y no una que se escapa. A veces me gustaría ser esa niña responsable. Vacilo un momento antes de dejarme abrazar por la noche.

Fuera sopla un aire templado y los turbulentos nubarrones grises anuncian la estación de los monzones, pero Lkossa todavía es una ciudad bañada en plateada luz de luna, más que suficiente para mí. Serpenteo por las calles desiertas, corriendo como una flecha entre las titilantes luces de los faroles, y ruego al cielo no cruzarme con algún Hijo de los Seis, que siempre están patrullando a esta hora. No creo que tenga problemas si los sacros guerreros de la ciudad me sorprenden, pero me obligarían a dar media vuelta, eso seguro, y no quiero hacerlo. Rara vez puedo disfrutar del placer de recorrer estas calles sin oír los susurros que se levantan a mi paso, y hay otra razón por la que no quiero volver a casa todavía: Dakari me está esperando.

Mientras avanzo hacia el norte, me fijo en los banderines de tela que engalanan buena parte de la ciudad, trenzados en cuerdas de color verde, azul y oro: verde por la tierra, azul por el mar y oro por los dioses. Algunos cuelgan lacios de los tendederos, tan finos y desgastados que parecen hilo; otros están clavados con torpeza a las puertas de modestas casas de adobe no muy distintas a la mía. El resultado es conmovedor. Dentro de pocas horas, cuando claree un nuevo día, la gente de la ciudad se reunirá para celebrar el Vínculo, un día sagrado en el que festejamos nuestra conexión con los dioses de estas tierras. Los vendedores ambulantes ofrecerán amuletos para los creyentes y repartirán entre los niños saquitos de arroz para lanzar. El Kuhani, recién nombrado, otorgará bendiciones desde el templo y los músicos inundarán las calles con su discordante sinfonía. Conociendo a Mama, seguro que prepara camotes asados rociados con miel y canela, como hace siempre en las ocasiones especiales. Seguro que Baba la sorprenderá con un pequeño obsequio que le tiene reservado para ese día; ella le dirá que no debería haberse molestado. No hago caso del leve ahogo que noto en el pecho al pensar en Tao, y me pregunto si pasará por nuestra casa como hace normalmente los días de fiesta. No tengo claro que lo haga esta vez; Tao y yo no hablamos mucho últimamente.

La ciudad se oscurece cuando llego al límite, un claro de tierra de pocos metros de anchura que separa Lkossa de los primeros pinos negros en el límite de la Selva Mayor. Parecen observar mi avance con su mirada inmemorial, tan impasibles como la diosa que, según cuentan, vive entre ellos. No todo el mundo se atrevería a aventurarse en esta zona (algunos piensan que la selva no es segura), pero a mí me da igual. Escudriño la extensión con ilusión. Cuando comprendo que estoy sola, tengo que tragarme un fugaz sentimiento de decepción. Dakari me dijo que me reuniera con él en este lugar exacto justo después de la medianoche, pero no está. Puede que llegue tarde, tal vez haya decidido no...

—Ave Cantora.

El corazón me aletea en el pecho al oír ese apodo que conozco bien, y un leve rubor me calienta la piel a pesar del frío nocturno cuando una figura se despega de un pino cercano hacia una zona más iluminada.

Es Dakari.

Me cuesta distinguir sus rasgos en plena noche, pero relleno los huecos fácilmente con la imaginación. La mitad de su cara está bañada de luz de luna que destaca el corte abrupto de su mandíbula y la suave inclinación de sus anchos hombros. Es más alto que yo y tiene la constitución delgada de un corredor. Su piel oscura y dorada es varios tonos más clara que la mía, y lleva el pelo, negro como el carbón, recién rapado con un degradado en la zona inferior. Parece un dios y, a juzgar por la sonrisa arrogante que me dedica, lo sabe.

Recorre de cuatro zancadas decididas la distancia que nos separa, y el aire que me rodea se impregna de su aroma al momento: acero, tierra y cuero de su puesto de aprendiz en las fraguas del distrito de Kughushi. Me mira de arriba abajo, con admiración.

—Has venido.

—Pues claro. —Me obligo a hablar en tono despreocupado—. Quedamos justo después de medianoche, ¿no?

—Exacto. —Su risa es grave, casi musical—. Bueno, ¿estás lista para la sorpresa?

—¿Que si estoy lista? —Mi risa es un eco de la suya—. Llevo todo el día esperando este momento. Será mejor que valga la pena.

—Uf, ya lo creo. —De súbito, adopta una expresión más seria—. Ahora bien, tienes que prometerme que guardarás el secreto. Nunca se lo he enseñado a nadie.

Eso me sorprende. Al fin y al cabo, Dakari es atractivo y admirado; tiene montones de amigos. Montones de amigas, más bien.

—¿Me estás diciendo que nunca se lo has enseñado a nadie en absoluto?

—No —me contesta en voz baja—. Lo considero algo muy especial y... supongo que nunca he confiado tanto en nadie como para compartirlo.

Enderezo la espalda con la intención de parecer madura; una chica en la que se puede confiar.

—No se lo diré a nadie —susurro—. Te lo prometo.

—Bien. —Dakari me dedica un guiño y hace un gesto que abarca todo el entorno—. En ese caso, sin más preámbulos, ¡aquí lo tienes!

Espero un momento antes de fruncir el ceño, desconcertada. Dakari ha extendido los brazos como si estuviera a punto de emprender el vuelo, con una expresión de pura alegría en la cara. Está claro que le gusta lo que sea que está viendo, pero yo no veo nada de nada.

—Hum... —Al cabo de un ratito que se me hace muy largo, rompo el silencio—. Perdona, ¿debería estar viendo algo?

Dakari me mira un momento con los ojos resplandecientes de la emoción.

—¿Me estás diciendo que no lo notas? ¿El esplendor?

Tan pronto como las palabras salen de sus labios, percibo una vibración en lo más profundo de mi ser. Es como el primer punteo de una cuerda de kora y reverbera por todo mi cuerpo. Y entonces lo entiendo, ya lo creo que sí. Los extranjeros lo llaman «magia»; mi pueblo se refiere a ello como «el esplendor». No lo veo, pero lo siento, a raudales, desplazándose al ras de la tierra como las ondas de un estanque. Hay mucho más aquí de lo que he notado practicando con los otros darajas en las pistas del templo.

—¿Por qué...? —No me atrevo ni a moverme, por miedo a perturbar esta extraña maravilla, sea cual sea—. ¿Por qué hay tanto aquí?

—Es un fenómeno natural poco frecuente. Sucede una vez cada cien años. —Dakari tiene los ojos cerrados como si estuviera saboreando una fruta prohibida—. Por eso el Día del Vínculo es tan especial, Ave Cantora.

Miro a un lado y a otro estupefacta.

—Pensaba que el Vínculo era simbólico, un día de culto a...

Dakari niega con la cabeza.

—Es mucho más que una festividad simbólica. Dentro de pocas horas, una cantidad de esplendor inconmensurable ascenderá hacia la superficie de la tierra. La energía será gloriosa de contemplar, aunque dudo que la mayoría de la gente sea capaz de percibirla como lo haces tú. —Me mira de reojo con una expresión de complicidad—. Al fin y al cabo, pocos darajas tienen un talento comparable al tuyo.

Algo agradable se me revuelve dentro al oír el cumplido. Dakari no es como el resto de los habitantes de Lkossa. No me tiene miedo, ni a lo que puedo hacer. No se siente intimidado por mis poderes.

—Cierra los ojos. —Las palabras no son tanto una orden, sino una invitación cuando las pronuncia Dakari—. Adelante, prueba.

Obedezco y cierro los ojos. Agito los dedos de los pies descalzos y el esplendor responde como si hubiera estado esperando mi indicación. Me hace cosquillas cuando fluye a través de mí y me inunda como té de cyclopia muy cargado, vertido en porcelana negra. Es divino.

—Ave Cantora. —En mi nueva oscuridad, casi no oigo la voz de Dakari, pero percibo la emoción que contiene, el ansia—. Abre los ojos.

Lo hago y pierdo el aliento.

Partículas concentradas de esplendor flotan alrededor, brillantes como diamantes pulverizados. Noto un millón de latidos de su minúsculo pulso en el aire y, tan pronto como su palpitar colectivo encuentra el mío, percibo también una conexión palpable con ellos. La tierra roja se desplaza a mis pies cuando más partículas se elevan desde el suelo, ascienden bailando por mis extremidades y me impregnan hasta los huesos. Una corriente de energía me recorre de arriba abajo, embriagadora. Al momento, ansío más. Algo me hace cosquillas en la oreja. Dakari. No me había dado cuenta de que se ha acercado. Cuando se inclina y me apoya una mano en la espalda, a la altura de la cintura, apenas puedo contener un estremecimiento.

—Imagina lo que podrías hacer con esto. —Los dedos que entrelaza con los míos son cálidos; sus labios, suaves contra mi mejilla. Pienso en ellos, tan cerca de mi boca, y ya no soy capaz de respirar—. Imagina lo que podrías mostrar a la gente con semejante poder. Podrías demostrarle al mundo entero que el esplendor no es peligroso, solo algo que no entienden. Podrías demostrar que se equivocan acerca de todo, acerca de ti.

«Podrías demostrar que se equivocan». Trago saliva al recordarlo. Las imágenes acuden a borbotones: los hermanos del templo y sus regaños, los niños que salen corriendo cuando me ven, los ancianos que chismorrean. Pienso en Mama y Baba en su cama, durmiendo como troncos. Mis padres me quieren, ya lo sé, pero hasta ellos intercambian susurros cuando piensan que no los oigo. Todo el mundo me teme, a mí y lo que soy capaz de hacer, pero Dakari... Él no tiene miedo. Ha creído en mí desde el principio. Fue la primera persona que me vio tal como soy. A sus ojos, no soy una niña que debe ser castigada, sino una mujer que merece ser respetada. Me entiende, me capta, me ama.

Y yo lo amo a él.

El esplendor que tenemos delante adopta ahora una forma más definida. Es una inmensa columna de luz de color oro blanco que parece alargarse hacia un reino situado más allá del cielo. Emite un zumbido grave. Podría tocarla si alargara la mano. Me dispongo a hacerlo cuando...

—¡Adiah!

Una voz distinta quiebra la paz —una rebosante de miedo— y arranco la mirada del esplendor. La mano de Dakari se crispa alrededor de la mía, pero yo la retiro y escudriño el claro hasta que veo a un chico delgaducho enfundado en una túnica manchada de tierra. Sus cortas trenzas están revueltas, como si acabara de salir de la cama, y se ha parado a pocos metros de distancia, con la ciudad a la espalda y las manos apoyadas en las rodillas para recuperar el aliento después de una carrera. No lo he visto llegar y no sé cuánto rato lleva aquí. Me mira con los ojos como platos, horrorizado. Me conoce y yo lo conozco a él.

Es Tao.

—Adiah. —Mi mejor amigo no me llama Ave Cantora; utiliza mi verdadero nombre. Habla con voz ronca, desesperada—. Por favor, no lo toques. Es... es peligroso.

Tao también me ama, y de alguna manera yo lo amo a él. Es listo, divertido y bueno. Ha sido como un hermano durante toda mi vida. Odio hacerle daño. Odio que no nos hablemos últimamente.

—Yo... —Tengo un nudo en la garganta, y las palabras de Tao resuenan en el espacio que nos separa. «Peligroso». No quiere que toque el esplendor porque piensa que es peligroso. Piensa que yo soy peligrosa, igual que todos los demás. Él no lo entiende, no lo capta. Dakari no ha dicho nada, pero ahora su voz inunda mi cabeza.

—«Podrías demostrar que se equivocan».

Tiene razón. Puedo hacerlo y lo haré.

—Lo siento.

Aunque las palabras salen de mis labios, el súbito rugido del esplendor las ahoga. La columna se ha vuelto más grande y estrepitosa; se traga la respuesta de Tao. La luz que desprende le ilumina la cara, las lágrimas en las mejillas, y yo intento aplacar ese mismo dolor en mi pecho. Mi amigo sabe que acabo de hacer una elección. Es posible que ahora no importe, pero espero que algún día me perdone.

Cierro los ojos de nuevo al mismo tiempo que alargo los dedos para rozar los fragmentos más cercanos del esplendor. Esta vez, cuando los toco, corren por mis venas con una rapidez ansiosa, embriagadora. Abro los ojos de par en par mientras me consumen, y el milagro de lo que está sucediendo es tan fascinante que casi no reparo en el dolor hasta que es demasiado tarde.

PRIMERA PARTE

EL LEÓN QUE RUGE PIERDE A SU PRESA

1
Espíritus buenos

La cabaña apestaba a muerte.

Era un hedor nauseabundo, fétido y dulzón al mismo tiempo, más intenso al anochecer, y Koffi no tenía más remedio que respirarlo. Llevaba un cuarto de hora sin moverse; tenía las piernas rígidas, la boca seca. De vez en cuando se le revolvía el estómago y temía vomitar. Pero eso no cambiaba nada; ella seguía inmóvil como una estatua. Tenía los ojos fijos en lo que yacía a pocos metros, al otro lado del suelo gastado y polvoriento: la víctima.

El chico se llamaba Sahel. No llevaba mucho tiempo trabajando en el Zoo Nocturno, pero Koffi reconocía igualmente su rostro descubierto, de un tono caoba como el suyo y enmarcado por rizos prietos y negros. En vida exhibía una sonrisa de medio lado y tenía una risa desagradable y chillona, no muy distinta de un rebuzno. Todo eso había desaparecido con la muerte. Miró su figura inerte. Le habían tapado buena parte del cuerpo, como era costumbre entre los gede, y la tela de lino blanco todavía tenía manchas de sangre seca, señales de las espantosas heridas que ocultaba el sudario. Ella no las veía, pero sabía que estaban ahí; los arañazos, las marcas de mordiscos. En los rincones más sombríos de su mente, una imagen cobraba vida. Imaginaba a Sahel trastabillando por la selva, torpe, ajeno a lo que le esperaba entre las lianas. Visualizó a un ser grotesco acechándolo a la luz de la luna, una lengua asomando entre dientes como sierras, los ojos fijos en esa presa fácil.

Oyó el grito.

Un violento escalofrío le recorrió el cuerpo a pesar del calor bochornoso. Si los rumores que había oído antes eran ciertos, la muerte de Sahel no había sido rápida ni indolora.

—Kof.

Al otro lado de esa choza agobiante, su madre estaba arrodillada junto al cadáver del chico, con la vista clavada en la tela raída que había delante del cuerpo. Sobre la misma, había seis estatuillas de animales toscamente talladas en madera: una garza, un cocodrilo, un chacal, una serpiente, una paloma, un hipopótamo; un espíritu familiar por cada dios. La lámpara de aceite que brillaba a su derecha le iluminaba un lado de la cara con un resplandor parpadeante; el otro estaba envuelto en sombras.

—Ha llegado el momento.

Koffi vaciló. Había accedido a hacer compañía a su madre durante los rituales de despedida a Sahel, como requerían las costumbres gede, pero la mera idea de acercarse al cadáver le ponía los pelos de punta. Sin embargo, una mirada ceñuda de Mama bastó para que se arrodillara con ella. Juntas rozaron con los dedos cada una de las estatuillas antes de unir las manos en un gesto de oración.

—Llévenselo. —Su madre susurró la plegaria—. Llévenlo con sus antepasados que moran en el reino de los dioses.

Sus cabezas seguían agachadas cuando Koffi murmuró la pregunta:

—¿Es verdad?

Su madre la regañó con la mirada.

—Koffi...

—He oído hablar a los demás —continuó Koffi antes de que su madre pudiera detenerla—. Dicen que ha habido más asesinatos, que...

—Silencio. —Mama levantó la cabeza de golpe y desdeñó las palabras con un gesto de la mano como quien ahuyenta una mosca tse-tsé —. Mide tus palabras al hablar de los muertos si no quieres atraer el infortunio sobre ellos.

Koffi hizo una mueca. Decían que, para viajar al otro mundo, alguno de los espíritus familiares de los dioses —representados por las figurillas que tenían delante— debía llevarle el alma del difunto al dios de la muerte, Fedu. El alma tenía que hacer un pago antes de que la transportaran al paraíso de los dioses. Un alma sin dinero para el pasaje estaría condenada a vagar por la tierra como espíritu errante durante toda la eternidad. Al igual que Koffi, Sahel había sido un guardafieras que prestaba servidumbre por deudas en el Zoo Nocturno, lo que significaba que había tenido poco dinero en vida y aún menos después de muerto. De ser cierta la creencia, sus desgracias apenas acababan de empezar, tanto si ella medía sus palabras como si no. Se disponía a decirlo cuando la puerta de paja se abrió. Una mujer gruesa, con el cabello entrecano recogido en trenzas, asomó la cabeza. Su sencilla túnica era idéntica a la de ellas, gris y larga por debajo de la rodilla. Al verlas, arrugó la nariz.

—Es hora de irse.

Mama señaló las estatuillas con un gesto.

—No hemos acabado de...

—Han tenido tiempo de sobra para esas tonterías. —La mujer desdeñó la protesta con un gesto de la mano. Hablaba zamani, la lengua del este, igual que ellas, pero su dialecto yaba les daba a las palabras un tono brusco y entrecortado—. El chico está muerto y rezarles a unos juguetes no va a cambiar nada. Hay trabajo que hacer antes del espectáculo y Baaz espera que empiece puntual.

La madre asintió con resignación. Juntas, Koffi y ella se levantaron, pero tan pronto como la mujer se marchó, se volvieron para mirar a Sahel. De no ser por el sudario ensangrentado, bien podría estar dormido.

—Volveremos y terminaremos las oraciones más tarde, antes de enterrarlo —decidió la madre de Koffi—. Al menos se merece eso.

La chica se jaloneó el cuello deshilachado de la túnica mientras intentaba aplacar unos efímeros remordimientos. Los demás trabajadores del Zoo Nocturno ya habían rezado por Sahel, pero ella le había suplicado a Mama que esperase. Se había escudado en las tareas y luego en un dolor de cabeza, pero la verdad era que no quería ver así a su compañero, roto, hueco y privado de todas las cosas que hacían de él una persona real. Había construido sus propias defensas para protegerse de los recuerdos casi constantes de que la muerte rondaba por allí, pero estos se habían colado de todos modos. Ahora la idea de dejar a Sahel tendido en la tierra, igual de solo que había estado en sus últimos y espeluznantes segundos de vida, la perturbaba. Volvió a pensar en los susurros que los demás guardas habían estado intercambiando ese mismo día. La gente decía que Sahel había esperado a última hora de la noche para escapar. Contaban que se había internado en la Selva Mayor con la esperanza de encontrar la libertad, y en vez de eso se topó con un ser que lo mató por diversión. Hizo una mueca de dolor. La sangrienta fama del Shetani ya era bastante aterradora en sí misma, pero lo que de verdad le ponía los pelos de punta era que hubiera burlado la captura a lo largo de tantos años. Malinterpretando la expresión de su rostro, Mama tomó la mano de Koffi y se la estrechó entre los dedos.

—Te prometo que volveremos —le susurró—. Ahora pongámonos en marcha.

Sin pronunciar otra palabra, se agachó para salir de la choza. Koffi se volteó a mirar el cuerpo de Sahel una vez más y a continuación la siguió.

En el exterior, el sol empezaba a esconderse, recortado contra un cielo violáceo que exhibía extrañas grietas negras entre las nubes. Las fisuras cambiarían a un violeta más suave según la estación de los monzones se aproximara, pero nunca desaparecerían del todo. Llevaban allí toda la vida de Koffi, una marca indeleble que la Ruptura había dejado tras de sí.

Ella aún no había nacido cuando sucedió, un siglo atrás, pero los ancianos todavía hablaban de aquello en ocasiones, cuando se excedían con el vino de palma. Borrachos y arrastrando las palabras, recordaban los violentos temblores que habían dividido la tierra como una vasija de barro y la muerte que había asolado las calles de Lkossa a continuación. Hablaban de un calor abrasador, insoportable, que había enloquecido a los hombres. Koffi, al igual que todos los niños de su generación, había sufrido las consecuencias de aquella locura. Tras la Ruptura, su pueblo, los gede, quedó diezmado por la guerra y la pobreza, fácil de dividir y de dominar. Oteó las grietas que zigzagueaban por el cielo como hilos negros. Por un instante, creyó notar algo mientras las observaba...

—¡Koffi! —le gritó su madre por encima del hombro—. ¡Vamos!

La sensación desapareció tan rápido como llegó, y Koffi siguió andando.

En silencio, su madre y ella avanzaron a paso vivo junto a las chozas de adobe que se amontonaban a lo largo de los límites del Zoo Nocturno; otros guardas se estaban preparando también. Dejaron atrás hombres y mujeres ataviados con túnicas raídas, algunos sujetándose heridas recién vendadas, nacidas de encontronazos con las fieras; otros marcados por lesiones más permanentes, como viejas cicatrices y dedos perdidos. Todos y cada uno compartían un mismo aire de derrota silenciosa en los hombros encorvados y en las cabezas gachas, lo cual Koffi odiaba, pero comprendía. La mayoría de los trabajadores del Zoo Nocturno pertenecía al pueblo gedezi, como ella, y eso significaba que, si bien el espectáculo debía continuar esa noche, sentirían la ausencia de Sahel. El chico no tenía una verdadera familia allí, pero era uno de ellos, unido a ese lugar por la mala suerte y las malas decisiones. Merecía algo más que cuatro plegarias rápidas en una choza cochambrosa; merecía un entierro de verdad con monedas en las palmas de las manos como pago de su viaje al reino de los dioses. Pero allí nadie tenía una moneda de sobra. Baaz se había asegurado de eso.

Un coro de chillidos, rugidos y gruñidos inundaba el ocaso cuando llegaron al torcido poste de madera que marcaba el final de las chozas de los guardas, donde las extensiones de pasto repletas de jaulas de todos los tamaños, formas y colores sustituían a la tierra roja. Koffi echó un vistazo a la que tenía más cerca y la serpiente *nyuvwira* octocéfala le devolvió una mirada de curiosidad. Siguió a su madre bordeando jaulas de elefantes blancos pigmeos, chimpancés y un par de jirafas que pastaban tranquilamente en su prado. Cuando cruzaron la cúpula del aviario, repleto de impundulus negros y blancos, se protegieron la cabeza a medias mientras los pájaros batían sus inmensas alas y proyectaban rayos al cielo. Se rumoreaba que el Zoo Nocturno de Baaz Mtombé albergaba más de cien especies exóticas; en los once años que llevaba prestando allí sus servicios, Koffi nunca se había molestado en contarlas.

Avanzaron rápidamente entre otros recintos, pero cuando llegaron al límite de las instalaciones, redujeron el paso. La jaula de acero negro estaba separada de las demás, y con razón. A la luz del anochecer, solo era visible la silueta recortada; su morador permanecía oculto entre las sombras.

—No pasa nada. —La madre de Koffi la llamó por gestos cuando ella vaciló de manera instintiva—. He pasado a ver a *Diko* hace un rato y estaba tranquilo.

Cuando se acercó, algo situado en un rincón se desplazó. El cuerpo de Koffi entró en tensión.

—Mama...

—Venga, *Diko*.

La madre de Koffi habló con voz baja mientras echaba mano de una llave oxidada que llevaba en el bolsillo para introducirla en la enorme cerradura. Un siniestro gruñido, frío como un cuchillo, fue la respuesta. Koffi encogió los dedos de los pies contra la hierba cuando una hermosa criatura emergió de las sombras de la jaula.

Tenía un cuerpo reptiliano y nervudo, adornado de pies a cabeza por escamas iridiscentes que parecían reflejar mil colores cada vez que se movía. Unos inteligentes ojos verdosos bailaban arriba y abajo mientras la mujer forcejeaba con la cerradura, y cuando la lengua negra y bífida del animal asomó entre los barrotes, un tufo como de humo impregnó el aire seco. Koffi tragó saliva.

La primera vez que había visto un jokomoto, siendo una niña, pensó que estaba contemplando un ser de cristal, frágil y delicado. Se equivocaba. No había nada delicado en un lagarto escupefuego.

—Saca las hojas de hasira —le ordenó a Koffi su madre—. Date prisa.

Al instante, Koffi extrajo tres hojas secas con nervaduras plateadas de un saquito con cierre de cordón que llevaba atado a la cadera. Eran exquisitas, desbordadas de resina blanca que te dejaba las yemas de los dedos pegajosas al tocarlas. El corazón le martilleó con fuerza cuando la puerta de la jaula del jokomoto se abrió y el animal giró la cabeza. Mama se tapó la nariz con dos dedos y levantó la otra mano en un gesto de advertencia.

—Listos...

Koffi se quedó inmóvil como una estatua mientras el jokomoto salía disparado de su jaula y corría hacia ella sobre sus largas pezuñas. Esperó hasta tenerlo a pocos metros de distancia antes de lanzar las hojas al aire. La planta captó la atención de *Diko*, que se abalanzó sobre las hojas a una velocidad imposible. Un destello de dientes puntiagudos, un crujido espantoso y desaparecieron. Koffi hundió las manos en los bolsillos a toda prisa. Los jokomotos no procedían de esa parte de Eshōza; eran originarios de la zona occidental del continente, considerados hijos de Tyembu, el dios del desierto. Más o menos del mismo tamaño que un lagarto monitor común, *Diko* no era el animal más grande, ni más rápido ni más fuerte del Zoo Nocturno, pero sí el más temperamental, y eso lo convertía también en el más peligroso. Un gesto equivocado y sería capaz de incendiar el zoo al completo; no era fácil olvidar las horribles quemaduras de los guardas que no lo habían tenido presente. El pulso de Koffi solo se apaciguó cuando la hoja de hasira hizo efecto y el resplandor amarillo chillón de sus ojos se atenuó un poco.

—Yo me encargo ahora.

Koffi ya se estaba desplazando por detrás de *Diko* con el arnés de cuero y la correa que había tomado a toda prisa de un poste cercano. Se agachó y, tan pronto como amarró las gastadas correas bajo el vientre de escamas y las tensó, se tranquilizó. No era lo más inteligente relajarse por unas ataduras tan endebles —no servirían de nada si el humor de

Diko se agriaba—, pero el animal estaba calmado; al menos de momento.

—Asegúrate de que las correas estén bien sujetas.

Koffi alzó la vista.

—Ya está.

Complacida, su madre se inclinó para propinarle a *Diko* una palmadita cariñosa en el morro.

—Buen chico. Así me gusta.

Koffi puso los ojos en blanco al incorporarse.

—No sé por qué tienes que hablarle así.

—¿Por qué no? —La mujer se encogió de hombros—. Los jokomotos son unos animales espectaculares.

—Son peligrosos.

—A veces las cosas que no entendemos nos parecen peligrosas. —Pronunció las palabras con una tristeza extraña antes de acariciar nuevamente a *Diko*. En esta ocasión, como para darle la razón, él le empujó la mano con suavidad. Eso volvió a animarla—. Además, míralo. Está de buen humor esta noche.

Koffi estuvo a punto de llevarle la contraria, pero cambió de idea. Los moradores del Zoo Nocturno siempre habían inspirado a su madre una empatía extraña. Cambió de tema.

—Oye, acabo de darle la última hoja de hasira. —Propinó unas palmaditas a la bolsa para remarcarlo—. Nos hemos quedado sin nada hasta la próxima entrega.

Los restos de la fragancia dulzona de las hojas todavía impregnaban el aire. Koffi aspiró una vaharada sin darse cuenta, y un agradable zumbido le adormeció los sentidos.

—¡Koffi! —Su madre habló en un tono brusco que arañó ese embelesamiento momentáneo —. No lo aspires. Te creía más lista.

Koffi se espabiló, desconcertada, y luego abanicó el aire de alrededor hasta que el aroma desapareció. Las hojas de hasira, que recolectaban de arbustos en el límite de la Selva Mayor, eran un sedante natural tan potente como para dejar fuera de combate a un elefante macho; no era una buena idea inhalar su fragancia de cerca, aunque fuera en pequeñas cantidades.

—Deberíamos ponernos en marcha. —La mirada de su madre se había posado en una carpa iluminada, instalada al otro lado del recinto del zoo; otros guardafieras se encaminaban ya hacia el pabellón arrastrando a distintos animales. Si bien desde la distancia apenas era más grande que la llama rojiza de una vela, Koffi la reconoció igualmente; allí, en la *hema*, se celebraría el espectáculo de esa noche. Su madre se volvió a mirarla una vez más—. ¿Lista?

Koffi hizo una mueca. Nunca estaba lista para los espectáculos del Zoo Nocturno, pero daba igual. Acababa de desplazarse hacia el otro lado de *Diko* cuando se percató de algo.

—¿Qué pasa? —le preguntó su madre, reparando en las cejas enarcadas de su hija.

—Dímelo tú. —Koffi entornó los ojos. Notaba algo raro en la expresión de su madre, aunque no sabía definirlo. La observó con atención. Las dos se parecían mucho: rizos negros hasta los hombros, nariz ancha y boca generosa enmarcada por un rostro en forma de corazón; pero había algo más en el semblante de su madre esa noche—. Te noto... distinta.

—Ah.

Mama parecía aturdida de un modo poco habitual en ella, eso saltaba a la vista. Y entonces, Koffi la identificó: la extraña emoción en los ojos de su madre. Le dio vergüenza comprender que era felicidad eso que no había reconocido.

—¿Ha pasado... algo?

Su madre desplazó el peso de una pierna a la otra.

—Bueno, pensaba esperar a mañana para decírtelo. No me parecía bien comentarlo después de lo que le ha pasado a Sahel, pero...

—¿Pero?

—Baaz me ha llamado hace unas horas —dijo—. Ha calculado el saldo de nuestra deuda y... casi está cancelada.

—¿Qué? —Una mezcla de sorpresa y felicidad explotó en el corazón de Koffi. *Diko* resopló ante el súbito estallido, e hilitos de humo se elevaron en el aire; pero ella no le hizo caso—. ¿Y eso?

—Ha sumado las horas extra que hicimos. —La mujer esbozó una pequeña sonrisa. Exhibía un porte más altivo, como una planta a punto de florecer—. Solo nos quedan dos pagos y podríamos liquidarlos en pocos días.

Un sentimiento de pura incredulidad recorrió a Koffi de arriba abajo.

—Y después de eso, ¿podremos irnos?

—Podremos irnos —asintió Mama—. La deuda estará pagada, con intereses y todo.

Koffi notó que una tensión de años de antigüedad la abandonaba cuando respiró hondo. Como casi todo en el Zoo Nocturno, los términos y las condiciones por deudas de los siervos que trabajaban en las instalaciones solo beneficiaban a una persona. Lo había aprendido por la fuerza tras once años de servicio junto a su madre. Pero habían ganado, habían derrotado a Baaz en su miserable juego. Se iban a marchar. Rara vez sucedía que los guardafieras consiguieran pagar sus deudas (había pasado un año entero desde la partida del último), y ellas lo habían logrado.

—¿Adónde iremos? —preguntó Koffi. Apenas podía creer que de verdad estuviera haciendo esa pregunta. Nunca habían ido a ninguna parte; ni siquiera se acordaba de haber vivido fuera del Zoo Nocturno.

Su madre recorrió la distancia que las separaba y tomó la mano de Koffi entre las suyas.

—Podemos ir a donde queramos. —Hablaba con una pasión desconocida para Koffi—. Tú y yo abandonaremos este sitio y empezaremos de cero en alguna otra parte, y nunca miraremos atrás. Jamás regresaremos.

«Jamás regresaremos». Koffi meditó las palabras. Llevaba toda la vida deseando oírlas, soñando con ellas. Escucharlas en la vida real, sin embargo, le producía una sensación inesperada.

—¿Qué pasa? —Su madre advirtió el cambio de expresión de inmediato—. ¿Qué tienes?

—Es que... —Koffi no sabía cómo expresar lo que sentía, pero lo intentó de todos modos—. No volveremos a ver a las personas que viven aquí.

Una expresión comprensiva suavizó el semblante de su madre.

—Los vas a extrañar.

Koffi asintió, enojada consigo misma por sentirse así. No le entusiasmaba exactamente trabajar en el Zoo Nocturno, pero era el único hogar, la única vida que había conocido. Pensó en los demás cuidadores. Puede que no fueran su familia, pero los quería mucho.

—Yo también los extrañaré —le dijo Mama con dulzura, leyéndole el pensamiento—. Pero ellos no querrían que nos quedáramos, Koffi, si no estamos obligadas.

—Ojalá pudiéramos ayudarlos —murmuró Koffi—. Ojalá pudiera ayudarlos a todos.

Mama le dedicó una pequeña sonrisa.

—Eres una chica compasiva. Te guías por el corazón, igual que tu padre.

Koffi se revolvió, incómoda. No le gustaba que la compararan con su padre. Baba había fallecido.

—A veces, sin embargo, no podemos guiarnos por el corazón —prosiguió su madre con cariño—. Hay que pensar con la cabeza.

El estridente bramido de un cuerno resonó de súbito, una llamada procedente del lejano Templo de Lkossa que reverberó por las parcelas del Zoo Nocturno con notas largas y sonoras. Madre e hija se pusieron tensas mientras las voces de las distintas fieras, ahora agitadas, saturaban el recinto. Diko gruñó por lo bajo. El cuerno *saa* de la ciudad anunciaba el crepúsculo por fin. Había llegado el momento. De nuevo, los ojos de su madre revolotearon de la *hema* a Koffi.

—Esto casi ha terminado, semillita de ponya —dijo con suavidad y un matiz de esperanza en la voz. Llevaba años sin llamarla así—. Sé que ha sido muy duro, pero casi se ha acabado, te lo prometo. Todo irá bien.

Koffi no respondió. Su madre jaló la correa de Diko para conducirlo a la enorme carpa. Ella la siguió un paso por detrás. Con los ojos abiertos de par en par, su mirada se perdía en los últimos retazos de un cielo color sangre. Las palabras de su madre resonaban en su mente: «Todo irá bien».

Todo iría bien, lo sabía, pero sus pensamientos seguían pendientes de otra cosa, de otra persona. No podía dejar de pensar en él, en el chico de la sonrisa de medio lado. No podía dejar de pensar en el monstruo que lo había matado y de preguntarse a quién se llevaría a continuación.

2
Desde la raíz

Durante los años previos a su desaparición, la gente se había referido a Satao Nkrumah como un loco.

Más tarde, sus colegas insinuarían que las señales del declive habían acechado justo debajo de la superficie, donde habían hecho estragos en la mente del sabio como el musgo en un árbol podrido. Los síntomas se fueron tornando cada vez más evidentes: convulsiones, cambios de humor acusados, amnesia exacerbada. Y cuando el anciano maestro Nkrumah, a los ochenta y siete años, empezó a referirse a la Selva Mayor como «ella», eso fue la gota que colmó el vaso. Le proporcionaron cuidadores, se organizaron planes de intervención. Un grupo de personas bienintencionadas desfiló hasta la misma puerta del anciano una tarde de lluvia para acompañarlo —por las buenas o por las malas— a un centro donde recibiría los cuidados adecuados. Les aguardaba una sorpresa inquietante.

Satao Nkrumah había desaparecido.

Abandonó su humilde morada sin nada salvo las prendas que llevaba puestas. Ni siquiera tomó el diario, que más tarde sería codiciado por sus inigualables notas sobre la historia natural de la región de Zamani. Las patrullas de rastreo no encontraron nada y, después de varios días, la búsqueda se suspendió.

Décadas más tarde, los sabios de Lkossa seguían cavilando sobre la triste desaparición del viejo Nkrumah cuando se reunían de tarde en tarde para charlar. Algunos creían que yumbos de cabello plateado surgidos de las espesuras de la Selva Mayor habían recurrido a la magia para llevarse al anciano, que aún bailaba descalzo con ellos a la luz de la luna. Otros defendían una teoría más siniestra, convencidos de que alguna criatura malévola lo había arrancado de su cama. Por supuesto, las historias no eran más que eso, una colección de mitos y leyendas. Ekon Okojo, que no era ningún erudito, se consideraba demasiado listo como para creer en mitos y leyendas —pues carecían de acreditación—; pero estaba plenamente convencido de algo.

La Selva Mayor era un lugar malvado y no te podías fiar de ella.

Gotas de sudor le resbalaban por la nuca mientras avanzaba concentrado en los regulares crujidos de sus sandalias y no en los espeluznantes árboles de tronco negro que se erguían justo a su derecha. «Quinientos setenta y tres pasos exactos, un buen número». Se golpeteaba la pierna con los dedos para acompañar el ritmo constante de su cuenta.

«Uno, dos, tres. Uno, dos, tres. Uno, dos, tres».

Tenía la piel de gallina en los brazos desnudos, a pesar del calor, pero hizo lo posible por hacer caso omiso también de eso mientras seguía contando.

«Uno, dos, tres. Uno, dos, tres. Uno, dos, tres».

Había rezado a los Seis para que no le tocara patrullar esa noche. Sin embargo, parecía ser que los dioses o bien no le habían oído o no le habían hecho caso. Se acercaba el ocaso, la hora a la que el sol sanguino de Lkossa descendía por detrás de los árboles e incendiaba sus siluetas, el momento del día en el que menos le gustaba rondar cerca de la selva. Tragó saliva con dificultad y agarró con más fuerza el *hanjari* con mango de cuero que llevaba prendido al cinturón.

—Hemos encontrado otro cadáver hace un rato.

Kamau caminaba a su lado, hombro con hombro, con su mirada de halcón fija al frente. No parecía inquieto por estar tan cerca de la selva, pero sí fatigado.

—Era una anciana propensa a deambular de noche.

Ekon aspiró entre dientes.

—¿Tenía mal aspecto?

—Muy malo. —Kamau negó con la cabeza—. Hemos tenido que envolver los restos con una tela solo para poder llevarla al templo a que la incineren. No ha sido... agradable de ver.

«Los restos». Ekon despegó la mirada de los árboles, a la vez que hacía esfuerzos por reprimir unas náuseas repentinas. Kamau, por su parte, conservaba una expresión serena. Mucha gente decía que Ekon y Kamau, de diecisiete y diecinueve años respectivamente, parecían más gemelos que hermano pequeño y mayor; ambos tenían la piel del color de la tierra mojada, ojos café oscuro y rizos negros rapados por los lados como se llevaba entre los yaba. Pero todas sus coincidencias terminaban en sus facciones. Kamau era más musculoso, mientras que Ekon poseía una constitución tirando a esbelta. Kamau era aficionado a las armas; Ekon prefería dedicar el tiempo libre a leer. Y había otra diferencia visible entre los dos aquella noche.

El caftán de Ekon estaba limpio. El de su hermano, ensangrentado.

—Anoche no te vi a la hora de la cena —comentó Ekon por cambiar de tema.

Kamau no respondió. Observaba con atención una mata de hojas con las nervaduras de color plata apretujada junto a las raíces de un árbol cercano. Como seguía mirándola, Ekon carraspeó.

—¿Kam?

—¿Qué?

—Te... preguntaba dónde estuviste anoche.

Kamau frunció el ceño.

—El padre Olufemi me encomendó una tarea confidencial. —Echó un vistazo a los dedos de Ekon, que seguían tamborileando contra su costado—. Estás haciendo esa cosa rara otra vez.

—Perdón.

Ekon cerró el puño para obligar a sus dedos a permanecer quietos. No recordaba en qué momento le había entrado esa manía de contar. Solo sabía que no podía evitarlo. Le resultaba imposible explicarlo, pero la costumbre le aportaba cierta tranquilidad, un consuelo que guardaba relación con el triplete.

Uno, dos, tres.

Tres. El tres era un buen número, al igual que cualquier cifra divisible por este.

Dejó que la nueva cuenta mental llenara el incómodo silencio que siguió. Era más fácil pensar en los números que meditar sobre por qué Kamau en realidad no había respondido a su pregunta. Hubo una época en que su hermano y él se lo contaban todo, pero eso sucedía cada vez menos últimamente. Cuando tuvo claro que Kamau no iba a decir nada más, volvió a intentarlo:

—¿Y bien? ¿No hay ninguna pista nueva? ¿Algún testigo?

—¿Alguna vez los hay? —Kamau propinó un puntapié a un guijarro, con aire frustrado—. Es lo mismo de siempre. Sin rastros, sin testigos; solo cuerpos.

Un estremecimiento recorrió a Ekon, y un silencio solemne se posó como el polvo entre los dos mientras seguían avanzando. Había pasado casi un día entero desde que habían recuperado a las últimas víctimas en los límites de la selva. A esas alturas, debería ser menos impactante —la bestia llevaba amenazando a Lkossa desde antes de que Ekon naciera—; pero, a decir verdad, era imposible acostumbrarse a las carnicerías que dejaba a su paso. Por alguna razón, los charcos de sangre en la tierra siempre conseguían ser horripilantes, los cadáveres mutilados resultaban nauseabundos en todas las ocasiones. A Ekon se le revolvió el estómago al recordar el informe de mortalidad que había leído unas horas atrás. Ocho víctimas. El más joven en esta ocasión fue un niño, un siervo por deudas que no tendría más de doce años. Lo había atrapado a solas. Ese era el tipo de persona que la bestia solía escoger: el indefenso, el vulnerable.

Doblaron una curva en el camino donde la luz del sol todavía no se había retirado. Al momento, los músculos de Ekon se crisparon. A su derecha, los árboles de la selva todavía asomaban como centinelas; a su izquierda, una extensión yerma de tierra rojiza se alargaba varios metros entre los bordes de la ciudad y los límites de la selva para crear una tierra de nadie. Conocían la zona. Cuando eran pequeños, Kamau y él iban a jugar allí cuando se sentían valientes o temerarios. Afilaban palos para usarlos como lanzas de juguete y fingían que los dos solos podían defender la ciudad de los seres que habitaban en la Selva Mayor, los animales monstruosos que poblaban las leyendas. Pero esas aventuras pertenecían al pasado; los tiempos habían cambiado. Ahora, cuando Ekon miraba la maraña de árboles, raíces y enredaderas de la selva, no recordaba las leyendas.

Recordaba una voz.

«Ekon».

Dio un respingo. Cada vez que oía la voz de su padre en la cabeza, sonaba pastosa, como la de un hombre que ha bebido demasiado vino de palma.

«Por favor. Ekon, por favor».

No era real, Ekon ya lo sabía, pero se le aceleró el pulso de todos modos. Reanudó el tamborileo con los dedos, más deprisa, intentando usar la cuenta para centrarse y sofocar lo que sabía que vendría a continuación.

«Uno, dos, tres. Uno, dos, tres. No pienses en ello. Uno, dos, tres. Uno, dos, tres».

No funcionó. Su visión empezó a desdibujarse, a volverse cada vez más borrosa conforme la antigua pesadilla volvía a su mente. Tenía la sensación de que patinaba en sus esfuerzos por separar la realidad del recuerdo, el presente inmediato del pasado distante. En su imaginación, ya no estaba en los límites de la selva, sino en el corazón de la jungla, oyéndolo todo, viéndolo todo, cosas que no quería...

«Ekon, por favor».

Y entonces, avistó el cuerpo empapado de sangre oscura. Oyó el amenazador frufrú de las hojas justo antes de que un hedor pútrido impregnara el aire; el olor de algo que lleva muerto mucho tiempo. Vio una tenebrosa figura serpenteando entre los árboles: un monstruo.

Todo señalaba al monstruo.

Los pulmones se le agarrotaron como si protestaran, y Ekon fue incapaz de respirar. Los árboles intentaban atraparlo, ramas negras y retorcidas que se alargaban como garras ávidas...

—¿Ekon?

Tan súbitamente como había descendido, la neblina opaca retrocedió en la mente de Ekon hasta devolverlo al presente. De nuevo, estaba en los márgenes de la selva, la voz de su padre había desaparecido, y Kamau se había detenido. La preocupación le arrugaba la piel entre las cejas.

—¿Te encuentras bien?

—Este... Sí. —Ekon se espabiló sacudiéndose de encima los restos de la pesadilla como una telaraña—. Estaba... pensando en lo de esta noche.

—Ah. —La fugaz preocupación se esfumó del semblante de Kamau, reemplazada por una expresión cómplice—. Tienes miedo.

—No.

—Es comprensible —dijo Kamau con suficiencia. Se estiró con gestos exagerados, y Ekon advirtió molesto que los bíceps de su hermano estaban mucho más desarrollados que los suyos—. Algunos piensan que los ritos de paso del templo son los más difíciles de toda Eshōza. Aunque a mí no me parecieron tan complicados, claro...

Ekon puso los ojos en blanco. Dos años atrás, su hermano había pasado a ser candidato a los Hijos de los Seis, los guerreros de élite de la ciudad. Había superado las pruebas con tanta facilidad que, inmediatamente después de su iniciación, lo habían ascendido a *kapteni*, «capitán», a pesar de su juventud. Ahora, Kamau era un respetado guerrero, un hombre. A ojos de su pueblo, Ekon seguía siendo un niño que aún no había demostrado su hombría.

—Eh. —Como si hubiera oído sus pensamientos, Kamau adoptó una expresión arrepentida—. No te preocupes, pasarás las pruebas.

—Qué me vas a decir.

Ahora fue Kamau el que puso los ojos en blanco.

—No es eso. Y desde luego no te lo diría si no lo pensara. —Le propinó a Ekon un puñetazo amistoso en el brazo—. Tú relájate un poco, ¿vale? Tranquilo. No te has metido en líos, conoces las normas mejor que nadie y... manejas la lanza casi tan bien como yo. Además, eres un Okojo, así que prácticamente naciste para esto.

Ekon se sintió como si se hubiera tragado una nuez de cola entera. «Naciste para esto». Desde hacía varias generaciones, todos los Okojo varones habían servido a los Hijos de los Seis, una tradición más antigua que la de cualquier otra familia de Lkossa. Era un legado que exigía ser consolidado y respetado; dejaba poco espacio para la ineptitud.

—Serás el orgullo de nuestra familia. —Kamau se miró las sandalias—. Y sé que Baba también estaría orgulloso, si siguiera entre nosotros.

Ekon dio un respingo a la mención de su padre.

—Gracias. —Dejó un silencio antes de seguir hablando—. Mira, Kam, ya sé que no estoy autorizado a saber de antemano lo que va a pasar, pero ¿no podrías...?

—Ni hablar. —Kamau ya estaba negando con la cabeza. De nuevo, una sonrisa bailaba en la comisura de sus labios, por más que intentase conservar la seriedad—. Los ritos cambian cada año a discreción del Kuhani, Ekkie. Será el padre Olufemi quien decida los tuyos. Ni siquiera yo sé cuáles serán.

Las lombrices imaginarias que pululaban por la barriga de Ekon se apaciguaron un instante. Todavía estaba nervioso, pero saber que se libraría de hacer lo que fuera que hubiera hecho Kamau durante sus ritos de paso lo consoló en parte.

Llegaron al final de la ronda y se detuvieron. A pocos metros, los límites de la Selva Mayor se desplegaban ante ellos. Kamau levantó la vista, y Ekon siguió la trayectoria de su mirada hacia las estrellas plateadas que empezaban a tachonar el cielo. A la frágil luz, las cicatrices que había dejado la Ruptura tras de sí casi desaparecían. Casi. La ilusión no lo engañaba.

—Será mejor que vayamos tirando —dijo Kamau—. Pronto será la hora.

Ekon no lo reconoció en voz alta, pero cuanta más distancia ponían entre ellos y los límites de la selva, mejor se sentía. Con cada paso que se alejaba, más cedía la tensión de sus hombros. Poco a poco, el jaleo característico de la ciudad de Lkossa inundó la tarde; los sonidos y los olores del hogar.

A lo largo de las calles barridas, los tenderos se apostaban junto a sus puestos de fruta fresca ofreciendo las mercancías a precio de ganga según las tiendas se preparaban para cerrar. Ekon llevaba la cuenta. Contó quince mercaderes distintos que agitaban telas con estampados de *batik* y un par de chicos encorvados sobre un tablero de *oware*, que dejaron de jugar para saludar a Kamau con entusiasmo cuando vieron la empuñadura dorada de su *hanjari*. Un grupo de mujeres jóvenes —cuatro— ocultaron sus risitas con la mano a su paso, al mismo tiempo que observaban a Kamau con admiración, y Ekon intentó apagar un antiguo ramalazo de celos. De niño, se había acostumbrado a que la gente otorgara a Baba esas atenciones cuando lo veían de uniforme, pero en el caso de Kamau le resultaba más duro. Ekon deseaba ese respeto y admiración para sí: que se fijaran en él sin esforzarse.

«No falta nada», se recordó mientras se golpeteaba el costado con los dedos. «Esta noche, en cuanto hayas superado el último rito de paso, te convertirás en un Hijo de los Seis, un guerrero y un hombre. Te tocará a ti». Aun en la intimidad de su mente, tenía la sensación de que esa promesa pertenecía a otra persona.

El barullo callejero disminuía a medida que se acercaban a la carretera que llevaba al templo, pero, justo antes de que llegaran, la expresión de Kamau se endureció.

—¡Alto!

Al instante, el bullicio se acalló, y miradas de aprensión se volvieron hacia ellos. Incluso Ekon se detuvo desconcertado. Según sus cuentas, solo había dieciocho personas en aquel camino en concreto. Buscó un momento con la mirada y encontró lo que Kamau ya había visto. Había contado mal.

La niña que estaba parada a pocos metros tenía ojos oscuros y hundidos; una maraña de pelo negro enmarcaba su carita delgada. Llevaba una túnica harapienta, con una manga colgando de un hombro demasiado afilado, y la piel de sus piernas y pies estaba seca y agrietada a simple vista. Por un instante, Ekon no entendió su expresión asustada cuando les sostuvo la mirada, pero entonces se fijó en el bolsillo abultado, en el temblor de las manos. Todo en ella indicaba que acababan de sorprenderla con las manos en la masa.

—¡Tú! —Kamau caminó hacia ella, y a Ekon le dio un vuelco el corazón—. ¡Quédate donde estás!

Un parpadeo más tarde, la niña salió disparada calle abajo.

—¡Detente! —Kamau echó a correr, y Ekon lo imitó. Ningún otro transeúnte se movió mientras ellos serpenteaban a la carrera entre la gente. La niña giró a la derecha y desapareció en un callejón bifurcado. Kamau gruñó de pura frustración.

—Esos pasajes están conectados. —Enfiló por uno y le indicó a Ekon que tomara la segunda dirección—. ¡Por el otro!

Ekon obedeció sin chistar, haciendo caso omiso de la pequeña punzada de compasión que notó en el pecho. La niña parecía muy pequeña y estaba asustada. No sabía si de verdad había robado algo de valor, pero daba igual. Había desobedecido una orden directa de un Hijo de los Seis. Si la atrapaban, la azotarían con una vara. Sacudió la cabeza para ahuyentar la emoción y poder centrarse. La chica los había llevado al distrito de Chafu, los barrios bajos de Lkossa, una parte de la ciudad más peligrosa. Acercó la mano al *hanjari* mientras corría. No quería que un asalto o una emboscada lo dejaran en ridículo.

Dobló una esquina esperando encontrar a Kamau. En vez de eso, se quedó mirando un callejón vacío.

—¿Hola? —Nadie respondió su llamada, que resonó escalofriante contra los mugrientos ladrillos de adobe—. ¿Kam?

—Me temo que no, jovencito.

Ekon giró en redondo. Había una anciana sentada con las piernas cruzadas, recostada contra una de las paredes del callejón, casi camuflada en la mugre. Tenía el pelo blanco y algodonoso, la piel oscura y de textura desigual, como madera tallada con tosquedad. Llevaba un amuleto deslustrado colgado al cuello con un cordel, aunque estaba demasiado oscuro para distinguir los detalles. Obsequió a Ekon con una sonrisa mientras se evaluaban mutuamente, y él reprimió un estremecimiento; le faltaban varios dientes.

—Qué extraño... —La anciana se acarició el labio inferior con un dedo. Hablaba zamani, pero su dialecto poseía un dejo casi musical. Era una gede, miembro del pueblo gedezi—. No suelo ver a chicos yaba por esta parte de la ciudad.

Ekon se irguió todo lo largo que era.

—Estoy buscando a una niña. ¿No la habrá...?

«Ekon».

El chico se quedó petrificado, alelado. Durante un segundo, había creído oír... Pero... no, allí no. No era posible. Estaba demasiado lejos de la selva para que la voz de Baba lo hubiera seguido. Nunca la había oído a tanta distancia. Carraspeó.

—Ejem. ¿Ha...?

«Ekon, por favor».

Esta vez, Ekon cerró la boca de golpe. No reprimió el estremecimiento que lo recorrió de pies a cabeza.

«No». Miró a la derecha, en dirección a la selva, mientras sus dedos bailaban junto a su costado. «No, aquí no, ahora no».

—¿Te llama a menudo?

Ekon se sobresaltó. Casi se había olvidado de la anciana. Seguía sentada ante él, pero ahora lo miraba con hilaridad.

—Yo... —Ekon se interrumpió mientras intentaba procesar sus palabras—. ¿Quién?

—La selva. —La anciana cambió de postura para balancearse de lado a lado como siguiendo una melodía inaudible—. A mí también me llama de vez en cuando. No sé por qué; la magia es algo peculiar, como lo es aquello que toca.

Un cosquilleo ascendió por el brazo desnudo de Ekon, como una araña; se le quedó la boca seca como el papel.

—La... magia no existe —dijo con voz temblorosa.

—¿Eso crees? —La mujer ladeó la cabeza como un pájaro y frotó el amuleto con el pulgar. Estaba mirando a Ekon con mucha más atención—. Curioso. Muy curioso...

El instinto le gritaba que saliera corriendo, pero de repente no se sentía capaz. Algo en la voz de la anciana, en sus ojos, lo ataban al sitio. Avanzó un paso hacia ella, atraído con la impotencia de un pez que ha mordido un anzuelo...

—¿Ekkie? —Ekon alzó la vista, y el extraño trance se rompió al instante. Kamau se acercaba por el otro extremo del callejón. Los faroles fijados en la pared le destacaban el marcado ceño—. ¿Qué estás haciendo?

—Yo...

Ekon miró al lugar donde la anciana había estado sentada instantes antes. Había desaparecido. Era muy raro, porque le costaba incluso recordar su cara. Era como si nunca hubiera existido. Desconcertado, se volvió hacia Kamau e intentó hablar en un tono sereno:

—Yo... no he encontrado a la niña.

—Yo tampoco —dijo Kamau—. Pero no tenemos tiempo de seguir buscando. Vamos.

Caminaron en silencio hasta llegar a las dos columnas doradas que marcaban el inicio del distrito de Takatifu, y Ekon irguió la espalda. La ciudad de Lkossa constaba de una serie de secciones bien ordenadas, pero el distrito de los templos era distinto. Era la única parte de la ciudad que conservaba el toque de queda; después del ocaso, se cerraba al público. Ascendieron por el sinuoso camino, y, ya desde allí, Ekon distinguió el propio templo. Aunque era su hogar, el sitio donde vivía, esa noche le parecía distinto. La inmensa cúpula, coronada por mampostería de alabastro, parecía reflejar las rutilantes luces de cada una de las estrellas. Se levantó brisa y le llegó la fragancia del incienso de oración que salía flotando de las ventanas en arco y de los parapetos. Tal como esperaba, según se acercaban, distinguió dos figuras que estaban de pie en lo alto de la escalinata principal, de espaldas a ellos. Fahim y Shomari —los otros dos candidatos— lo estaban esperando. Había llegado el momento.

—Cuando volvamos a vernos, habrás sido nombrado Hijo de los Seis. —Kamau se detuvo a su lado en la base de la escalera y siguió hablando con voz queda—. Seremos hermanos de lanza, igual que somos hermanos de sangre.

Pronunció la declaración sin la menor sombra de duda. Ekon tragó saliva. Su hermano tenía fe. Creía en él.

«Igual que Baba creyó un día en ti —le recordó una voz cruel en su mente—. Confía en ti como Baba confiaba».

Ekon enterró esa voz mientras asentía.

—Sé fuerte. —Kamau le dio un empujoncito para animarlo a avanzar antes de retroceder hacia la noche—. Puedes hacerlo. Y recuerda: *kutoka mzizi*.

Ekon empezó a subir la escalera con las palabras aún resonando a su espalda. *Kutoka mzizi* significaba «desde la raíz». El antiguo lema familiar servía para recordarles de dónde venían y las expectativas que su procedencia acarreaba. *Kutoka mzizi.*

Era su padre el que les había enseñado a Kamau y a él esas palabras sagradas cuando eran niños. Debería estar allí para pronunciarlas.

Pero su padre no estaba allí. Estaba muerto.

Justo antes de llegar al rellano, Ekon miró por encima del hombro. Kamau ya se había marchado, y desde allí la Selva Mayor, al otro lado de la ciudad, era poco más que un borrón deforme contra la noche de obsidiana, demasiado alejada para que sus voces lo alcanzaran. Pese a todo, mientras volvía a mirar adelante, Ekon no pudo desprenderse de la sensación de que algo, desde sus profundidades, lo observaba y esperaba.

3
La mínima resistencia

Por más veces que hubiera esperado en la entrada a lo largo de los años, Koffi siempre había temido la *hema*.

Se mordió el labio inferior, cada vez más intranquila según veía sus pliegues color frambuesa agitarse con la brisa y reparaba en el gesto profanador con que el mástil central empalaba el virginal cielo nocturno, como una lanza dorada. Empezó a arrastrar los pies cuando su madre y ella se unieron a la fila de guardias que esperaban para entrar acompañados de los animales que tenían asignados.

«No queda nada —pensó—. Esto casi ha terminado».

Tiempo atrás, en otra época, la enorme carpa debió de considerarse lujosa, incluso imponente en opinión de algunos. Pero el tiempo le había pasado una factura visible; los desgarros en las costuras no se habían remendado, y el óxido cubría casi todas las estacas de metal que la aseguraban, clavadas a la tierra. La asistencia al Zoo Nocturno había disminuido de manera constante, como tantas cosas en Lkossa con el paso de los años, y eso se hacía notar.

—Sonríe —le recordó Mama mientras se dirigían a su puesto en la cola. Muchos otros cuidadores se apartaron por precaución. Koffi curvó la boca con una especie de mueca que esperaba pudiera colar como sonrisa.

Baaz obligaba a los cuidadores del Zoo Nocturno a adoptar un talante alegre durante los espectáculos y aplicaba castigos ejemplares a los que no lo hacían. Pensó con un estremecimiento en la columna de los castigos, que no estaba muy lejos de allí. La crueldad que implicaba —la locura de que te obligaran a parecer alegre mientras manejabas seres que podían matarte de un plumazo— era una de las cosas que no echaría de menos de trabajar allí.

—No olvides comprobar el arnés de Diko —le dijo su madre—. Asegúrate de que las hebillas estén bien cerradas antes de...

—¡Eh, Kof!

Koffi alzó la vista, y una sonrisa de verdad asomó a sus labios. Un chico de unos catorce años se aproximaba deprisa, rodeado de una jauría de licaones. Tenía los ojos marrones, radiantes e inteligentes, y una sonrisa descarada que nunca abandonaba su rostro.

—Hola, Jabir.

Diko siseó al ver a los licaones, y sus escamas multicolores ondearon mientras los observaba. Mama lo apartó a la vez que regañaba al chico con una mirada.

—Jabir —lo reprendió—, deberías llevar a esos animales atados con correas.

—Bah, no las necesitan. —La sonrisa de Jabir no flaqueó—. Están bien entrenados.

—¿No se hizo caca uno de ellos en las babuchas de Baaz el otro día?

Jabir torció los labios.

—Pues eso, están bien entrenados.

Una carcajada burbujeó en la garganta de Koffi, seguida de un inesperado golpe de dolor. Jabir era su mejor amigo del Zoo Nocturno, como un hermano en muchos sentidos. Lo vio arrodillarse para jugar con los licaones. Marcharse del Zoo Nocturno significaría separarse de él; no le entusiasmaba darle la noticia, pero tenía que hacerlo. Sería mejor que se enterara por ella.

—Jabir —empezó con inseguridad—. Tengo que decirte una...

—¿Te has enterado de quién nos visita hoy?

Jabir esbozó la sonrisilla de suficiencia que solía exhibir cuando estaba a punto de compartir un cotilleo. Uno de los trabajos que tenía en el zoo era hacer recados para Baaz, así que siempre era el primero en conocer las noticias.

—No —dijo Koffi, distraída por un instante—. ¿Quién?

—Una pareja de mercaderes de la región de Baridi —respondió—. Por lo visto, son muy ricos. Baaz pretende que lo patrocinen. Los he visto entrar. El anciano no tiene mala pinta, pero la mujer camina como si llevara un palo en el...

—¡Jabir!

Koffi soltó un bufido mientras Jabir le ofrecía a su madre una sonrisa compungida. Las palabras del chico se grabaron en su mente, y miró alrededor mientras más cuidadores acudían. Antes no había reparado en ello, pero esa noche habían sacado de las jaulas muchos más animales de lo habitual y las instalaciones parecían más aseadas que de costumbre. Si la pareja de mercaderes accedía al patrocinio, el zoo no solo ganaría prestigio, sino más ingresos. Baaz debía de estar especialmente nervioso esa noche.

Un melodioso coro de voces se alzó de súbito en el interior de la carpa, hermoso y armónico. Los tres se quedaron petrificados al instante. Eran los siervos músicos del Zoo Nocturno; su canto significaba que el espectáculo había comenzado oficialmente. A los pocos segundos de que la atronadora percusión de los tambores se uniera a los cantos, el corazón de Koffi se sincronizó de manera instintiva con la palpitante cadencia. Levantó la vista cuando la obertura concluyó y, en su lugar, se hizo un silencio expectante.

—¡Excelente! —dijo alguien en el interior de la carpa—. ¡Una maravillosa actuación de nuestro coro! —Koffi reconoció la atronadora voz del maestro de ceremonias: Baaz—. Si le ha gustado, *bwana* Mutunga, sin duda le van a maravillar las bellezas que le tengo reservadas esta noche. Aunque, por supuesto, todas palidecen en comparación con su encantadora esposa. *Bi* Mutunga, las palabras no podrían hacer justicia a su esplendor...

Koffi a duras penas consiguió no poner los ojos en blanco. Baaz estaba empleando las palabras *bwana* y *bi*, los tratamientos honoríficos más formales de la lengua zamani, con la clara intención de causarles buena impresión. La lona de la *hema* era demasiado gruesa para que Koffi viera desde fuera lo que estaba pasando, pero oyó lo que parecían dos pares de manos ofreciendo un aplauso educado cuando los músicos abandonaron la carpa. «Dos, solo dos invitados». Baaz debía de haberles dicho que eso formaba parte de la exclusividad de la experiencia, pero ella sabía la verdad; nadie más había acudido. La cancelación de espectáculos por falta de concurrencia era cada vez más frecuente en los últimos tiempos.

Pasado un momento, su amo volvió a hablar:

—Bueno, como ya les habrán contado, mi espectacular Zoo Nocturno se jacta de contar con el más vasto despliegue de animales peculiares de la región, cuya singularidad no se parece a nada que...

—Usted enséñenos los animales —dijo una voz femenina con un fuerte acento—. No pensamos quedarnos aquí toda la noche.

Se hizo un silencio incómodo. Y a continuación:

—¡Claro! ¡Enseguida, *bi* Mutunga! ¡Permítanme presentarles, sin más dilación, el desfile de las fieras!

Era una señal; y tan pronto como pronunció las palabras, Baaz estaba empujando la cortina de la entrada principal de la *hema*. Koffi se puso nerviosa solo con verlo.

Debía reconocer que Baaz Mtombé realmente parecía el dueño de un Zoo Nocturno espectacular; todo en él emanaba desmesura, como una caricatura. Era un hombre inmenso con una piel de color roble oscuro y una melena de mechones negros y rubios gruesos como cuerdas que despuntaban en todas direcciones. Con el *dashiki* rojo y las babuchas de imitación de seda, tenía un aspecto alegre, aunque un tanto endomingado. Koffi lo conocía demasiado bien como para tragarse el cuento.

—¡Avancen! —Llamó por gestos a los primeros guardas de la fila, que hacían esfuerzos por arrastrar a la carpa a un par de gorilas de espalda plateada que tironeaban de sus arneses—. ¡Quiero grandes sonrisas! ¡Como hemos ensayado!

La fila que tenían delante empezó a circular hacia la tienda y Koffi tragó saliva. No había nada que temer en realidad. Los espectáculos eran idénticos en todas las ocasiones, y este sería seguramente uno de los últimos en los que participaría. A pesar de todo, la embargaba un nerviosismo raro. Demasiado pronto para su gusto, Mama y ella, acompañadas de Diko, llegaron a la entrada de la *hema*. Intentó no aspirar el especiado perfume de Baaz cuando se agacharon a su lado para pasar, y un momento después, ya estaban dentro.

Si el exterior de la *hema* reflejaba lo que la vieja carpa había sido en otro tiempo, el interior se aferraba a su antiguo esplendor con desesperación. El estilo de la decoración estaba un tanto anticuado, con sus viejas telas de estampados de animales y sus sillas desgastadas. Candelabros estratégicamente dispuestos otorgaban al recinto un cálido fulgor amarillento al tiempo que ocultaban algunas de las manchas más pertinaces de las alfombras, y el embriagador aroma del vino de palma apenas servía para enmascarar el tufo de animales pasados y presentes. La inmensa estatua de un pavo tallada en turquesa se alzaba en un rincón, y en el centro, un espacio abierto hacía las veces de escenario. Delante, sentada en un mullido sofá rojo, aguardaba una pareja ataviada con elegancia.

El hombre parecía lo bastante viejo como para ser el abuelo de Koffi. Exhibía una piel oscura y arrugada y un pelo cortado a cepillo, casi blanco. Vestía un *dashiki* de color berenjena que debía de costar un ojo de la cara a pesar de su liviandad, según adivinó Koffi al instante, y emanaba un aire de persona importante y refinada. A su lado, su esposa producía la sensación contraria: joven y chabacana hasta extremos incómodos. Parecía sentir una predilección especial por el verde, porque se cubría de ese color de los pies a la cabeza, desde el vestido de *batik* hasta las relucientes cuentas de jade que decoraban las puntas de sus trenzas de caja. Se tapó la nariz cuando Koffi y su madre entraron en la carpa con Diko, y Koffi notó un calorcillo de bochorno en el cuello. Jabir hizo aparición a continuación con sus licaones, seguido de Baaz.

—¡Damas y caballeros! —Pronunció las palabras habituales como si se estuviera dirigiendo a millones de personas en lugar de a un público de dos—. ¡Para su deleite y disfrute, les presento la inmensa colección de especímenes que conforma mi espectacular Zoo Nocturno! Esta noche van a emprender un viaje por la vida salvaje de las marismas del sur y recorrer las fieras de la Selva Mayor e incluso ejemplares capturados en las zonas más remotas de los yermos occidentales. ¡En primer lugar, la guiamala!

Koffi se relajó un poco cuando Mama y ella se desplazaron a un espacio situado junto a las paredes de la carpa mientras dos guardas guiaban a la guiamala, similar a un camello, al centro de la escena. Dieron varias vueltas para que el mercader y su esposa pudieran admirar los brillantes pinchos negros que le recorrían el lomo, todos ellos afilados como lanzas.

—Procedente de las llanuras de Kusonga —explicó Baaz—, la guiamala es un herbívoro capaz de sobrevivir varias semanas sin agua. Son animales elegantes, y cuenta la leyenda que una princesa de Occidente en cierta ocasión empleó una de sus espinas como poción amorosa...

Koffi escuchaba a medias los relatos sobre las fieras del Zoo Nocturno —algunos ciertos, la mayoría falsos— mientras los animales iban apareciendo uno a uno. Baaz narró una historia más horripilante que el resto sobre los gorilas de espalda plateada, cuando los llamó a continuación y luego compartió una leyenda sobre el impundulu al mismo tiempo que un joven cuidador aparecía con uno posado en su brazo. La chica contuvo el aliento al ver que la hiena chirriante salía a escena; cuando no llevaba bozal, su risa podía paralizar el cuerpo humano. Por fortuna, Baaz no sugirió una demostración en vivo. Pronto, estaba mirando a Jabir.

—Y ahora, como sorpresa especial de nuestra región —declamó con orgullo—, ¡les presento a Jabir y sus licaones de Lkossa!

Una oleada de orgullo recorrió a Koffi cuando Jabir dio un paso adelante con sus peludos canes marrones y ofreció una sonrisa acompañada de una reverencia cordial a los Mutunga. Aunque a ella le importaban más bien poco los espectáculos del Zoo Nocturno, Jabir, un comediante nato, lo daba todo. Levantó una mano, moviendo los dedos con un complicado despliegue de señas, y los perros se quedaron quietos. Koffi sonrió. La especialidad de Jabir eran las órdenes no verbales; con estas podía enseñarles casi cualquier cosa. Los señaló con dos dedos y los animales empezaron a correr a su alrededor en un círculo perfecto; un puño cerrado a continuación los hizo erguirse sobre las patas traseras y ladrar. *Bwana* Mutunga ahogó una risita cuando uno de los perros se volvió hacia él y agachó las patas delanteras en una inconfundible reverencia mientras otro saltaba en el sitio con brincos adorables. Koffi notó otra punzada de pena. Esos eran los momentos que echaría de menos.

Jabir desplegó unos cuantos trucos más antes de dar una palmada para indicar a los perros que se sentaran. Ofreció una reverencia final entre los aplausos del mercader.

—¡Bien, bien! —exclamó *bwana* Mutunga—. ¡Ha sido impresionante, jovencito!

El muchacho sonrió antes de llevarse a los perros y devolverle a Baaz el protagonismo.

—¡Acaban de ver a una de las estrellas más prometedoras del zoo! —declaró Baaz, sonriente—. ¡Y todavía hay más! Para nuestro próximo número...

—Amor mío. —Alzando la vista, Koffi vio que la mujer del mercader, *bi* Mutunga, abanicaba el aire con una evidente expresión de impaciencia. Se dirigió a su marido—: Se está haciendo tarde. Tal vez deberíamos volver a la caravana.

—Pero... —A Baaz le falló la voz—. Pero ¿no pueden quedarse un rato más? Ni siquiera les he ofrecido una gira completa por las instalaciones, una deferencia que reservamos a los patrocinadores...

—Ah, me temo que mi media naranja, más joven y sabia que yo, tiene razón, Baaz. —*Bwana* Mutunga dirigió a su mujer una mirada de adoración. Como en el caso de su esposa, el acento del hombre tenía el deje espeso y entrecortado de un baridiano, un norteño—. Tengo asuntos que resolver en el templo mañana. Quizá podríamos hablar del patrocinio la próxima vez...

Baaz se retorció las manos con gesto nervioso.

—¡Pero si todavía no ha visto nuestro apoteósico final! —Se dirigió a la esposa del mercader—. Me parece que este número le va a interesar especialmente, *bi* Mutunga. Si nos concediera tan solo diez minutos de su tiempo...

—Cinco. —La expresión de *bi* Mutunga no se alteró.

—¡Perfecto! —Baaz dio una palmada, de nuevo animado. Koffi sabía lo que venía a continuación, pero sufrió igualmente un sobresalto cuando los ojos de su amo se volvieron a mirarla—. ¡Tengo el gusto de presentarles a Diko, el jokomoto!

«Tranquila», se ordenó Koffi mentalmente mientras Mama y ella guiaban a Diko a escena. Ella sostenía la correa, pero su madre se quedó a su lado por si necesitaba refuerzos. «Lo has hecho cientos de veces —se recordó Koffi—. Con calma, como haces siempre...».

Despacio, condujeron a Diko por el perímetro del escenario. A la luz de los candelabros, las escamas rutilaban en colores casi hipnóticos. Aunque no se atrevía a alzar la vista, oyó los suaves suspiros de asombro que lanzaba el mercader.

—Qué ser tan exquisito —dijo *bwana* Mutunga—. Baaz, ¿de dónde ha dicho que procede?

—Ah. —La voz de Baaz emanaba una emoción renovada—. Los jokomotos proceden del oeste, del desierto de Katili; apenas quedan ejemplares en la actualidad.

—Hablando de fieras —lo interrumpió *bwana* Mutunga. Koffi le echó un breve vistazo mientras su madre y ella daban otra vuelta a la pista—. ¿Es verdad que el Shetani acabó con la vida de uno de sus guardas, Baaz? Me han contado que ayer organizó otro alboroto y mató a ocho personas.

Koffi trastabilló al mismo tiempo que el silencio se apoderaba de la carpa. Supo, sin necesidad de mirar, que todos los cuidadores de las inmediaciones habían enmudecido a la mención de Sahel, atentos a la respuesta de Baaz.

—Es... verdad. —Baaz no perdió el tono desenfadado—. Pero el chico decidió escapar. Fue una necedad por su parte abandonar mi generosa protección.

Koffi cerró el puño de la mano libre, pero siguió andando. En cuanto al mercader, cuando Koffi lo miró, reía agachado hacia su té.

—Incorporarlo supondría una gran mejora para su espectáculo, ¿no es cierto?

Una clara expresión de anhelo cruzó los rasgos del amo.

—Bueno, soñar no cuesta nada —suspiró—. Pero me temo que para hacerme con él tendría que canjearlo por mi alma.

—Reconozco que... —el mercader dejó la taza de porcelana en equilibrio sobre su rodilla— esa abominación ha contribuido a la prosperidad de mi negocio.

Los ojos de Baaz se iluminaron.

—¿Me recuerda otra vez con qué me dijo que comerciaba, *bwana*? ¿Joyas de valor incalculable? ¿Delicados tejidos?

Bwana Mutunga miró a Baaz con indulgencia.

—No se lo he dicho, pero no es ninguna de esas cosas —lo corrigió—. Mi especialidad son los artículos para las administraciones: plumas, papiros, tinta baridiana. El Templo de Lkossa por sí solo constituye la cuarta parte de mi negocio, con todos los libros y mapas que alberga.

—Por supuesto. —Baaz asintió como si fuera un experto en la materia.

—Antes tenía que igualar el precio de la competencia —prosiguió *bwana* Mutunga—. Pero ahora casi todos temen viajar a Lkossa, así que ¡tengo el monopolio! ¡Es una bendición!

La codicia asomó al semblante de Baaz.

—Bueno, *bwana*, permítame que sea el primero en felicitarle de corazón por su... prosperidad.

Koffi se esforzó en conservar la sonrisa hueca, pero su gesto se torcía cada vez más. El Shetani no era ninguna bendición para la gente de Lkossa, sino una amenaza. Cualquiera que viese con buenos ojos la existencia de un monstruo como ese era un desgraciado, en su opinión. Pensó en Sahel y recordó lo pequeño que parecía bajo el sudario. Había huido del Zoo Nocturno a la Selva Mayor porque pensaba que no tenía alternativa. Algunas personas no lo entendían —Baaz se había referido a él como un necio—, pero ella lo comprendía a la perfección. Sabía que la pobreza es un tipo de monstruo distinto, siempre al acecho y esperando para consumirte. Para algunos, la muerte era el monstruo menos cruel. Aunque no esperaba que hombres como esos dos se hicieran cargo.

—Me pregunto, Baaz... —*Bwana* Mutunga se inclinaba ahora hacia delante en la silla—. ¿Podríamos... ver al jokomoto más de cerca?

Baaz se animó al instante.

—¡Claro! —Se volvió hacia Koffi y su madre—. Chicas, traigan a Diko para que nuestros invitados lo vean.

Al oír esas palabras, Koffi se quedó helada. Por lo general, no hacían nada más que desfilar con Diko por el escenario unas cuantas veces, así que eso suponía un cambio en la rutina. Buscó los ojos de su madre automáticamente, pero Mama no parecía preocupada. Asintió y juntas guiaron a Diko hacia el mercader y su esposa para detenerse a un paso de la pareja.

—Fascinante.

Bwana Mutunga dejó la taza de té en una mesita auxiliar y se levantó para estudiar a Diko. El jokomoto crispó el cuerpo ante el súbito movimiento, pero no se movió.

«Tranquilo, chico». Koffi no despegaba los ojos de Diko mientras le ordenaba mentalmente que se portase bien. «Poquito a poco...».

Si *bwana* Mutunga estaba asombrado, saltaba a la vista que su mujer no compartía el sentimiento. Olisqueó el aire y volvió a arrugar la nariz.

—Apesta —declaró. Extrajo un pequeño frasco de perfume del bolso que había dejado a un lado y roció el aire con agresividad. El aroma saturó el ambiente, intenso y especiado. Diko siseó por lo bajo, y Koffi notó la boca seca cuando de repente se fijó en algo en el cuello del animal.

Una hebilla del arnés estaba suelta.

—Yo...

Koffi alargó la mano hacia el cierre, pero se detuvo. Mama le había dicho que comprobase el arnés, dos veces. Si Baaz se percataba de que estaba abierto...

—¡Uf! —*Bi* Mutunga se abanicó más deprisa, esparciendo el perfume—. De verdad, este hedor es absolutamente...

Sucedió en un instante, pero Koffi tuvo la sensación de que duraba un siglo. Diko volvió un ojo hacia ella antes de abalanzarse hacia los pies con sandalias de *bi* Mutunga con las fauces por delante. Sus dientes alcanzaron los bajos del vestido. Ella gritó y reaccionó con tanta violencia que cayó dando una vuelta de campana por encima del respaldo del sofá. La madre de Koffi ahogó un grito y a ella le dio un vuelco el corazón. Apartó a Diko a toda prisa. El animal se tranquilizó casi de inmediato, pero era demasiado tarde.

—Me... ¡me ha atacado! —*Bi* Mutunga se puso en pie de un salto antes de que su marido pudiera ayudarla, con el rostro surcado de lágrimas y kohl. Se quedó mirando los bajos bordados, hechos jirones, y luego se volvió hacia su marido—. ¡Amor mío, ha intentado matarme! ¡Mira cómo me ha dejado el vestido!

«No». Los pensamientos de Koffi eran un caos, incapaz de procesar lo que acababa de pasar. Aquello se veía mal, muy mal.

El mercader levantó a su mujer en brazos y la sostuvo un momento en el aire antes de apuntar a Baaz con un dedo acusador.

—¡Me aseguró que el espectáculo era seguro, Baaz! —le reclamó, enojado—. ¡Me dijo que usted era un profesional!

—B-b-bwana. —Baaz, que solía mantener la calma bajo presión, balbuceaba—. Le... le presento mis más humildes y sinceras disculpas. La próxima vez que nos visite, le aseguro que esto no...

—¿La próxima vez? *—Bwana* Mutunga arqueó las cejas con incredulidad—. Mi esposa se ha llevado un susto de muerte, Baaz. Nunca volveremos a pisar este desdichado lugar. Pensar que nos hemos planteado siquiera apoyarlo...

—¡Espere! —Baaz abrió los ojos de par en par—. Espere, señor...

No pudo ni terminar la frase antes de que el mercader agarrara a su esposa por el codo y se internara con ella en la noche. Koffi escuchó los pasos hasta que se perdieron a lo lejos. Durante un buen rato, nadie se movió en el interior de la *hema*. Cuando levantó la vista, descubrió que los ojos de todos los guardas estaban fijos en ella o en Baaz. Fue este último el que rompió el silencio:

—Has dejado una hebilla suelta. —Baaz hablaba en un tono peligrosamente quedo. Ya no era el alegre propietario de un espectacular Zoo Nocturno; solo era Baaz, su amo, que la fulminaba con la mirada—. Explícate.

—Yo...

A Koffi le reventó descubrir que apenas tenía un hilo de voz. Buscó en su mente una respuesta aceptable, pero no la encontró. La verdad es que no había una buena respuesta. No había comprobado el arnés de Diko porque se le había olvidado. Mama se lo había recordado, dos veces, pero no lo había hecho. Tenía la cabeza en otra parte. Estaba tan distraída con la idea de marcharse...

—Pagarás por esto. —Las palabras de Baaz cortaron sus pensamientos como un cuchillo—. Irás a la columna de los castigos y añadiré una multa a tu deuda: la suma de las dos entradas que acabo de perder. Si mis cálculos son correctos, eso equivale a seis meses de salario.

A Koffi se le saltaron las lágrimas. Que te azotaran era un horror, pero la multa..., seis meses de salario. Su madre y ella tendrían que quedarse en el Zoo Nocturno; no podrían irse después de todo.

Baaz se volvió hacia uno de los guardas que tenía cerca y luego señaló a Koffi.

—Llévala a la columna ahora. Aprenderá la lección.

—No. —Varios cuidadores dieron un respingo, Koffi incluida. Por primera vez, miró a su madre, que todavía estaba de pie al otro lado de Diko. Sus ojos marrones emanaban una extraña determinación—. No —repitió la mujer con tranquilidad—. He sido yo la que ha olvidado comprobar la hebilla del jokomoto. El castigo y la multa me corresponden a mí.

Koffi contuvo un grito y luchó por dominar la ola de pánico que la invadía. Su madre mentía. Iba a cargar con la culpa de su error, aunque no era ella la responsable. Se estaba sacrificando, ofreciendo literalmente su libertad. Koffi parpadeó para contener nuevas lágrimas.

—Muy bien —asintió Baaz con desprecio—. Tú recibirás el castigo entonces. —Agitó una mano con gesto despectivo—. Llévensela.

Koffi todavía sujetaba la brida de Diko con fuerza, pero no notaba los dedos cuando uno de los guardas aferró a su madre por el brazo y se disculpó con la mirada. Aunque ella irguió la cabeza, Koffi lo percibió igualmente; el leve temblor del labio inferior, el miedo.

—¡No! —Koffi avanzó un paso. Le temblaba la voz—: Mama, no...

—Cállate, Koffi. —A su madre no se le quebró la voz cuando sus miradas se encontraron—. Tranquila.

Asintió en dirección al guarda con un gesto rotundo, y él empezó a acompañarla al exterior de la tienda. Con cada paso que daba su madre, más agudo era el dolor que Koffi notaba dentro.

«No».

No había derecho, no era justo. Estaban a punto de marcharse y recuperar la libertad. Después de lo que había pasado, el atisbo de esperanza se había apagado, y todo por su culpa. Koffi apretó los dientes y se miró los pies, decidida a no llorar. El Zoo Nocturno le había robado muchas cosas en once años; esas lágrimas no serían una de ellas.

Notó la tensión de los pulmones cuando inspiró hondo y aguantó el aire. Oyó el latido de la sangre en la cabeza, pero se negaba a soltar el aliento. Era la mínima expresión de una protesta, una batalla perdida desde el comienzo y aun así disfrutó el gesto. Si en su vida no había nada que pudiera controlar, controlaría eso durante unos segundos, el propio aire que respiraba. Una nítida sensación de victoria inundó su cuerpo cuando por fin soltó el aire y liberó la presión de su pecho.

En ese instante, algo se hizo trizas a su lado.

4
Fe y fortaleza

Los dos jóvenes miraron de reojo a Ekon cuando el chico llegó al descanso de la entrada del templo.

«Veintisiete escalones, una buena cifra, divisible por tres».

Ocupó su lugar en el extremo izquierdo de la fila sin decir nada, pero el muchacho que tenía más cerca rio por lo bajo. Era casi tan alto como Ekon, con la constitución de una enorme roca, si bien los movimientos nerviosos de su rostro enjuto y alargado le daban un aire como de suricata. Pasados unos segundos, inclinó la cabeza hacia Ekon.

—Qué detalle por tu parte dignarte a acudir por fin, Okojo —dijo Shomari.

Ekon no respondió. Se limitó a clavar la mirada en los portones que tenían delante. Estaban construidos con antigua madera de iroko, implacable como el acero. En cualquier momento sonaría el cuerno *saa* de la ciudad y se abrirían. En ese instante, empezarían los ritos. Sus dedos buscaron un nuevo ritmo contra la pierna.

«Uno, dos, tres. Uno, dos, tres...».

—Bueno... —Esta vez Shomari remarcó las palabras con un fuerte codazo en las costillas de Ekon, que dejó de contar—. ¿Dónde estabas?

—No se nos permite hablar, Mensah —le advirtió Ekon entre dientes, con la esperanza de que el uso del apellido bastara como indirecta.

—A ver si lo adivino. —Los ojos negros de Shomari se tornaron duros como el pedernal—. Estabas escondido en alguna parte leyendo los antiguos desvaríos de algún maestro cascarrabias. Bah, seguro que a las damas les encanta.

—A tu madre le encanta —musitó Ekon.

Al otro lado de la fila, Fahim Adebayo soltó una risita. Shomari apretó los dientes, como si estuviera a punto de abalanzarse contra él, y, por un segundo, Ekon pensó que intentaría golpearlo, pero al parecer cambió de idea y volvió a mirar al frente. Ekon apenas pudo disimular una sonrisita burlona. Como hijos de notables familias yaba, Shomari y él se habían criado juntos. Sin embargo, eso no implicaba que se cayeran bien. Durante esos últimos meses, su anterior rivalidad hasta cierto punto cordial había cambiado por completo. La antigua rivalidad seguía ahí, pero la cordialidad había desaparecido.

Los tres guardaron silencio hasta que Fahim carraspeó. No era tan alto como Ekon, ni tan fornido como Shomari, y sus rasgos todavía conservaban cierta dulzura infantil que le impedía adoptar una expresión verdaderamente seria.

—¿Qué piensan que nos obligará a hacer? —susurró—. ¿En el último rito?

Shomari se encogió de hombros a toda prisa.

—No sé, me da igual.

Era mentira, pero Ekon no se molestó en desenmascararlo. En el fondo de su corazón, sabía que todos tenían motivos para tener miedo. Hacía pocas semanas, los tres estaban en esa misma escalera apiñados entre otros catorce chicos yaba que, igual que ellos, habían pasado toda la vida soñando con convertirse en Hijos de los Seis. En ese momento, eran los únicos que quedaban. Saberlo debería ser emocionante —cuando no un poco amedrentador—, pero a Ekon le costaba seguir concentrado. Si bien estaba parado ante el monumento más reverenciado de la ciudad, su mente seguía en las entrañas de la misma, recordando lo que había oído, las cosas extrañas que había dicho la anciana.

«¿Te llama a menudo? A mí también me llama de vez en cuando. No sé por qué; la magia es algo peculiar, como lo es aquello que toca».

No sabía qué parte del encuentro le había inquietado más en retrospectiva. Por un lado, haber oído la voz de Baba tan lejos de la selva. Por otro, aún peor, que la anciana lo supiera. Que hubiera empatizado con él e incluso hubiese dicho que a veces oía cosas procedentes de la selva también. ¿Cómo? ¿Cómo lo sabía? Ekon nunca le había hablado a nadie de las cosas que escuchaba cuando se acercaba a los árboles, de los recuerdos perturbadores que guardaba en la memoria. El mero hecho de pensar en ello en ese momento hacía que le sudaran las palmas de las manos. Le temblaron los dedos, ansiosos por reanudar la cuenta, cuando un leve temblor de tierra interrumpió sus pensamientos. Le zumbaron los oídos y le temblaron los huesos de pies a cabeza con el bramido del cuerno *saa*, procedente de una de las torres del templo. Hubo un silencio, y a continuación, como obedeciendo a una señal, el roce de la madera gastada contra la piedra. Las puertas del templo se abrieron y los tres se enderezaron de inmediato ante la figura que emergió de las sombras.

Un hombre corpulento envuelto en una amplia túnica azul los miró a los ojos. Ekon se puso tenso. No había señales explícitas en el físico de padre Olufemi que delatasen su vejez —su piel ocre no mostraba arrugas, y tan solo unas hebras grises en la zona de las sienes traicionaban su fino cabello negro—, pero el hombre santo emanaba algo que sugería eternidad. Como Kuhani, ostentaba la máxima autoridad de los hermanos de la Orden y en más de un sentido era el dirigente de la ciudad. En sus ojos de halcón, Ekon percibió la sagaz evaluación a la que los estaba sometiendo según posaba la vista en cada uno.

—Acompáñenme —murmuró.

El corazón de Ekon retumbó como un tambor cuando lo siguieron al templo.

Infinidad de velas votivas blancas iluminaban la mampostería de la sala de oración —ciento noventa y dos, a ojo de buen cubero— dispuestas en nichos que ascendían hasta los techos abovedados. Vaharadas de madera de cedro ardiente impregnaban el aire mientras el padre Olufemi los guiaba cada vez más adentro, y Ekon supo que el aroma procedía de los altares que los hermanos del templo mantenían encendidos a todas horas. Era el aroma del hogar. El Templo de Lkossa contenía salas de oración, una biblioteca, despachos e incluso dormitorios, donde los candidatos y los Hijos de los Seis que seguían solteros dormían cuando estaban de servicio. Era espléndido, piadoso y distinto a cualquier otro edificio de la ciudad. Se fijó en los banderines multicolores plegados en cestos de mimbre que compartirían con el resto de la población pasados dos meses. El templo ya se estaba preparando para el Vínculo, una festividad dedicada a los dioses. Ser iniciado como Hijo de los Seis tan cerca de esa celebración suponía un honor especial.

—Pónganse en fila.

El padre Olufemi todavía les daba la espalda, pero su voz restalló en el silencio como un látigo. Ekon se apresuró a situarse en el puesto que tenía asignado, junto a los otros candidatos. Cerró los puños para no mover los dedos. El padre Olufemi se volteó a mirarlos de nuevo con ojos inquisitivos.

—Candidato Adebayo, candidato Mensah y candidato Okojo. —Acompañó cada nombre con una inclinación de cabeza—. Son los últimos tres candidatos de esta generación que consideramos aptos para aspirar al título de guerrero. Están a punto de ingresar en una fraternidad sagrada, una alianza humana y divina. Hay hombres que entregarían la vida por formar parte de ella, y muchos lo han hecho ya.

Ekon tragó saliva. Rememoró la Galería del Recuerdo, un silencioso pasillo del templo que albergaba una lista permanente de los Hijos fallecidos en servicio, grabada directamente en las paredes de piedra. Sabía de hombres que habían dado la vida por la fraternidad. El nombre de su padre estaba en esa lista.

—Han superado cinco ritos del tránsito sagrado a la fraternidad de los guerreros. Ha llegado el momento de afrontar el último. —El padre Olufemi prosiguió—: Si lo superan, serán consagrados como Hijos de los Seis esta misma noche. De no ser así, su viaje habrá terminado. Conforme a la ley divina, no se les concederá otra oportunidad de someterse a los ritos, y nunca volverán a hablar de ellos.

Ekon sabía que debería estar prestando más atención a las palabras del padre Olufemi, que seguía hablando, pero le resultaba prácticamente imposible. La emoción y el nerviosismo corrían por su piel y le bombeaban la sangre con tal fuerza y velocidad que cada vez le costaba más seguir quieto.

«La hora de la verdad —pensaba—. Por fin ha llegado el momento».

Como ninguno puso objeciones, el padre Olufemi asintió con un gesto solemne.

—Muy bien. Así pues, empecemos.

Una vez más, les indicó que lo siguieran al exterior de la sala de oración por uno de los corredores. Ekon caminaba con paso firme según se internaban en la negrura, doblando esquinas y más esquinas hasta que tuvo la seguridad de que se habían perdido. Había pasado los últimos diez años de su vida allí, en el templo, pero dudaba que jamás llegara a conocer su distribución al completo. Finalmente, llegaron a una puerta envejecida iluminada por el único candelabro que brillaba en la pared. El padre Olufemi abrió la puerta y los hizo pasar a una habitación pequeña, sin ventanas. Ekon se quedó petrificado al ver lo que había en el centro.

La canasta de rafia del suelo era grande y redonda, no muy distinta a las que a veces llevaban las mujeres en equilibrio sobre la cabeza de camino al mercado; pero algo no cuadraba con esta.

Se movía.

Sin mediar palabra, el padre Olufemi se acercó a la canasta con parsimonia mientras ellos esperaban junto a la puerta. Si su contenido lo inquietaba, nada en sus movimientos lo delató cuando se volteó a mirarlos de nuevo.

—Reciten el capítulo tres, versículo trece, del *Libro de los Seis*.

Ekon se quedó en blanco durante unos aterradores momentos antes de que las palabras memorizadas acudieran a sus labios.

—«Un hombre honesto honrará a los Seis como honra su mismo aliento» —recitó conjuntamente con Fahim y Shomari—. «Los honrará en todo momento con las palabras de sus labios, los pensamientos de su mente y los actos de su cuerpo durante tanto tiempo como le sea dado para vivir entre hombres piadosos».

El padre Olufemi asintió.

—Un guerrero sacrosanto, un verdadero Hijo de los Seis, obedecerá en cualquier situación. Solo responderá ante los seis dioses y diosas de nuestra fe y ante aquellos que son sus portavoces. ¿Lo entienden, candidatos?

—Sí, padre —respondieron al unísono.

—¿Y entienden —el padre Olufemi volvió la vista hacia Ekon— que cuando se les ordene actuar en nombre de los Seis tendrán que obedecer siempre, sin poner objeciones ni vacilar?

Ekon tuvo la clara sensación de que se columpiaba al borde de un precipicio, a punto de saltar a un abismo desconocido. Echó un vistazo a la extraña canasta movediza antes de responder.

—Sí, padre.

—En ese caso, están listos.

Sin previo aviso, el padre Olufemi se agachó para levantar la tapa de la canasta. Llegó a sus oídos un leve rumor, una agitación. El padre les indicó por gestos que se acercaran. Con cada paso que daba, más lo notaba Ekon, un mal presentimiento que lo impelía a dar media vuelta, pero obligó a sus pies a seguir avanzando hasta detenerse a un paso del padre Olufemi. Cuando atisbó el contenido de la canasta, se le heló la sangre en las venas.

Una maraña de serpientes de tono castaño se enroscaban entre sí hasta crear un amasijo indivisible. No siseaban ni parecían percatarse de que tuvieran nuevos espectadores, pero un escalofrío recorrió los brazos de Ekon de todas formas. Era imposible saber dónde empezaba el cuerpo de una serpiente y terminaba el de la otra. Sus dedos iniciaron su tamborileo, buscando una cadencia.

«Hay demasiadas. No puedo contarlas. No puedo contarlas. No puedo contarlas».

Una nueva ola de ansiedad le anudó la garganta, y descubrió que era incapaz de tragársela. Aunque no conocía muchas especies de ofidios, estaba casi seguro de saber a cuál pertenecían esas. Sobre sus cuerpos entrelazados, tres pequeños fragmentos de pergamino ascendían y descendían con sus movimientos. Cada uno llevaba algo escrito, pero Ekon estaba demasiado lejos para leerlo.

«Tres fragmentos, por fin un buen número».

Shomari fue el primero en moverse al mismo tiempo que buscaba la honda en su cinto. Sin embargo, el padre Olufemi le detuvo la mano con una rapidez sorprendente.

—No.

Shomari agrandó los ojos con sorpresa, y el padre Olufemi habló antes de que pudiera protestar:

—Son mambas negras orientales —explicó—. Hay seis, una por cada uno de nuestros dioses y diosas. Han sido consagradas en este templo, y no deben lastimarlas.

El cuerpo de Ekon se crispó. No le gustaba el cariz que estaba tomando aquello. Si bien el padre Olufemi había dicho que había seis serpientes, no podía separarlas mentalmente, lo que significaba que no podía contarlas. Eso lo aterraba hasta el delirio. El instinto le gritaba que saliera corriendo o, al menos, que se alejara de las serpientes, pero descubrió que no podía moverse.

—Los Hijos de los Seis se distinguen por su fe y entereza —prosiguió el hombre santo—. Esta noche pondremos ambas cualidades a prueba. Hemos escrito los nombres de sus familias en fragmentos de pergamino que introdujimos en la canasta. —La señaló—. El último rito de paso requiere que retiren su nombre sin sufrir la mordedura de una serpiente. Procederemos por orden alfabético, por el apellido.

Nuevas gotas de sudor empaparon el cuello de Ekon y no por el calor sofocante de la pequeña habitación. Se rompió la cabeza con frenesí, intentando recordar lo que sabía de las mambas negras. Tenían fama de ser las serpientes más venenosas del continente; un solo mordisco podía matarte en cuesción de minutos. Sabía, por lo poco que había leído sobre ellas, que no eran demasiado agresivas por naturaleza, pero si se sentían amenazadas... Miró a sus compañeros. A Fahim le temblaban las fosas nasales cada vez que el aire pasaba con dificultad por su nariz; Shomari tenía las pupilas dilatadas. Ambos temblaban de manera visible. Como respondiendo a una señal, una de las serpientes asomó la cabeza por el borde de la cesta para mirarlos con curiosidad. Abrió la boca de color negro azulado y el veneno brilló húmedo en sus colmillos a la luz tenue. Ekon estaba petrificado.

—Candidato Adebayo —dijo el padre Olufemi—. Procede.

Ekon observó a Fahim, que avanzó arrastrando los pies hacia la canasta. Temblaba de la cabeza a los pies. Empezó a doblar la cintura y luego, como si hubiera cambiado de idea, se arrodilló. Los ofidios se volvieron a mirarlo, seis pares de relucientes ojos negros que lo observaban y esperaban. Fahim alargó la mano, pero la retiró cuando una serpiente siseó. El padre Olufemi negó con la cabeza.

—Son serpientes consagradas, lo que significa que solo muerden a los indignos —murmuró—. Debes actuar sin miedo, desde la fe.

Fahim asintió. Su pecho ascendía y descendía mientras se tranquilizaba. Cambió de postura, dobló los dedos, y a continuación —tan deprisa que Ekon apenas vio el movimiento—, agarró un fragmento de pergamino del centro de la canasta. Trastabilló hacia atrás y se acercó el papel a los ojos para leer el nombre que llevaba escrito. Cada músculo de su cuerpo se relajó al instante y le tendió el papel al padre Olufemi, que lo leyó.

—Muy bien. Candidato Mensah, te toca.

Shomari parecía más seguro que Fahim, pero no demasiado. Rodeó la canasta como si acechara a una presa, la mirada alerta, clavada en los dos trozos de papel restantes mientras intentaba adivinar cuál llevaba el nombre de su familia. No obstante, cuando llegó el momento de arrodillarse ante la canasta, temblaba tanto como el otro. A diferencia de Fahim, alargó la mano con sumo tiento y sus dedos planearon sobre los cuerpos anudados de las serpientes mientras el sudor se acumulaba en su labio superior. Tomó uno de los recortes y retiró la mano con cuidado. Una risa nerviosa resonó por la habitación cuando se levantó. El padre Olufemi le quitó la tarjeta. Después de leerla, asintió nuevamente y le indicó por gestos que retrocediese para sentarse junto a Fahim. Ekon se encogió de dolor cuando los ojos del sacerdote se volvieron hacia él.

—Candidato Okojo, acércate.

Ekon intentó tragar saliva de nuevo, pero tenía la garganta seca. Contó los pasos; cuatro, mal número. Tuvo la sensación de que las piernas se le movían por su cuenta cuando el padre Olufemi señaló la canasta por última vez antes de retirarse para dejarle espacio. Por fin, Ekon se obligó a bajar la vista. Allí, justo en el centro de la canasta, estaba el último recorte de pergamino. El nombre estaba escrito en tinta negra, con un trazo grueso.

OKOJO

La hora de la verdad había llegado; ese trozo de papel era lo único que se interponía entre él y todo aquello por lo que había trabajado. Se agachó despacio, sin hacer caso de la presión de la piedra contra las rodillas. Al instante, como si de algún modo hubieran intuido que Ekon era el último intruso, las mambas sisearon al unísono y los ojos fríos sostuvieron su mirada como ónice arrancado de un cielo nocturno sin estrellas. Recordó las palabras del padre Olufemi, pronunciadas hacía un momento.

«Solo muerden a los indignos».

Tragó saliva. ¿Y si él era indigno? Pensó en la selva, en lo que había hecho; en lo que no había hecho. Recordó a la extraña anciana, los secretos que él mismo guardaba y al monstruo; todo parecía apuntar siempre al monstruo. Pensó en la voz que poblaba sus pesadillas.

«Por favor». En su mente, la voz de Baba seguía sonando pastosa, doliente. «Por favor, hijo mío».

No. Ekon cerró los ojos. Se obligó a pensar en Kamau, en el templo y en la vida que los dos habían llevado tras la muerte de su padre. Reemplazó las visiones de la Selva Mayor por recuerdos de las sesiones de entrenamiento bajo un sol abrasador en las pistas del templo, el aroma del pan de arroz horneándose en las cocinas, una biblioteca tan llena de libros que podía contarlos hasta el infinito.

«Sé fuerte». Oyó la voz de Kamau en su mente, tranquilizadora y segura como siempre. «Puedes hacerlo. Y recuerda: *kutoka mzizi*».

Kutoka mzizi. Las palabras constaban de seis sílabas. Seis, un buen número. Despacio, volvió a abrir los ojos. Usando la mano libre, Ekon se golpeteaba el costado con los dedos según buscaba un antiguo ritmo y entonaba las palabras de sus ancestros al compás.

«Uno, dos, tres. Uno, dos, tres. Uno, dos, tres. Uno, dos, tres».

«Kutoka mizizi. Kutoka mzizi».

Todo cambiaría después de esa noche. Tras eso, formaría parte de algo por fin, de una fraternidad.

«Kutoka mizizi. Kutoka mzizi. Kutoka mzizi».

A los ojos de su gente, a los ojos de esa ciudad, sería un respetable guerrero y un hombre. Los niños lo mirarían con admiración; las chicas se fijarían en él. Sería el orgullo de Baba por fin, aunque su padre ya no estuviera allí para verlo.

Haría que su madre se sintiera orgullosa, aunque tampoco se hubiera quedado para presenciarlo.

«Kutoka mzizi».

Haciendo un esfuerzo por tranquilizarse, alargó la mano hacia la tarjeta con los dedos extendidos. Lo haría al modo de Shomari, despacio y con tiento. Midió la distancia conforme se acortaba.

«Veinte centímetros, quince centímetros, siete centímetros».

La puerta se abrió de golpe, tan súbitamente que Ekon ya estaba de pie con el *hanjari* en ristre antes de saber siquiera quién había entrado. Cuando vio al recién llegado, bajó el arma, desconcertado.

El joven que los miraba sostenía una antorcha y vestía un caftán azul cielo, húmedo de sudor por la zona del cuello. Era alto, fornido y de piel oscura, y su pecho se agitaba a causa de su respiración agitada. Era un Hijo de los Seis.

—Kuhani.

El guerrero se golpeó el pecho con el puño a modo de saludo e hizo una reverencia.

—Guerrero Selassie, ¿qué significa esto? —Ekon nunca había visto al padre Olufemi tan enfadado. El hombre santo apretaba los labios, transformados en una línea fina, y una gran vena latía peligrosamente en su sien—. ¿Cómo te atreves a interrumpir el rito sagrado de...?

—Perdóneme, padre. —Fahim y Shomari intercambiaron una mirada cuando el guerrero hizo una segunda reverencia, más profunda esta vez por si las moscas. Por primera vez, Ekon cayó en la cuenta que estaba temblando y hablaba con voz entrecortada—. El *kapteni* Okojo me ha ordenado que fuera a buscarle de inmediato.

A Ekon le dio un vuelco el corazón. ¿Kamau había enviado a ese guerrero? Saberlo lo puso en alerta. Algo iba mal.

La expresión del padre Olufemi se endureció.

—¿Qué ha pasado? Habla.

El guerrero Selassie rompió la segunda reverencia para incorporarse y buscó la mirada del hombre santo.

—Es el Zoo Nocturno de Baaz Mtombé —susurró—. Está en llamas.

Cosas excepcionales

Adiah

—*Bwana* y *bi* Bolaji, gracias por acudir con tanta celeridad.

De pie junto al padre Masego, veo a mis padres subir los últimos peldaños del Templo de Lkossa e intento tranquilizarme. Puede que sea el tono plomizo del cielo vespertino, que proyecta melancolía como acostumbra en esta época del año, pero hoy los dos parecen más demacrados y fatigados que nunca.

Tal vez sea porque sé que siempre lo están.

Mis padres han cruzado la ciudad a petición del mensajero que el padre Masego les ha enviado. Un rictus tenso reemplaza la sonrisa habitual de mi padre, y adivino de inmediato que la está pasando mal. Las escaleras empinadas, como la del templo, le machacan la espalda. Tantos años trabajando en el campo le han encorvado la columna hasta deformarla. Le miro las manos, callosas y tan grandes que pueden rodear las mías por completo. Tiene la piel de un tono castaño oscuro y el rostro redondo; la gente dice que me parezco a él. A su lado, mi madre, que lleva las canosas trenzas recogidas en un chongo alto, lo sujeta por el codo cuando alcanzan por fin el descanso. Sus intensos ojos color cobre están clavados en mí.

Esto no pinta nada bien.

—Kuhani. —Mama saluda al padre Masego con una breve reverencia. Mi padre hace lo mismo, aunque su gesto es más torpe—. Nos ha sorprendido mucho recibir su mensaje esta mañana. Verá, mi marido y yo estábamos trabajando y nos pagan por hora...

—Lamento haberlos alejado de sus ocupaciones —dice el padre Masego. Hoy viste una sencilla túnica azul, pero con los rizos blancos atados en la nuca y la barba recortada conserva todavía un aspecto tan regio que da rabia—. Sin embargo, me temo que el asunto era urgente.

Por primera vez, mi madre despega la vista del padre Masego para mirarme a mí. La preocupación le arruga el ceño.

—¿Va todo bien? ¿Ha pasado algo?

—Bueno... —El padre Masego se interrumpe como queriendo elegir bien las palabras—. Podría decirse así. Su hija ha provocado un incidente esta mañana.

Noto que la mirada del anciano se voltea hacia mí, pero no quiero devolvérsela.

—Después de comentarlo con varios testigos —continúa—, he pensado que sería mejor hablarlo en persona... de inmediato.

—Adiah Bolaji. —Mi nombre completo. Eso no es nada bueno. Esta vez, no tengo más remedio que agacharme cuando la mirada de Mama me atraviesa, afilada como un cuchillo. Incluso Baba parece triste—. ¿Qué has hecho esta vez?

—¡Nada! —Me revienta que mi voz haya sonado tan chillona, porque eso prácticamente equivale a admitir la culpa. Soy prácticamente una adolescente, pero todavía hablo como una niña pequeña. Mi mirada revolotea entre mis padres antes de añadir a toda prisa—: O sea, ha sido un accidente. El hermano Isoke...

—Está en la enfermería del templo en estos momentos, recuperándose —me interrumpe el padre Masego. Se voltea hacia mis padres—. Por lo que entendí, estaba entrenando con Adiah y otros jóvenes darajas esta mañana, cuando ella se ha dejado llevar por el... entusiasmo.

—¿Entusiasmo? —Baba frunce el ceño, desconcertado.

El padre Masego asiente.

—El ejercicio que los alumnos estaban practicando les requería invocar una pequeña cantidad de esplendor de la tierra, dejarlo circular por su interior y soltarlo de inmediato. Adiah ha invocado mucho más del que esperaba el hermano Isoke y, cuando iba a corregirle la postura, parece ser que ella ha...

—¡Ay, vamos, el pelo le volverá a crecer! —lo corto con un bufido—. Bueno..., algún día.

Al oír eso, mi padre y mi madre dan un respingo. Mama tiene que tomar a Baba del brazo para evitar que se caiga por la escalera cuando se va para atrás. Luego, me mira horrorizada. Es una mirada que conozco de otras veces y me duele. También estoy molesta con el padre Masego por delatarme. Yo no tengo la culpa de que el esplendor de la tierra acuda a mí con tanta facilidad; ha sido así toda mi vida. Lo miro furiosa y agito los dedos de los pies al notar el agradable cosquilleo del esplendor en las plantas. Seguramente podría freírle esa ridícula barba que lleva, si me lo propusiera. Me regaña con la mirada como si hubiera leído mi pensamiento y se desplaza un poquito a la izquierda para alejarse de mí.

—Quizá —propone con amabilidad— deberíamos proseguir esta conversación en la intimidad de mi despacho.

Mama suelta a Baba y me agarra del brazo sin muchas contemplaciones mientras seguimos al padre Masego al interior del Templo de Lkossa. A esta hora, la mayoría de los hermanos e Hijos de los Seis están ocupados estudiando, rezando o patrullando. Subimos un tramo de escalera —despacio, para que Baba no se quede atrás— y el padre Masego nos invita a cruzar una puerta de madera muy bien pulida. La verdad es que no me gusta estar dentro del templo, y sobre todo me fastidia entrar en el despacho privado del Kuhani. La habitación es alargada y rectangular, pero con esas estanterías atestadas de libros por todas partes me siento enjaulada. Pienso en mi mejor amigo, Tao, y lo mucho que le gustaría estar aquí. Sé que de vez en cuando, si no está haciendo tareas en la cocina del templo, se cuela en la biblioteca a escondidas. Podría pasar un día entero con la nariz hundida en un libro. A diferencia de mí, a él no le importa estar quieto.

El padre Masego se acomoda en la silla de cuero que hay detrás del escritorio y les indica a mis padres por gestos que ocupen el conjunto de dos asientos que tiene enfrente. No quiero fijarme en eso, pero su presencia rechina aquí dentro con sus atuendos de campesinos. La túnica de Baba está llena de remiendos, y el vestido de trabajo de Mama se ve dado de sí y es demasiado ancho para su figura delgada. Siento vergüenza ajena un momento y luego me odio por ello. Mama y Baba han hecho muchos sacrificios para que yo pueda estudiar en el templo; no tengo derecho a sentirme avergonzada. Salta a la vista que no hay un asiento para mí y no tengo más remedio que quedarme de pie entre mis padres mientras el padre Masego se dirige otra vez a ellos.

—Quiero ser sincero con ustedes, *bwana* y *bi* Bolaji. —Une los dedos como para rezar—. Hace dos años, cuando Adiah tenía diez y me la trajeron para que la evaluara, pensé, tal como les dije, que podría llegar a ser una daraja brillante si recibía la preparación adecuada. —Los mira con aire apurado—. Me temo que me equivocaba.

Tengo la sensación de que la temperatura del despacho ha bajado varios grados de golpe. Veo a mi madre erguirse en la silla y a mi padre adoptar un gesto tenso. En mi cabeza, oigo un rugido que aumenta de volumen con cada segundo que pasa e intento que no se me revuelvan las tripas. Se acabó, seguro. El padre Masego está a punto de expulsarme del templo; les va a decir a mis padres que no se me permite continuar mi formación. Prácticamente oigo romperse sus corazones mientras aceptan la realidad. Dos años de sacrificio constante tirados a la basura. Ya no tendrán una hija que podría llegar a ser algo más que una segadora; una hija de la que sentirse orgullosos. Vuelvo la vista al suelo mientras el sentimiento de culpa me hace un nudo en la garganta y unas lágrimas calientes me inundan los ojos.

—Lo que quiero decir es...

Levanto la vista. El padre Masego ya no mira a mis padres, sino a mí, con atención. Tengo que recurrir a toda mi fuerza de voluntad para no moverme en mi lugar. Sus ojos cafés, que son redondos y penetrantes, me recuerdan a los de un búho.

—Ahora pienso que subestimé de un modo lamentable el potencial de Adiah —continúa—. Dije que podría ser una poderosa daraja, pero ahora tengo muy claro que ya lo es. De hecho, Adiah es uno de los mayores prodigios con los que me he cruzado en mis setenta y dos años de vida. Con solo doce años, sus capacidades son extraordinarias.

Si el despacho se ha quedado frío antes, ahora el calor regresa a toda velocidad. Noto el alivio latiendo en el aire, como un corazón que volviese a cobrar vida en la habitación. Mis padres se relajan visiblemente en sus asientos y todo mi nerviosismo de antes se transforma en sentimiento de orgullo.

«Extraordinarias».

El padre Masego, líder absoluto del templo y la ciudad, piensa que mi relación con el esplendor es extraordinaria.

No me van a expulsar, no soy una fracasada. Todavía tengo tiempo para demostrar lo que valgo, para mejorar la vida de mis padres. Una vez que complete mi formación de daraja, podré ganar dinero y lo compartiré con ellos. Todavía existe la posibilidad de una vida mejor. Hay esperanza.

—Entonces, usted cree que a nuestra pequeña las cosas le irán... ¿bien?

Baba se inclina hacia él con una expresión implorante. Al escuchar esas palabras de humilde alegría, algo me estruja el corazón. El padre Masego le responde con una sonrisa amable.

—Ya lo creo que sí —contesta—. Creo que Adiah estará lista dentro de pocos años, una vez termine su preparación.

Preparación. Así, sin más, estoy deseando volver a los jardines para entrenarme. Quiero practicar el ejercicio que el hermano Isoke intentaba enseñarme hacía un rato, y me gustaría hacerlo bien esta vez. Tal vez podría...

—Pero... —El padre Masego no ha despegado los ojos de mí—. Adiah, además de un cumplido que sin duda te mereces, me siento obligado a hacerte también una advertencia: «Mucho se espera del que mucho recibe». —Golpetea con el dedo el grueso libro de cuero que hay en una esquina de su mesa—. Ese dicho procede de las escrituras. ¿Sabes lo que significa?

Niego con la cabeza porque, sinceramente, no tengo ni idea. Una sonrisa más relajada estira los labios del padre Masego.

—Lo que significa —dice— es que, habida cuenta de la evidente atracción que ejerces sobre el esplendor, vas a tener que trabajar con mucho mucho ahínco para canalizarlo de manera adecuada y segura. Tendrás que estudiar más, practicar más horas...

—Lo haré.

—... y seguir las instrucciones de tus maestros durante las lecciones. —Su gesto se torna burlón—. También significa que no pueden producirse más incidentes como el de esta mañana. ¿Entendido, jovencita?

—Sí, padre. No se producirán.

Pronuncio las palabras a toda prisa y las digo muy en serio. El padre Masego me saca de quicio a veces, pero la verdad es que... quiero que esté orgulloso de mí, igual que quiero que mis padres lo estén. No me gustaría tener que marcharme de aquí.

No quiero fracasar.

—Bien. —El padre Masego se levanta, y también mis padres—. Tengo una fe absoluta en ti, Adiah —dice—. Y estoy seguro de que algún día vas a hacer cosas excepcionales.

5
Hacia las estrellas

Koffi se encogió al notar que algo le quemaba la piel.

Hubo una tremenda explosión, tan intensa que tembló la carpa al completo, acompañada de un fogonazo de luz color oro blanco. Tardó un momento en saber de dónde venían el aguijonazo de dolor y el hilito caliente que le resbalaba por el antebrazo, entre los gritos de sorpresa que lanzaban animales y cuidadores por igual. La mirada se le nubló un momento y Koffi parpadeó varias veces hasta que el mundo recuperó la nitidez. Despacio, observó la escena que tenía delante.

Una mesa auxiliar cercana se había volcado; el mantel de lino, antes blanco, estaba manchado de tierra, una parte de la mesa se había chamuscado y, cerca de sus pies, algo rojo salpicaba el suelo, demasiado brillante para ser sangre. Tardó un momento en comprender que estaba viendo cera, cera de vela, y cuando pudo fijarse mejor, advirtió que estaba por todas partes, incluido su brazo. Eso explicaba el dolor, pero Koffi seguía sin entender qué había pasado. Hacía un momento, la vela ardía tan tranquila en su candelabro dorado. Y de golpe, solo quedaban de ella minúsculas llamas que parpadeaban en el suelo. Era como si hubiera explotado.

Miró alrededor, desconcertada. La vela había estallado en el instante en que había resoplado, pero... seguro que había sido una coincidencia; tenía que serlo. No había otra explicación, aunque se sentía rara. Tenía la piel —que hacía un momento le ardía— fría y sudorosa, y notaba un cosquilleo en la planta de los pies igual que cuando pasaba demasiado rato sentada con las piernas cruzadas. Cuanto más miraba los restos chisporroteantes de la vela, más le costaba soslayar la pregunta que se abría paso en su mente:

«¿He sido yo?».

No, claro que no. Era una idea absurda, ilógica, y sin embargo... Recordaba la presión que se le había acumulado en el pecho, seguida de esa radiante sensación de liberación. Una corriente cálida le había recorrido el cuerpo, había ascendido por sus extremidades hasta brotarle de las manos. Algo había pasado, no sabía qué, y cuanto más lo pensaba, mayor era su inquietud.

«Esto es obra mía. Yo lo he provocado».

Buena parte de los guardas todavía observaban perplejos el lugar donde antes estuviera la vela; unos cuantos miraban alrededor mientras trataban de averiguar qué había provocado la explosión. Koffi notó un único par de ojos clavados en ella, y levantó la vista.

Mama.

Su madre era la única persona de la *hema* que no miraba la vela hecha añicos, sino a Koffi. Había puro terror en su semblante.

—¡Orden!

Baaz, que seguía plantado en el centro de la carpa, mandó a voz en grito y luego fulminó con la mirada los pequeños fuegos como si pretendiera extinguirlos a fuerza de enojo.

—Idiotas, a ver si aprenden a mirar por dónde van y dejan de tirar cosas. Que todo el mundo conserve la calma y acompañe a los animales al exterior en fila de a uno. —Se volteó hacia un fornido guardafieras que tenía al lado—. Dosu, ve corriendo al pozo por agua. Gwala, lleva a RaShida a la columna. Enseguida salgo.

Koffi echó un vistazo a Diko y se quedó helada. A su lado, el jokomoto había entrado en una inmovilidad inquietante, con los ojos clavados en el fuego que se expandía. En la mirada amarilla del lagarto había una expresión inconfundible: un ansia. Koffi soltó la correa.

—Hay que salir de aquí. —Prácticamente tropezó consigo misma mientras se apartaba del animal. En alguna parte de la *hema*, creyó oír un grito ahogado—. Tenemos que salir todos de inmediato.

Por el rabillo del ojo, vio el ceño de Baaz tornarse más amenazador.

—Cállate, niña —gruñó el amo—. No hay ninguna necesidad de...

—¡Lo digo en serio, hay que salir! —Koffi elevó el tono de voz una octava, pero no podía evitarlo. Despegó la vista de Baaz para volver a mirar Diko. El jokomoto aún no se había movido, y un fulgor sutil brillaba rojizo por debajo de sus escamas—. Por favor. —Miró por encima del hombro—. Por favor, todo el mundo tiene que...

Alguien la agarró del brazo, con brusquedad, y se encontró frente a frente con Baaz. El hombre tenía el rostro deformado de rabia. O bien no se había fijado en Diko o ya le daba igual.

—He dicho que te calles —le ordenó entre dientes—. Este zoo es mío, no tuyo. Yo decido quién abandona esta carpa y cuándo, no tú, repugnante mocosa...

Sucedió sin previo aviso. Sonó un chillido ensordecedor, tan estridente que varios guardas cayeron de rodillas al oírlo. Koffi notó que Baaz la soltaba y acabó en el suelo, mientras la *hema* volvía a agitarse y una llamarada se lo tragaba todo. Tenía los pelitos de la nuca erizados cuando se acurrucó y se tapó la cabeza. Un grito prolongado cortó el aire, seguido de todo un coro. Todavía con la cabeza gacha, escuchó los pisotones de gente y animales aterrados que corrían a su alrededor hasta que se atrevió a levantar la vista. Cuando lo hizo, se le paró el corazón.

Diko.

Ahora estaba en el centro de la carpa, iluminado como si estuviera de pie bajo una invisible luz blanca. El fuego surgía de su boca en horribles llamaradas de un amarillo dorado que quemaban cuanto tocaban. Iba a incendiar la carpa entera.

—¡Koffi!

El grito procedía de su derecha. Jabir estaba al otro lado de la carpa, mirando a un lado y a otro mientras sus licaones correteaban a su alrededor aullando. La buscaba con la mirada, cada vez más frenético. Koffi abrió la boca para llamarlo cuando uno de los gorilas se abalanzó enloquecido hacia ella y la obligó a rodar a un lado para apartarse. Cuando volvió a sentarse, ya no pudo ver a Jabir.

—¡Aparta!

Notó un pinchazo en las costillas. Alguien había tropezado con ella antes de caer al suelo chillando. Koffi se dobló sobre sí misma. El aire de la *hema* era más denso y oscuro por momentos; el humo le impedía respirar y ver el panorama con claridad. A su derecha, la guiamala —ahora abandonada— trotaba en círculos nerviosos hasta que derribó el poste central de la carpa y un temblor amenazó la estructura por completo. Nuevos gritos se mezclaron con un repiqueteo metálico a medida que cientos de piquetas se descuajaban en el exterior, incapaces de soportar la nueva tensión de la carpa. Koffi levantó la vista, horrorizada.

—¡Agáchate!

Alguien la arrastró al suelo al mismo tiempo que trozos de tela escarlata empezaban a plegarse sobre sí mismos prendiendo a una velocidad alarmante. Un cuerpo cubrió el suyo para protegerla de los restos más grandes. Cuando Koffi volvió la cabeza, su cara estaba a pocos centímetros de otra. Mama. De algún modo, había conseguido llegar hasta ella.

—¡Quédate detrás de mí! —le dijo su madre—. ¡Gatea!

Le indicó a Koffi por gestos que la siguiera a cuatro patas por encima de las alfombras mientras los animales y cuidadores atrapados en la carpa ardiente seguían gritando. La salida del pabellón ya se había derrumbado, y más trozos de lona continuaban desplomándose. A varios metros de distancia, al otro lado de la carpa, Koffi vió una rendija abierta donde el borde de la *hema* se había separado un poco de la tierra. Era una abertura pequeña, pero si podían deslizarse por debajo...

Los trozos de cristal roto que había esparcidos por el suelo se le clavaban en las palmas de las manos y en las rodillas; penachos de humo le inundaban los pulmones con cada bocanada de aire que intentaba respirar. El fuego empeoró, subió la temperatura, pero Koffi no se detuvo. Descubrió consternada que el hueco de la tienda parecía alejarse en lugar de acercarse. Nuevas chispas bailotearon alrededor de su cara y ella agitó una mano ensangrentada para alejarlas.

«Dioses —rezó—, por favor no dejéis que mi pelo prenda».

Un pitido horrible se apoderó de sus oídos cuando abrió la boca para llamar a su madre y, en vez de eso, aspiró una bocanada de calor agrio. La silueta de Mama —que todavía se arrastraba delante de ella— se volvía cada vez más difusa, más difícil de distinguir entre el humo y los trozos de carpa que se desplomaban alrededor. Koffi intentó respirar nuevamente, pero solo fue un jadeo seco. Quemaba. Se volvió a retorcer de dolor cuando alguien le pisó la espalda. En cualquier momento, su cuerpo no daría más de sí. No podría continuar.

—¡Kof! —Mama gritó su nombre desde alguna parte de la oscuridad—. ¡Agárrate a mí!

No obstante, era demasiado tarde. Koffi no veía ni notaba nada salvo humo y sangre. Su mente se estaba nublando y el suelo pareció inclinarse cuando cayó hacia delante. Se preparó para el dolor, el inevitable choque contra el suelo, pero no llegó. Hubo un estrépito cuando una nueva sección de la carpa se derrumbó; otro grito, largo y agónico. Unos fuertes brazos la aferraron. Medio estirando, medio arrastrando, la sacaron al aire fresco de la noche.

—¡Koffi!

Su campo de visión seguía oscuro y emborronado, pero Koffi notó que alguien la abofeteaba con suavidad e intentaba incorporarla. Parpadeó con dificultad y vio el rostro de su madre, que la miraba.

—¡Levanta! ¡No podemos quedarnos aquí!

Koffi respiró el aire puro y el mundo se enderezó. Estaban en el exterior, a pocos pasos de la *hema* incendiada. Tan pronto como se levantó, su madre la agarró del brazo y echó a correr.

—Los animales —le dijo entre zancada y zancada—. ¡Ayúdame con ellos!

Koffi miró a su espalda. La *hema* se había vuelto un gran incendio, una enorme bola de fuego que se propagaba a toda velocidad hacia otras zonas del zoo. Oía los balidos, los gruñidos y los chillidos que lanzaban los animales enjaulados cuando el calor abrasador los alcanzaba y se le revolvió el estómago.

—¡Rápido! —Su madre le señaló el aviario mientras ella misma corría hacia un corral de kudúes aterrados. Sin pararse a pensar, Koffi abrió el techo abovedado de la jaula y los pájaros salieron volando hasta perderse en la noche como un arcoíris de plumas. Un par de guardas la observaron con desconcierto antes de comprender lo que estaba haciendo y salir disparados para ayudar a otros animales. Koffi liberó a los chimpancés, a una cría de hipopótamo de guerra y a una cebra. Estaba tan inmersa en el caos que al principio no oyó el alarido. Cuando lo hizo, se le heló la sangre en las venas.

Guerreros.

Como era natural, habían visto el humo y las llamas en la parte baja de la ciudad y acudían a investigar. Se estremeció. Los guerreros de Lkossa, los Hijos de los Seis, no eran famosos por su compasión. De súbito, su madre estaba a su lado otra vez.

—Tenemos que marcharnos. —Mama hablaba en tono asustado. Sus ojos estaban abiertos de par en par—. ¡Ahora!

Koffi se sobresaltó.

—¿Qué pasa con nuestras deudas?

Ella la aferró por los hombros con tanta fuerza que casi le dolió.

—No podemos quedarnos —la apremió—. No después de lo que acaba de pasar en la carpa. Si Baaz comprende lo que has hecho y lo que eres en realidad, nunca saldrás de aquí.

«Lo que has hecho y lo que eres en realidad». Era una frase rara, chirriante, pero Koffi no tuvo tiempo de meditar las palabras, porque su madre ya había salido disparada por los terrenos del Zoo Nocturno arrastrándola tras de sí. Sus piernas protestaban a cada paso, pero ella hacía esfuerzos por no quedarse atrás. A su alrededor, breves imágenes desfilaban ante sus ojos en colores vívidos. Por lo visto, habían liberado a los demás animales del Zoo Nocturno, que ahora pisoteaban los jardines en busca de una vía de escape. Habían estallado más incendios por las instalaciones, y los gritos no solo de los animales, sino también de los guardas, resonaban en la noche. Koffi se estremeció mientras escudriñaba el perímetro del *zoo*. Dio un respingo cuando notó el mismo cosquilleo de antes en los pies, esta vez acompañado de un jalón justo debajo del ombligo y de algo que la recorría por dentro. Volteó la cabeza hacia el lugar del que procedía la sensación, y una oleada de alivio la inundó. Un muro gigantesco rodeaba el Zoo Nocturno, pero había una zona de la pared cubierta de enredaderas que creaban gruesas lianas.

—¡Mama!

Koffi señaló las enredaderas. Mirando hacia el punto que le indicaba su hija, su madre asintió y cambió de rumbo. Se detuvieron juntas al pie del imponente muro.

—¡Trepa!

La madre de Koffi miró a sus espaldas. Estaban solas, pero seguramente por poco tiempo.

Koffi no dudó. Las lianas creaban una cortina verde oscuro y se rodeó el pie desnudo con un tallo para impulsarse. Llegó tan arriba como pudo, pero un dolor lacerante le atravesaba las palmas de las manos. Cuando las apartó, la liana estaba manchada de sangre. Tenía las manos sembradas de cortes después de haberse arrastrado por los escombros de la *hema*.

—¡Date prisa! —le gritó su madre.

—¡Tengo las manos llenas de heridas!

La mujer se arrancó dos tiras del fondo de la túnica.

—¡Envuélvetelas con esto!

Koffi obedeció y volvió a intentarlo. En esta ocasión, cuando apretó la liana, el dolor le pareció soportable. El jalón debajo del ombligo seguía ahí, apurándola a subir mientras ella escalaba el muro centímetro a centímetro. Tuvo la sensación de que tardaba un siglo, pero poco a poco el borde superior fue asomando. Las estrellas titilaban en el firmamento entre el humo ascendente, y Koffi las usó como guía. «Un poco más —se decía—. Solo un poco más».

—¡No te pares! —le gritó su madre desde abajo. Otra oleada de intenso alivio recorrió a Koffi cuando sus manos vendadas palparon por fin la cornisa, una superficie de piedra plana apenas lo bastante ancha para que pudiera izarse y encaramarse sobre ella como un pájaro. Miró hacia abajo, esperando ver a su madre pegada a ella, y la euforia se transformó en terror.

Mama estaba un par de metros más abajo, trepando por las enredaderas con frenesí y mirando a su espalda con expresión de pavor. Koffi siguió la trayectoria de su mirada para entender qué pasaba. Se le cerró la garganta cuando sus ojos por fin encontraron lo que su madre ya había visto.

Dos jóvenes vestidos con sencillos caftanes marrones corrían por los jardines hacia ellas con decisión. Observó sus siluetas desdibujadas contra el resplandor rojizo del incendio voraz que se desplegaba al fondo.

Eran Hijos de los Seis que acudían a detenerlas.

—¡Vamos! —Koffi se inclinó sobre el borde de la pared todo lo que se atrevió y tendió los dedos—. ¡Agárrate de mi mano!

Si su madre la había oído, no lo demostró. Sus ojos se desplazaban de un lado y a otro como si estuviera atrapada en una trampa, de las lianas a los guerreros que se acercaban, y luego otra vez a las lianas con un terror palpable. Probó a dar una especie de salto desesperado, pero solo consiguió resbalar aún más hacia abajo.

—¡Mama, por favor!

Koffi alargó el brazo, aun sabiendo que si se asomaba demasiado acabaría cayendo; ya casi no podía mantener el equilibrio. Por fin, su madre reaccionó. Alzó la vista y buscó la mano de Koffi, ajena a la pequeña piedra negra que volaba hacia ella. Esta impactó contra la parte posterior de su cabeza con un crujido espantoso. Una especie de suspiro escapó de sus labios, puso los ojos en blanco y Koffi supo lo que estaba a punto de pasar.

—¡No!

Rozó los dedos de su madre antes de perderla otra vez. Tuvo la sensación de que tardaba mil años en aterrizar como una muñeca de trapo. Koffi esperó con el corazón en vilo, pero su madre no se movió.

—¡Le di!

Alguien gritó las palabras de lejos, pero Koffi no levantó los ojos para saber quién las había pronunciado. Una sangre negruzca encharcaba la hierba bajo la cabeza de Mama como una corona. Empapaba su turbante y chorreaba por las trenzas de pelo negro que asomaban del mismo. En ese momento, Koffi lo entendió. Fue la misma clase de horrible claridad que experimentó cuando los ojos de Baba se cerraron en la colchoneta tantos años atrás, cuando supo que no se había dormido, sino que se había marchado mucho más lejos. Un miedo lento se le abrió paso por dentro hasta estrujarle la garganta con sus dedos largos y despiadados.

«No». Miró el cuerpo de su madre, incapaz de asimilarlo. «No, no, no...».

Una piedra le golpeó el hombro y una nueva descarga de dolor rebotó por su cuerpo hasta traerla de vuelta al presente. Una vez más, algo jaló su centro como si la apurara a dejar atrás el Zoo Nocturno para internarse en el campo que se abría al otro lado. Experimentó un palpable estira y afloja en su interior, dos posibilidades en conflicto que la empujaban en direcciones distintas. La extraña sensación en el centro de su ser le pedía que se marchara; el cuerpo de su madre le suplicaba que se quedara.

«La mente por delante del corazón. El corazón por delante de la mente».

Se volvió hacia los campos de citronela que se extendían ante ella.

—¡Eh, espera!

Sobresaltada, Koffi miró por encima del hombro. Uno de los guerreros estaba más cerca, sus ojos oscuros clavados en ella con la concentración de un cazador. Estaba cazando. Iba a por ella. Se columpió sobre la pared, ordenándose mentalmente no caer hacia dentro.

«Corre».

Era una sola palabra, pero estaba ahí, en su mente, y se repetía como ondas en la superficie lisa de un estanque.

«Corre».

Entonces, tomó una decisión: la mente por encima del corazón. Notó un vacío en el estómago cuando saltó de la repisa en dirección a las estrellas, rezando para que la recogieran cuando cayera.

6
El color de la medianoche

Ekon corría por las calles desiertas de Lkossa, rodeado de Hijos de los Seis por todos los frentes.

«Doscientos ochenta y dos pasos desde el Templo de Lkossa —contó—. Un buen número».

La alegre algarabía que inundaba la ciudad hacía un rato se había esfumado, y los pocos vecinos que todavía remoloneaban junto a las fachadas no saludaron ni aplaudieron al paso de los guerreros. No era difícil imaginar el aspecto que debía de ofrecer el grupo: una colección de hombres uniformados, lanzas y rostros adustos corriendo hacia un peligro desconocido. Apretó la empuñadura de cuero de su *hanjari* con una mano mientras usaba los dedos de la otra para reanudar la cuenta.

«Doscientos ochenta y cuatro pasos. Doscientos ochenta y cinco pasos. Doscientos ochenta y seis...»

No tardaron demasiado en llegar al Zoo Nocturno, y Ekon se detuvo un momento cuando la colina sobre la que se extendía asomó ante sus ojos. Había oído hablar del zoo, cómo no —todos los niños de Lkossa crecían oyendo historias de sus maravillas y horrores—, pero nunca había entrado ni se había atrevido a acercarse. Poseía un inquietante parecido con una cárcel: un gran recinto cerrado cuyos muros sumaban dos veces su altura, por lo menos. Los reflejos color oro anaranjado parpadeaban en lo más alto y, aun a muchos metros de distancia, el tufo agrio del humo y la hierba chamuscada le irritaba los ojos. Siguieron corriendo hasta llegar a las ornamentadas verjas de acero negro de la entrada. Kamau, a la cabeza del grupo, se quedó parado ante las puertas y se volteó hacia los demás. Tenía aspecto de *kapteni* de los pies a la cabeza.

—Tenemos que avanzar deprisa —les aconsejó—. La vegetación de los alrededores está muy seca, sobre todo los campos de citronela. Si el fuego los alcanza, la misma Lkossa correrá peligro. Hay que controlarlo y luego extinguirlo, así que trabajaremos en grupos. —Señaló a varios guerreros veteranos—. Ustedes se unirán a mí en las tareas de búsqueda y rescate. Empezaremos por el extremo sur del zoo y avanzaremos hacia el oeste. —Miró a otro grupo—. Ustedes serán los ojeadores. Llevarán cubos de agua a las zonas en las que el fuego amenace con escapar y se encargarán de contenerlo. No flaqueen pase lo que pase.

—¡Kamau! —Ekon casi se arrepintió de haber hablado, cuando los ojos de todos los guerreros se clavaron en él. No distinguía la expresión de su hermano mayor, así que se arriesgó a seguir hablando—. Perdón, esto..., *kapteni,* ¿cómo puedo ayudar?

Kamau ya estaba mirando al otro lado de las puertas abiertas del Zoo Nocturno.

—Debe de haber un pozo en alguna parte del zoo; las ordenanzas de la ciudad lo requieren. Shomari, Fahim y tú se encargarán de rellenar los baldes y pasárselos a los ojeadores. Asegúrense de que siempre haya un cubo preparado.

Un sentimiento de decepción se apoderó de Ekon. Ser el chico de los cubos ni en sueños le permitiría demostrar su valía al padre Olufemi y a la fraternidad de guerreros. Era muy consciente de que no había llegado a extraer su nombre del cesto de mambas en el templo antes de que tuvieran que marcharse, y eso significaba que —estrictamente hablando— no había llevado a cabo el último rito de paso. Si no se ganaba el respeto allí... Tragó saliva para deshacer el nudo que tenía en la garganta.

Kamau los evaluó a todos con la mirada.

—Hay siervos por deudas en el zoo a los que llaman guardafieras —dijo—. Ante todo, son trabajadores gede y, sin duda, algunos intentarán aprovechar el caos para escapar. Si ven alguno y tienen oportunidad, reténganlos. Están sujetos a contratos legalmente vinculantes y no se les permite abandonar las instalaciones del zoo. ¡En marcha!

Dio media vuelta y el resto de los guerreros yaba obedeció sus instrucciones. Lo siguieron por la entrada del Zoo Nocturno al interior de las instalaciones gritando vítores y aullidos de guerra. Tan pronto como estuvo dentro, Ekon se encogió. No solo hacía calor allí dentro; el ambiente era sofocante. Nunca hubiera imaginado que el fuego pudiera resultar tan ruidoso. El rugido era ensordecedor. A su alrededor, gente ataviada con túnicas grises corría y chillaba, y no eran los únicos. Se le erizó el pelo de la nuca cuando algo escamoso y rutilante lo adelantó lanzando un gruñido y proyectando olas de calor a su paso. A pocos metros de allí, otra figura más peluda escapaba de las llamas cada vez más altas. Habían liberado a las fieras del Zoo Nocturno.

—¡Busquen el pozo!

Kamau blandió su lanza de lado a lado cuando un animal cornudo se abalanzó contra él. Ekon vio desaparecer a su hermano entre los penachos de humo.

«Por favor, ten cuidado —rezó en silencio—. Por favor, que no te pase nada».

—¡Okojo!

Dio un respingo al notar que alguien lo empujaba. Sorprendido y luego enfadado, descubrió que Shomari estaba a su lado fulminándolo con la mirada.

—Muévete. ¡El pozo está por allí!

Ekon se mordió la lengua para no replicar. Los dos guerreros corrieron por los jardines hacia el pozo en el que Fahim ya los estaba esperando, y empezaron a llenar baldes de inmediato. Como ellos, los cuidadores de fieras transportaban cubos, con aire desesperado, y lanzaban el agua al fuego como mejor sabían, pero no estaban consiguiendo nada. Ekon arrebató el cubo a un anciano perplejo, sin demasiadas contemplaciones. Su mirada saltó a una gran carpa totalmente engullida por las llamas que seguramente era el origen del incendio. Kamau tenía razón; tenían que darse prisa en contenerlo.

Hundió el balde en el pozo. El agua estaba tibia y sucia, pero un ojeador ya corría hacia él. Tan pronto como le pasó el recipiente y rellenó el cubo vacío que había dejado a sus pies, otro ojeador se acercó, y luego otro más. Era un trabajo repetitivo; notaba pinchazos en los brazos y en la parte baja de la espalda según se inclinaba una y otra vez para pasar los baldes llenos y recoger los vacíos. Se le aligeró el corazón cuando barrió con la vista los jardines calcinados del zoo. Uno de los fuegos más pequeños ya estaba extinguido, y un equipo de guerreros luchaba contra el más grande, cerca de la gigantesca carpa. Seguía escudriñando la zona cuando lo vio; cuando las vio.

Dos figuras vestidas de gris corrían entre el caos por los terrenos del Zoo Nocturno, una de ellas mirando hacia atrás cada pocas zancadas.

«Dos, mal número».

La primera mujer llevaba turbante y parecía lo bastante mayor para ser la madre de Ekon, pero la segunda tendría su edad. Aun desde la distancia, pudo ver el miedo que reflejaban sus rostros; el terror de una persona que corre por su vida.

Intentaban escapar.

Ekon miró hacia atrás alarmado mientras hundía otro cubo en el pozo.

—¡Eh! —gritó—. ¡Hay dos posibles fugitivas corriendo hacia el muro!

Fahim seguía rellenando baldes a toda velocidad, pero Shomari, al oír las palabras, levantó los ojos con avidez.

—No por mucho tiempo.

Dejó el cubo al mismo tiempo que Ekon y echaron a correr a la par. Avanzaban con zancadas acompasadas mientras cerraban la distancia que los separaba de las guardas a la fuga. La más joven ya estaba en lo alto del muro demarcador. La mayor trepaba por las enredaderas para alcanzarla.

—¡Van a escapar!

Shomari se detuvo para extraer la honda que llevaba en el cinto.

—No, no lo harán.

Echó mano de una piedra del suelo, se arrodilló y disparó con una puntería impecable. La piedra surcó el aire como un ave de presa y golpeó a la cuidadora mayor en la parte trasera de la cabeza con tanta fuerza que la mujer perdió apoyo y cayó. Ekon se encogió cuando el cuerpo se estrelló exangüe contra el suelo.

—¡Le dí! —Shomari agitó el puño en alto antes de disparar otro canto. Este golpeó a la segunda cuidadora, la chica, en pleno hombro—. Una más y...

—¡No! —Ekon ya había echado a correr. La chica que estaba en la cornisa del muro les daba la espalda y se columpiaba peligrosamente. Le ardieron los pulmones cuando inhaló humo, y se mareó, pero le gritó a la muchacha igualmente—: ¡Eh, espera!

Ella solo se volteó a mirarlo una vez. Ekon supo lo que iba a hacer, pero de todos modos se le cortó la respiración al verla saltar a la oscuridad.

—¡No! —Se detuvo en seco cuando Shomari llegó de nuevo a su altura—. Saltó.

Su compañero maldijo de viva voz, ya mirando hacia la entrada del zoo.

—Todavía podemos acorralarla. Yo iré por detrás... ¡Tú salta el muro!

Ekon reaccionó al instante. Se apresuró hacia la tapia sin pararse a pensar en lo que hacía. La cuidadora mayor, la que Shomari había abatido, yacía inmóvil en la hierba, pero Ekon no se detuvo a mirarla. Saltó al muro cubierto de enredaderas y trepó a toda prisa para llegar al otro lado lo más rápido posible. El mundo se le oscureció cuando alcanzó la cornisa sobre la cual se había columpiado la chica, apenas unos segundos antes. Se precipitó al vacío igual que había hecho ella y aterrizó con fuerza en la tierra del otro lado. Barrió con la vista el terreno que tenía delante y se quedó petrificado.

Habían pasado diez años desde que viera al monstruo cuadrúpedo acechándolo en la oscuridad, aunque eso no lo hacía menos aterrador. Jadeó cuando el ser le devolvió la mirada, iluminado por el horrible fulgor anaranjado que proyectaban los incendios al otro lado del muro. Tenía un cuerpo leonino, la piel tensa a lo largo de la delgada figura y de ese rosa pálido de algo que lleva años sin ver la luz del sol. Ekon lo reconoció.

El Shetani.

El tiempo pareció detenerse mientras el ser lo observaba mostrando una fila de dientes amarillentos apiñados en las carnosas fauces negras. Eso ya habría sido aterrador por sí solo, pero la dentadura del animal no era lo que había clavado a Ekon a la tierra, sino sus ojos. Eran gélidos, dos pozos negros que amenazaban con tragárselo entero. Lo sumieron en la inmovilidad y la impotencia mientras esa voz que tan bien conocía emergía de las profundidades de su mente. Descubrió que no podía hacer nada para detenerla; ni siquiera podía obligar a sus dedos a contar.

«Hijo». La voz de Baba emanaba la misma desesperación de siempre. «Hijo, por favor».

Ekon no estaba junto al límite de la Selva Mayor, pero daba igual. Parecía como si la misma esencia de la jungla hubiera ido a buscarlo, una pesadilla viviente destilada de su mismo corazón desdichado. De repente, volvía a ser un niño que miraba al monstruo erguido sobre el cuerpo de su padre.

«Por favor, Ekon».

En su recuerdo, el cuerpo de Baba estaba destrozado y había demasiada sangre.

«Por favor, hijo».

Pero Ekon no podía moverse, no podía ayudarlo. Mirando a los ojos del Shetani, supo que el monstruo no sería lo que acabaría con su vida, sino el miedo. Después de tantos años, la bestia todavía lo reclamaba, aún hacía estragos en su cuerpo como una enfermedad incurable. Cerró los ojos con todas sus fuerzas, esperando a que el engendro avanzara para liquidarlo, y entonces...

—Vete.

Ekon se sobresaltó y abrió los ojos al instante. La voz que había dado la orden no era la de Baba y no procedía de su mente. Era más queda, más clara. Su mirada giró a la derecha y enfocó a una figura parada en la oscuridad, a pocos pasos, inmóvil como una piedra. La chica. Vio a la luz de la luna que tenía la nariz ancha y pequeña, mejillas redondeadas y la barbilla ligeramente puntiaguda. Trenzas negras enmarcaban su rostro como una cortina que se detenía justo pasados los hombros. No lo miraba a él, sino al Shetani, y su expresión conseguía transmitir incertidumbre y calma al mismo tiempo. Observaba a la fiera como quien contempla algo vagamente conocido. Ekon tensó todo el cuerpo esperando una reacción violenta de la fiera, pero el Shetani no hizo nada. Parecía tan perplejo como él por la presencia de la chica. Transcurrió un instante, y entonces Ekon lo notó. La sensación fue silenciosa al principio, como un murmullo grave, como algo que retumbase justo bajo sus pies. Se hizo palpable en el aire, lo calentó. A continuación:

—Vete.

La muchacha repitió la palabra, con voz más potente esta vez, más convencida. A juzgar por su expresión, a ella le sorprendió tanto su propio tono como a Ekon. Pasó otro momento antes de que el Shetani diera un respingo y se retirara a los campos de citronela. La chica y él se quedaron solos.

«Le entendió». Ekon se quedó mirando el espacio que había ocupado la bestia hacía un momento, mientras intentaba asimilar lo que acababa de ver. Tuvo ganas de pellizcarse, de hacer algo para demostrarse que aquello era real, pero no podía moverse. «Le hizo caso —comprendió—. Le dijo que se marchara y al parecer... lo hizo. Obedeció».

En cuanto a la chica, todavía no se había movido. Tenía los ojos clavados en la negrura, como si viera algo que él no podía ver. Un largo silencio llenó el espacio entre los dos, antes de que el instinto tomara las riendas y Ekon cerrara el hueco que los separaba. Dobló los dedos sobre la parte alta de su brazo y ella dio un brinco al notar el contacto. Ekon descubrió con sorpresa que la piel de la muchacha estaba caliente al tacto, casi febril. En ese momento, con ese roce, tuvo la sensación de que algo irradiaba de ella hacia él, el mismo rumor de antes, tan intenso que le castañetearon los dientes. Ella alzó la recelosa mirada para sostenerle la suya, y Ekon, desde algún rincón inaccesible de su mente, advirtió que tenía los ojos del color exacto de la medianoche; al menos, del color que tenía la medianoche en su imaginación. Aflojó los dedos que sujetaban el brazo de la muchacha, pero no se dio cuenta de que la había soltado hasta que ella se alejó trastabillando y salió corriendo. No era demasiado rápida, podría haberla atrapado de haber querido; pero no lo hizo. Ekon la vio perderse entre la citronela. Un sentimiento de alivio lo acarició efímero, hasta que una voz sacudió la noche.

—¿La soltaste?

Ekon se giró a toda prisa. Shomari estaba plantado a pocos pasos de distancia; acababa de doblar una esquina del muro. Su mirada revoloteaba de Ekon a los campos circundantes con una expresión indecisa. Se hizo un silencio horrible. A continuación, Shomari giró sobre los talones y se echó a correr.

«No».

Ekon lo persiguió con el corazón retumbando en el pecho. El humo empezaba a disiparse, el rugido del fuego perdía furia. Por lo visto, habían conseguido sofocar gran parte de los incendios, pero a Ekon le traía sin cuidado. Él tenía una sola cosa en mente. No podía dejar que Shomari le contara a nadie lo que acababa de hacer. Había dejado marchar a la guardafieras adrede. Si alguno de los otros guerreros lo descubría, si el padre Olufemi se enteraba...

Se apresuró todavía más, pero fue inútil. Al cabo de nada, habían vuelto a entrar en el Zoo Nocturno y se paraban junto al pozo. Ekon descubrió horrorizado que varios Hijos de los Seis ya estaban allí de pie, rodeando a un grupo mayor de gente que esperaba sentada en la hierba con las muñecas atadas. Debían de ser otros guardas, los que no habían conseguido escapar o no se habían molestado en intentarlo. Cada una de sus tristes miradas estaba clavada en un hombre enfundado en un *dashiki* rojo de aspecto barato, situado a un par de metros de distancia.

—¡... los daños me van a costar una fortuna! —decía el hombre—. ¡Deben acudir al Kuhani esta misma noche y decirle que necesito una compensación y ayuda económica inmediata de las arcas del templo! Soy un hombre temeroso de los dioses y pago mis diezmos...

—Tendrá que presentar una petición formal al Comité Fiduciario del Templo, Baaz. —Kamau respondió en tono cortante. Mostraba una expresión altiva mientras miraba al hombre con asco mal disimulado—. No nos corresponde a nosotros reintegrarle sus fondos. De momento, le sugiero que rescate lo que pueda. Por nuestra parte hemos vuelto a traer a todos los guardas que intentaban huir...

—¡No, no a todos! —La voz de Shomari resonó en la noche. Ekon vio a su compañero avanzar hacia ellos con una mueca de suficiencia—. Ekon ha dejado escapar a una.

Todos los guerreros que había por allí cerca se irguieron con semblante rígido al comprender lo que estaba diciendo Shomari. Ekon se fijó en que Fahim, parado por allí cerca, agrandaba los ojos, horrorizado. Baaz Mtombé parecía perplejo a más no poder. La peor reacción, sin embargo, fue la de Kamau. En dos zancadas, cruzó el espacio que lo separaba de Shomari y cerró el puño sobre el caftán del chico. Lo atrajo hacia sí hasta que las dos narices se rozaron. Cuando habló, su voz recordó a un gruñido.

—Si vuelves a acusar a mi hermano de algo así...

—Ka-Kamau, es verdad. —Los ojos de Shomari perdieron su brillo petulante mientras la tenaza de Kamau se cerraba todavía más—. Lo he visto con mis propios ojos. ¡Ha dejado marchar a una guardafieras al otro lado del muro! ¡Llevaba el uniforme de los guardas! ¡Lo juro por los Seis!

Los ojos de Kamau siguieron el tembloroso dedo de Shomari antes de volverse hacia Ekon. La rabia se había esfumado, así como ese instinto de protección que su hermano mayor siempre demostraba hacia él. En su lugar, había algo mucho peor: estupor.

—Ekkie —susurró—. Eso... no es verdad, ¿cierto?

Ekon notó hielo en la sangre. Otro rugido sordo le saturó los oídos, pero esta vez no procedía de un incendio. Tuvo la sensación de que su mente se rompía en mil pedazos irreparables bajo la mirada expectante de su hermano. El instinto le gritaba que le mintiera, pero la confesión se le escapó antes de que pudiera detenerla.

—Es verdad.

Habría dado cualquier cosa por no ver la expresión de Kamau en ese momento; no había palabras para describirla. Era una mezcla de decepción, horror y el dolor palpable ante algo roto, algo que nunca podrá repararse. Ninguno de los otros guerreros yaba se atrevió a decir nada; solo los crepitantes restos del incendio llenaban el silencio.

—¿Me estás diciendo —intervino Baaz en tono indignado— que ahora los Hijos de los Seis se saltan la ley a su antojo? —Miró a Kamau—. Dime, ¿con qué comisión debería hablar sobre...?

—Silencio.

Todas las cabezas se giraron hacia la voz que acababa de hablar, una voz que Ekon imploró a todos los dioses y diosas no haber oído. El mundo giró más despacio cuando el padre Olufemi se acercó con parsimonia por los terrenos humeantes del Zoo Nocturno. Sus labios estaban fruncidos, la piel del entrecejo arrugada.

—El chico no es un guerrero —declaró—. Pero recibirá su castigo.

Los dedos de Ekon bailaban a su antojo, golpeteando su pierna con un ritmo frenético.

«Uno, dos, tres. Uno, dos, tres. Uno, dos, tres».

Intentó cerrar los puños para detener el movimiento, pero con tantos ojos pendientes de él, le resultaba imposible. Tuvo la sensación de que pasaban siglos enteros mientras el padre Olufemi seguía avanzando. Por fin, se detuvo a pocos pasos del muchacho. Su mirada permaneció impávida cuando habló.

—Candidato Okojo. —Hablaba con una voz suave hasta extremos insoportables—. Has contribuido voluntariamente a la fuga de un trabajador legalmente cautivo y al hacerlo has privado a este hombre de cobrar una deuda legítimamente contraída y ajustada al derecho. Eso es un delito y un pecado. Ninguna de las dos faltas tiene cabida entre los Hijos de los Seis.

Ekon no desvió los ojos de la implacable mirada del padre Olufemi, pero atisbó por el rabillo del ojo la atención de los demás guerreros y percibió su repugnancia palpable en el grio aire nocturno. Un sentimiento tácito pareció fraguarse entre ellos hasta desembocar en una decisión unánime. Los dedos de Ekon contaban tan deprisa que empezaron a dolerle las articulaciones.

El padre Olufemi entrelazó las manos al mismo tiempo que Kamau desviaba la mirada. Ekon supo lo que estaba a punto de suceder un instante antes de que los labios del hombre santo pronunciaran las frases.

Diecisiete palabras, un mal número.

—Ekon Okojo —dijo con voz queda—. Con efecto inmediato, descartamos tu candidatura a los Hijos de los Seis. Has sido rechazado.

7
Ritmo y cadencia

Koffi observó el firmamento fracturado, que palidecía a medida que la noche se rendía al alba.

Durante unos segundos escasos y frágiles, permaneció tan ajena a sí misma como las nubes del cielo, suspendida en el espacio que discurre entre las pesadillas y los sueños, donde la realidad no se puede alcanzar. La sensación no duró demasiado; los recuerdos de la noche anterior la asaltaron de inmediato.

Entonces recordó los ojos.

Los tenía incrustados en la mente, de un color negro insondable. Recordaba la sensación de la caída cuando había saltado del muro del Zoo Nocturno, el impacto al aterrizar de pie y el tropezón. Cuando se levantó, estaba mirando a un monstruo a la cara... y no a cualquier monstruo.

Al Shetani.

Supo al instante lo que estaba viendo. Había oído las leyendas en la infancia, pero nada la había preparado para la realidad. El ser que había tenido delante estaba hecho del material mismo de las pesadillas, un amasijo de piel en carne viva, tensa sobre tendones y huesos. Visualizó los dientes como cuchillos y la cola parecida a un cepillo alargado, su manera de curvar las garras negras sobre la tierra cuando su cuerpo se crispó. Tal vez hubiera salido atraído por el jaleo que había provocado el incendio del Zoo Nocturno; quizá por alguna otra cosa. Koffi estaba segura de que la iba a matar, y entonces...

«Vete».

La palabra había surgido de sus labios en un susurro. Una vez más, había notado el extraño cosquilleo en los pies, una corriente que la recorría por dentro.

«Vete».

No tenía claro por qué había repetido la orden; le había salido sin más. Y entonces, contra toda lógica... el Shetani había obedecido.

Visualizó la figura batiéndose en retirada para internarse en la noche e intentó recordar otros detalles. Alguien la había sujetado un momento, un chico que no había notado hasta entonces. Cuando el muchacho la soltó pasado un instante, Koffi aprovechó la ocasión y salió corriendo. El mismo tirón acuciante que había notado antes la guio a través de los campos de citronela. Las gigantescas paredes del zoo se perdieron a lo lejos conforme los arrabales de la ciudad de Lkossa acudían a su encuentro. Paso a paso, encontró una cadencia, una percusión rítmica que comenzaba en sus pies y ascendía hacia sus costillas hasta sincronizarse con los latidos de su corazón.

«Tu-tum. No pares. Tu-tum. No pares».

El tirón la había conducido por un laberinto de callejuelas que apestaban a basura y comida podrida, hasta que llegó a un callejón más estrecho que los demás y repleto de cajones abandonados en los que se podía esconder. Y allí seguía sentada todavía, con las rodillas pegadas a la barbilla.

Cuando cambió de postura, un dolor palpitante en la zona de la clavícula le recordó la pedrada que había recibido hacía un rato, pero se mordió el labio hasta que consiguió dominar las lágrimas. No lloraría, se prometió, allí no. Ceder al llanto sería dar rienda suelta a algo, a una avalancha que no estaba segura de poder contener una vez liberada. Se le revolvieron las tripas por el esfuerzo de cortar de raíz dos tipos de dolor distintos, decidida a que ninguno de ambos la consumiera. Al cabo de un momento, el primero se amortiguó, pero el segundo seguía ahí.

Su madre había muerto.

La certeza no cayó sobre ella como esperaría, definitiva y devastadora. Más bien aparecía en oleadas, cada una más cruel que la anterior, hasta dejarla entumecida. Mama y ella habían estado cerca, muy cerca de conocer una vida totalmente distinta. Recordó la esperanza que había atisbado en los ojos de su madre cuando le contó que se iban a marchar.

«Podemos ir a donde queramos —había dicho—. Tú y yo abandonaremos este sitio y empezaremos de cero en alguna otra parte, y nunca miraremos atrás. Jamás regresaremos».

Al final, el sueño no las había llevado más allá de los muros del Zoo Nocturno.

Koffi se miró las manos, todavía envueltas con descuido en las ensangrentadas tiras de tela que su madre se había arrancado de la túnica para ayudarla a escalar por las lianas. Un rictus de dolor asomó a su cara. Aquellos trapos rasgados eran literalmente una parte de su madre, lo único que le quedaba de ella. Nuevas revelaciones cobraban forma a medida que los miraba. Su madre había entendido que tal vez no consiguieran escapar juntas del Zoo Nocturno, así que había obedecido a su instinto materno y le había dicho a Koffi que escalara la pared en primer lugar. El sacrificio, en último término, lo había cambiado todo, pero no había sido el único. Koffi recordó súbitamente otros detalles: las veces que Mama había compartido su plato con ella, cuando la comida escaseaba, o su cobija, en las noches más frías. La noche anterior sin ir más lejos, antes de que intentaran huir, su madre había querido aceptar un castigo que no merecía: renunciar a su libertad para que Koffi no tuviera que renunciar a la suya. Eso había hecho siempre Mama: poner a los demás por delante. Nunca había recibido nada a cambio de su bondad; ya nunca lo recibiría.

«Y todo por tu culpa».

Koffi reculó asustada de su propia acusación mental, del veneno que contenía. Sentirse vacía es una cosa, pero el sentimiento de culpa la atravesó como un cuchillo. Nada de lo sucedido la noche anterior habría pasado si se hubiera acordado de revisar el arnés de Diko. La explosión de la vela, el incendio, las consecuencias, todo se debía a su descuido. Recordó la expresión de su madre instantes después de que la vela estallara, lo que había dicho mientras huían juntas de la *hema*:

«Si Baaz comprende lo que has hecho y lo que eres en realidad, nunca saldrás de aquí».

Koffi se concentró en las palabras, dejando que resonaran en su cabeza. Mama sabía algo sobre ella, pero ¿qué? Algo importante había sucedido la noche anterior, un hilo que entrelazaba al Shetani, a ella y a esa extraña sensación en los pies; pero no entendía la conexión. El dolor la atravesó de nuevo cuando comprendió que no importaba. Ese cosquilleo tan raro, fuera lo que fuera y de dónde procediese, había desaparecido. La verdad, con toda probabilidad, había muerto junto con su madre.

Todos los músculos de su cuerpo protestaron a gritos cuando, recurriendo a la poca voluntad que le quedaba, se obligó a levantarse. Le dolían los pies, su túnica estaba pringosa y sabía que tenía las trenzas medio deshechas, pero levantó la barbilla con una nueva determinación. No podía quedarse en ese callejón. El último regalo que le había hecho su madre fue una segunda oportunidad en la vida, y no pensaba desperdiciarla. Quedarse allí esperando a que algo o alguien le saliera al paso no era una opción. Tenía que ponerse en movimiento.

Le lloraban los ojos cuando salió despacio de los callejones de los arrabales, según trataba de acostumbrarse a la nueva luz matutina. Las calles de Lkossa apenas empezaban a avivarse a medida que se llenaban de gente que salía de casa y preparaba las mercancías del día. A Koffi le resultó extraño presenciarlo con sus propios ojos. Ese era, al fin y al cabo, el lugar del que procedía en realidad; su familia había vivido en la ciudad antes de trasladarse al Zoo Nocturno, pero habían pasado años desde que la había visitado en persona. Era raro saber que un lugar es tu hogar sin conocerlo en absoluto.

Deambuló por las calles con tranquilidad, al mismo tiempo que procuraba dibujar un mapa mental. Por lo que parecía, cada parte de Lkossa poseía su propio estilo y personalidad. Atravesó una calle que olía a ropa de cama y jabón, una en la que había carne y pieles de animales colgando y luego otra más, repleta de artesanos y cerámicas. Con cada descubrimiento de algo nuevo o inesperado, la ciudad cobraba vida ante ella. La tierra roja a sus pies parecía murmurar, y la mezcla de olores que la rodeaba creaba una fragancia propia. Todavía estaba cansada, todavía nerviosa, pero la ciudad emanaba algo que la tranquilizaba. Era completamente distinta al Zoo Nocturno, tal como comprendió; Lkossa poseía un ritmo y una cadencia propios. Cerró los ojos para escucharlos, una muchedumbre caminando por las calles, un coro de vendedores gritando los precios del género a sus clientes, los pisotones de pies marchando...

Abrió los ojos de golpe. Ese nuevo sonido, la marcha, era distinto del resto del ruido matutino. Miró calle abajo, tensa, hasta descubrir de dónde procedía. Un trío de jóvenes acababa de entrar por el extremo opuesto de la avenida y se abría paso en fila de a uno. Vestían elocuentes caftanes azules y cinturones dorados, y cada cual llevaba su daga *hanjari* prendida al cinturón. Unos cuantos comerciantes se apartaron a su paso, pero la mayoría les prestó poca atención. Koffi notó que se le crispaban los músculos. Eran Hijos de los Seis a plena luz del día, quizá algunos de los que habían acudido al zoo la noche anterior. Parecían tipos engreídos, orgullosos de sí mismos, la clase de hombres que están acostumbrados a detentar poder. Ni uno solo de ellos se volteó a mirarla cuando pasaron por su lado. De todos modos, se agachó detrás de un carro de fruta hasta que la dejaron atrás. Una ira desconocida hasta entonces le hirvió en las venas al verles la espalda en la lejanía, y recordó otro detalle de la noche pasada. Dos guerreros las habían perseguido a su madre y a ella, les habían dado caza como a un par de animales. Se mordió el labio inferior hasta notar el sabor de la sangre y solo dejó de hacerlo cuando perdió de vista a los tres guerreros. La imagen le había recordado un hecho desagradable.

Era una fugitiva.

Al huir del Zoo Nocturno, había incumplido un contrato legal de servidumbre por deudas con Baaz, el que sus padres y ella habían firmado hacía años, lo que implicaba que también había infringido la ley. Lo que había hecho se consideraba robo y deserción. Si la capturaban, la azotarían, la encarcelarían o algo peor. Miró automáticamente por encima del hombro, y una nueva punzada de tristeza estuvo a punto de dejarla sin aliento. Mama ya no estaba allí. Ni nadie. A partir de ese momento, tendría que arreglárselas ella sola. Se llevó los dedos a las sienes para pensar. «Piensa». Su madre había dicho algo más la noche anterior, algo relativo a pensar. Koffi intentó arrancarse las palabras de la memoria.

«A veces, sin embargo, no podemos guiarnos por el corazón. Hay que pensar con la cabeza».

Koffi decidió hacer exactamente eso. Pensar con la cabeza y discurrir un plan. Su madre y ella soñaban con abandonar Lkossa, así que decidió hacerlo realidad.

Encontraría la manera de salir de allí.

El sol, cada vez más alto en el cielo según transcurría la mañana, arrancaba calor a cada grieta de las calles y edificios de la ciudad. Finalmente, Koffi encontró un pozo público donde lavarse. No tenía una muda, así que tuvo que conformarse con verter unos cuantos cubos de agua sobre su cuerpo, lo que le permitió, al menos, librarse de la porquería y del persistente tufo del humo. Poca cosa podía hacer con su pelo sin manteca de karité y un buen peine, pero intentó rehacer algunas de las trenzas deshechas. Todavía estaba escurriendo la ropa, cuando llegó al extremo de una calle y se detuvo.

Si Lkossa estaba diseñada como un pastel —un círculo dividido en porciones gruesas y regulares—, aquello debía de ser el centro. No se parecía a nada que hubiera visto antes. Tenderetes de todos los tamaños, formas y colores se apiñaban unos con otros, tan pegados que costaba distinguir dónde terminaba uno y empezaba el siguiente. Cuando aspiró, sus pulmones se llenaron de mil olores al mismo tiempo. Notó el aroma de la sopa de *egusi* —acompañada de cebolla, tomate y pimiento fresco—, del arroz *jollof* y del *banku*. Mujeres que llevaban los ojos maquillados con polvos de kohl pululaban en torno a carros repletos de cazuelas multicolores mientras hombres barbudos lujosamente vestidos regateaban el precio de telas *batik* que centelleaban con la brisa. La estampa producía un efecto abrumador y glorioso al mismo tiempo. Koffi estaba tan absorta en la escena que no notó nada cerca hasta que tropezó.

—Ay, perdone, yo...

Se pasmó. No había visto a la persona que estaba sentada en una manta cerca de sus pies. Era una anciana y tenía delante una colección de llamativas baratijas. Había pulseras de cuentas, pendientes de aro y distintos pasadores para el pelo, pero los ojos de Koffi fueron directos a las seis figurillas de madera colocadas en el centro de la manta en forma de semicírculo: una garza, un cocodrilo, un chacal, una serpiente, una paloma y un hipopótamo, los iconos de los espíritus familiares de los dioses.

—No pasa nada, pequeña. —La mujer esbozó una sonrisa mínima. Vestía una túnica tan sencilla como su sábana, y penachos de pelo blanco le asomaban por los bordes del turbante de algodón. Llevaba colgado al cuello un amuleto opaco—. Es fácil no verme. —Siguió la trayectoria de la mirada de Koffi y señaló las figurillas con la barbilla—. ¿Eres creyente?

—Lo soy. —Koffi tragó saliva para deshacer el nudo de su garganta. Las figuritas, que sin duda estaban talladas en madera de marula maciza, se parecían mucho a aquellas a las que su madre y ella habían rezado el día anterior. El recuerdo parecía parte de una vida distinta—. Son preciosas —susurró.

—Gracias, cariño.

La voz de la anciana albergaba un matiz de orgullo, y Koffi se relajó al darse cuenta de que hablaba zamani con fluidez. La mujer era una gede, como ella. Inclinó la cabeza con deferencia.

—Buenos días, tía —dijo recurriendo al tratamiento de respeto a los ancianos.

—Ah. —Los ojos de la anciana brillaron traviesos—. Buenos días a ti también, pajarito. Los dioses han tenido la amabilidad de reunirnos. —Miró a Koffi con más atención—. Estás muy delgada. —No era una pregunta, pero tampoco una acusación—. ¿Tienes hambre?

—Yo...

Antes de que Koffi pudiera contestar, la anciana estaba rebuscando por la bolsa que tenía al lado y sacando una hogaza de pan. El aroma bastó para que se le hiciera agua la boca.

—Tengo de sobra para las dos, si lo quieres compartir.

—Hum... —Koffi se lo pensó. No tenía mucho a su favor, y los extraños le inspiraban no poco recelo, pero... Mama le había enseñado la regla de la familia: no se rechaza la comida que te ofrece otro gede. Aparte de eso, se moría de hambre. Como si le hubiera leído el pensamiento, la anciana partió el pan por la mitad sin decir nada más. Koffi se sentó a su lado en la sábana mientras comían. Se le escapó un gemido. La comida nunca la había hecho llorar, pero ese pan estaba tan delicioso que se le saltaron las lágrimas. Cada mordisco parecía devolverle algo, revitalizarla. Cuando levantó los ojos, descubrió que la mujer la estaba observando.

—Pareces demasiado joven para venir sola al mercado —observó.

Koffi irguió la espalda.

—Tengo dieciocho años —mintió—. Edad para ir sola a cualquier parte.

La anciana enarcó una ceja blanca.

—¿Ah, sí? Yo te habría echado dieciséis, la verdad.

Koffi dio gracias de que su tez oscura no pudiera delatar su sonrojo. Señaló las baratijas de la sábana, ansiosa por cambiar de tema.

—Bueno, ¿y por cuánto suele venderlas? —preguntó.

—Ah. —La mujer se sacudió las migas del regazo y se recostó contra la pared que tenían detrás—. Supongo que eso depende del comprador. Acepto pagos en moneda, claro, pero a veces accedo a un canje.

—¿Un... canje? —Koffi repitió la palabra. Le sonaba de algo, pero no recordaba de qué.

—Significa un trueque, un intercambio —le explicó la anciana—. Dar una cosa a cambio de otra de igual valor.

Koffi la miró fijamente.

—¿Se puede hacer eso aquí? ¿Cambiar una cosa por otra sin pagar dinero?

La mujer sonrió.

—Claro que sí. Todo se puede canjear, si conoces su verdadero valor.

Koffi se echó hacia atrás un momento mientras lo meditaba. A lo largo de toda su vida, el dinero había circulado en una sola dirección. Mama y ella habían trabajado por una asignación diaria, que empleaban para liquidar su propia deuda. La idea de pagar las cosas de otras maneras, de canjearlas, le resultaba extraña. Todavía lo estaba pensando cuando sus ojos resbalaron sobre los artículos de la sábana para detenerse en uno en concreto. Era un anillo de plata, sencillo a primera vista, pero en el centro tenía una gema exquisita. Le recordaba a un ópalo, aunque más brillante y de una belleza indescriptible. Sintió una atracción instantánea. Por segunda vez, la anciana siguió su mirada.

—Ah, sí, la piedra *dunia* —dijo con aire de experta—. Es modesta, pero llama la atención. La semana pasada me hicieron varias ofertas por ella, aunque ninguna que valiera la pena.

Koffi guardó silencio un momento.

—¿Ha dicho... la piedra *dunia*?

—Eso dije. —Ahora había un destello en los ojos de la mujer—. ¿Has oído hablar de ella?

—Claro, en los cuentos. —Koffi recordó lo que le había contado su madre sobre las piedras *dunia* cuando era niña.

Decían que procedían del mismo corazón de la Tierra, y solo se encontraban en...—. Ha estado en las llanuras de Kusonga —dijo en voz alta.

La anciana asintió.

—Así es.

En esta ocasión, fue Koffi la que se recostó contra la pared. Acababa de salir del Zoo Nocturno por primera vez desde que sus padres y ella contrajeran la servidumbre por deudas, así que le resultaba imposible imaginar algo tan distante como las llanuras de Kusonga. Estaba casi segura de que ni siquiera Baaz había viajado nunca tan al oeste. Miró a la anciana con atención, admirada.

—¿Y cómo son?

—Uf, es un sitio precioso —dijo la anciana—. Hay campos de citronela que se extienden a lo largo de kilómetros, alimentos de sabor celestial. —Cerró los ojos con expresión nostálgica—. Imagino que así será el paraíso, si alguna vez tengo la suerte de entrar. Realmente es un lugar maravilloso. —Abrió un ojo para mirar a Koffi—. Y mágico.

A ella se le escapó la risa y enseguida intentó disfrazarla de tos. La anciana abrió el otro ojo e hizo una mueca.

—¿Tú no crees en la magia? —preguntó.

—Pues... no —respondió Koffi—. La magia no es real. Solo existe en las leyendas.

La anciana adoptó una expresión indignada.

—¿Y quién te ha dicho esa tontería?

—Mi... —Le falló la voz—. Mi madre.

—¡Bah! —La otra se cruzó de brazos y aspiró por la nariz—. Pues tu madre está muy equivocada.

Koffi bajó la vista a sus manos. Cuando habló, su voz era apenas un susurro:

—Mi madre está muerta.

—Oh.

Koffi alzó la vista y descubrió que el semblante de la anciana se había transformado. Tenía una expresión derrotada, los ojos rebosantes de tristeza. Por un instante, parecía incapaz de pronunciar palabra.

—Yo... siento mucho oírlo, pequeña —murmuró—. Sé lo que significa perder a un ser querido.

—No... —Koffi se mordió la lengua. Había estado a punto de decir que no pasaba nada, porque le parecía la respuesta educada, pero no era verdad. Sí que pasaba, y ella no estaba bien. No estaba segura de que nunca pudiera volver a estarlo.

El silencio se prolongó otro instante antes de que la anciana volviera a hablar:

—Si tu madre te lo dijo, sería porque creía que era verdad —siguió hablando en un tono más amable—. Pero debes saber que la magia no siempre ha estado limitada a las páginas de los cuentos. En otra época circulaba entre nosotros, tan real como el aire que respiramos.

Koffi enderezó la espalda.

—¿Ah, sí?

La mujer asintió.

—En ciudades como Lkossa, en otros tiempos, estaba integrada en la vida diaria. La gente usaba la magia para curar a los enfermos y a los heridos, para proteger las fronteras e incluso formaba parte de la educación de algunos niños. Tanto los yaba como los gede podían heredarla, y a los niños que la manifestaban se los llevaban al Templo de Lkossa para que los formaran los hermanos de la Orden. Se llamaban darajas.

Koffi frunció el ceño. Mama nunca le había contado nada de eso. Miró alrededor e intentó visualizar el aspecto que debía de tener la ciudad cuando la magia burbujeaba justo debajo de su superficie. «¿Brillaría —se preguntó— o sería invisible? ¿Peligrosa o algo normal y corriente?». Le costaba imaginarlo siquiera.

—¿Y qué pasó?

La mujer alzó la vista hacia el atestado mercado, como si fuera transparente.

—La Ruptura.

—¿La Ruptura? —repitió Koffi—. ¿Qué relación tiene un terremoto con la magia?

La anciana le lanzó una mirada pícara.

—Habrás oído las historias, ¿no? —dijo—. Relatos de lágrimas en la tierra y en el cielo, olas de calor que calcinaban cuerpos enteros. Soy lo bastante mayor para recordarlo y te aseguro que fue terrible de contemplar.

Koffi se estremeció. Le habían contado la historia montones de veces, pero no por eso resultaba más agradable pensar en ello.

—En la actualidad nadie sabe todavía qué provocó la Ruptura —prosiguió la anciana—. Pero todo cambió en Lkossa después de eso. La gente dejó de mirar a los darajas como una ayuda y empezó a considerarlos una amenaza. Con el paso de los años, los condenaron al ostracismo, y después los persiguieron como si fueran...

—Animales —apuntó Koffi—. Por eso se ha perdido la magia.

—No se ha perdido. —Asomaron estrellitas a los ojos de la mujer—. Está escondida.

Koffi frunció el ceño.

—¿Escondida?

La anciana empezó a mecerse de lado a lado.

—Muchos darajas huyeron de Lkossa cuando dejaron de sentirse a salvo, pero creo que sigue habiendo magia en esta ciudad y gente capaz de usarla, aunque algunos no lo sepan.

Koffi no respondió. Estaba recordando lo que había pasado en la *hema* y cómo se había sentido allí. Recordó la sensación de liberación cuando la vela estalló, el sudor frío, las palabras de su madre.

«Si Baaz comprende lo que has hecho y lo que eres en realidad...».

Así pues, hubo un tiempo en que la magia existía en esa ciudad y gente que sabía usarla. La idea de que ella pudiera ser una de esas personas se le antojaba imposible, aunque... no tenía otra manera de explicar lo que había hecho. Durante toda su vida, le habían hecho creer en ciertas verdades, pero había cosas que Mama nunca le había contado, cosas que le había ocultado incluso a ella. ¿Por qué? ¿Cuánto sabía? Se miró las manos.

—¿Te encuentras bien, cariño?

Koffi levantó los ojos. La anciana la observaba ahora con mucha más intensidad. Su atención casi incomodaba a Koffi. Despacio, se puso en pie y se sacudió la ropa.

—Muchas gracias por el pan —dijo—. Ha sido muy amable por su parte, de verdad.

La anciana ladeó la cabeza.

—¿Dije algo que te haya molestado?

—No. —Koffi se oyó responder con demasiada precipitación, pero no se corrigió. A decir verdad, apenas sabía lo que sentía. Estaba cansada, confusa, incluso enfadada. ¿Por qué su madre nunca le dijo la verdad? ¿Por qué había dejado a su propia hija en la ignorancia todo ese tiempo? Carraspeó cuando cayó en la cuenta de que la mujer todavía la miraba fijamente—. Es que... seguro que tiene cosas que hacer.

—Tonterías. —Agitó la mano con desdén—. Lo he pasado muy bien platicando contigo, y a decir verdad... —Señaló con un gesto las baratijas—. Me vendría bien una jovencita como ayudante, si por casualidad te interesa.

Koffi guardó silencio; no se lo esperaba. La oferta era generosa y tentadora a más no poder, pero... algo la frenaba pese a todo. Llevaba toda la vida dependiendo de los demás para que le abrieran camino, para que la ayudaran a decidir el paso siguiente. Si quería aprender a sobrevivir en el mundo, pensó, tendría que empezar a buscar su propio rumbo.

—Gracias. —Inclinó la cabeza con un gesto de cortesía—. Pero... tengo que marcharme.

—Muy bien, pequeña. —La anciana asintió, y un nuevo matiz de tristeza asomó a su voz—. Ten presente que la oferta sigue en pie. Espero que los dioses nos vuelvan a reunir algún día. Cuídate.

Koffi miró tras de sí una última vez antes de avanzar hacia las serpenteantes calles del mercado.

Si la ciudad de Lkossa empezaba a avivarse cuando Koffi se había internado en sus calles, en el rato que había pasado sentada con la anciana había despertado por completo. Las callejas, todavía atestadas de vendedores, estaban aún más concurridas que antes, tan atiborradas de gente que no podías andar sin ser zarandeada de un lado a otro. Alguien que caminaba entre la multitud a toda velocidad la empujó con fuerza a la derecha, y otra persona le gritó a Koffi que mirara por dónde iba. La hermosa combinación de ritmo y cadencia de antes habían desaparecido; cuanto más tiempo pasaba allí, más abrumada se sentía. Recordó casi con nostalgia a la anciana sentada tranquilamente con su sábana de baratijas. Qué raro; solo habían pasado unos minutos, pero ya le costaba recordar los rasgos de la mujer. Su encuentro se parecía cada vez más a un sueño, aunque Koffi sabía con absoluta seguridad que había sucedido. Se concentró en las palabras de la anciana, en su oferta de trabajo, y notó un golpe de arrepentimiento. La propuesta había sido generosa, y ella la había rechazado sin meditarla de veras. De nuevo, había reaccionado sin pensar.

«Podrías ganarte bien la vida como ayudante —razonó una vocecita en su cabeza—. Tendrías ingresos fijos, quizá una vía para escapar de Lkossa».

La anciana le había dicho que conocía las llanuras de Kusonga, tal vez tuviera pensado volver. Un plan tomaba forma en la mente de Koffi a toda velocidad. Sí. Buscaría a la mujer, aceptaría su oferta. Quizá incluso aprendiese un nuevo oficio y, con un poco de suerte, la anciana le contaría más cosas de la magia. Alguien chocó contra su espalda cuando se detuvo en seco en mitad de la calle, pero no le importó. Tenía un plan, un camino a seguir, esperanza. Dio media vuelta para volver por donde había venido.

Y entonces una mano le tapó la boca.

Koffi dio un respingo. Un grito surgió de su garganta cuando la garra del atacante apretó con más fuerza, pero quedó ahogado por el bullicio de la multitud que la rodeaba. Otra mano le agarró los brazos y se los sujetó a la espalda con saña, al mismo tiempo que la arrastraba lejos de las calles principales. Una expresión de horror asomó a su cara cuando una risita entre dientes llegó a sus oídos, y luego, al percibir el tufillo de un perfume especiado que conocía bien, se le heló la sangre en las venas.

—Hola, Koffi —dijo Baaz Mtombé.

8
Un estudioso del destino

Cuando Ekon volvió al Templo de Lkossa, el amanecer lo había envuelto en neblina.

Contempló el antiguo edificio, la escalinata de alabastro que relucía a la luz de la mañana. Constaba de veintisiete escalones; en teoría un buen número.

Era lo único bueno que había cruzado su pensamiento durante las últimas horas.

Había dedicado buena parte de la noche a vagar por las calles desiertas de la ciudad, dejando que la cuenta de sus pasos adormeciera su mente.

Setenta y cinco mil seiscientos veintiún pasos, la última vez que los contó.

El paseo lo había ayudado a retrasar lo inevitable durante un rato, pero el sol asomaba ya por el horizonte oriental. No podía seguir evitando el día.

Cruzó la misma puerta que había atravesado la noche anterior, pero en lugar de avanzar por el pasillo que llevaba a la sala de oración, tomó la escalera auxiliar, más angosta, que conducía a los dormitorios. Reinaba el silencio a esas horas; una fila de puertas cerradas amortiguaba los ruidos de sus compañeros dormidos. Recorrió el pasillo de puntillas hasta la última puerta a la derecha y la abrió con un suspiro.

En verdad, su cuarto nunca fue gran cosa. Medía tan solo dos metros de largo, de pared a pared, y siempre se notaba un tufillo a moho allí dentro. El mobiliario era escaso: una cama estrecha, una raquítica mesita de noche y un baúl de segunda mano para la ropa y los libros. Notó una opresión en el pecho al mirar alrededor. A partir de ese día, ya no sería su habitación; no lo dejarían quedarse en el templo. En algún momento de la mañana, mientras Fahim y Shomari se trasladaban a los aposentos más grandes y bonitos destinados a los Hijos de los Seis consagrados, a él lo trasladarían a... Comprendió que no lo tenía claro. Kamau y él básicamente se habían criado allí. El hogar familiar había desaparecido poco después de la muerte de Baba. Esa casa pertenecía a un capítulo de su vida que ya no existía, el capítulo en que su madre todavía vivía con ellos. Un dolor ardiente lo recorrió por dentro al pensar en ella. Ya no recordaba sus rasgos; Ekon solo tenía cuatro años cuando una noche se marchó. Su memoria guardaba tan solo retazos sueltos —el brillo de unos ojos cobrizos, el pelo corto y rizado, una mancha de nacimiento en el hombro—, pero nunca perduraban. Eso lo obligaba a aferrarse a las cosas que sí recordaba, como las pulseras plateadas que reflejaban la luz del sol, un aroma dulce que reconocía, pero que no relacionaba con nada concreto. ¿Qué habría pensado su madre si se hubiera quedado para ver en qué se convertía su hijo menor?

Oyó de nuevo la voz del padre Olufemi.

«Con efecto inmediato, descartamos tu candidatura a los Hijos de los Seis. Has sido rechazado».

Cada una de las palabras se le clavaba como una flecha que atravesara las partes blandas de su ego. No solo había fracasado; lo habían expulsado delante de toda la fraternidad de guerreros. En una sola noche había destruido el legado que su familia había construido a lo largo de generaciones. No seguiría los pasos de su padre ni de Kamau. No podría demostrar su hombría.

Se desplomó en la colchoneta. Las plumas del relleno le provocaban picores en la espalda mientras miraba al techo enojado e intentaba adivinar cómo se había torcido todo con tanta rapidez. Cada uno de los instantes de la noche anterior pasó por su mente hasta difuminarse como las páginas de un libro; pero una en concreto tenía la esquina doblada.

La chica.

Todavía le hervía la sangre solo de pensar en ella; esa joven tenía la culpa, a fin de cuentas, del desastre de la noche anterior. Por otro lado... le inspiraba otro sentimiento, incómodo y más difícil de identificar. Algo le vibraba dentro al recordar sus ojos, dotados de un brillo extraño contra la oscuridad de la noche. Eran castaños como los suyos, pero... albergaban algo en su interior, un resplandor como dos brasas que se enfrían en el hogar. Llevaba horas tratando de olvidarlos, y sin embargo...

«La has soltado».

La acusación de Shomari le sabía mal y le dejaba un sabor agrio en la boca. «¿Por qué?». Era la única pregunta que no había sido capaz de responder mientras recorría a solas las calles de la ciudad. «¿Por qué la dejaste marchar?».

Pensar en la chica le recordó también lo que había ocurrido justo antes de que la dejara marchar, cuando descubrió un par de ojos distintos en la negrura. Ese par no era castaño ni cálido; eran ojos fríos, negros, carentes de cualquier emoción. Pertenecían a algo ya conocido.

El Shetani.

Se estremeció. Habían pasado años desde que viera al monstruo por primera vez, aunque no le había contado a nadie aquel encuentro. Evocó el miedo que había sentido al volver a verlo, cómo su presencia lo había sumido en la impotencia. Las antiguas imágenes regresaron espontáneamente. Vio fogonazos de la Selva Mayor con hojas manchadas de sangre, visualizó enredaderas cubiertas de espinas. Avistó un cuerpo muerto que parecía...

«No».

Ekon negó con la cabeza, sin reparar apenas en que sus dedos reanudaban el baile de siempre por su cuenta.

«Uno, dos, tres».

Vio el rostro de Baba.

«Uno, dos, tres».

Vio los colmillos del Shetani.

«Uno, dos, tres».

Vio a la chica.

Entrecerró los ojos. Esa joven, quienquiera que fuera, le había dicho «Vete» al Shetani, sin vacilar, y el engendro había obedecido. Jamás había presenciado nada parecido. El Shetani era un monstruo primigenio, responsable de la muerte de incontables personas. Debería haberlos matado a los dos, pero no lo había hecho. Todo lo contrario. La misma pregunta persistente taladraba su mente.

«¿Por qué?».

—¿Ekon?

Alguien llamó a la puerta con los nudillos, unos golpes suaves, y Ekon se incorporó cuando se abrió. Un anciano de aspecto frágil entró en la habitación con una sombra de sonrisa en el rostro maltrecho. Su piel castaña estaba sembrada de arrugas y manchas, como si hubiera recibido la vejez como a una amiga y no como adversaria. Ekon se sobresaltó. Con el lío de la noche anterior, se había olvidado del hermano Ugo.

—Tenía esperanzas de encontrarte aquí. —El anciano lo saludó con una leve inclinación de cabeza—. He venido corriendo desde mis aposentos después de las oraciones matutinas, pero estas viejas piernas ya no son lo que eran. —Levantó el fondo de su túnica. Era de color azul marino, tan exquisita como la del padre Olufemi, pero mucho más holgada sobre su figura escuálida—. Últimamente no paran de graznar.

—¿Graznar? —Ekon entornó los ojos—. ¿Sus piernas graznan?

—Sí. —El hermano Ugo se rascó la barba cana y se las miró frunciendo el ceño—. Es curioso. Podría decirse que tengo... mala pata. —Alzó la vista sonriendo—. ¿Lo entiendes? Como las piernas también se llaman...

—Hermano, por favor...

—¡Vaya, perdone usted! —El hermano Ugo lo señaló con un dedo nudoso, fingiendo que Ekon había herido sus sentimientos. Al chico se le encogió el corazón al advertir que el temblor de la varicosa mano del anciano había empeorado—. ¡Recuerdo que mis chistes te hacían gracia cuando eras niño!

Ekon intentó tragarse el nudo que le subía por la garganta, el dolor renovado. El hermano Ugo era el miembro de más edad de toda la Orden y no se parecía en nada al padre Olufemi. Había sido su mentor toda su vida, su defensor incansable. Ekon agachó la cabeza, avergonzado.

—Quería hablar contigo —dijo el hermano Ugo, esta vez en un tono más tierno—. Demos un paseo, por favor.

En silencio, Ekon siguió al hermano Ugo al exterior y luego por los pasillos de piedra del templo. Se desplazaban despacio —el hermano Ugo ya no era tan rápido como en otros tiempos—, pero finalmente llegaron hasta un corredor que daba a la biblioteca. Ekon pensaba que se dirigían a esa estancia; casi todas sus lecciones de infancia habían tenido lugar allí. Sin embargo, un brillo travieso asomó a los ojos del hermano Ugo cuando de repente dobló a la derecha.

—Hoy podríamos adoptar un punto de vista más... elevado —murmuró. Se acercó a una puerta de aspecto anodino y tiró de ella para abrirla. Ekon descubrió sorprendido que aquello que siempre había tomado por una bodega en realidad ocultaba un tramo de escalera estrecha y empinada. Su sorpresa fue aún mayor si cabe al ver que el hermano Ugo subía sin vacilar. Lo siguió. Llegaron a una trampilla situada en lo alto y el anciano le propinó un firme empujón con el hombro. Un haz repentino de luz dorada se derramó sobre ellos, y el hombre cruzó la abertura con flexibilidad inesperada. Ekon imitó el gesto y asomó la cabeza. La perplejidad lo dejó anonadado.

El jardín circular que se desplegaba ante él no se parecía a nada que hubiera visto antes. No era grande —calculó que podría recorrer su perímetro en menos de un minuto—, pero estaba cubierto de flores prácticamente hasta el último centímetro. Exuberantes rosas, tulipanes de largos tallos e incluso un macizo de azucenas anaranjadas en proceso de floración brotaban del suelo oscuro y reluciente como un trocito de paraíso traído a este mundo. Cuando se asomó a la barda de piedra, vio los tejados de todos los edificios de la ciudad. Desde esa posición privilegiada, calculó que se encontraban en uno de los puntos más altos del templo.

—¿Dónde...? —Miró a un lado y a otro—. ¿Dónde estamos?

—Lo llaman el jardín del cielo —respondió el hermano Ugo en tono alegre. Cerró los ojos un momento y sonrió, convertido en la viva imagen de la dicha—. Por lo que he leído, fueron muy populares entre las clases altas en otro tiempo, aunque me entristece decir que dejaron de estar de moda hacia el siglo pasado.

Ekon contempló el jardín, maravillado. Cuando se fijó mejor en el terreno, descubrió que, si bien las flores parecían crecer directamente de la piedra, solo era un efecto visual, ya que procedían de cientos de minúsculos jardines en lo que seguía siendo una obra de paisajismo espectacular.

—No... no tenía ni idea de que esto estaba aquí.

—A decir verdad, poca gente lo sabe —reconoció el hermano Ugo. Clavó en Ekon una mirada elocuente—. Y no me importaría que siguiera siendo así, la verdad. Una antigua amistad me enseñó este sitio hace muchos años, y desde entonces se ha convertido en uno de mis rincones favoritos de toda la ciudad; maravilloso para meditar y para observar a los pájaros.

Se dirigió con parsimonia hacia un largo banco de piedra que había en el centro del jardín y le pidió por señas a Ekon que se sentara a su lado. Permanecieron un rato en silencio, codo con codo, hasta que Ekon notó la mirada del religioso.

—¿Quieres que hablemos de lo que pasó?

—La verdad es que no.

—La noche de ayer no fue como te habría gustado, supongo.

—Fue un desastre. —Ekon se masajeó las sienes—. Una total y absoluta pesadilla.

Los ojos del hermano Ugo revolotearon hacia la rosa blanca con espinas que despuntaba ante ellos.

—«Las pesadillas nos acosan como ávidas fieras que sucumben a la luz del día». —Levantó la vista—. ¿Sabes quién lo dijo?

—¿Usted?

—¡Buen intento! —El hermano Ugo sonrió—. Pero no, las palabras proceden de un poema escrito por el maestro Lumumba, admirado poeta y lingüista. ¿Sabes qué significan?

Ekon negó con la cabeza.

—Es una alegoría. Las «ávidas fieras» representan los problemas del mundo —explicó el anciano—. A menudo huimos de las cosas dolorosas con la esperanza de que se cansen de perseguirnos. Pero la verdad es que evitar los problemas solo sirve para alimentarlos y permitir que acaben por consumirnos enteros. Solo si arrojamos luz sobre ellos y reconocemos su existencia podemos vencerlos y liberar nuestro espíritu.

Ekon no supo de dónde procedían sus palabras exactamente, solo que le surgieron de dentro y brotaron de sus labios antes de que pudiera detenerlas:

—Hermano, ¿le puedo preguntar una cosa?

El hermano Ugo sonrió.

—Claro que sí.

—Me preguntaba si sabe usted algo sobre... el Shetani.

—¿El Shetani? —El tono del anciano se endureció, y Ekon se arrepintió al instante de haber preguntado.

—Perdone, yo...

—No, no. —El hermano Ugo negó con la cabeza, si bien Ekon notó un cambio casi imperceptible en los ojos del anciano—. No tienes que disculparte. Solo estaba sorprendido. Aunque quizá no debería. Tú más que nadie debes de tener preguntas acerca de ese animal. Me dolió enterarme de su último ataque, tanta violencia absurda. —Se recostó con suavidad contra el respaldo del banco y entrelazó los dedos—. ¿Qué quieres saber?

Ekon guardó silencio mientras lo meditaba. En parte, quería contarle al hermano Ugo lo sucedido la noche anterior —la conversación con la anciana, la extraña muchacha, su encuentro con el Shetani—; pero algo lo contuvo. En vez de eso, dijo:

—Solo quería saber los datos objetivos que se conocen acerca de él, de dónde ha salido.

El hermano Ugo sopesó a Ekon con la mirada antes de contestar:

—Los ataques del Shetani comenzaron hace casi un siglo, justo después de la Ruptura —empezó con voz queda—. De hecho, que los yaba y los gede no se lleven bien se debe, en buena parte, al monstruo; ambos culpan al otro del terror que siembra. A lo largo de los años, se han sucedido los intentos de dar con él, boicotearlo, incluso de negociar, pero ninguno ha tenido éxito. En el templo hemos hecho lo posible por llevar la cuenta de sus víctimas e incluso eso resulta complicado. Por lo que yo sé, ninguna persona que haya visto al monstruo ha vivido para contarlo.

«Excepto yo —pensó Ekon—. Y la chica de ayer».

El hermano Ugo suspiró.

—Sin duda, se trata de una fiera aterradora, quizá uno de los depredadores más inteligentes que han pisado estas tierras.

Ekon tuvo que contener una rabia súbita e inexplicable. Le molestaba que su mentor hablase del Shetani con algo parecido al respeto o la admiración. Esa bestia, ese monstruo, le había arrebatado demasiado: primero a su padre, luego la oportunidad de convertirse en un guerrero. De no haberse acercado el Shetani al Zoo Nocturno, habría arrestado a la chica sin vacilar y asegurado su plaza como leal Hijo de los Seis. Había pensado que todo desembocaba en ella, pero se equivocaba.

Todo apuntaba al monstruo.

—No tenía intención de alterarte. —El hermano Ugo lo miraba con más tiento, como si hubiera reparado en algo por primera vez—. No hace falta que sigamos hablando de eso, si prefieres que...

—Lo detesto. —Ekon estampó los puños contra el banco, con fuerza—. Ojalá ese monstruo estuviera muerto. —Percibió la rabia en su propia voz y se contuvo—. Debe de estar pensando que debería controlarme mejor.

—Lo que pienso —le dijo el anciano con ternura— es que no tengo derecho a juzgarte, Ekon. Pienso que lo estás pasando mal. Y si quieres hablar de ello, siempre estaré aquí, dispuesto a escucharte.

Ekon suspiró. No era así como esperaba que se desarrollase la mañana. Si alguien tenía derecho a estar enojado con él, era el hermano Ugo. Su mentor había dedicado años a moldear su carácter para que fuera el mejor candidato posible a los Hijos de los Seis, y él había desperdiciado todo ese esfuerzo. Las palabras brotaron solas:

—Mi vida ha terminado.

Un intento de sorpresa y luego de risa asomó a los ojos del hermano Ugo.

—Vaya, me parece un tanto exagerado decir eso, teniendo en cuenta tu edad.

—Se acabó, hermano. —Ekon quería mirar a otra parte, pero los ojos del anciano sostenían los suyos—. Tenía la oportunidad de ser algo, lo único de lo que soy capaz. Nací para unirme a los Hijos de los Seis. Era mi destino...

—Qué curioso. —Las cejas blancas del hermano Ugo se unieron como dos orugas en un beso—. No sabía que fueras un estudioso del destino, capaz de predecir el futuro. —Ekon abrió la boca, pero el anciano prosiguió—: El destino no consta de un único camino, sino de muchos, Ekon. Algunos son rectos como una flecha, otros son sinuosos y enmarañados como un hilo entretejido. Nuestro deber no es cuestionarlos, sino explorarlos.

—Para usted es fácil decirlo.

Pequeñas arrugas rodearon los ojos del hermano Ugo, que lo miró risueño.

—Yo también sigo un camino, Ekon, el que creo que algún día me permitirá culminar mi trabajo más honesto. El viaje es largo, pero cada día es un regalo. Y hablando de regalos...

Buscó algo por los faldones de su túnica. Para sorpresa de Ekon, cuando el hermano retiró la mano, sostenía un *hanjari* enfundado en cuero. Se trataba de un arma sencilla, carente de joyas o elaborados adornos en el mango de madera, pero Ekon perdió el aliento igualmente cuando leyó el nombre que llevaba grabado.

Asafa Okojo

—Esto... —Notó un nudo en la garganta. Parpadeó con fuerza, furioso al notar el escozor de las lágrimas—. Esto era de mi...

—De tu padre —confirmó el hermano Ugo—. Hallado en su cuerpo tras... el accidente. Hace muchos años que lo guardo. En circunstancias más habituales, lo habría recibido tu hermano al alcanzar la mayoría de edad hace dos años, pero... —Le dedicó a Ekon una sonrisa triste antes de presionar la empuñadura contra su palma—. Tendrás que perdonar a este anciano por ser un sentimental.

El chico se quedó mirando el arma mientras percibía el nuevo peso en la mano. Estaba confeccionada a la vieja usanza, no tan sofisticada como las modernas a las que estaba acostumbrado, pero notó al instante una profunda conexión con ella.

—Gracias, hermano.

El anciano señaló la daga con un gesto de la cabeza.

—«El hombre sabio mantiene el arma afilada y la mente aguda». —Calló un instante, meditabundo—. El autor de ese dicho fue un maestro un tanto colérico de este templo, Garvicus; un tipo curioso. Me parece que el padre Olufemi tiene varias obras suyas en el despacho; guarda allí los volúmenes más antiguos. Debería pedirle...

Ekon dejó que las palabras del anciano se transformaran en un runrún de fondo. Seguía contemplando el *hanjari*, todavía con la piel de gallina. Su padre le había dejado esa arma y la conservaría hasta el final de sus días. No sabía si sentirse intimidado ante la idea o solo aterrado.

—¿Ekon?

Alzó la vista. El hermano Ugo había dejado de musitar y ahora lo observaba con atención.

—Estaba pensando si hay alguna razón en particular por la que quisieras saber más cosas del Shetani.

Ekon trató de adoptar un tono despreocupado. Después de Kamau, seguramente confiaba en el hermano Ugo más que en nadie en el mundo, pero aún no estaba listo para hablar de lo sucedido la noche anterior. Así que se obligó a encogerse de hombros.

—Solo era... curiosidad.

—Ah —dijo el anciano con aires de sabio—. La curiosidad mató al gato, pero la satisfacción lo resucitó.

Ekon se masajeó el puente de la nariz.

—¿Es otro de sus horribles chistes de anciano?

El hermano Ugo se cruzó de brazos con indignación.

—A decir verdad, no. —Guardó silencio mientras se acariciaba la barba—. Si bien, ahora que lo mencionas, hace poco me contaron uno muy vulgar de un cerdo, la esposa de un granjero y un eloko que entran en una taberna...

Ekon dejó que las palabras del hermano Ugo sobre el destino y el Shetani se hundieran en las profundidades de su mente mientras abandonaba el jardín del cielo y deambulaba por el templo. La luz de media mañana se filtraba ya por las ventanas arqueadas. La hora se acercaba, pero todavía no se sentía con fuerzas para volver a su habitación y recoger sus cosas; todavía no.

No supo adónde lo habían llevado los pies hasta que llegó a un escueto pasillo, más oscuro que el resto. Candelabros pulidos cada pocos pasos lo iluminaban en todo momento, y Ekon no tuvo que mirar el característico granito negro de las paredes para saber dónde estaba.

En la Galería del Recuerdo.

Repasó con los dedos la fría piedra de manera involuntaria. Casi cada centímetro de la misma estaba cubierto de minúsculas inscripciones. Eran, ante todo, nombres de guerreros que ya no estaban y algún que otro erudito del templo particularmente valorado. Consultó el listado alfabético hasta encontrar lo que estaba buscando.

GUERRERO ASAFA OKOJO:
caído al servicio de los Seis.

Ekon desplazó la mirada del nombre al viejo *hanjari,* que ya llevaba prendido al cinturón, y reprimió un estremecimiento. El hermano Ugo le había dicho que habían encontrado el arma en el cuerpo de su padre tras el accidente.

Hablar de un accidente era un eufemismo.

Baba apareció en el límite de la Selva Mayor, tan destrozado que costaba reconocerlo. Ekon intentaba recordar las cosas buenas, las arruguitas en torno a los ojos oscuros de su padre cuando sonreía o esa risa suya que retumbaba como el trueno. Pero aquellas cosas buenas, igual que los recuerdos etéreos que guardaba de su madre, nunca perduraban en su mente. En su lugar, imágenes mucho más horribles lo acosaban. Visualizaba una selva frondosa, un cuerpo de bruces sobre las hojas. Ekon cerró los ojos con fuerza mientras intentaba usar los dedos para ahuyentar a base de cuentas la pesadilla en ciernes, pero el horror se aferró con fuerza a su mente. Vio el cuerpo de Baba elevarse de la tierra, su boca abierta en un grito silencioso mientras un engendro se alejaba furtivo, un ser de miserables ojos negros con regueros de sangre en las fauces. Y, de repente, Ekon ya no tenía diecisiete años, solo era un niño; un niño que lo había visto todo.

Un niño que no dijo nada.

—Ya me parecía que te encontraría aquí.

Ekon se volvió a mirar. No había oído a Kamau entrar en la galería. La expresión de su hermano era indescifrable. A la parpadeante luz de las velas, advirtió que su hermano parecía aún más fatigado que de costumbre. Tenía los ojos inyectados en sangre, el cabello despeinado y desprendía un leve tufo a algo dulce, puede que vino.

—No he dormido mucho —se justificó como si hubiera leído la mente de Ekon—. El padre Olufemi nos ha convocado a una reunión de emergencia hace unas horas.

—¿Para hablar de qué?

—No puedo decirlo. —La expresión indescifrable de Kamau no cambió—. Es confidencial.

«Confidencial». Ahí estaba esa palabra de nuevo, erguida entre los dos como un muro. Ekon recordó una época distinta, cuando Kamau y él lo afrontaban todo juntos. Después de que su madre se marchara y el monstruo asesinara a su padre, fue Kamau el que halló un nuevo hogar para los dos en el templo. Ambos se forjaron una vida entre esas paredes, construyeron esperanzas y sueños juntos, codo con codo. Ahora todo eso se había esfumado.

—También le he hablado al padre Olufemi de ti —murmuró Kamau—. Ha accedido a que te quedes en el templo.

—¿Qué? —Ekon lo miró boquiabierto—. ¿Y eso?

—Le he recordado que llevas una década trabajando aquí, que podrías seguir prestando servicios. Dice que hay un puesto disponible.

—¿De verdad?

Kamau no lo miraba a los ojos.

—El hermano Apunda se hace mayor y necesita que supervisen el mantenimiento del templo, sobre todo ahora, a falta de dos meses para el Vínculo.

Ekon no disimuló su gesto enojado. El hermano Apunda, el jefe de los guardianes del templo, era un anciano severo que siempre olía a frijoles podridos.

—Kam, te agradezco mucho que hayas hablado en mi favor —le dijo con sinceridad—. Pero no quiero ser un conserje. Quiero ser guerrero.

Por primera vez, el rostro de Kamau reflejó auténtica tristeza.

—Ya lo sé —respondió—. Pero no he podido hacer nada más. Lo siento.

Se hizo el silencio entre los dos y Ekon desvió la vista un momento. Cuando levantó la mirada, descubrió que Kamau observaba la Galería del Recuerdo. No por primera vez, Ekon se preguntó si su hermano estaría pensando lo mismo que pensaba él siempre que acudía a ese rincón.

—Lo extraño.

Pensó que lo había dicho en un tono de voz demasiado quedo como para que Kamau lo oyera, pero su hermano asintió despacio.

—Sí. —La palabra sonó estrangulada—. Yo también. —Kamau trasladó el peso a la otra pierna—. Mira, Ekkie, soy consciente de lo mucho que deseabas ser un Hijo de los Seis y sé que tienes la sensación de que debes serlo para que Baba esté orgulloso. Pero lo que Baba amaba por encima de todo no eran el uniforme ni el título, sino el hecho de poder servir a esta ciudad y a su gente. —Kamau levantó la vista—. Eso es algo que puedes hacer como custodio del templo. Trabajar aquí te permitirá servir a Lkossa, ser como Baba...

Kamau siguió hablando, pero Ekon dejó de escucharlo. Sus ojos habían vagado una vez más al nombre de su padre grabado en el muro que tenían delante. Solo una parte de lo que su hermano había dicho resonaba en su mente:

«Ser como Baba. Ser como Baba».

En diecisiete años, había querido muchas cosas —besar a una chica, tener más tiempo para leer en la biblioteca, dulces de las cocinas del templo—, pero por encima de todo deseaba una sola cosa: quería ser como Baba. Había anhelado seguir los pasos de su padre, seguir los pasos de la familia Okojo y sumar algo de valor a ese legado. Ese fue siempre su camino, trazado ante él tan recto como una flecha desde la infancia. Kamau lo había seguido, pero a Ekon se lo habían arrebatado, y no porque no se lo hubiera ganado o no lo deseara lo suficiente.

El camino se lo había robado un monstruo.

Ekon comprendió que el Shetani le había quitado la vida a su padre, y en ese momento, de un modo distinto, se la había arrebatado también a él. Sus planes, sus esperanzas, todo aquello por lo que había trabajado durante años se había esfumado por culpa de esa criatura maldita. Se golpeteó la pierna con un ritmo desacompasado, buscando una nueva cuenta, pero era inútil. No había manera de calcular una pérdida semejante, de poner cifra a esa clase de dolor. Nunca llevaría el caftán azul, no grabarían su nombre en esa pared con el de su padre cuando le llegara la hora. Su vida había terminado antes de empezar, y el Shetani tenía la culpa. Todo apuntaba al Shetani. Renunció a contar y dobló los dedos hasta que notó las uñas clavadas en la carne de la palma. Quería ver muerto a ese ser maldito, deseaba con todo su corazón que alguien...

Se quedó petrificado.

—¿Ekon? —Notó por el rabillo del ojo la mirada de Kamau puesta en él—. ¿Pasa algo?

—No. —Ekon tuvo que hacer esfuerzos para permanecer impasible. La idea que estaba cobrando forma en su mente no era más que una semilla; pequeña, imposible, y sin embargo... estaba ahí. Le asustaba pensar en ella, planteársela siquiera, pero descubrió que, una vez reconocida, su existencia había arraigado y se negaba a abandonarlo. Escogió las palabras con tiento—. Creo... creo que acabo de dar... con la solución.

—¿Qué? —Kamau frunció el ceño, desconcertado—. ¿De qué...?

—Mis ritos de paso —musitó Ekon para sí—. Los asesinatos... Podría... Sí, entonces todo se arreglaría...

Ekon hizo caso omiso de la ceja arqueada de su hermano y empezó a pasear de un lado a otro. Sabía que seguramente tenía un aspecto raro, agitado, pero pensaba mejor cuando estaba en movimiento, contando. Al momento, empezó a llevar la cuenta con los dedos por donde la había dejado. Oía el golpe de sus sandalias contra el suelo de piedra y dejó que la idea se desplegara en su imaginación.

«Uno, dos, tres». Sería una tontería.

«Cuatro, cinco, seis». Sería peligroso.

«Siete, ocho, nueve». Podría arreglarlo todo.

—Ekkie.

Ekon se detuvo en seco, mareado. Kamau lo miraba atentamente con una expresión que era una mezcla entre risa y preocupación sincera.

—Cuéntamelo —pidió con suavidad—. ¿De qué estás hablando?

El chico tragó saliva. Si bien estaban a solas en la galería y no había nadie cerca, apenas se atrevía a pronunciar las palabras. Bajó la voz.

—Creo que conozco la manera de que el padre Olufemi reconsidere mi candidatura a los Hijos de los Seis.

El rostro de Kamau se descompuso al instante. Ya no había risa en su semblante; en ese momento, su expresión emanaba una compasión palpable. Suspiró, y el sonido le dolió a su hermano más de lo que esperaba.

—Ekon...

—Escúchame bien. —Ekon levantó una mano y empezó a hablar con rapidez. Intentó no prestar atención al hecho de que Kamau estuviera mirando el movimiento de sus dedos con un gesto de desaprobación—. No superé mi último rito de paso. —Le dolía expresar la verdad en voz alta, pero se obligó a hacerlo—. Ahora bien, ¿y si hubiera otra manera de demostrarle al padre Olufemi y a los hermanos del templo de lo que soy capaz?

El ceño de Kamau se acentuó.

—¿Qué quieres decir?

—Quiero decir, ¿y si un candidato lograra una hazaña que ningún otro Hijo de los Seis hubiera conseguido jamás, algo que mejorara la vida de todas y cada una de las personas de esta ciudad? Ante algo así, seguro que el padre Olufemi se replantearía su decisión.

—Puede ser. —Kamau se encogió de hombros—. Pero tendría que ser un acto verdaderamente extraordinario, algo como...

—¿Como matar al Shetani?

Kamau tardó un momento en asimilar lo que implicaban esas palabras. Ekon observó cómo se hacía la luz en la cara de su hermano según abría los ojos y la boca con expresión horrorizada.

—Ekon —susurró—. No.

—Piénsalo, Kam. —Ekon recorrió la distancia que los separaba y agachó la cabeza—. Si pudiera encontrarlo, si lo matara...

Kamau hizo un gesto de negación.

—Ekon, escúchame, no puedes...

—Mira, no soy tan inútil como crees —insistió Ekon—. He entrenado en este templo, igual que tú.

Kamau parecía desolado.

—No es eso, es que...

Dejó la frase en el aire, y Ekon lo señaló con la barbilla.

—Dímelo.

Kamau lanzó una mirada furtiva a sus espaldas.

—No se lo puedes contar a nadie.

Ekon asintió.

—No puedes ir a la caza del Shetani, porque ahora mismo, mientras hablamos, están reuniendo una partida para hacer eso mismo que propones —aclaró Kamau a toda prisa.

Ekon contuvo una exclamación.

—¿Una partida de...?

—¡Chist!

Cerró la boca, pero pronunció las palabras para sus adentros: «una partida de caza». Por primera vez en una década, el padre Olufemi iba a enviar a una serie de guerreros en busca del Shetani a la Selva Mayor. Ser escogido representaría un privilegio sin parangón, la más alta distinción, un honor.

—¿A quiénes se lo han propuesto? —Fue la primera pregunta que se le ocurrió.

—Todavía no conozco todos los nombres —dijo Kamau—. El padre Olufemi aún está llevando a cabo la selección. Quiere que el número de novatos y veteranos esté equilibrado por si...

«Por si ninguno vuelve». Ekon completó mentalmente la insinuación. Señaló a su hermano con un gesto de la cabeza.

—¿Irás?

No se molestó en preguntar si era uno de los elegidos. Kamau se movió, incómodo.

—No lo he decidido.

—La reunión de la que acabas de salir trataba de eso, ¿verdad?

Kamau no respondió, pero en sus ojos estaba la respuesta.

—Si entras en la Selva Mayor en busca del Shetani, debes entender que no solo tendrás que lidiar con lo que hay allí. Los Hijos de los Seis estarán también de cacería, al estilo yaba.

Ekon tragó saliva con dificultad. Conocía las reglas del *yabahari*, el estilo de caza tradicional de su pueblo. «Sin piedad». Los guerreros que entraran en la selva tan solo cuidarían de sí mismos, y cualquier otro sería tratado como enemigo. El propio Ekon sería tratado como enemigo.

—Sé muy bien cómo cazan los Hijos de los Seis —dijo con más seguridad de la que sentía—. Y eso significa que sabré cómo evitarlos. Si me mantengo alejado de...

—Ekon, escúchame. —La voz de Kamau se transformó. Pasó a hablar como un guerrero, con más desapego y gravedad—. Esto no es un juego. Tanto los Hijos de los Seis como el Shetani representan un gran peligro en sí mismos, pero luego está la propia Selva Mayor. Tú nunca has estado allí dentro.

Ekon decidió no mencionar que, estrictamente hablando, eso no era verdad.

—Ir a la caza del Shetani en la selva no se parece a los entrenamientos que has llevado a cabo aquí en la ciudad —continuó Kamau—. Si cometes un error en la arena, pierdes el combate. Pero si cometes un error allí dentro... —Se interrumpió—. Podría costarte la vida.

—Un precio que estoy dispuesto a pagar. —Ekon se irguió todo lo largo que era. Mientras crecían, Kamau siempre había sido un poco más alto que él, pero, el año anterior, Ekon había dado por fin el estirón. Eran la viva imagen el uno del otro, dos pares de ojos idénticos al mismo nivel—. Ayer lo dijiste tú mismo: soy un Okojo. Nací para ser guerrero. Lo llevo en la sangre igual que tú lo llevas en la tuya. Son nuestras raíces. *Kutoka mzizi*, ¿recuerdas?

Kamau negó con la cabeza.

—Ekon...

—Fe y entereza. —Ekon avanzó un paso—. Anoche el padre Olufemi dijo que un verdadero Hijo de los Seis se distingue por su fe y su entereza. Matar al Shetani demostraría que poseo ambas cualidades.

La expresión de Kamau se endureció.

—Deja que te recuerde que estoy moralmente obligado a comunicar este tipo de información al padre Olufemi y a los hermanos del templo.

—Kam. —La voz de Ekon era apenas un susurro—. Por favor.

No supo si fue la súplica en sí misma o quizá la manera de decirlo, pero Ekon advirtió que algo empezaba a flaquear en la expresión de su hermano. El cambio fue mínimo, un único resquicio en una armadura invisible, pero fue suficiente. Así, de sopetón, Kamau ya no era un *kapteni*, ni siquiera un guerrero; solo un hermano mayor. Ya no era el guerrero Okojo, sino Kam, el chico que en otro tiempo se escabullía con Ekon de los dormitorios del templo para bajar a la cocina, donde se daban un festín nocturno a base de uvas rojas y jugo de mango. Era el Kam que le enseñó a Ekon cómo sujetar un *hanjari* y que practicó paciente con él días enteros hasta que supo manejarlo. Era el muchacho que entendía a la perfección lo que significaba perder a un padre y una madre, porque él también los había perdido. Y era Kam, el hermano que nunca lo traicionaría.

—No se lo diré al padre Olufemi —accedió Kamau—, a menos que me lo pregunte de manera explícita. Si lo hace, debes saber que no tendré más remedio que responder con sinceridad.

Ekon asintió. Su hermano había prestado un juramento sagrado de lealtad; esa promesa a medias era lo mejor que le podía ofrecer como guerrero consagrado. Aun así, sabía que Kamau se arriesgaba a perder su rango de *kapteni* tan solo por guardarle el secreto.

—Gracias.

Kamau le plantó una mano en el hombro.

—Reúne lo que necesites y ponte en marcha cuanto antes —lo apremió. Había pasión en la orden—. El padre Olufemi seguramente necesitará unos días más para organizar la partida de caza, y tú tienes que llevarnos ventaja. Evita las rutas más evidentes, pero no te alejes del todo de los caminos o te perderás. E intenta no dejar huellas. —Clavó en Ekon una mirada elocuente—. Ni nada que pueda facilitar que te rastreen.

Ekon asintió.

—No lo haré.

—Recuerda lo que has aprendido en los entrenamientos, sé ingenioso.

—Lo seré.

Kamau asintió.

—También debes tener en cuenta que, una vez te marches, estarás ausente sin permiso y podrán castigarte por...

—El padre Olufemi no me castigará —replicó Ekon a toda prisa—. No cuando le entregue lo que quiere: la cabeza de ese engendro.

Kamau le ofreció un intento de sonrisa antes de recuperar la expresión solemne.

—Prométeme una cosa, Ekkie. —De golpe, su tono cambió—. Prométeme que, hagas lo que hagas, no permitirás que la búsqueda de esa bestia sea más importante que tu vida. Yo no puedo... —Se miró los pies—. No puedo perderte. Eres lo único que me queda.

Ekon sostuvo la mirada de su hermano haciendo caso omiso de la opresión que sentía en el pecho. Jamás en toda su vida le había mentido a Kamau. Pero tendría que hacerlo en ese momento.

—Te lo prometo —dijo—. Volveré dentro de pocas semanas, puede que antes.

Kamau asintió.

—Lo voy a hacer, Kam —dijo Ekon—. Voy a encontrar a ese monstruo, lo mataré y vengaré a Baba.

«Y me ganaré mi sitio entre los Hijos de los Seis —se prometió—, aunque sea lo último que haga».

El Shetani le había robado su destino. Ekon lo iba a recuperar.

9
Una verdad y una mentira

Koffi atisbó por última vez las animadas calles de la ciudad antes de que Baaz la empujara al interior de una carreta arrastrada por mulas del zoo.

Estaba acostumbrada a los olores —heno, sudor y estiércol—, pero confinada entre los paneles de madera, se le antojaron nauseabundos. Guiado por Baaz, el carro avanzó y se meció durante un rato mientras ella escuchaba el bullicio de la ciudad perderse a lo lejos. Finalmente, se detuvo y llegó a sus oídos el característico chasquido de un candado que se abre. Intentó protegerse los ojos cuando la repentina luz del sol estalló en la oscuridad, pero la arrastraron al exterior antes de que pudiera hacerlo. Tuvo que parpadear varias veces para recuperar la visión. Cuando lo hizo, se le encogió el corazón.

Las instalaciones del Zoo Nocturno estaban en ruinas, destrozadas y carbonizadas. Había varias jaulas volcadas, con las puertas enrejadas oscilando con la brisa matutina. En mitad del destrozo, allí donde antes se erguía la *hema,* asomaba poco más que un cementerio de jirones color rojo grana, muebles quemados y las varas de la estructura dobladas en ángulos extraños, que exhibían un extraño parecido con un enorme esqueleto calcinado. Koffi lo miraba detenidamente. Nunca acabó de gustarle el viejo zoo, pero era el único hogar verdadero que había conocido. Le provocaba una tristeza sorprendente verlo en ese estado.

—¿Koffi?

Alzó la vista al momento. La voz que había pronunciado su nombre no era grave y ronca como la de Baaz, sino amistosa y familiar. Cuando se dio media vuelta, el corazón casi se le escapa del pecho.

—¿Jabir?

El joven guardafieras corría descalzo hacia ella por la hierba ennegrecida, seguido de varios licaones. Fue una réplica extraña, casi espeluznante, de su carrera hacia ella la noche anterior. Cuando llegó a su altura, ninguno de los dos fue capaz de hablar. Koffi lo rodeó con los brazos y lo estrujó hasta que le dolieron las costillas. Jabir emitió un pequeño suspiro de alivio mientras le devolvía el abrazo. Al cabo de un ratito, Koffi se apartó para estudiarlo sin soltarle los brazos. Los fondos de la túnica gris del muchacho estaban algo chamuscados, pero parecía ileso a primera vista.

—Pensaba que habías muerto —le dijo Koffi.

—Pude escapar. —Jabir estaba afónico, como si hubiera respirado humo—. Justo antes de que la *hema* se desplomara, por suerte. Las busqué a ti y a tu madre, pero estaba oscuro y no veía a ninguna de las dos...

Una mezcla de tristeza y sentimiento de culpa estranguló las palabras en la garganta de Koffi. Intentaba encontrar la manera adecuada de contarle a Jabir lo que había pasado, de explicárselo todo. También tenía muchas preguntas. Uno de los licaones que los rodeaban ladró, y ella bajó la vista antes de volver a buscar los ojos de su amigo.

—¿Los cachorros están bien?

—Prácticamente. —Jabir tomó en brazos a uno de los más pequeños y lo acunó—. Teku aún está un poco impresionado, pero...

—¡Niña!

Dieron un respingo. Baaz todavía estaba plantado junto a la carreta, con los brazos cruzados y los labios prietos en actitud autoritaria.

—¿Señor?

—Ven aquí ahora mismo.

La presión de las manos de Jabir aumentó al instante, pero Koffi le despegó los dedos con suavidad. Si la iban a castigar por haber intentado escapar, no arrastraría a Jabir con ella.

—No pasa nada —murmuró—. Te busco en un rato.

Jabir titubeó antes de asentir y regresar a las chozas de los guardas con sus cachorros. Koffi se aseguró de que estuvieran lejos antes de volverse nuevamente hacia Baaz. El hombre todavía la miraba, esperando. Ella hizo de tripas corazón y regresó a su lado, asegurándose de dejar cierta distancia entre los dos. Ahora que estaba cerca y lo veía bien, reparó en las bolsas que le ensombrecían los ojos. Varias de las gemas falsas de sus anillos se habían desprendido, dejando huecos. Igual que el Zoo Nocturno, parecía acabado. Baaz la miró de arriba abajo con expresión asqueada.

—Sé que fue culpa tuya —le soltó a bocajarro. Por un horrible instante, puro terror recorrió el cuerpo de Koffi, hasta que el hombre añadió—: Nada de esto habría pasado si hubieras comprobado las hebillas de Diko, si no hubieras gritado a todo el mundo que saliera de la carpa y desencadenado tanto jaleo.

Koffi agachó la cabeza. No quería que Baaz se diera cuenta del alivio que experimentaba. La culpaba —y con razón— de no haber asegurado la correa de Diko y haber provocado el pánico en la *hema*, pero al parecer no sabía nada de la vela. Menos mal.

—¿Qué le ha pasado a Diko? —preguntó con voz queda.

—¿Quién sabe? —Baaz levantó las manos con desesperación—. ¡La mitad de mis fieras han muerto o desaparecido y mi reputación se ha ido al diablo!

Propinó una patada al suelo y Koffi tuvo que hacer grandes esfuerzos para no soltar un bufido. La situación no tenía ninguna gracia, pero nadie como Baaz Mtombé para ponerse histriónico cada vez que tenía ocasión.

—Correrá la voz del desastre —prosiguió—. Los asistentes al espectáculo seguirán bajando y, con ellos, mis márgenes de beneficios. Por si fuera poco, el Kuhani y su comisión de amargados han rechazado mi petición de ayuda financiera. —Se quedó sumido en sus pensamientos un momento antes de devolverle la atención a Koffi—. Y tú... tienes la culpa... de todo.

Ella tragó saliva con dificultad. Se lo esperaba, desde luego, pero eso no lo hacía más fácil de afrontar. Visualizó la columna de castigo en la otra punta de las instalaciones, sin duda lo único que había sobrevivido a la hecatombe. Sería doloroso, muy doloroso, pero mejor quitárselo de encima cuanto antes. Miró a su amo con serenidad.

—¿Cuántos golpes?

Baaz entornó los ojos.

—¿Qué?

—¿Cuántos?

El hombre frunció el ceño.

—¿De qué hablas, chiquilla?

Koffi notó un aleteo de inquietud. Baaz en verdad parecía no saber de qué le hablaba, lo que implicaba que había aspirado demasiado humo la noche anterior o que le tenía reservado un castigo mucho peor. No tenía esperanzas de que fuera la primera opción.

—¿No... no me va a enviar a la columna?

Por fin, se hizo la luz en el semblante de Baaz, seguida de alguna otra cosa. Koffi tardó un momento en advertir que eso que se extendía despacio por el rostro del hombre no era ira, sino satisfacción.

—No, Koffi. —Baaz pronunció su nombre despacio, mirándola como un gato estudiaría a un ratón acorralado—. No te voy a enviar a la columna. Esta vez no.

Koffi respiró hondo.

—Entonces... ¿qué me va a hacer?

—Ah, no te voy a hacer nada. —Baaz sonrió con malicia—. Tú harás algo por mí. Verás, tu pequeño error con Diko me ha supuesto unas pérdidas inmensas que no me puedes reembolsar porque ya tienes una deuda conmigo. —Unió los dedos como si rezara—. En consecuencia, he decidido que los nuevos costes se sumarán retroactivamente al saldo pendiente de tu contrato de servidumbre.

Koffi se tambaleó.

—¿Qué significa eso?

—Significa —dijo Baaz— que sumaré el valor de las pérdidas a tu deuda. Según mis cálculos, tardarás aproximadamente treinta y cinco años en reembolsármelo todo, quitando intereses.

Koffi notó que el escaso ánimo que le quedaba la abandonaba a toda prisa, como si alguien se lo hubiera arrancado con violencia. La cabeza le daba vueltas, el mundo se había emborronado, y descubrió que ni siquiera era capaz de hablar mientras intentaba asimilar las palabras de Baaz.

«Treinta y cinco años. Treinta y cinco años. No semanas ni meses, sino años».

Su pensamiento atrapó fragmentos de viejos recuerdos, los raídos bordes de la vida que había llevado antes de esa. Recordó ser una niña sentada a hombros de su padre una mañana, mientras él le explicaba que iban a vivir una aventura. En aquella época, le pareció divertido eso de trabajar en un zoo con tantos animales interesantes. Entonces, era demasiado joven para comprender a fondo la gravedad de conceptos como «términos» y «condiciones», y solo después de la muerte de Baba, la terrible realidad mostró su verdadera cara. Koffi había heredado la deuda que le quedaba por pagar a su padre. Durante casi una década, Mama y ella habían trabajado un día sí y otro también para liquidar el saldo pendiente, y casi lo habían conseguido.

«Treinta y cinco años. Años».

La deuda se multiplicaría por miles.

—Eso... no puede ser. —Koffi se tragó la bilis que le ascendía por la garganta e intentó mantener rectas las rodillas, que le flaqueaban por momentos—. No puede hacer eso. No soy adulta, ni siquiera firmé mi propio contrato de servidumbre.

—Es lo que hay, niña. —En los ojos de Baaz no había la menor traza de compasión—. Y la ley está de mi lado. Te informaré del nuevo saldo a mi favor una vez que el contratista haya calculado los daños y el coste de las reparaciones. Mientras tanto, ponte a limpiar, antes de que cambie de idea sobre la columna. —Echó un vistazo a los terrenos con expresión asqueada—. Qué porquería...

Adormecida, Koffi lo vio alejarse con parsimonia. Ya sabía que el castigo por lo sucedido sería duro, pero aquello era mucho peor que nada de lo que hubiera podido imaginar. Treinta y cinco años. Tenía dieciséis. Treinta y cinco años en el Zoo Nocturno era más que una pena de cárcel; implicaba perder la vida entera, su vida. Tuvo la sensación de que se hundía en algo, una pesadilla de la que no podía despertar.

Sus pies vagaron sin rumbo hasta que se detuvo delante de los humeantes restos de la *hema*. De cerca, se percibía el hedor, ese tufo agrio que desprenden las cosas quemadas. Sus ojos revolotearon sobre los escombros carbonizados hasta que se posaron en algo brillante, casi invisible entre las cenizas, algo pequeño y de un azul lustroso. Al agacharse para inspeccionar el objeto, supo al instante lo que era, y se le encogió el corazón. Se trataba de un fragmento del pavo real de turquesa, quizá un trocito del pico o de la minúscula cabeza. Siempre había detestado la estatua por considerarla de mal gusto y ridícula, con su larguísimo cuello y las desmesuradas plumas de la cola. Ahora, sin embargo, eso era cuanto quedaba de ella: un trozo de piedra chamuscada de color azul celeste. El ave se había quemado, cómo no. Igual que todo lo demás en el Zoo Nocturno, era falsa, una ilusión. La verdadera turquesa habría sido más resistente, capaz de soportar el calor del fuego. Siempre fue un objeto sin valor. A pesar de todo, mientras miraba el fragmento, una tristeza extraña ondeó en su interior. Quería reconstruir el estúpido pavo real, reconstruir su vida tal como era y crear una segunda oportunidad. En esa vida alternativa, jamás habría olvidado comprobar la hebilla de Diko, y él nunca habría atacado a la mujer del mercader. Su madre no se habría atribuido un error que no había cometido, y Koffi no habría hecho esa cosa tan rara con la vela. Deseó de todo corazón poder retirarlo todo, intercambiar las malas decisiones por otras buenas, tener una segunda oportunidad para...

De golpe y porrazo, perdió el aliento. Seguía mirando los restos de la *hema*, plantada sobre sus cenizas, pero una sola palabra se había atascado en su mente.

«Intercambiar».

Sucedió despacio, según las piezas iban encajando entre sí.

«Intercambiar».

Recordó un momento muy concreto de la noche anterior en la *hema,* un fragmento de la conversación que había oído entre dos personas: Baaz y *bwana* Mutunga. Estaban hablando de algo: del Shetani.

«Incorporarlo supondría una gran mejora para su espectáculo, ¿no es cierto?». El mercader había pronunciado esas palabras exactas, en plan de broma.

«Bueno, soñar no cuesta nada —había respondido Baaz—. Pero me temo que para hacerme con él tendría que canjearlo por mi alma».

Intercambio. Canje. Koffi se percató en ese momento. Esa había sido la primera vez que escuchó la palabra «canjear»; no sentada con la anciana en el mercado por la mañana, sino la noche anterior en boca de su propio amo. Canje. La anciana le había dicho algo más: «Todo se puede canjear, si conoces su verdadero valor».

Todo se puede canjear. Todo.

El corazón de Koffi latía a toda máquina mientras se daba la vuelta para inspeccionar los terrenos del Zoo Nocturno. Por fin, localizó a quien estaba buscando. Baaz se encontraba a varios metros de distancia, pero sin duda podía oírla.

—¡Señor! —Prácticamente gritó la palabra al tiempo que salía disparada hacia él. Obligó a sus piernas a correr más deprisa, haciendo caso omiso del dolor—. ¡Señor, espere!

Baaz miró por encima del hombro, molesto, y luego se volvió del todo al ver a Koffi corriendo como alma que lleva el diablo. Ella se detuvo al llegar a su altura y esperó un momento para recuperar el aliento antes de hablar.

—Señor —repitió—. Quiero... proponerle un canje.

Baaz había enarcado las cejas con ademán desconcertado; al oír a Koffi, las levantó al máximo, sorprendido.

—¿Quieres proponer un qué?

Koffi tragó saliva. No estaba segura de estar usando bien las palabras, pero ya le daba igual. Era su última esperanza y tenía que intentarlo.

—He dicho que quiero proponerle un canje —repitió con más convicción—. A cambio de mi contrato de servidumbre.

Baaz la miró detenidamente. Pasado un momento, su expresión se dividió entre la irritación y la incredulidad.

—No puedes hacer negocios conmigo.

Koffi no dio su brazo a torcer.

—¿Por qué no?

Baaz entornó los ojos.

—Porque no tienes nada que canjear. Eres una sierva, pobre de solemnidad. No posees absolutamente nada.

Era verdad. Koffi había sido pobre toda la vida, cargada de deudas que no le pertenecían. Baaz tenía razón al decir que carecía de posesiones. Pero eso no significaba que no tuviese nada con lo que negociar.

—Tengo algo —se apresuró a replicar—. Algo que usted desea por encima de todo.

El hombre respondió con un nuevo ceño.

—¿Y qué es, si se puede saber?

—Una nueva atracción estrella para el zoo que yo podría procurarle.

Koffi agachó la cabeza, tratando de aparentar humildad. Para conseguir lo que quería, tendría que ser convincente pero natural.

—¿De qué hablas? —gruñó Baaz.

Koffi inspiró hondo.

—Anoche, cuando escapé del Zoo Nocturno y salté la barda, vi a un ser en los campos de citronela —empezó.

El hombre entornó los ojos.

—¿Qué clase de ser?

—Una fiera enorme y terrible —explicó en tono tenebroso—. Con ojos negros como la noche y colmillos más largos que mis dedos.

—¿Que tus... dedos?

—Le digo la verdad. —Koffi sostuvo la mirada de su amo. Si algo había aprendido viendo a Baaz todos esos años en el Zoo Nocturno, era a contar una historia, a cautivar al público con palabras sugerentes y pausas histriónicas—. Y sé lo que era: el Shetani.

Su discurso produjo un efecto instantáneo; Baaz irguió la espalda.

—Eso no es posible.

—Lo es —afirmó Koffi—. Lo vi. Vino hacia mí.

—Y, sin embargo, aquí estás. —Baaz cruzó sus gruesos brazos—. Ilesa.

—No me hizo nada —explicó Koffi—. Huyó porque... —Titubeó. Era el momento definitivo, la hora de decantarse por la verdad o por la mentira—. Porque yo le ordené que se marchara, y me obedeció.

Un silencio cargado cayó entre los dos, tan largo que Koffi empezó a sudar. Baaz la miró estupefacto antes de echar la cabeza hacia atrás para lanzar una carcajada.

—¿Esperas...? —dijo entre resuellos—. ¿Esperas que me crea que tú, una niña flacucha, le diste una orden al Shetani de la Selva Mayor y te obedeció?

—No estaría aquí ahora mismo si no lo hubiera hecho. —Koffi permaneció impávida—. Y tampoco el guerrero que saltó el muro para capturarme. Se asustó tanto que me soltó.

Baaz dejó de reír al instante. Una sombra cruzó su cara cuando asimiló las palabras de la muchacha, y con ellas, una revelación que Koffi no supo entender. Entonces, atisbó una nueva emoción en su semblante. Miedo.

—¿Lo... lo viste en carne y hueso? —La miraba con unos ojos enormes, horrorizados—. ¿Y de verdad le ordenaste que no te atacara?

—Lo hice.

—¿Cómo? —susurró Baz—. ¿Cómo lo hiciste?

—La magia no siempre ha estado limitada a las páginas de los cuentos. —Koffi repitió como un perico las palabras que la anciana había pronunciado en el mercado—. Se ha debilitado, pero unos pocos escogidos todavía son capaces de usarla en Lkossa. Yo soy una de ellos.

Baaz levantó un dedo para amonestarla.

—Lo que dices es una blasfemia —la avisó—. Podría denunciarte...

—Podría —respondió Koffi a toda prisa—. O podría incrementar sus riquezas de manera significativa.

Baaz la miró con atención.

—¿Qué quieres decir?

—Anoche ahuyenté al Shetani —dijo Koffi—. Pero ¿y si lo encontrara y lo trajera al Zoo Nocturno? ¿Y si se convirtiera en su atracción estrella?

—No funcionaría. —Baaz tragó saliva—. La gente no pagaría por ver algo tan horripilante.

—Yo sé de una persona que lo haría —arguyó Koffi—. El Kuhani. Ya oyó lo que dijo anoche el mercader. Los comerciantes han dejado de venir a la ciudad; tienen miedo. ¿Cómo cree que expresaría su agradecimiento el hombre que controla las arcas más espléndidas de la ciudad a la persona que resolviera su mayor problema?

Observó cómo el miedo de Baaz mudaba en codicia. Supo entonces, en ese mismo instante, que lo tenía en sus manos. Su amo era cruel, violento y avaro, pero, por encima de todo, era un hombre de negocios.

La actuación de Koffi estaba a punto de concluir.

—Has mencionado un canje —señaló el hombre despacio, con expresión calculadora—. ¿Qué me pedirías a cambio del Shetani?

—La cancelación permanente de las deudas de mi familia, para ser libre de abandonar el Zoo Nocturno y no volver —respondió Koffi de inmediato—. También la deuda de Jabir. Y tendré que internarme en la selva para dar con el Shetani, así que voy a necesitar una pequeña remuneración para comida y material.

—Por supuesto. —La sonrisa de Baaz era afilada como un cuchillo. Ladeó la cabeza como si viera a Koffi por primera vez—. Verás, esto nos plantea lo que algunos considerarían un conflicto de intereses. Si te dejo salir del zoo, podrás volver a escapar.

—Volveré a buscar a Jabir —prometió Koffi—. No lo abandonaré.

Baaz negó con la cabeza.

—Ya lo has abandonado una vez. ¿Qué te impide volver a hacerlo?

Las palabras escocían, y Koffi se alegró de que Jabir no estuviera cerca para oír la conversación. Lo cierto era que la noche anterior no sabía que seguía vivo y atrapado allí dentro —había dado por supuesto lo peor—, pero eso no cambiaba la realidad. Baaz tenía razón; lo había abandonado. La mueca burlona del hombre se acentuó.

—Lo que hace falta, me parece, es poner algunas condiciones —propuso en tono alegre— para asegurarnos de que te vas a implicar en cuerpo y alma.

Koffi tragó saliva.

—¿En qué está pensando?

—Obviamente en establecer unos parámetros —dijo Baaz—. Tu pequeña cacería tendrá un límite temporal. Te doy hasta el comienzo de la estación de los monzones para encontrar al Shetani y traerlo. Si no lo haces, añadiré a tu deuda la cantidad de setecientos *fedhas* por incumplimiento.

Koffi frunció el ceño. La estación de los monzones estaba al caer, así que eso le dejaba cosa de una semana, a lo sumo.

—Muy bien.

—Si vuelves a tiempo, pero sin el Shetani, también sumaré una tasa por incumplimiento.

—De acuerdo.

—Por último, si acaso no regresaras al zoo —prosiguió Baaz—, las nuevas deudas en las que has incurrido más las tasas por incumplimiento recaerían en Jabir... y en tu madre.

Koffi se quedó de una pieza.

—¿Qué?

Intentaba desenredar la maraña de pensamientos que rebotaban por todo su ser y que le pedían atención.

«Mama».

Era imposible, a menos que no lo fuera. Baaz estaba mintiendo, a menos que dijera la verdad. ¿Decía la verdad? Le rechinaron los dientes mientras luchaba contra el dolor, contra la esperanza.

«Mama».

Imágenes violentas colisionaban en su mente con otras hermosas. Vio a su madre acurrucada junto a ella en la choza, tarareando canciones tradicionales, y vio sus ojos en blanco cuando cayó. Evocó el rostro de Mama acariciado por el sol dorado de la mañana y recordó su cuerpo en un charco de sangre.

¿Mama estaba viva? ¿Cómo era posible?

—¿Eso significa que tenemos un trato, entonces? —Baaz esbozó una sonrisa siniestra.

—¿Dónde está? —Koffi tenía los labios adormecidos.

—Llevaron a tu madre a la enfermería anoche. —Echó a andar y se volvió a mirarla por encima del hombro—. Espero que tengas intención de cumplir tu parte del acuerdo, chiquilla. El precio del fracaso será muy alto...

Koffi no oyó lo que dijo a continuación. Ya había salido disparada.

La destartalada colección de chozas de adobe destinadas a los guardafieras parecía mucho más pequeña a la luz del día.

Koffi enfiló por el camino a la carrera, azotando la tierra roja con cada paso.

Mama. Mama estaba viva.

Advirtió por el rabillo del ojo que la gente la miraba —los demás guardas debían de haberla supuesto perdida o muerta—, pero los ignoró. Sus ojos escudriñaban las cabañas hasta que advirtió una al final del sendero, pequeña y modesta. La enfermería. Corrió hacia ella y por poco arrancó la puerta al abrirla.

Varios olores la embistieron al mismo tiempo: un tufo metálico particularmente intenso y otras emanaciones también, aromas que no le gustaban. Percibió esencias de bálsamos caseros, hierbas curativas, los olores característicos de las vendas de lino y los ungüentos. Ninguna de las fragancias era particularmente mala, pero las conocía demasiado bien; le recordaban a Baba. Barrió con la mirada las escasas camas alineadas. Todas y cada una de ellas estaban ocupadas por guardas. Algunos se recuperaban de cortes y heridas, mientras que otros tenían quemaduras tan graves que no los reconocía. Se agachó horrorizada.

«Esto es obra tuya —le dijo una voz—. Están heridos por tu culpa, por lo que hiciste con la vela...».

Consiguió acallar la voz mientras sus ojos se adaptaban a la oscuridad y se posaban en una cama situada al final de la fila. Jabir estaba sentado junto a la colchoneta con la cabeza gacha. Koffi notó el rugido de la sangre en los oídos cuando corrió hacia allí. Mama estaba tendida boca arriba, con los ojos cerrados. Una sábana fina la cubría hasta los hombros desnudos, pero no era lo bastante larga para taparla por completo y le sobresalían los pies por el otro extremo. Con el corazón encogido, Koffi notó el vendaje que llevaba su madre cerca de la nuca. Estaba manchado de un tono marrón rojizo.

—Entra y sale de la consciencia —explicó Jabir—. Pero creo que se pondrá bien, con el tiempo. Me quedé aquí para asegurarme de que le cambian las vendas.

«Se pondrá bien». Koffi únicamente oyó esas palabras. «Bien. Mama se pondrá bien». Habló con voz estrangulada.

—Gracias, Jabir. Por todo.

Se quedaron un rato en silencio, observando cómo el pecho de su madre ascendía y descendía.

—Estaba preocupado por ti, Kof —le susurró Jabir—. Me preocupaba que... que no quisieras volver.

El sentimiento de culpa se le atascó en el pecho. Lo cierto era que no tenía pensado regresar, pero no por los motivos que Jabir seguramente había imaginado. Koffi pensaba que ya no le quedaba nada allí, nada por lo que luchar. Sin embargo, todo había cambiado. No solo tenía a su madre y a Jabir, sino también la oportunidad de recuperar algo que creía perdido para siempre: la libertad.

—Jabir —le dijo en voz baja—. No me voy a quedar.

—¿Qué? —El chico lo preguntó en tono brusco, pero Koffi percibió el dolor que escondía la exclamación—. Koffi, no puedes volver a escaparte. Si Baaz te atrapa por segunda vez...

—No me voy a escapar. Baaz sabe que me marcho —respondió Koffi en un tono aún más quedo. Se echó hacia delante—. Hemos hecho un trato.

Una sorpresa fugaz asomó a las facciones de su amigo. Parecía como si quisiera formular mil preguntas al mismo tiempo. En vez de eso, le indicó con un gesto que siguiese hablando, y Koffi lo hizo. Le contó todo lo sucedido, desde el fatídico incidente con la vela hasta lo que había visto al otro lado del muro del Zoo Nocturno. Le habló de la anciana que había conocido y de lo que había descubierto sobre la magia en Lkossa. Por fin, le habló del trato.

—Y le he dicho que quería que cancelara tus deudas también —concluyó a toda prisa—. Para que nos vayamos juntos: Mama, tú y yo.

Jabir no dijo nada, pero agachó la mirada.

Koffi lo miró.

—¿Qué pasa?

—Es que... —El chico suspiró—. Ojalá hubieras hablado conmigo antes de llegar a ese acuerdo.

Koffi abrió la boca para responder y enseguida volvió a cerrarla. Había pensado que incluir la deuda de Jabir en el canje era lo correcto, pero... puede que no. No había meditado a fondo las implicaciones de hacerlo; le había parecido bien y no le había dado más vueltas. Al instante, las palabras de su madre acudieron de nuevo a su pensamiento: «A veces, sin embargo, no podemos guiarnos por el corazón. Hay que pensar con la cabeza».

—Lo siento —le dijo con sentimiento—. De verdad que sí. Pero... no quería que pensaras que me había olvidado de ti. Te considero un miembro de mi familia, tanto como a mi madre.

Jabir desvió la vista un momento, parpadeando con fuerza.

—Y tú también eres mi familia, Kof. —Su expresión cambió, como si hubiera tomado una decisión—. ¿Sabes qué? Nadie ha podido encontrar al Shetani, de manera que, si te propones dar con él, vas a necesitar ayuda.

La tensión se apoderó de Koffi.

—Jabir, no puedes venir con...

—No hablo de mí. —Negó con la cabeza—. Me refiero a que necesitarás alguna clase de guía para orientarte por la Selva Mayor; un mapa.

—Es verdad. —Koffi asintió. Lo cierto era que aún no había empezado a plantearse qué iba a necesitar para su misión, pero un mapa parecía el recurso más lógico—. ¿Se te ocurre dónde podría encontrar uno?

—No me viene nada a la cabeza. —Jabir se masajeó las sienes—. ¿No has dicho que habías estado en el mercado por la mañana?

—Sí.

—Pues deberías empezar por ahí —sugirió—. Hay mercaderes vendiendo casi cualquier cosa que te puedas...

—Un momento —lo interrumpió Koffi con los ojos muy abiertos—. Eso es.

—¿Qué? —quiso saber Jabir.

—Los mercaderes —repitió Koffi—. ¿Recuerdas lo que le dijo *bwana* Mutunga a Baaz cuando le preguntó con qué comerciaba?

—La verdad... no.

El corazón de Koffi se aceleró.

—Dijo que su especialidad son los artículos para las administraciones, especialmente para el templo. Papiro, plumas, tinta baridiana para los libros y...

—Mapas. —Jabir agrandó los ojos al entender lo que su amiga sugería—. ¡Hay mapas en el Templo de Lkossa!

—Y eso significa que es allí adonde debo ir —concluyó Koffi—. En el templo encontraré un mapa de la Selva Mayor. —Buscó la mirada de su amigo con expresión esperanzada—. ¿Crees que me podrías ayudar a entrar?

Jabir se frotó la barbilla un momento, pensativo.

—No será fácil, pero... me parece que conozco un acceso.

—Gracias.

Koffi abrazó a Jabir de nuevo antes de voltearse hacia la figura dormida de su madre. Durante un rato, ninguno de los dos habló.

—Voy a atraparlo, Jabir. —No sabía si pronunciaba las palabras para el muchacho o para ella, pero sentaba bien decirlas en voz alta, en cualquier caso—. Voy a encontrar al Shetani y a traerlo; y cuando lo haga, recuperaré nuestra libertad.

Se guardó para sus adentros la continuación de su promesa: «O moriré en el intento».

SEGUNDA PARTE

HASTA LOS ELEFANTES SE ENREDAN CON LAS TELARAÑAS

Un auténtico recipiente

Adiah

—¡Adiah!

Aparto los ojos del deslumbrante sol y vuelvo a la Tierra. A pocos metros, en las pistas de entrenamiento del templo, el hermano Lekan me fulmina con la mirada. Ni una sola de sus trenzas canas se ha movido del sitio, y el gesto de su boca arrugada es una mueca severa. Parece agobiado, sudoroso —dudo mucho que las túnicas azules reglamentarias que llevan los maestros y los hermanos del templo les resulten cómodas durante la sesión cálida en la región de Zamani—, pero no me atrevo a preguntarle si se encuentra bien. Lleva el bastón de madera de khaya en la mano; mis nalgas han sufrido demasiados encuentros desafortunados con ese palo, y hoy prefiero evitar su contacto.

—Si prefieres perder el tiempo y soñar despierta... —la voz del viejo maestro me recuerda al graznido de la rana toro—, puedo pedirle a otra que haga la demostración...

—¡No! —Enderezo el cuerpo a toda prisa, los hombros hacia atrás y los pies plantados en el suelo con firmeza, tal como me han enseñado. Soy la viva imagen de una daraja bien entrenada—. No, profesor; estoy preparada.

Los astutos ojos del hermano Lekan me escudriñan un poco más antes de indicarme, de mala gana, que avance un paso. Las pistas de lucha suelen estar atestadas de fieles que vienen a visitarnos —algunos acuden al templo a rezar; otros, a vernos entrenar—, pero hoy están cerradas al público para que podamos practicar en la intimidad. Es una pena, la verdad. Me encanta tener público.

—Nada de pavonearte. —El hermano Lekan me tiende una breve asta de madera que, a ojos de un inexperto, podría parecer una espada sin hoja—. Haz el ejercicio que te he pedido y solo ese, Adiah.

Asiento, sin necesidad de más indicaciones, mientras el hermano Lekan se aleja y los demás darajas me dejan espacio. Esta es mi parte favorita del día, los ejercicios prácticos, porque entonces puedo trabajar de verdad con el esplendor. Soy un cero a la izquierda en la biblioteca del templo, donde nos toca memorizar pasaje tras pasaje de aburridas escrituras; pero aquí fuera, en estas arenas, cobro vida. Aferro el mango sin hoja con más fuerza e invoco el esplendor que alberga la tierra. Acude a mi encuentro como siempre, como si me estuviera esperando. Lo noto zumbar entre mis dedos cuando serpentea por mis brazos y luego por mis manos hasta que alcanza el mango de madera. Me concentro, visualizo lo que quiero que suceda, y sucede. Allí donde una espada tendría la hoja, aparece una luz iridiscente y temblorosa. Al principio es pequeña y débil, como la hoja de una espada, pero yo le transmito más esplendor, hasta que sostengo lo que parece un enorme sable. A lo lejos —demasiado lejos como para que me importe—, alguien hace un ruidito de desaprobación, pero yo hago caso omiso mientras el esplendor se acumula en mi centro. Blando la hoja iluminada y la oigo cantar. Sé lo que se supone que debo hacer a continuación —soltar el esplendor para que vuelva a la tierra—, pero no puedo resistir la tentación de retenerlo un poco más. Esta energía, este poder, me produce una sensación deliciosa, distinta a cualquier cosa que haya experimentado. Extraigo un poco más de la tierra y la espada de luz empieza a cambiar de forma, la hoja crece más y más. Oigo aspavientos de sorpresa, pero yo estoy maravillada, siento curiosidad. Me pregunto hasta dónde...

—¡Adiah Bolaji!

El grito me desconcentra y vacilo. Al momento, libero el esplendor, que borbotea y retumba con potencia antes de separarse de mí y de mi hoja para volver a penetrar en la tierra. Doy media vuelta despacio y descubro que mis compañeros me observan desde mucho más lejos de lo que estaban antes. El hermano Lekan corre hacia mí como si estuviera a punto de estallar.

Ay, ay, ay.

—¡Dame eso!

Me arranca el mango de madera sin contemplaciones.

—¡Eh! —le digo sin poder contenerme—. ¿Por qué?

—¡Desobediente! —El hermano Lekan agita un dedo a pocos centímetros de mi nariz—. ¡Insensata! ¡Irresponsable! ¿Se puede saber en qué estabas pensando?

Ahora soy yo la que se está enojando.

—No estaba haciendo nada malo. —Estoy tan furiosa que olvido emplear el tratamiento de respeto que usamos para dirigirnos a los profesores—. Lo tenía totalmente controlado.

—Pensabas que lo tenías controlado. —El hermano Lekan niega con la cabeza—. Te lo dije una vez y te lo repetiré todas las veces que haga falta, niña: ¡no debes retener el esplendor en tu interior tanto tiempo!

—Si solo ha sido un ratito...

—¡Da igual! —Sus palabras pisan las mías—. El esplendor es una fuerza muy poderosa de la naturaleza. Un cuerpo mortal no puede albergarlo, ni siquiera el de un daraja. Solo puede dejarlo fluir, entrar y salir.

—Pero yo...

—Basta. Le pediré a un daraja más apto que ejecute la demostración. —El hermano Lekan me desdeña con un gesto de la mano a la vez que busca a otro con los ojos—. Lesedi, al centro. Me gustaría que mostraras al resto de la clase cómo se hace. —Vuelve la mirada hacia mí—. Presta atención a su técnica, Adiah. Mira cómo lo controla.

Me arde la cara cuando Lesedi —una niña bajita y recia que se adorna las puntas de las trenzas con bonitas cuentas rosas— avanza un paso. Me lanza una mirada compungida, antes de tomar el mango de madera que el hermano Lekan le tiende y encaminarse al centro de la arena. Yo me sitúo entre los otros darajas para cederle el espacio. La verdad es que no me interesa mirar cuando cierra los ojos y extrae un pequeño haz de esplendor procedente de la tierra, igual que acabo de hacer yo, pero me resulta imposible desviar la mirada. La hoja que invoca Lesedi es más fina que la mía, pero parece más afilada y definida. Con movimientos expertos, desplaza la espada por el aire en gráciles arcos, según ataca y bloquea a un enemigo invisible. Sus gestos son elegantes, coreografiados, envidiables. Entiendo a la perfección a qué se refiere el hermano Lekan al hablar de su técnica. Lesedi deja que el esplendor la recorra, que entre y salga, como ha dicho; es un auténtico recipiente. Su ejecución resulta admirable, primorosa. También floja. Percibo, aún desde la distancia, que no está usando todo el esplendor que tiene al alcance; no se atreve a absorber tanto como yo. Cuando termina su demostración, hace una reverencia, y varios de los darajas que hay a mi alrededor aplauden. No se me escapa que a mí nadie me ha aplaudido.

—Bien hecho, Lesedi.

Noto un cosquilleo de envidia cuando el hermano Lekan recupera el mango de madera —ahora privado de luz— e inclina la cabeza ante Lesedi con un gesto de aprobación. A mí me tiene reservado el ceño—. ¿Has visto, Adiah? Así se hace.

—¡Es más tonto que un buey!

Las palabras del hermano Lekan llevan todo el día resonando en mi cabeza y todavía me atormentan horas más tarde. Sé que no debería permitirlo, pero lo hago.

—¿Sabías que el período de gestación de los bóvidos tiene una duración aproximada de doscientos ochenta y tres días?

Como de costumbre, Tao, mi mejor amigo, está sentado en un banco con la nariz hundida en un libro. Su rostro es de un tono castaño suave y tiene unos enormes ojos pardos que todavía conservan la inocencia, aunque los dos hemos cumplido ya los quince años. Cuando suelto un gemido y le hago una mueca, él levanta la vista y se peina con los dedos los caireles negros.

—¿Qué pasa?

—Dentro de nada te obligarán a cortártelos. Lo sabes, ¿no? —Señalo su pelo con la barbilla—. Solo los maestros y los hermanos del templo tienen permiso para dejarse rizos.

—Considéralo un peinado ambicioso —dice Tao antes de devolver la atención al libro, que por lo que veo trata de escarabajos—. Algún día, seré un famoso erudito del templo.

—No me cabe ninguna duda.

Estamos solos los dos, escondidos en nuestro rincón secreto. Muy estrictamente hablando, supongo que tenemos prohibido usar el jardín que hay en lo alto del templo, pero ni uno solo de los maestros posee la agilidad necesaria para trepar hasta la trampilla por la que se accede a la terraza, así que lo consideramos nuestro. Aquí arriba, los pájaros cantores planean con la brisa como manchas rojas que trinan y gorjean al pasar. A veces les respondo cantando; hoy estoy demasiado enojada.

—Nunca me dejan hacer nada.

—¿Quiénes? —pregunta Tao.

—El hermano Lekan, el hermano Isoke, el padre Masego; ninguno. —Paseo de un lado a otro para liberar la frustración acumulada—. Nunca me dejan intentarlo a fondo. Siempre me frenan.

—O quizá intentan enseñarte —sugiere Tao hundiendo un dedo en un agujero de su gastada túnica.

—Eh, ¿de parte de quién estás?

—De la tuya. —Tao cierra el libro por fin, y su expresión se suaviza—. Siempre estoy de tu parte, Adiah.

Es verdad. Tao es mi mejor amigo desde que teníamos diez años, y nunca me ha fallado. Cinco años más tarde, seguramente sea el único amigo verdadero que me queda.

—Ya lo sé. —Dejo de pasear para sentarme a su lado y apoyo la cabeza en su hombro. Huele a tinta y a cuero—. Es que no lo entiendo.

Noto que Tao está tenso un momento, y su corazón tamborilea contra mi oído antes de que se relaje de nuevo. Cuando habla, parece nervioso, algo nada habitual en él.

—Esto... ¿Qué no entiendes?

—¿Cómo puedo aprender a usar bien el esplendor si nadie me deja emplearlo a fondo, explorar su verdadero potencial?

—Puede que ese sea el problema. —La voz de Tao ha cambiado, pero no acabo de captar el motivo. Mi cabeza sigue en su hombro, así que tampoco veo su expresión—. Quizá no debas saber hasta dónde llega el esplendor. Podría ser peligroso.

—Ya —murmuro contra su túnica. Noto la suavidad del algodón en la mejilla, su calidez—. Seguramente tienes razón.

—Al final serás una experta en todo eso, Adi. —Tao apoya la cabeza en la mía con un suspiro—. Solo tienes que seguir practicando. Seguir aprendiendo. Yo tengo fe en ti.

Asiento con la cabeza para que sepa que le he oído, aunque no digo nada. Hace años que Tao es mi amigo y confidente, pero... no es un daraja. Esa es una de las varias diferencias que nos separan. Tao es un chico, yo soy una chica. Tao es huérfano, y yo no. Año tras año, a medida que nos hacemos mayores, nos distanciamos un poco más, a medida que nuestras diferencias se vuelven más evidentes. A los diez años, yo tenía la sensación de que Tao entendería cualquier cosa que le contase. Cinco años más tarde, hay montones de cosas que no creo que mi amigo entienda. Tao piensa que mi mayor miedo es no llegar a dominar la energía del esplendor, pero, en verdad, no es eso lo que más temo.

Mi temor es que nunca pueda usarla.

10
En lo concerniente a monstruos

Quizá más que en ninguna otra parte, Ekon se sentía a sus anchas entre libros.

Inspiró a fondo el característico aroma de los viejos volúmenes mientras escuchaba los tenues crujidos que emitía la butaca cuando cambiaba de postura. A su alrededor, los tomos encuadernados en piel que poblaban la biblioteca del Templo de Lkossa parecían rozar los cielos, clasificados en muebles tan elevados que hacía falta una escalera para llegar a los estantes más altos. En el tiempo que llevaba allí, había contado mil novecientos ochenta y seis volúmenes. Sabía que había varios millares más, pero lo había dejado ahí; mejor detenerse en un número divisible por tres.

Cerró los ojos y aguzó el oído. A lo lejos, creyó oír el murmullo grave de los hermanos del templo en la sala de oración de la sección contigua, el roce de sus sandalias según se preparaban para la visita de los fieles. La tranquilidad no duraría demasiado; antes o después lo llamarían. Abrió los ojos y suspiró.

La mesa que tenía delante estaba sembrada de libros de todos los tamaños, colores y géneros. Había tratados de páginas amarillentas, como *En defensa de la dendrología de Eshōza oriental*, del maestro Kenyatta; gruesos tomos como *Crónica de seres curiosos*, del maestro Azikiwe, e incluso un antiguo librito algo preocupante sobre los diversos beneficios de la vida de las plantas carnívoras, escrito por un sabio sencillamente llamado Nyerere. Las obras que lo rodeaban estaban consideradas tesoros de valor incalculable, la historia misma de su tierra y su hogar cuidadosamente documentada y preservada.

Y, sin embargo, ninguno le servía de nada.

Ekon volvió a tomar aire, pero esta vez lo exhaló con más desesperación. Le gustaban los libros, en un sentido general, porque podías confiar en que siempre serían coherentes. Podías leer un ejemplar mil veces, de mil maneras distintas, pero las palabras que contenía nunca cambiarían. A diferencia de las personas, un libro no te decepcionaba. No te abandonaba, no podía fallarte.

Bueno, hasta ese momento.

«Uno, dos, tres».

Se miró los dedos, que buscaban el ritmo sencillo de siempre, un latido que se le antojaba estable.

«Uno, dos, tres».

Tres. El tres era un buen número.

Desplazó un poco uno de los montones de libros para que todos estuvieran nivelados, ordenados del más grueso y grande al más pequeño y fino. No precisaba ese orden tanto como necesitaba contar, pero el gesto contribuía también a su tranquilidad.

Llevaba tres horas allí, consultando volúmenes. El sol parecía burlarse de él, como si brillara deliberadamente cada vez más radiante para recordarle el paso del tiempo. Una frase de su hermano resonó en su mente: «Están reuniendo una partida de caza».

Kamau le había dicho que se pondrían en marcha en algún momento de los días siguientes, pero no sabía exactamente cuándo los guerreros partirían hacia la Selva Mayor. Eso le daba algo de margen a Ekon, aunque no demasiado; tenía que idear un plan para dar con el Shetani antes de que llegaran.

Tenía que superarlos.

Cerró los ojos con fuerza, evocando el instante en que vio al Shetani por última vez. Se acordaba relativamente bien de sus colmillos y sus ojos, pero lo más vívido del recuerdo era el miedo. Se había apoderado de él, lo había consumido como si tuviera vida propia, y no era la primera vez. Ya había visto al Shetani en dos ocasiones y había vivido para contarlo; las dos veces, el terror lo había paralizado. Se odiaba por ello, pero así eran las cosas.

Tenía que encontrar la manera de derrotar ese miedo.

Tras los párpados cerrados, revivió la escena que había protagonizado en el exterior del Zoo Nocturno. Vio al monstruo caminar hacia él con paso acechante y luego detenerse cuando algo lo distrajo. La muchacha. Su imagen todavía lo atormentaba casi tanto como el ser, aunque por razones muy distintas. Esa chica se había enfrentado ella sola al Shetani; no solo eso, lo había sometido.

«Vete».

Oyó su voz, la calma que transmitía. Ni siquiera había tenido que gritar. Le había dado una sencilla orden al engendro, que había obedecido regresando a la selva sin volver la vista atrás. Le rechinaron los dientes. Qué no daría él por esa capacidad, por esa falta de miedo. El rostro de la muchacha flotó en su mente y Ekon gimió. Había sido una tontería dejarla marchar. Seguro que a esas alturas ya había abandonado Lkossa.

Sus ojos revolotearon a un libro que descansaba solitario junto al borde de la mesa, pequeño y abierto de tal modo que sus páginas parecían empapadas del sol de la mañana. Había separado ese volumen en particular al comienzo de su investigación, y en ese momento lo volvió a tomar. Era café, con el hilo de encuadernar ligeramente descosido y el título grabado apenas visible. *Mitos y fábulas del continente eshōzano.* Repasó el índice hasta encontrar la referencia que necesitaba: página 394. Buscó la página indicada y leyó por encima hasta encontrar lo que estaba buscando, un único párrafo escrito con una caligrafía apretada y elegante:

En lo concerniente a monstruos, tanto mundanos como divinos, ninguno hay tan despreciable y temido como el Shetani. Malvado donde los haya, dioses y hombres por igual habrán de repudiar a este ser maldito. Nosotros, los eruditos de la Gran Biblioteca del Templo de Lkossa, juzgamos en consecuencia que no se deberán redactar ni preservar textos relativos a él, salvo por un sencillo registro de aquellos cuyas vidas arrebate.

Ekon volvió a gemir. Nada. Las palabras no le servían para nada. Ya sabía que el Shetani era «despreciable», era consciente de que había matado a un montón de gente inocente. Lo que necesitaba era un libro que le proporcionara información sobre su origen, su dieta, sus debilidades. Bajó la vista al *hanjari* de su padre, todavía prendido a su cinturón. ¿Podría matar al ser con una simple daga? Recordó lo grande que le había parecido el monstruo y negó con la cabeza.

No, mejor acudir con una lanza o quizá dos...

—¡Okojo!

Ekon dio un respingo. Estaba tan absorto en sus pensamientos que ni siquiera había oído entrar al hermano Apunda en la biblioteca. El anciano tenía la espalda encorvada, el vientre caído y una cantidad preocupante de pelo blanco asomando de las orejas. Contemplaba a Ekon con una expresión muy parecida a la que tendría alguien que mira a una araña en su té de la mañana.

—Señor.

Ekon se puso recto al instante. El hermano Apunda entrecerró los ojos.

—¿No deberías estar clasificando los diarios médicos del hermano Ifechi? —preguntó con voz ronca y cargada de reproche. Señaló la otra punta de la sala, donde dichos documentos seguían amontonados y descaradamente intactos—. ¿Qué haces aquí?

—Yo... E-esto... —balbució Ekon—. Pues... estaba...

—Da igual. —El hermano Apunda hizo un gesto desdeñoso—. Te necesitan en otra parte. Me temo que el hermano Dansabe tiene gota otra vez, así que tendrás que encargarte tú de supervisar a los aprendices durante la limpieza de los establos.

—Yo... —Ekon apenas se esforzó en disimular su perplejidad. Quería pasar la mañana en la biblioteca, no en los establos—. Pero, señor...

—A menos... —el hermano Apunda enarcó una enmarañada ceja gris— que prefieras limpiar el estiércol tú mismo, claro. Hay que hacerlo cuanto antes, porque el templo abrirá las puertas a los parroquianos en una hora.

Ekon cerró la boca a toda prisa. Dos días atrás, había visto derrumbarse un sueño de toda una vida, su posibilidad de demostrar su hombría y la ocasión de continuar una tradición familiar. No le interesaba añadir su dignidad personal a las pérdidas de la semana.

—Señor. —Agachó la cabeza y adoptó un tono de voz sumiso—. Voy enseguida.

Igual que adoraba la biblioteca del Templo de Lkossa, Ekon detestaba los establos en la misma medida. Arrugó la nariz por costumbre cuando bajó el último tramo de escalera y se encaminó al pasillo que daba a los pesebres. Allí abajo, en los intestinos del templo, no se respiraba un delicado aroma a tinta y a pergamino, solo los olores en contraste de la madera vieja, el suave heno y los excrementos de los animales. Reinaba un ruido permanente, un movimiento constante. No había orden ni calma; era lo contrario de la biblioteca.

Accedió al corredor sembrado de paja y frunció el ceño. El ganado del templo ocupaba los pesebres que se extendían a lo largo de varios metros en todas las direcciones, bajo un techado de paja. No había nadie más allí, por lo que alcanzaba a ver, y advirtió que las anchas palas y horcas que usaban siempre para retirar el estiércol seguían apoyadas contra la pared de su derecha, intactas. Al cabo de un minuto exacto, oyó el clásico mugido de una vaca en apuros procedente del otro extremo del establo. Entrecerró los ojos. Para cuando dobló una esquina y encontró a tres aprendices reunidos en torno a las ubres del pobre animal y soltando risitas mientras se rociaban mutuamente con leche, ya estaba enojado.

—¿Qué están haciendo? —Por poco se encogió ante el sonido de su propia voz. Puede que no fuera un Hijo de los Seis consagrado, pero sin duda hablaba como tal. Al instante, los tres chicos se dieron la vuelta. En otras circunstancias, sus expresiones aterradas habrían sido casi divertidas.

—¡Señor! —Uno de los tres aprendices, un muchacho escuálido que no pasaría de los trece años, fue el primero en hablar. No levantó los ojos del suelo—. Estábamos..., esto, esperando al hermano Dansabe.

—El hermano Dansabe está indispuesto. —Ekon negó con la cabeza y se cruzó de brazos—. Así que yo los supervisaré esta mañana. Los primeros servicios del día comienzan en menos de una hora; ¿pueden explicarme por qué no han empezado a trabajar?

—Hum...

—¿Qué pasa? ¿Se creen demasiado importantes para hacer lo mismo que todos los habitantes del templo han hecho alguna vez?

Los tres agacharon la cabeza, regañados. Uno a uno murmuraron disculpas quedas.

—Pues manos a la obra, empezando por la pocilga. —Se interrumpió un momento y luego añadió—: Y no vuelvan a tocar las ubres de la vaca. Es infantil y seguramente blasfemo.

Con el corazón encogido, Ekon los vio hacerle una reverencia antes de irse sin pronunciar otra palabra. Sentía lástima por esos críos. Años y años atrás, aquella era una de las tareas que Kamau y él habían tenido asignadas como aprendices del templo. En teoría, los aprendices empezaban a trabajar a los doce años y poco a poco optaban a puestos de más categoría, pero Kamau —siempre tan encantador, siempre tan simpático— se había ganado el corazón del padre Olufemi. Con la ayuda del hermano Ugo, que se había convertido en su tutor extraoficial, pasaron a ser los dos aprendices más jóvenes de la historia del templo. Ekon suspiró. Kamau siempre fue su salvador, incluso cuando eran niños. A los siete años no era consciente de la desgracia que implicaba no tener padres, ser huérfano en un lugar como Lkossa. En otras circunstancias, los habrían enviado a los dos a alguno de los orfanatos de la ciudad y tal vez los habrían separado, pero su hermano no lo había permitido. Desde su más tierna infancia, Kamau lo había protegido de las peores cosas que el mundo podía depararle. Siempre lo ayudó a salir adelante. El día anterior lo había vuelto a hacer.

«Prométeme que, hagas lo que hagas, no permitirás que la búsqueda de esa bestia sea más importante que tu vida —le había pedido—. No puedo perderte a ti también. Eres lo único que me queda».

«Eres lo único que me queda».

Suspiró. Al ocultarle al padre Olufemi los planes de Ekon, Kamau lo estaba ayudando, pero también renunciando a lo mismo por lo que tanto había luchado: su hermano menor. Sacrificaba mucho al permitir que se marchara lo único que le quedaba.

Ekon no permitiría que un sacrificio como ese cayera en saco roto.

Con los aprendices trabajando en el exterior, estaba solo, aunque eso no mejoró su humor. No quería estar allí; deseaba estar en la armería eligiendo armas, en la cocina recogiendo víveres y en la biblioteca recolectando información. Recordó el montón de libros que había dejado atrás. Ninguno contenía lo que necesitaba, de manera que tendría que regresar cuanto antes. Había hojeado textos académicos más que nada, pero tal vez hubiera alguna enciclopedia más, detrás de los diarios médicos que el hermano Ifechi le había pedido que clasificase...

Dejó el pensamiento a medias, anonadado. Diarios. Diarios. Claro.

Sabía de un libro que sin duda contendría información sobre el Shetani, descripciones de la Selva Mayor y todo lo que necesitaba. Por supuesto, ¿por qué no se le había ocurrido antes? La respuesta siempre estuvo ahí.

El diario del maestro Nkrumah.

Solo lo había visto una vez, hacía muchos años, cuando el hermano Ugo se lo mostró de pasada, pero lo recordaba a la perfección. Un libro verde, de tapa dura, con una inscripción dorada en la cubierta y páginas de bordes barbados. Se acordaba del libro porque le había parecido hermoso, mágico, como algo sacado de otro mundo. Sí, un diario como el de Satao Nkrumah —un famoso estudioso de la historia natural zamani— sin duda incluiría información crucial sobre el Shetani. Al fin y al cabo, el hombre debía de estar vivo cuando comenzaron los ataques del monstruo, tantos años atrás.

«Sí».

Se le aceleró el corazón. ¿Dónde guardarían un diario como ese? La biblioteca del templo era una ubicación plausible, pero improbable. Debían de conservar las notas del maestro Nkrumah como oro en paño, habida cuenta de su antigüedad, casi como una reliquia. De súbito, recordó algo que el hermano Ugo le había dicho el día anterior: «Me parece que el padre Olufemi tiene varias obras suyas en el despacho; guarda allí los volúmenes más antiguos».

Claro, el padre Olufemi preservaba los libros más valiosos del templo en su despacho, y eso significaba que, si quería el diario de Nkrumah, tendría que buscar la manera de...

Un susurro interrumpió sus pensamientos:

—No te puedo llevar más lejos.

Ekon se quedó helado; no se atrevía a mover ni un dedo. Apoyado contra una pared del establo, las sombras lo ocultaban en parte. Forzó la vista entre los paneles de madera de los tabiques divisorios, con curiosidad, y atisbó a dos personas paradas al otro lado, apenas a unos pasos, un chico y una chica. Los veía, pero ellos no podían verlo a él. Vestían idénticas túnicas grises que habían conocido tiempos mejores. Tenía al chico de frente y parecía unos años más joven que Ekon. Era suya la voz que había oído. El muchacho carraspeó y prosiguió:

—Tendrás que seguir sola a partir de aquí. —El susurro sonaba afónico, como si tuviera la garganta irritada—. ¿Seguro que quieres hacerlo? La pena por allanar el templo...

—Tengo que hacerlo —respondió ella al momento. Le daba la espalda, por lo que Ekon no le veía la cara, pero descubrió sorprendido que le sonaba su voz, igual que la melodía de una canción que has oído, pero no recuerdas dónde. Se inclinó hacia delante con la intención de oírlos mejor sin que reparasen en su presencia.

—En ese caso, buena suerte —dijo el muchacho—. Te quiero. Los dos te queremos.

El cuerpo de Ekon se tensó y, por un momento, todos los pensamientos sobre el Shetani y encontrar el diario de Nkrumah abandonaron su mente. No acababa de entender lo que estaba pasando allí, pero no le gustaba nada.

Hubo un silencio y a continuación la chica volvió a hablar:

—Yo también te quiero.

Ekon los vio abrazarse. Acto seguido, se separaron. El chico saludó a la muchacha con una última inclinación de cabeza antes de dar media vuelta y encaminarse hacia la salida del establo. Ella miró hacia el otro lado. Estaba observando la entrada que conducía al templo, la misma que Ekon había cruzado pocos minutos atrás. Únicamente distinguía un retazo de su perfil, pero, una vez más, algo intentó abrirse paso en su mente. Transcurrió un segundo en el cual la muchacha irguió los hombros, como si reuniese valor. Volteó la cabeza a la derecha y a la izquierda, comprobando que nadie la viera, antes de avanzar hacia el portal. No corrió, pero caminaba con paso vivo, grácil y silenciosa como un gato al acecho. Ekon no se podía creer lo que estaba viendo. Una intrusa estaba a punto de escabullirse en el templo ante sus propios ojos. Vio a la chica mirar una última vez con recelo por encima del hombro antes de llegar a la entrada; a continuación, se fundió con las sombras del edificio.

Él esperó lo que dura un parpadeo y la siguió.

11
Un trato justo

Lkossa fue hermosa una vez.

Koffi había nacido mucho después de aquella época dorada, naturalmente, pero de todos modos intentó imaginarla mientras recorría las antiguas calles de la ciudad. No le sirvió de mucho, ya que la ansiedad y el nerviosismo todavía se le pegaban a las tripas como masa; pero se obligó a fingir un caminar relajado, acordándose de balancear los brazos a cada paso para no proyectar rigidez.

—Ya casi hemos llegado. —A su lado, el rostro de Jabir era la viva imagen de la calma. Se acercó tanto a ella que sus hombros casi se rozaron—. ¿Estás lista?

Koffi asintió, pero no se atrevió a decir nada, por miedo a no tener voz. Llevaba levantada desde el alba, repasando mentalmente todos y cada uno de los detalles del plan. Con cada paso que daba, cerraba la mano instintivamente, con más fuerza si cabe, en torno a la correa del morral de yute que llevaba. No contenía gran cosa —dos manzanas, una calabaza de botella llena de agua y el saquito con las *shabas* de cobre que Baaz le había entregado a regañadientes como «estipendio» para su aventura—, pero lo sujetó más cerca del cuerpo. La escasa paga era más de lo que nunca había podido considerar suyo. Cada tintineo de monedas bajo su brazo era un recordatorio metálico, un estímulo que le daba fuerzas para seguir avanzando. Lo conseguiría, tenía que hacerlo; el precio de fracasar era demasiado alto.

Tragó saliva con dificultad y procuró no pensar siquiera en esa posibilidad.

Se golpeó la punta del pie contra una piedra suelta de la calle y notó una descarga de dolor. Por un momento, pensó esperanzada que tal vez fuera el mismo cosquilleo extraño que le recorriera el pie el otro día, pero la sensación se fue al momento con total normalidad. Se mordisqueó una uña al reparar en el nuevo motivo de preocupación que añadir a su lista. Sus poderes mágicos. Todavía le provocaba una sensación rara, como responder a un nombre que no es el tuyo o enfundarte una ropa que no se te ajusta del todo; pero se obligaba a repetirlo mentalmente. Magia, su cuerpo poseía alguna clase de magia. Se acordó de la anciana del mercado, de la información que le dio; luego pensó en su madre. Por la razón que fuera, Mama había optado por no hablarle de la magia, aunque no era el momento de preocuparse por eso. No tenía tiempo de cavilar de dónde procedía el poder; necesitaba saber qué podía hacer con él. ¿La ayudaría a encontrar al Shetani? Y, de ser así, ¿conseguiría que la obedeciera otra vez? No tenía respuesta, así que confinó la pregunta tras los muros de su mente.

Doblaron por otra calle y Koffi advirtió las enormes puertas doradas que se erguían al fondo, custodiadas por dos Hijos de los Seis. Personas elegantes ataviadas con *dashikis* vaporosos y vestidos de tela de estampados *batik* las cruzaban sin problemas... Resistió el impulso de mirar su propio atuendo. Había lavado la túnica de nuevo antes de salir del Zoo Nocturno, pero eso no había mejorado demasiado el estado de su uniforme de guardafieras.

«Aquí no hay nada que ver —exhortó a los guerreros mentalmente según se acercaban a las puertas—. Dejadnos pasar».

Bajó la mirada y se concentró en el ritmo fluido de la respiración de Jabir. Le rechinaron los dientes cuando los ojos de un guerrero se posaron en ella, pero el hombre los desvió al momento con la misma rapidez. Las comisuras de los labios de Jabir apenas ascendieron cuando pasaron por debajo del arco.

—Te he dicho que todo iría bien —murmuró—. Me han reconocido.

Koffi no dijo nada, pero relajó los hombros un poco. La primera fase del plan estaba superada. A su lado, sonó un balido alto y afligido que les arrancó un respingo a los dos, y Koffi miró a la cabra, que los observaba indignada con sus grandes ojos castaños. Llevaba una cuerda atada al cuello cuyo extremo sujetaba Jabir. La cabra volvió a balar, como si le complaciera haber llamado su atención. Koffi frunció el ceño. Prefería no pensar demasiado en que todo el plan se articulaba en torno a ese animal bobalicón.

Una de las muchas tareas que tenía asignadas Jabir en el Zoo Nocturno era entregar cada semana una cabra zamani al templo para el sacrificio ritual. Era fácil conseguir una cabra normal y corriente, pero, algún tiempo atrás, Baaz convenció al Kuhani de que las cabras zamani de pura raza eran mejores, lo que se tradujo en un acuerdo permanente y, por ende, en la excusa perfecta para que dos guardas accedieran a un templo cuya entrada tendrían prohibida en otras circunstancias. No era el plan más sofisticado jamás ideado, pero era el único que tenían.

El barullo de los mercados y los vendedores ambulantes de la ciudad se amortiguó cuando enfilaron por un primoroso camino de tierra roja adornado con tulipanes zamanis azules, y rosas lkossanas anaranjadas. Por fin, vieron a lo lejos la imponente majestuosidad del templo. Koffi se mordió el labio. Desde la posición estratégica que le proporcionaba el Zoo Nocturno, había conseguido atisbar a duras penas la edificación; de cerca, resultaba abrumadora. Era una estructura complicada, repleta de puertas, ventanas, columnas y ampliaciones añadidas a lo largo de los años, y también demasiado resplandeciente. Aun al pálido sol de primera hora de la mañana, el blanco alabastro de la fachada la deslumbraba. Koffi entrecerró los ojos, y ya solamente distinguió grupos de personas bien vestidas que se congregaban en los hermosos jardines delanteros. Algunos se reunían en lo alto de la escalinata.

—Esperan a que empiece el servicio de *shukrani* de la mañana —explicó Jabir—. El establo está allí detrás. Por aquí.

Rodearon la entrada principal del templo hasta llegar al enorme establo. Estaba construido a base de madera y hierro, y era con diferencia el más hermoso y cuidado que Koffi había visto en su vida, sin duda mucho más bonito que nada de lo que tuviesen en el Zoo Nocturno.

—¿Y por qué un templo tiene un establo? —murmuró.

Jabir la miró de reojo, risueño.

—Venden productos «sagrados»: leche, huevos, lana. Crían sus propios animales para poder certificar que los productos proceden del templo. Al fin y al cabo, ¿para qué sirve una teocracia si no rinde beneficios?

—¿Para fomentar la corrupción?

—Eso he dicho, ¿no?

Koffi puso los ojos en blanco y casi de inmediato entró en un estado de tensión. Había un hombre joven plantado junto a la entrada del establo que los miraba fijamente con los brazos cruzados. No debía de ser un Hijo de los Seis (no llevaba el característico caftán azul cielo ni tampoco parecía tener edad para ser un guerrero), pero verlo allí parado no contribuyó a tranquilizarla.

—¿Qué asuntos les traen al templo?

Su voz no era profunda, y no sería mucho mayor que Koffi, pero se aseguró de mirarlos con displicencia cuando se detuvieron ante él.

—Buenos días, señor. —Jabir inclinó la cabeza a la vez que disimulaba el acento gede tanto como podía. Koffi casi se asustó—. Traemos la cabra zamani de esta semana para el sacrificio ritual.

—Déjenmela a mí.

El joven avanzó hacia el animal, pero Jabir levantó una mano para detenerlo. De no haberlo conocido tan bien, Koffi realmente habría creído que la inquietud de su rostro era auténtica. Era un actor excepcional.

—Señor, con el debido respeto, será mejor que la llevemos nosotros a los establos —dijo en tono solemne—. Shida puede ser... temperamental. Lleva toda la mañana creándonos problemas; no ha parado de pegar coces.

El ceño del muchacho se acentuó mientras su mirada revoloteaba de ellos a la cabra.

—Da igual. Déjenla aquí.

Koffi se puso nerviosa, pero Jabir parecía esperar esa respuesta. Se encogió de hombros y le ofreció la cuerda al joven.

—Como quiera —dijo—. Pero también le advierto que... Shida tiene un problema con la... ejem..., bueno, con la caca.

El gesto fue tan mínimo que Koffi se lo habría perdido de haber parpadeado. Jabir movió un poco los dedos para darle al animal la más sutil de las órdenes con la mano. La cabra obedeció y al instante adoptó la postura característica sobre los cuartos traseros, como si estuviera a punto de...

—¡Bien! —El joven retrocedió con una mueca de asco en la cara. Por lo que parecía, si bien toleraba bien las coces de las cabras, consideraba un problema que hicieran caca—. Llévenla al pesebre número tres y luego váyanse.

Se volvió a mirar a dos chicos que iban vestidos con su mismo uniforme. Lo estaban llamando por gestos. Lanzó una última ojeada a Koffi y a Jabir antes de correr a reunirse con ellos. En cuanto se marchó, el guardafieras se volvió hacia ella.

—Sígueme.

Entraron en el establo y doblaron a la derecha. Pasaron junto a varias pocilgas, mulas que mordisqueaban trocitos de heno en silencio e incluso algunas pintadas. Al llegar a un pesebre vacío con el número tres escrito en la entrada, Jabir se detuvo.

—Lo siento, amiguita —dijo mirando a Shida. La cabra zamani respondió con un balido. Él se agachó y le propinó una palmadita en la cabeza; fue un gesto sorprendentemente triste. A continuación, se incorporó y bajó la voz—. Tengo que volver al Zoo Nocturno. Esa puerta —señaló la amplia entrada que asomaba al otro extremo del establo— conduce al interior del templo. Yo nunca he estado dentro, pero sé que esta es la planta baja. Busca una escalera y sube. Guardarán los mapas en los pisos superiores. No te puedo llevar más lejos. Tendrás que seguir sola a partir de aquí. —Dejó un silencio—. ¿Seguro que quieres hacerlo? La pena por allanar el templo...

Koffi tragó saliva con dificultad. Lo cierto era que no quería; estaba aterrada. Se aseguró de que no le temblara la voz cuando respondió:

—Tengo que hacerlo.

Jabir le sostuvo la mirada aún un poco.

—En ese caso, buena suerte. —Guardó silencio un momento—. Te quiero. Los dos te queremos.

Casi era más de lo que Koffi podía soportar. Se le anudaron las palabras en la garganta.

—Yo también te quiero.

Él la estrechó entre sus brazos y Koffi dejó que lo hiciera, esperando que no se diera cuenta de que temblaba de pies a cabeza.

Cuando se separaron, Jabir se despidió con una inclinación de cabeza, y a continuación, sin decir nada más, se encaminó hacia la salida del establo. Ella quería verlo partir, asegurarse de que llegaba al Zoo Nocturno sano y salvo, pero no había tiempo. Miró la entrada que Jabir le había indicado, reunió valor y avanzó hacia allí. Deseaba con todas sus fuerzas salir huyendo, pero se obligó a no hacerlo. El corredor que conducía al templo parecía aumentar de tamaño a medida que se acercaba, y tuvo que ahuyentar una sensación intensa de que se la iba a tragar. Se quedó parada delante del pasillo; pasado un instante, se internó a solas en la oscuridad.

El aire se le antojaba más frío con cada paso que daba, las paredes de piedra gris la asfixiaban. Palpó automáticamente el morral y rodeó con los dedos el cuello de la vieja cantimplora de calabaza. Como arma no era gran cosa, pero tendría que apañarse con ella en el peor de los casos. Los gede no tenían permitida la entrada en el templo bajo ninguna circunstancia; si la encontraban allí, no solo su misión se iría al carajo, sino que con toda seguridad tendría que verse las caras con los Hijos de los Seis. Corría el rumor de que encerraban a los delincuentes más peligrosos de la ciudad en otra parte del templo, quizá en una celda ubicada en un nivel inferior. Se estremeció solo de pensar que pudieran arrojarla a una de esas celdas.

Palpando las paredes con la mano libre para orientarse, dobló un recodo. A pesar de las numerosas ventanas que Jabir y ella habían visto desde el exterior según se acercaban, en esa parte del templo no parecía haber ni una sola; salvo por algún candelabro prendido a la pared de tanto en tanto, apenas había luz. Despacio, fue recorriendo el pasillo. Por lo visto, también usaban el corredor como trastero; cada pocos pasos, los pies de Koffi topaban con una vieja escoba o un trapeador, alguna silla rota de la que ya nadie se acordaba. Un dolor intenso le ascendió por el pie cuando de nuevo tropezó con algo, y esa vez sí se detuvo a mirar. Con esa luz tan tenue costaba reconocer la vieja estatua apoyada contra la pared, pero la identificó de todos modos: era Badwa, la diosa de la selva.

Contaba la leyenda que cada uno de los seis dioses había nacido de otras tantas lágrimas del universo, tres lágrimas de cada ojo hasta crear seis seres inmortales. Su madre le había enseñado quiénes eran a través de los cuentos. Koffi conocía sus nombres y sus reinos, pero todavía le resultó extraño ver los rasgos de la imponente diosa ante ella, tan grande, tan majestuosa. El rostro de Badwa era redondeado, las mejillas llenas, como si estuviera a punto de sonreír. Moho negro y verde empezaba a invadirle un lado de la cara —sin duda por eso habían relegado la estatua a ese pasillo—, pero no parecía que a la diosa le importara. Koffi todavía la estaba admirando y acababa de bajar los ojos a la gran serpiente de piedra tallada a sus pies, cuando lo oyó.

—¿Hola?

Se le heló la sangre en las venas. Apenas tuvo tiempo de esconderse rápido detrás de la estatua cuando ya estaba oyendo los pasos. No eran andares potentes y seguros, como la marcha de los Hijos de los Seis, sino más quedos y titubeantes. Se agachó, pegada a la diosa, y se ordenó permanecer inmóvil según los pasos se aproximaban.

—¿Hola? —La voz resonó de nuevo en las tinieblas, claramente grave y masculina. Por el acento, tuvo claro que pertenecía a un yaba—. ¿Quién anda ahí?

Koffi sujetó la calabaza con más fuerza. Tenía dos alternativas y poco tiempo para escoger una. Si el dueño de la voz se quedaba donde estaba, había posibilidades de que no la viera y acabara por marcharse. Pero si seguía acercándose, la vería y entonces Koffi tendría que actuar. Trató de recordar cualquier cosa que hubiera aprendido en el Zoo Nocturno que pudiera servirle de ayuda y no encontró nada. Los animales son predecibles; los humanos, no.

Se le cortó el aliento al oír que los pasos resonaban más cerca, más altos. Le sudaban las palmas de las manos cuando, despacio, se despojó del morral y lo depositó en el suelo. Mejor que su brazo tuviera plena movilidad.

«Lucha, luego huye —se recordó en silencio al tiempo que se preparaba—. A la cuenta de uno, dos, tres...».

Salió de un salto de su escondrijo, gritando y blandiendo en alto la calabaza, pero se detuvo en seco.

El muchacho que tenía delante era alto, de complexión esbelta. Vestía un sencillo caftán blanco con bordados azul cielo en los bordes del cuello y de los faldones. Llevaba el pelo, negro y rizado, rapado en degradado, un corte llamativo contra la piel oscura. Un *hanjari* con la empuñadura de madera, envainado, le colgaba del cinturón a la altura de la cadera, pero no fue eso lo que la paralizó.

Fue el hecho de reconocerlo.

Lo había visto en el Zoo Nocturno, cuando las persiguió a su madre y a ella. El recuerdo inundó vívido su mente. Se acordaba de la expresión del chico, la aterradora concentración que advirtió en su mirada mientras su compañero y él corrían por los terrenos del zoo. La ferocidad había desaparecido de sus ojos y parecía más joven, no mucho mayor que ella, tal vez.

—Tú. —El muchacho fue el primero en hablar. Agrandaba los ojos según llegaba a la misma conclusión que Koffi—. Tú eres... eres ella.

«No, no, no». Koffi estuvo a punto de soltar una grosería en voz alta. Eso superaba sus peores temores. Levantó la calabaza con gesto amenazador. Fuera de la bolsa intimidaba aún menos si cabe, pero de todos modos la sujetó con firmeza.

—Retrocede. —Pronunció las palabras entre dientes con la esperanza de amedrentarlo, aunque no se sintiera en absoluto peligrosa—. Lo... lo digo en serio.

La mirada del muchacho revoloteó de Koffi a la calabaza que tenía en la mano. Ella observó consternada cómo la alarma de su expresión mudaba en patente desconcierto.

—Oye, ¿pensabas golpearme con eso?

«Pensabas». El chico hablaba en pasado, aunque ella todavía empuñaba la calabaza. Hablaba como si ya hubiera concluido que Koffi no suponía una amenaza para él. Por alguna razón inexplicable, eso no la asustó, la enfureció. Avanzó un paso sujetando la cantimplora con tanta fuerza que oyó crujir sus nudillos.

—Y lo haré si no te apartas de mi camino.

—La estás sujetando mal.

—¿Qué?

—Quiero decir...

No había posibilidad de error; el muchacho parecía... abochornado. Dejó caer un brazo y empezó a golpetearse la pierna a toda velocidad. Se quedó absorto un momento antes de volver a hablar:

—Te he visto entrar en el establo —siguió hablando en un tono más autoritario—. Has cometido allanamiento y tienes un minuto exacto para explicarme el motivo.

Koffi reaccionó. Eso no formaba parte del plan. Intentó pensar qué haría su amigo en una situación como esa, pero Jabir y ella no se parecían en nada. Jabir tenía una carita inocente, era listo y rápido de reflejos. Sabía mostrarse encantador, meterse a la gente en el bolsillo. Koffi no sabía meterse a la gente en el bolsillo, pero sí mentir.

—Dinero. —Soltó la palabra antes de pararse a pensar—. Busco dinero.

—¿Dinero? —El joven seguía parado a varios pasos de distancia. Enarcó una ceja—. ¿Has venido al Templo de Lkossa buscando dinero?

—Sí.

Negó con la cabeza.

—Hay miles de sitios en la ciudad donde te resultaría más fácil conseguir dinero.

«No tanto como yo necesito». Le sostuvo la mirada con la esperanza de parecer sincera.

—¿Por qué pagar la leche cuando puedes robar la vaca?

—No me lo creo. —Todavía la miraba con atención, y a Koffi le costaba interpretar su expresión—. Me acuerdo de ti. Te dejé marchar cuando escapaste del Zoo Nocturno. —Su semblante se oscureció—. ¿Qué estás haciendo aquí?

«No lo sabe». Koffi cayó en la cuenta al instante. La última vez que el muchacho la vio, al otro lado de la barda del zoo, ella era una fugitiva. No sabía nada de Baaz ni del trato que había hecho. Podía sacarle partido a eso. Levantó la barbilla esperando que pasara por un ademán desafiante.

—Ya te lo he dicho, necesito dinero.

No le gustaba nada cómo la observaba. Cualquier rastro de hostilidad o recelo habían desaparecido de su expresión mientras la seguía escrutando.

—¿Cómo lo hiciste? —le preguntó él pasado un momento.

La pregunta dejó perpleja a Koffi. Desde luego, no era la que esperaba.

—¿Cómo hice... qué?

—Eso del Shetani —respondió el muchacho—. Lo ahuyentaste. Lo obligaste a obedecer.

Koffi se puso nerviosa. Ya mientras él pronunciaba las palabras, los recuerdos de la noche anterior habían empezado a dibujarse en su mente. Eran imágenes borrosas, pero algunas partes permanecían grabadas en su pensamiento. Recordaba los campos de citronela, la noche estrellada y una fiera, más grande y terrible que cualquier animal que hubiera cuidado en el zoo. No tenía explicación para lo que hizo cuando se topó con él; su mano se había extendido por su cuenta como guiada por el hilo de un titiritero. Había experimentado, en el transcurso de esos breves momentos, una extraña atracción por la bestia. Eso no podía traerle nada bueno, en particular si el chico la llevaba ante el Kuhani.

—No hice nada. —Todavía intentaba hablar con seguridad, aunque la voz empezaba a fallarle. El recuerdo todavía era demasiado real, demasiado próximo—. Lo juro.

—Sé lo que vi. —El joven avanzó un paso, y ella retrocedió con un movimiento reflejo. Por un instante, él pareció indeciso; por fin levantó las manos—. Y no me creo que hayas venido a robar dinero.

Koffi soltó una maldición. No tenía sentido negarlo. La había descubierto.

—Muy bien. He venido porque estoy... buscando un mapa —respondió en el tono más tranquilo que fue capaz de adoptar.

—¿Un mapa? —La información había tomado al chico desprevenido. Su expresión se transformó por completo—. ¿Un mapa de qué?

—De la Selva Mayor.

El chico enarcó las cejas al máximo.

—¿Por qué?

—Para poder cazar al Shetani. —Koffi notó la potencia de las palabras cuando resonaron en el pasillo de piedra. Un efímero estupor asomó a las facciones del joven, una expresión que no acabó de entender; pero siguió hablando—: Quiero dar con él.

Él ladeó la cabeza.

—Hay muchos mapas aquí en el templo —dijo despacio—. Pero no serás capaz de leerlos.

Koffi se irguió con el cuerpo en tensión.

—¿Por qué dices eso?

Era un truco, estaba claro; pretendía disuadirla. No se lo permitiría.

El joven no se inmutó.

—Los maestros del Templo de Lkossa leen y escriben en la lengua tradicional de la academia, el zamani antiguo —explicó—. No se parece en nada a la lengua común. Requiere años de estudio aprenderlo; aun en ese caso, no todo el mundo llega a dominarlo.

Koffi notó que se desinflaba por dentro. Su madre se había asegurado de que supiera leer y escribir zamani —aunque su caligrafía fuera casi ilegible—, pero no le había enseñado ninguna otra lengua. Si lo que decía el chico era cierto, su plan estaba condenado al fracaso antes de empezar siquiera.

—A menos que...

Koffi irguió la cabeza de golpe. Casi había olvidado que el muchacho estaba allí. La observaba con una expresión inquisitiva, insegura.

—¿A menos que...?

—A menos que... cuentes con la ayuda de alguien que sepa leer zamani antiguo —terminó—. Alguien como yo.

Koffi se quedó de piedra. Si bien esperaba toda clase de reacciones, esa no se contaba entre ellas. Entornó los ojos para escrutar al chico.

—¿Alguien como tú?

—Claro. —Se encogió de hombros—. Yo me he criado en el templo. Te podría ayudar a conseguir el mapa y traducírtelo.

Parecía demasiado bueno para ser verdad. Koffi negó con la cabeza.

—No tengo dinero ni manera de pagarte.

Él levantó las manos.

—No te cobraría nada —se apresuró a responder.

Todavía más sospechoso.

—Y, entonces, ¿qué quieres?

—Quiero apuntarme.

—¿Apuntarte?

—A la cacería —respondió él a toda prisa—. Quiero acompañarte y ayudarte a acabar con él. —La miró de arriba abajo—. Es eso lo que te propones, ¿no?

—Pues... —Koffi se interrumpió. En verdad no era eso lo que tenía pensado, en absoluto. El éxito de su plan dependía de que le entregase el Shetani a Baaz vivito y coleando. Recordó el trato que el dueño del zoo y ella acababan de sellar, el tiempo que le quedaba para llevar a cabo su misión. La estación de los monzones no tardaría en llegar, y contar con la ayuda de ese muchacho que también buscaba al Shetani incrementaría sus posibilidades de dar con la fiera y traerla de vuelta. De sopetón, la voz de su madre resonó en su mente.

«A veces, sin embargo, no podemos guiarnos por el corazón. Hay que pensar con la cabeza».

Su corazón no confiaba en el chico. Era un yaba, seguramente adinerado, opuesto a ella en todos los sentidos imaginables. La oferta le parecía imposible, aún más peligrosa que el plan original, pero...

«Pero no hace falta que confíes en él —murmuró la misma voz—. Basta con que lo utilices».

Koffi tenía el poder de someter al Shetani; ya lo había hecho. Una vez que lo encontrara, podía ordenarle que hiciera lo que ella quisiera. Únicamente necesitaba un guía, y ese chico serviría.

El arreglo podía funcionar.

Guardó silencio un momento y por fin:

—Bien. Trato hecho. Tú me ayudas a leer el mapa que nos permitirá encontrar al Shetani y yo te ayudo a someterlo.

—Me parece un trato justo. —El muchacho asintió. Durante un momento, pareció meditar algo—. Una cosa —prosiguió, indeciso—. Si vamos a trabajar juntos, estaría bien saber cómo te llamas.

—Me llamo Koffi.

—Yo soy Ekon.

Ekon, un nombre inequívocamente yaba. Intentó no torcer el gesto.

—Primero lo más importante. ¿Dónde está el mapa?

Ekon tardó un instante en responder.

—Hay varios en la biblioteca del templo, pero el que yo tengo en la cabeza se encuentra en el interior de un diario, y es especial.

—¿Por qué?

—Es el único mapa completo que existe de la Selva Mayor, cartografiado hace casi un siglo por un erudito llamado...

—La lección de historia sobra.

Ekon frunció el ceño con una expresión casi ofendida.

—Está en el despacho privado del Kuhani, por seguridad.

—Bien. —Asintió ella—. En ese caso, ya sabemos adónde ir.

12
La mamba y la mangosta

Por lo general, Ekon prefería no mirar a los ojos de los dioses.

Se abrió paso despacio entre el gentío que atestaba la sala de oración, con la máxima discreción posible, mientras otros parroquianos pululaban por ahí, enfrascados en charlas animadas o esperando a que empezara el servicio. De tanto en tanto, atrapado entre telas lujosas y joyas relucientes, podía fingir que era uno más, invisible con su sencillo caftán. Sin embargo, la sensación apenas perduraba. Cada vez que empezaba a sentirse cómodo, notaba la fulminante mirada de las seis estatuas alineadas en el otro extremo de la sala. Todas y cada una de las caras rebosaban astucia, como si supieran lo que estaba a punto de robarles.

—Recuérdame por qué tengo que llevar todo esto. —Ekon se sobresaltó, y Koffi, a su lado, lo miró de soslayo. Lucía un vestido azul claro, un velo de gasa y una expresión enfurruñada según se señalaba las prendas—. Es muy incómodo.

Ekon resistió el impulso de poner los ojos en blanco.

—Ya te lo he dicho —respondió mientras zigzagueaban entre la gente—. Las visitas están obligadas a ir tapadas cuando entran al...

—Tú no vas tapado.

—A los hombres no se les exige.

Koffi emitió un sonido grosero antes de tropezar con la orilla de su vestido. Ekon la sujetó para que no perdiera el equilibrio, pero ella soltó una maldición por lo bajo de todos modos. Varios fieles miraron a un lado y a otro, visiblemente escandalizados. Ekon se pegó tanto a la muchacha que los brazos de ambos se rozaron.

—Tienes que dejar de decir groserías.

Como respuesta, Koffi alzó la vista hacia él. La escena fue una copia inquietante de la noche que se conocieron.

—¿Te molesta?

—Por si se te ha olvidado, estamos en un templo, no en una taberna —replicó él apretando los dientes—. Y aquí no está bien visto maldecir. Además, si no tienes cuidado, alguien podría oírte... y tienes acento gede.

El ceño de Koffi se acentuó aún más.

—No es verdad.

—Y me lo discutes todo —murmuró Ekon.

—No lo hago.

Ekon no respondió. Se estaban acercando a la parte delantera de la sala de oración. Había pensado que encontrar el atuendo apropiado para Koffi sería lo más complicado del plan, pero se equivocaba. Estaba descubriendo que casi nunca hacía nada sin protestar. Se fijó en que observaba el templo y a sus dioses con suspicacia.

—¿Qué pasa?

—Es que no lo entiendo —dijo ella enojada.

—¿Qué no entiendes?

—Esto. —Hizo un gesto que abarcaba el templo al completo—. El sentido de todo... esto.

—El servicio de *shukrani* es un ritual diario —explicó Ekon—. Cada mañana, el padre Olufemi acude a la sala de oración para recibir las plegarias y las ofrendas de los fieles.

Koffi puso los ojos en blanco.

—Qué pretencioso.

Por un momento, Ekon se sintió ligeramente ofendido, pero enseguida le pudo la curiosidad.

—¿Tu pueblo no venera a los mismos dioses?

—Claro que sí —replicó ella, cortante—. Solo que lo hacemos con menos gracia.

Ahora le tocaba a Ekon torcer el gesto.

—Si no presentan sus plegarias y ofrendas al Kuhani, ¿cómo las reciben los dioses?

Una sonrisa bailó en los labios de Koffi, burlona pero no antipática.

—Rezamos a sus familiares.

Señaló la base de cada una de las estatuas. Si bien Ekon ya sabía lo que iba a ver, volvió la vista de todos modos. A los pies de cada uno de los distintos dioses y diosas, había un animal que lo representaba: una garza, un cocodrilo, un chacal, una serpiente, una paloma y un hipopótamo.

—Pronunciamos nuestras oraciones durante la noche, y los familiares se las transmiten directamente a los dioses de nuestra parte.

—Interesante...

Koffi lo miró con extrañeza.

—¿Nunca has oído expresiones como «buscarle tres pies al hipopótamo» o «más vale garza en mano que ciento volando»?

—No.

—Bueno, pues proceden de esa tradición. Reverenciamos a los familiares de los dioses —concluyó—. Además, tampoco es que nos permitan venir aquí a rezar. —Su voz contenía un matiz de tristeza—. Nos privaron de la antigua fe, así que buscamos otra manera de ser creyentes.

Ekon se movió en el sitio, incómodo. En verdad, si bien había pasado la mayor parte de su vida en el Templo de

Lkossa, nunca había prestado atención al hecho de que los gede no tuvieran permitido rezar allí. Ahora que lo pensaba, no le parecía bien, pero no supo qué decir. Carraspeó antes de cambiar de tema.

—Bueno, ¿te acuerdas de cuál es el plan?

Koffi asintió.

—Tendremos el tiempo justo —murmuró él. Estaban a pocos metros del altar, donde se erguían las estatuas de los Seis—. El padre Olufemi dirá unas palabras introductorias antes de que empiece el servicio de *shukrani* propiamente dicho, y entonces todo el mundo intentará acercarse a él. Instantes antes será el mejor momento para...

—Ya lo sé. —Koffi no se molestó en bajar la voz—. Me lo has dicho tres veces.

Ekon prosiguió como si no la hubiera escuchado. A decir verdad, habría preferido ser él quien se colara en el despacho del padre Olufemi para tomar el diario, pero habían descartado la idea tras una rápida deliberación. Él era corpulento, mientras que Koffi era menuda, él se hacía notar mientras que ella pasaba desapercibida. Desde un punto de vista estratégico, les pareció preferible que lo hiciera la joven, pero no tenía las de ganar.

—Yo te esperaré aquí, en la sala de oración —le recordó—. En cuanto tengas el mapa, bajaremos al establo y saldremos por allí. —Echó un vistazo rápido a la escalera de la izquierda—. ¿Te acuerdas de cómo llegar a...?

—Subo la escalera, enfilo por el pasillo, tercera puerta a la derecha.

—Si estuviera cerrada, la llave de emergencia está en...

—Debajo de la alfombra del pasillo —lo cortó Koffi entrecerrando los ojos con aire desconfiado—. ¿Cómo sabes todo eso?

Ekon la miró sin inmutarse.

—Me he criado en el templo. Mi mentor, el hermano Ugo, siempre me leía...

—Ahórrate el rollo.

Ekon abrió la boca para discutir, pero un golpe largo y sonoro interrumpió sus palabras. Los dos se irguieron al momento, y los fieles alzaron la vista.

—La señal. —Ekon no la miró cuando murmuró las palabras—. Deberías irte.

—Bien —respondió Koffi, lacónica. Se ajustó el velo para ocultar mejor su cara y se perdió entre la multitud. Ekon tragó saliva al tiempo que se golpeteaba el costado con los dedos y repasaba el plan mentalmente.

«Todo irá bien», se tranquilizó. Echó una ojeada a la parte delantera del templo, adonde otros volvían la vista mientras esperaban. El padre Olufemi todavía no había llegado, pero su carrera contra el tiempo había comenzado.

«Veinte minutos».

Veinte. Tal vez no fuera un número fantástico, pero era el rato que Koffi tenía para entrar en el despacho y volver a salir. «Puede hacerlo —se dijo—. Dentro de nada, estará de vuelta».

«O no —sugirió una voz más desconfiada en su mente—. Puede que coja el diario y se largue».

«No, han hecho un trato. Necesita que se lo traduzcas», arguyó consigo otra vez, si bien las palabras revelaban incertidumbre. Recordó la expresión de la chica en los sótanos del templo: desconfiada, escéptica. Había sopesado las condiciones del acuerdo con sumo cuidado, seguramente buscando un montón de resquicios por los que escapar si la cosa se torcía. Era una apuesta arriesgada, pero tendría que aceptarla.

—El servicio de *shukrani* está a punto de empezar —anunció uno de los hermanos del templo—. ¡Por favor, tengan listas sus ofrendas para que podamos recibir tantas plegarias como sea posible!

Ekon dio un respingo cuando la gente de alrededor empezó a rebuscar en los morrales a la vez que alargaban el cuello para asomarse por encima del mar de cabezas. Esperaban a que el padre Olufemi hiciese aparición para dirigir la ceremonia. A su pesar, y entre todos los pensamientos que cruzaban su mente en ese momento, notó la punzada de la culpa de nuevo. Estaba en el Templo de Lkossa, el enclave más antiguo y sagrado de toda la ciudad. De niño, consideraba ese lugar la representación física de todo lo que amaba, de todo lo que valoraba. Ahora estaba conspirando para sustraer algo de entre sus muros, para profanarlo.

De nuevo, los dioses y las diosas, dispuestos por orden de nacimiento, atrajeron su mirada. Contaba la tradición que eran hermanos y hermanas, cada cual a cargo de una parte concreta del mundo: los cielos, los mares, las selvas, los desiertos, las montañas y el reino de los muertos. Los dioses y las diosas no podían tomarse la molestia de atender las oraciones de los mortales; por eso el padre Olufemi celebraba servicios para recibir y transmitir las plegarias en nombre de los fieles. Era, estrictamente hablando, contrario al decoro dirigirse a uno de los Seis de manera directa. Ekon se sorprendió haciéndolo de todos modos.

«Por favor —rezó—. Por favor, que el plan funcione».

—¡Eh, Okojo! ¿Tú por aquí?

Ekon se volvió a mirar y al instante se le tensaron los hombros. Shomari y Fahim avanzaban hacia él entre el gentío de la sala de oración. El azul de sus flamantes caftanes nuevos brillaba hiriente aun a la luz sombría del templo. Verlos le dolió más de lo que esperaba.

—Eh. —Inclinó la cabeza cuando se detuvieron ante él—. ¿Cómo estáis?

—Qué alegría verte, Ekon. —Fahim sonreía de oreja a oreja—. ¡Pensábamos que no te dejarías caer en un tiempo!

Ekon habló en tono tranquilo.

—¿Y eso por qué?

Fahim guardó silencio. Cuando volvió a hablar, escogió palabras más cautas.

—Bueno, es que... no nos parecía que...

—No te lo va a decir, así que te lo diré yo. —Se le atragantó la nueva soberbia que delataban las formas de Shomari—. No pensábamos que te atrevieras a aparecer por aquí después de haber hecho el ridículo en el Zoo Nocturno.

Pronunció las palabras en un tono alto, para asegurarse de que la gente que tenían cerca las oyera. Más que nunca, Ekon quiso esfumarse en el aire, hundirse en las antiguas losas del templo y no volver a salir nunca. Tuvo que hacer un esfuerzo para permanecer impasible.

—Todos los yaba son libres de solicitar bendiciones en el servicio de *shukrani* —dijo en tono despreocupado—. No creo que unos guerreros sagrados vayan a negarme ese derecho, ¿verdad?

—No es ningún derecho. —La voz de Shomari se transformó en un gruñido, su expresión no albergaba nada salvo repulsión—. No para los que simpatizan con los gede como tú, Okojo.

—De hecho, sí que lo es. —Ekon fingió examinarse las uñas.

—Podría pedir que te sacaran a rastras de aquí —prosiguió Shomari con unos ojos cada vez más sombríos—. Podría hacerlo yo mismo.

—Me gustaría que lo intentaras.

Sucedió sin previo aviso.

Se oyó un rugido gutural cuando Shomari se abalanzó contra él. Ekon retrocedió y lo esquivó por los pelos. Varios de los presentes contuvieron el aliento mientras Shomari se daba la vuelta y se encaraba con Ekon gruñendo.

Fahim enarcó las cejas horrorizado.

—Shomari, ¿qué estás...?

Ekon no perdió tiempo. El otro ya lo embestía de nuevo con las fosas nasales dilatadas. Él hizo una finta a la izquierda y giró sobre los talones. Esta vez, Shomari estuvo a punto de estrellarse contra el suelo antes de incorporarse. Varios fieles gritaron y se apartaron.

—¡Cobarde! —aulló Shomari—. ¡Pelea!

Ekon buscó el equilibrio y afianzó los pies en el suelo. Su mente se despegó de su cuerpo cuando el instinto tomó las riendas. Al mismo tiempo, un recuerdo acudió a su pensamiento. Ya no estaba en el templo. Su mente había viajado a las tierras limítrofes según evocaba una noche en la que paseaba con el hermano Ugo, muchos años atrás.

—Mira, Ekon.

Tardó un momento en entender que estaba viendo una refriega sobre la tierra roja. Abrió los ojos como platos cuando el polvillo se posó y distinguió dos animales: una gran serpiente de color negro y un animalillo de pelaje pardo. Se miraban a los ojos, completamente inmóviles, ajenos al público.

—Somos afortunados de presenciar una de las curiosidades más antiguas de la naturaleza —observó el hermano Ugo—. ¿Alguna vez habías visto la danza de la mamba y la mangosta?

—¿Danza? —preguntó Ekon con incredulidad—. Hermano, no bailan, están luchando.

—Ah. —Los ojos del hermano Ugo se arrugaron risueños—. Pero ¿qué es una lucha sino una expresión sencilla del arte del movimiento? —Volvió a señalar a la mamba negra y a la mangosta. Como obedeciendo a una señal, la mangosta gruñó mostrando unos dientes pequeños y afilados. Echaba chispas por sus ojos color ámbar—. Es algo muy curioso —susurró—. La gente suele dar por supuesto que la mamba siempre ganará; al fin y al cabo, es más grande, venenosa y rápida.

La mangosta abofeteó el aire y la mamba, arremetiendo contra el animal, le mordió la pata con una precisión aterradora. La mangosta emitió un pequeño aullido de dolor. Ekon hizo una mueca por ella.

—Lo que la gente no entiende —continuó el hermano Ugo— es que la mangosta está en posesión de mucha más sabiduría de la que aparenta. Es un animal resiliente, inmune al veneno de la mamba y... —de nuevo, apuntó al carnívoro con un gesto de la cabeza— más rápido.

Sucedió en un instante, con una rapidez tan inconcebible que si Ekon hubiera parpadeado se lo habría perdido. La mamba negra se deslizó hacia su presa. Atacó una segunda vez, pero no alcanzó su objetivo. La mangosta, en cambio, agarró a la serpiente en el aire y le hundió los dientes en el espinazo con un chasquido breve y brutal. La mamba cayó exangüe y su sangre encharcó la tierra. Seguía viva pero paralizada, sentenciada a una muerte lenta. Ekon no había caído en la cuenta de que contenía el aliento hasta que el hermano Ugo le posó una mano en el hombro.

—No hace falta que seas el contendiente más fuerte ni el más peligroso, Ekon —le reveló en tono quedo—, siempre y cuando seas el más rápido.

«Siempre y cuando seas el más rápido».

Shomari era más fuerte y seguramente mejor luchador, pero Ekon era más rápido. Cuando Shomari volvió a atacar, Ekon estaba listo. Como si tuvieran vida propia, sus pies giraron a un lado mientras Shomari arremetía contra él y pasaba de largo como un toro cegado. La inercia empujó al chico más corpulento hacia delante y de ahí al suelo. Intentó levantarse de nuevo, pero Fahim se lo impidió.

—¡Cobarde! —gritó Shomari—. ¡Pedante engreído, pedazo de...!

—¡Guerrero Mensah!

Los tres alzaron la vista, así como varios de los fieles que contemplaban la escena. El hermano Ugo se abría paso entre la multitud con talante tranquilo, si bien sus facciones reflejaban severidad. Su mirada revoloteó entre los tres.

—¿A qué viene esto?

Shomari dejó de forcejear al instante y se irguió al tiempo que farfullaba algo ininteligible.

—Estoy segurísimo de que el Kuhani no toleraría este tipo de conducta en el templo —dijo el hermano Ugo—. Venga conmigo. Por lo que tengo entendido, el hermano Olufemi le ha encomendado ciertas responsabilidades, ¿no es cierto?

—Sí, hermano —musitó Shomari.

—Pues será mejor que vayamos a verlo. No me lo puedo creer, comportarse así en la morada de los dioses...

Ekon y Fahim siguieron con la vista a Shomari, que se alejaba en compañía del hermano Ugo. Una vez que desaparecieron, Fahim miró a su amigo con seriedad.

—¿Cómo estás, Ekon?

Se le encogió el corazón. Había una inquietud tan genuina en la voz de Fahim que le dolió. Respondió, quizá en un tono demasiado seco:

—Muy bien.

Fahim buscó su mirada y la sostuvo un momento. Cuando volvió a hablar, lo hizo con voz más ronca.

—No merecías lo que te pasó.

Ekon notó un nudo en la garganta que le impedía hablar.

—No pasa nada, Fahim. Yo...

—Sí que pasa —insistió el otro—. Fue un error. Te esforzaste más que ninguno de nosotros; incluso Shomari lo sabe. Merecías más que nadie el título de guerrero.

El nudo en la garganta de Ekon estaba adquiriendo proporciones insoportables y le escocían los ojos. Parpadeó con fuerza hasta que el sentimiento se disipó. Ya había pasado suficiente bochorno sin necesidad de ponerse a llorar como un niño delante de Fahim. Cambió de tema a toda prisa.

—¿Y a ti cómo te van las cosas? —preguntó—. ¿Qué tal tu vida como guerrero yaba de pleno derecho?

No se esperaba la sombra que súbitamente nubló el semblante de su amigo. Fue como si alguien hubiera levantado un velo invisible y una verdad distinta hubiera parpadeado en sus ojos. Solo llevaban un día sin verse, pero Fahim parecía mayor de repente o quizá más fatigado. Tenía ojeras y Ekon advirtió que el chongo de trenzas por lo general impecable de Fahim tenía un aspecto encrespado y descuidado.

—Está siendo... complicada. —Fahim se masajeó los párpados cerrados—. El padre Olufemi está disgustado por las últimas muertes que ha causado el Shetani. —Bajó la voz—. Entre tú y yo, la gente se siente insegura. Para tranquilizarlos, ha incrementado las patrullas en todos los distritos y en las tierras limítrofes. El problema es que no hay hombres suficientes. Como Shomari y yo somos los novatos, nos tocan los peores turnos. Todo el mundo está agotado. Seguramente por eso se ha comportado...

—¿De manera más odiosa que de costumbre?

—Sí.

Ekon tuvo la precaución de adoptar un tono indiferente.

—¿Y qué? ¿Hay noticias al respecto? ¿Alguien más lo ha visto?

—No. —Fahim frunció el ceño—. Pensamos que ha regresado a la selva, al menos de momento. En realidad... —Se interrumpió—. Hay algo que deberías saber, Ekon. En teoría no debería decírtelo, pero eres mi amigo y...

Ekon tuvo que contenerse para permanecer impávido.

—Sé lo de la partida de caza.

El alivio inundó el rostro de Fahim. Pasado un momento, su expresión se crispó de nuevo.

—El padre Olufemi me ha pedido que me una al grupo. Y a Shomari también.

Ekon notó los alfilerazos de la envidia en la piel. No pudo evitar preguntarse si —en un mundo distinto— le habrían concedido también ese honor. Sin duda, estaba tan capacitado como Shomari y Fahim, ¿verdad? Intentó que su voz no delatara tensión cuando preguntó:

—¿Sabes ya cuándo saldrán?

—Todavía no. —Fahim negó con la cabeza—. Pero no creo que tardemos, seguramente dentro de unos días.

Días. Ekon intentó hacer un cálculo mental. ¿Cuántos días de ventaja les llevarían Koffi y él si salían al día siguiente o incluso esa misma noche? Si avanzaban a paso vivo, ¿cuánto tardarían los Hijos de los Seis en alcanzarlos?

—Mientras tanto —prosiguió Fahim—, patrullamos en turnos dobles y cada mañana uno de nosotros acude al despacho del padre Olufemi para darle el parte. —Miró por encima del hombro—. Es lo que debería estar haciendo Shomari ahora mismo.

—¿Cómo? —Una descarga de pánico atravesó a Ekon cuando asimiló lo que su amigo estaba diciendo—. Pensaba que el padre Olufemi se iba a encargar del servicio de *shukrani* esta mañana.

—Normalmente lo haría. —Fahim bostezó—. Pero después de los últimos ataques, está destinando más tiempo a sus tareas directas con los Hijos de los Seis. Han designado al hermano Lekan para que se encargue del servicio en lugar del padre Olufemi.

Señaló a uno de los hermanos que entraban procedentes del pasillo. Al instante, la gente empezó a forcejear para poder acercarse a él, y Ekon entró en un estado de tensión. Fahim dijo algo más, pero no lo oyó. Un rugido sordo le inundaba los oídos. El plan que había trazado con Koffi se basaba en la premisa de que el padre Olufemi no estaría en su despacho durante el servicio. Le había dicho que no había peligro y ella iba de camino hacia allí en ese mismo instante, si acaso no estaba ya dentro. Si la atrapaban..., ¿cuánto tardaría ella en delatarlo? El pánico lo acribilló.

—Bueno, me alegro mucho de verte, Fahim. —Miró por encima del hombro—. Voy a... buscar un vaso de agua.

Esquivó a su desconcertado amigo con demasiada precipitación y se encaminó a la parte trasera de la sala de oración, y de ahí a los pasillos que conducían al resto del templo. Esperó lo justo para que las sombras lo ocultaran antes de salir disparado como si le fuera la vida en ello.

Tenía que encontrar a Koffi, y cuanto antes.

13
Cuero y madera de cedro

Koffi no se había sentido tan incómoda en toda su vida, lo cual no era poca cosa.

Como cuidadora de fieras, a lo largo de los últimos once años había protagonizado toda clase de situaciones que no le desearía a nadie. En una ocasión, había usado sus manos desnudas para darle la vuelta a una cría de kondoo en el interior del cuerpo de su madre, que sufría un embarazo difícil. Otra vez que Baaz estaba de mal humor, tuvo que pasar horas recogiendo heno y caca de jirafa de los cercados. Había vivido montones de experiencias complicadas, pero la incomodidad a la que se enfrentaba ese día era nueva.

Tropezó con el faldón del vestido por enésima vez. Maldijo en silencio y fulminó la tela con la mirada. El problema no era que el vestido fuera feo —de hecho, el hermoso estampado de *batik* debía de ser lo más bonito que había llevado en su vida—, sino que el ondeante tejido le impedía mover las piernas con libertad. Las sandalias azules adornadas con cuentas, que Ekon había encontrado, le quedaban justas y no estaban cerradas por detrás, así que los talones le sobresalían de las suelas, que se le clavaban en la planta de los pies con cada paso que daba. Se sentía más torpe que nunca y echaba de menos la vieja túnica, a media pierna, que llevaba guardada en el morral.

Se abrió paso con dificultad entre los grupos de elegantes fieles, haciendo lo posible por no llamar la atención. No era fácil; como Ekon había anunciado, la gente forcejeaba para alcanzar las primeras filas. Según él, una vez que el Kuhani entrara en la sala, los fieles estarían muy ocupados presentando sus ofrendas y pidiéndole que transmitiese sus plegarias. Miró al lado derecho de la estancia. La escalera que conducía al despacho del padre Olufemi estaba al final de un pasillo situado a pocos metros de distancia; solo tenía que encontrar la manera de llegar a ella sin ser vista. Se acercó un poco más y volvió a soltar una palabrota por lo bajo. Varias personas la miraron y tuvo que agachar la cabeza.

«Ups». Puede que Ekon tuviera razón sobre la inconveniencia de maldecir.

Un Hijo de los Seis estaba apostado con las manos a la espalda a pocos pasos del pasillo al que Koffi se encaminaba. Era alto, de porte imponente, pero al mirarlo con más atención, Koffi descubrió que se le cerraban los ojos de cansancio. Si pudiera pasar por delante sin que la viera o distraerlo...

—¡Parroquianos! —Uno de los hermanos del templo, enfundado en su túnica azul, se rodeó la boca con las manos para proyectar su voz al otro lado del templo. Todo el mundo le prestó atención—. El servicio de *shukrani* empezará dentro de un momento. ¡Por favor, preparen sus ofrendas para que podamos recibir tantas plegarias como sea posible!

Al momento, la gente empezó a hurgar en sus bolsas. Koffi, como todos los demás, extrajo una moneda. Un hombre corpulento que tenía cerca sacó una moneda de oro de un monedero que llevaba amarrado a la cadera, tan rebosante que parecía a punto de estallar. Una sonrisita rozó los labios de Koffi. Se le había ocurrido una idea. Fingiendo un descuido, dejó caer su *shaba* al suelo y, satisfecha, la oyó tintinear con cada rebote contra el suelo pulido. El otro alzó la vista, sorprendido, y ella le dedicó una mirada compungida.

—Lo siento —dijo en voz baja—. Mi madre dice que soy muy descuidada.

El hombre esbozó una sonrisa bobalicona.

—Tranquila, pequeña, tranquila. Los Seis son misericordiosos.

Se agachó para recoger la moneda, y ella aprovechó la oportunidad. Con un rápido tirón, abrió el monedero de su cadera y un chorro de monedas doradas brotó del interior.

—¡Ay! —Koffi retrocedió fingiéndose horrorizada—. Cuánto lo siento, yo...

Pero el hombre no la escuchaba. Los *dhabus* rodaban en todas direcciones, relucientes monedas de oro que iban a parar a los pies de los fieles. Varias personas intentaron ayudar a recogerlas, pero cada vez que el anciano se movía, más monedas caían de la bolsa.

—¡Perdón!

Cuando Koffi se agachó también, el hombre levantó una mano para pedirle que se detuviera.

—No pasa nada —le dijo en un tono más brusco esta vez. Miró por el rabillo del ojo al guardia apostado junto al pasillo—. Joven, ¿podría ayudarnos a...?

Era justo lo que Koffi estaba esperando. Mezclado con los otros fieles, el guardia se agachó a recoger monedas, y ella aprovechó la ocasión. Tras comprobar que estuviera distraído, lo rodeó, cruzó el pasillo a la carrera y subió la escalera a toda velocidad. Todavía tenía el corazón desbocado cuando llegó al descanso, pero recuperó el pulso normal poco a poco según el murmullo de la multitud se iba desvaneciendo. Empezó a recorrer el pasillo, mucho más silencioso, que se proyectaba ante ella.

Primer paso, finalizado.

Ekon le había dicho que el pasillo sería largo y oscuro. Al verlo, sin embargo, opinó que se había quedado corto. Una vieja alfombra azul, decorada con figuras geométricas blancas, lo recorría de arriba abajo, y las ventanas delgadas como ranuras que se alineaban a ambos lados tan solo ofrecían líneas de la pálida luz de la mañana lkossana. Avanzó por el corredor sin vacilar.

«A la derecha, la tercera puerta a la derecha».

La alcanzó con más rapidez de la que esperaba. Le sorprendió que el despacho contara con una puerta tan nueva y moderna; desentonaba en un edificio tan antiguo por lo demás. Le temblaba la mano cuando rodeó la manija pulida y la giró. Sonó un chasquido quedo y al instante la hoja cedió. Tan pronto como se deslizó al interior, Koffi volvió a cerrarla.

Un aroma distinto inundó sus pulmones de inmediato, uno que no reconoció al momento. Mientras observaba el despacho del Kuhani, lo identificó. No era un aroma, sino dos: cuero y madera de cedro.

«Se parece al olor que desprende Ekon —comprendió—. Cuero y madera de cedro». No tenía tiempo para entretenerse con eso.

El despacho era más grande de lo que esperaba, una sala rectangular bañada en la ondulante luz dorada de varios velones. Un amplio escritorio de madera ocupaba el centro de la habitación y dos de las paredes estaban cubiertas de estanterías del suelo al techo. Había otros objetos en la sala —montones de cajones, seguramente llenos de libros también; varias túnicas planchadas con esmero y depositadas en el diván de la esquina con delicadeza—, pero los ojos de Koffi se posaron en algo situado al fondo, detrás del escritorio: una vitrina.

Tenía que estar allí dentro. Ekon le había hablado de esa vitrina hacía un rato. Al parecer, el Kuhani la usaba para guardar los documentos históricos y los volúmenes de su colección especial. Si el diario de Nkrumah estaba en ese despacho, la vitrina era la ubicación más probable.

Se encaminó hacia ella caminando de puntillas mientras cruzaba la habitación con cautela. Se sintió una boba por adoptar precauciones en una habitación visiblemente desierta, pero de todos modos tenía la sensación de que el lugar exigía silencio. Despacio, abrió la puerta de cristal de la vitrina y ojeó los lomos de los libros. Ekon había mencionado que el diario de Nkrumah era verde oscuro. Sin embargo, había varios libros verdes. Según él, lo reconocería cuando lo viera, pero...

Un destello de algo situado en uno de los estantes captó su atención. Cuando se fijó, reparó en una pequeña colección de cachivaches, figuritas de animales talladas en madera, plumas de aspecto lujoso... Sin embargo, lo que había atraído su mirada era infinitamente más espectacular. Se trataba de una daga minúscula, no más larga que su mano. La tomó para examinarla y estuvo a punto de dejarla caer.

«Está tallada en hueso», comprendió al tiempo que deslizaba un dedo por el pálido filo blanco. La empuñadura llevaba incrustadas tres gemas rojo oscuro; rubíes, diría Koffi. Fascinada, se enamoró del arma al instante. No tenía tiempo para examinarla con calma, así que decidió dejar la inspección para más tarde. Se la guardó en el morral a toda prisa y devolvió la atención a la vitrina. El primer estante y el segundo estaban llenos de gruesos tomos, pergaminos y documentos anodinos, pero se detuvo al llegar al último. Le dio un brinco el corazón cuando sus ojos se posaron en un libro verde de tamaño considerable, más grueso que ningún otro de los que había visto hasta el momento. Lo retiró del estante y reparó en las letras color oro oscuro de la portada, que Ekon también había descrito. Una buena señal. Lo abrió y se quedó anonadada.

En la guarda del libro descubrió uno de los mapas más hermosos que había contemplado jamás. Saltaba a la vista que estaba dibujado a mano, enmarcado en una frondosa cenefa de hojas entre las cuales se ocultaban animales. Observó la cuidada caligrafía del texto, las elaboradas etiquetas y una brújula en forma de cabeza de león. Ahí estaba su hogar, el continente de Eshōza al completo, representado en su totalidad. Ekon decía la verdad, no entendía las palabras, pero se percató de que el libro era especial. Pasó la página y vio un segundo mapa de estilo similar, aunque centrado en otro aspecto. Vio hojas, caminos serpenteantes entre árboles esbozados con tosquedad. Ese debía de ser el mapa de la Selva Mayor. También contaba con sus propias etiquetas, tan indescifrables para ella como las del primero. Sin embargo, cuando sus ojos revolotearon por encima, noto una clara sensación de algo parecido a esperanza. El mapa y la información del diario serían herramientas valiosísimas, incluso cruciales para dar con el Shetani y llevárselo a Baaz. Lo sujetó con más fuerza. A continuación, sin pensárselo más, lo añadió a la bolsa, deleitándose en el peso añadido. Daba gracias de que encontrar el diario hubiera sido más fácil de lo que esperaba. Ya solo tenía que volver con Ekon para que pudieran marcharse cuanto antes.

Empezó a rodear el escritorio observando al mismo tiempo el contenido esparcido sobre la superficie. Había diversos papeles y libros, pero también descubrió, sorprendida, una pipa. De madera primorosamente tallada, el objeto yacía de lado casi en el borde del escritorio del padre Olufemi. Atisbó algo en el interior de la pipa, demasiado encajado para distinguirlo. Se estaba inclinando para verlo mejor cuando...

Un chasquido llegó a sus oídos.

Koffi se agachó detrás de un montón de cajones que había junto a la mesa en el mismo instante en que el pomo giraba. Escuchó horrorizada la voz masculina que inundó la sala.

—... como ordenó, padre.

El corazón de Koffi empezó a latir con furia contra su pecho y soltó una maldición para sus adentros cuando dos hombres entraron en el despacho, distintos como la noche y el día. Uno era joven, alto y musculoso, ataviado con el caftán azul cielo de los guerreros yaba; el otro era considerablemente mayor y vestía una túnica más oscura.

«No». A Koffi se le secó la boca. El mayor era el padre Olufemi; lo supo sin la menor duda. Nunca lo había visto, pero todo en su porte lo confirmaba. Caminaba con los andares mesurados de quien no permite que lo apremien y emanaba la seguridad que solo mostraría la persona que está al mando de la ciudad. El miedo y el desconcierto se apoderaron de su cuerpo. ¿Cómo era posible? En teoría no debería estar allí; debería estar abajo, encargándose del servicio de *shukrani*. ¿Había calculado mal el tiempo o...? Una posibilidad más sombría acudió a su pensamiento.

¿Le habría mentido Ekon?

—Bien.

Se internó aún más en las sombras cuando el padre Olufemi se encaminó hacia la mesa antes de detenerse con las manos entrelazadas a la espalda.

—¿Y las incineraciones que había pendientes han concluido?

—Todavía queda una, padre —respondió el segundo hombre—. Está prevista para esta tarde, si sus obligaciones lo permiten.

El Kuhani asintió.

—Allí estaré.

—¿Algún otro encargo, padre?

—De momento, no —respondió el Kuhani—. El guerrero Adebayo y tú pueden disponer del resto del día. Reanudarán los turnos de vigilancia esta noche.

El joven guerrero hizo una reverencia.

—Gracias, padre.

—Eso es todo, Shomari.

El guerrero se inclinó una segunda vez y se irguió antes de abandonar el despacho, pero el anciano se quedó plantado en el centro. Koffi no se atrevía a moverse ni un milímetro. ¿Cuánto tiempo pensaba quedarse allí? La sala únicamente contaba con un acceso; no tenía otro modo de salir. Si no se reunía con Ekon en los siguientes diez minutos...

Tardó una eternidad, pero al final el padre Olufemi recuperó el movimiento. Koffi se agachó un poco mientras él echaba una ojeada rápida al despacho. Se le cayó el alma a los pies cuando la mirada del hombre se detuvo en algo: la vitrina que se alzaba detrás del escritorio. Tenía el mismo aspecto que cuando Koffi había entrado, antigua y elegante, pero tragó saliva al reparar en su error.

Había dejado una puerta entreabierta.

Se le secó la boca al ver que el padre Olufemi, torciendo el gesto, se acercaba a la vitrina y a ella. El hombre esquivó el escritorio y cerró la puerta a toda prisa con los ojos entrecerrados. Parecía distraído, pero ¿y si reparaba en que el diario de Nkrumah y la daga habían desaparecido? Koffi descubrió sorprendida que el hombre daba media vuelta a toda prisa. Miró el despacho por encima una vez más, como dándose por satisfecho, antes de recogerse los faldones de la *agbada* y salir del estudio con un tarareo quedo en los labios. Koffi esperó un ratito y, aliviada, se presionó los ojos con las palmas de las manos.

Se había librado por un pelo.

Aguzó los oídos, atenta a los sonidos de la sala de oración del piso inferior. Alguien seguía hablando con inflexiones histriónicas a los fieles del templo; con toda probabilidad, la persona que había reemplazado al Kuhani en el servicio de *shukrani*. Todavía estaba a tiempo de bajar, de salir de ese maldito despacho.

Se irguió con tiento y se acomodó el morral, mucho más pesado que antes. Recorrió la sala sin hacer ruido y abrió la puerta. El alivio la inundó cuando salió al pasillo y lo encontró todavía sumido en sombras, desierto.

Gracias a los Seis.

Enfilaba hacia la escalera cuando una mano se cerró en torno a su muñeca.

Y el padre Olufemi la miró a los ojos.

14
El corazón de la selva

Ekon avanzaba a la carrera.

Los pasillos y las puertas del templo se desdibujaban a su paso según intentaba bosquejar el plano en su cabeza. Había pasado allí los últimos diez años de su vida, consideraba el templo su hogar, pero eso apenas lo ayudaba a orientarse por el interior en momentos de crisis como aquel. Había infinidad de corredores, salas y escaleras, y necesitaba encontrar aquellos que le permitieran llegar hasta Koffi más rápidamente... sin ser descubierto.

Koffi no estaba en el pasillo que conducía al despacho del Kuhani; lo había comprobado. Una nueva oleada de ansiedad barrió su cuerpo mientras bajaba la escalera como una exhalación y cruzaba otro pasillo más. El templo era enorme, un laberinto de cámaras, corredores y pasillos. ¿Dónde se había metido?

Dobló una esquina tan deprisa que estuvo a punto de chocar con dos hombres vestidos de azul. Le dio un vuelco el corazón. Ambos eran Hijos de los Seis, guerreros veteranos.

—¿Okojo? —Uno de los dos, un hombre de baja estatura llamado Zahur, lo miró torciendo el gesto—. ¿Qué estás haciendo?

Ekon tragó saliva a la vez que se golpeteaba el costado con los dedos. Se obligó a hablar en el tono más tranquilo que pudo adoptar.

—He... he oído que podría haber problemas —dijo—. Quería ofrecerme a ayudar.

—Hay problemas. —El segundo guerrero, un hombre llamado Daudi, exhibía una expresión preocupada—. ¡Acaban de decirnos que hay un intruso en el templo, un ladrón!

Ekon tuvo que hacer esfuerzos para que su semblante no lo delatara.

—¿De verdad? ¿Qué ha robado?

—Todavía no estamos seguros —dijo Daudi—. El padre Olufemi tendrá que hacer un inventario de su estudio cuando se... recupere.

—¿Cuando se recupere? —repitió Ekon. En esta ocasión, su sorpresa era genuina.

Los guerreros intercambiaron una mirada incómoda antes de que Zahur bajara la voz.

—Ejem, parece ser que la asaltante agredió al Kuhani antes de escapar.

—¿La asaltante? —Ekon se centró en eso en lugar de tratar de averiguar qué daño podría haberle causado Koffi al padre Olufemi como para ser calificado de «agresión»—. ¿Es una mujer?

—Sí. —Daudi asintió—. Una joven yaba, bien vestida.

Ekon suspiró con cierto alivio. Al menos no se habían percatado de que Koffi era gede.

—Vamos a inspeccionar a fondo la sección este del templo. El padre Olufemi piensa que se marchó en esa dirección —informó Zahur—. ¿Adónde ibas tú?

Ekon empezó a decir algo, y luego se quedó paralizado. Sus ojos acababan de posarse en el gran tapiz que colgaba de la pared justo detrás de los dos guerreros. Unos pies pequeños y oscuros, calzados con unas sandalias que conocía muy bien, asomaban por debajo de la colgadura.

—E-esto... —balbució, esperando que el pánico no se trasluciese en su voz—. Voy a revisar... los dormitorios.

Los guerreros mostraron un desconcierto momentáneo antes de dar su aprobación.

—Adelante pues —dijo Daudi—. Infórmanos si ves algo sospechoso.

Ekon volvió a mirar los pies que sobresalían por debajo del tapiz.

—Eso haré... Cuenten con ello.

Los otros asintieron y reanudaron su marcha por el pasillo. Ekon esperó a que hubieran desaparecido antes de plantarse junto al tapiz. Pasado un momento, carraspeó.

—Mi mentor me contó un chiste en cierta ocasión —murmuró—. ¿Qué le dijo la alfombra al suelo?

Koffi asomó la cabeza por detrás del tapiz y lo fulminó con la mirada.

Ekon esbozó una sonrisilla.

—Le dijo: «Yo te cubro...». ¡Ay! —Dio un brinco hacia atrás y se frotó el brazo—. ¿A qué ha venido eso?

—Por contar un chiste tan malo, para empezar —replicó Koffi a la vez que abandonaba su escondite. El velo había desaparecido y ella ofrecía un aspecto un tanto desaliñado. Sujetaba el morral de yute contra el pecho y exhibía un gesto tenso en los labios—. En segundo lugar, porque he escapado del Kuhani por un pelo.

—Perdona —se apresuró a decir Ekon—. No sabía que hoy encargaría a otro el servicio de *shukrani,* de verdad. Te estaba buscando para decírtelo.

Koffi le lanzó una mirada asesina.

—Pues llegas un poco tarde.

Ekon miró a sus espaldas y le pidió por gestos que lo siguiera.

—Vamos, esos guerreros han dicho que empezarían por la sección este. Todavía podemos llegar al establo antes que ellos y largarnos de aquí. ¡Sígueme!

Koffi abrió la boca para seguir discutiendo, pero se lo pensó mejor y echó a correr tras él en dirección oeste. Si bien reinaba el silencio en los pasillos del templo, Ekon todavía estaba inquieto.

—¿Has conseguido el mapa? —preguntó. Señaló un tramo de escalera y le cedió el paso a Koffi.

—Sí —susurró ella—. Pero el padre Olufemi me atrapó cuando salía. Tuve que recurrir a... una maniobra evasiva.

Ekon la siguió escalera abajo.

—¿De verdad lo has agredido?

—«Agredir» es una palabra demasiado fuerte —respondió Koffi encogiéndose de hombros—. Solamente le he pegado una patada en la entre...

—¡Por allí! —gritó alguien más arriba—. ¡Acabo de ver a alguien bajando la escalera!

Se miraron un instante antes de salir disparados, saltando los peldaños de dos en dos. Ekon creía saber dónde desembocaban; en el otro extremo de la planta baja del templo, no muy lejos del establo. Fue un alivio llegar abajo y descubrir que tenía razón: estaban en el pasillo que habían recorrido esa misma mañana.

—Por aquí —le dijo a Koffi señalando hacia delante. Se disponían a cruzar las puertas dobles que daban al exterior cuando...

—¡Eh! ¡Miren abajo!

El miedo inundó el cuerpo de Ekon. Sin pararse a pensar, agarró a Koffi por la cintura y la arrastró a uno de los nichos del pasillo justo cuando los pisotones resonaban en el otro extremo. Se asomó y reconoció horrorizado a las personas que se acercaban. Fahim y Shomari.

—¿Alguien ha mirado aquí? —Fahim no tenía las de ganar, a juzgar por su voz.

—No estoy seguro, pero no cuesta nada echar un vistazo. —Shomari parecía infinitamente más seguro de sí mismo.

Ekon permanecía inmóvil mientras la luz de la antorcha se aproximaba hacia ellos. El hueco no era lo bastante profundo para ocultarlos por completo; en cualquier momento, los descubrirían. Notó la espalda de Koffi pegada con fuerza a su pecho, el cuerpo estremecido contra el suyo según la muchacha hacía esfuerzos por no emitir el menor sonido. Shomari y Fahim habían inspeccionado el otro lado y se acercaban cada vez más.

—¡Mensah! ¡Adebayo!

Ekon estuvo a punto de desmayarse cuando una tercera voz resonó al final del pasillo. La reconocería en cualquier parte, y se le encogió el corazón. Era Kamau. Notó la boca seca cuando su hermano llegó corriendo y pasó la vista de Fahim a Shomari.

—¡Vamos! ¡El padre Olufemi piensa que la intrusa ha entrado en las cocinas!

Sin más comentarios, los tres dieron media vuelta y corrieron escalera arriba. Ekon no se relajó hasta que la calma volvió a apoderarse del pasillo. La respiración de Koffi seguía alterada, y el chico descubrió que su corazón y el de la muchacha latían en sincronía. Sus cuerpos se relajaron despacio, pero no se movieron. Ekon notó calor en las mejillas, al caer en la cuenta de que todavía la sujetaba por la cintura. Apartó las manos al instante.

—¿Y ahora qué? —susurró Koffi.

—Por la otra puerta —respondió Ekon. Se separó de ella y caminó con paso furtivo hacia la puerta que desembocaba en el establo. Todavía reinaba el silencio, pero él aguzó los oídos por si las moscas. Rodeó con los dedos la vieja manija de latón y la estiró. La brillante luz del sol inundó el zaguán y, en ese instante, a Ekon se le antojó la imagen más sublime que había contemplado nunca. Sin intercambiar palabra, cruzaron la puerta y se internaron en el sol abrasador.

El sol caía a plomo sobre la tarde lkossana.

Pero Ekon lo agradecía; se deleitaba en su calor contra los brazos y la cara desnudos mientras Koffi y él serpenteaban entre el gentío que atestaba el mercado central de la ciudad a la hora del almuerzo. Todo el tiempo estaba esperando a que los detuvieran, que los atrapasen. No había pedido permiso para abandonar el templo, así que su escapada seguramente anularía la segunda oportunidad que Kamau le había brindado. Aun ahora, en ese momento, tenía que hacer esfuerzos para mantener la respiración bajo control. Había reanudado la cuenta con los dedos.

«Uno, dos, tres. Uno, dos, tres. Uno, dos, tres».

En el establo, se habían separado un momento para cambiarse de ropa antes de poner rumbo al mercado. Ekon vestía un sencillo caftán marrón en lugar del blanco que correspondía a los ayudantes del templo. No impediría que alguien lo reconociera si le veía la cara, pero al menos le aseguraría menos atención. Miró a Koffi de reojo.

—Tenemos que echar un vistazo al diario —dijo en un tono de voz que solo ella pudiera oír mientras caminaban a la par.

—¿Dónde?

Ekon miró a su alrededor frunciendo el ceño. Al cabo de un momento, se le ocurrió una idea y asintió.

—Conozco un sitio —dijo—. Sígueme.

Sin decir nada más, atajaron por las calles y callejones que Ekon fue escogiendo hasta llegar a otro distrito de la ciudad. Le ardieron los pulmones cuando un hedor a tierra y a fuego los inundó, y un tintineo metálico le taladró los tímpanos con un ritmo constante y repetitivo que agradeció. Hilos de humo negro tornaban el aire más denso hasta casi sumirlo en penumbra, y cuando el primer puesto de los herreros asomó ante ellos, Ekon descubrió con alivio que la intuición no le había fallado al elegir esa zona. Señaló un rincón detrás de los numerosos puestos de trabajo y Koffi lo siguió.

—Los Hijos de los Seis no vienen mucho al distrito de Kughushi. —Tuvo que inclinarse para hacerse oír entre el constante martilleo de los yunques—. Nadie lo hace a menos que no tenga más remedio.

—Lo entiendo. —Koffi se tapaba los oídos con los dedos al tiempo que hacía una mueca de dolor—. Apenas oigo mis pensamientos.

—Déjame ver el diario.

Koffi se descolgó el morral y se dispuso a extraer el libro, pero Ekon atisbó el brillo blanco de otro objeto. Entrecerró los ojos. Con una manifiesta expresión de culpabilidad, la joven intentó empujar el objeto de vuelta a la bolsa, pero él le aferró la muñeca.

—¿Qué es eso?

—Si tanto te interesa... —Extrajo el diario con un último tirón antes de mirar a Ekon con expresión desafiante—. Es una daga.

—¿De dónde la has sacado?

Koffi se movió inquieta.

—Puede que la haya encontrado en el despacho del Kuhani.

—No tenías que llevarte nada más del despacho...

—Es verdad, pero ya es demasiado tarde, ¿no te parece? —Le dio un toque en el brazo con el libro y él torció el gesto—. ¿Quieres echarle un vistazo a esto o no?

Ekon abrió la boca para decir algo más, pero cambió de idea. Asintió y cogió el libro con sumo tiento. Suspiró mientras leía las letras metalizadas de la portada:

SATAO NKRUMAH
ESTUDIOSO DEL CONTINENTE ESHŌZANO
EN GENERAL Y DE LA REGIÓN DE ZAMANI
EN PARTICULAR

—Hala.

—¿Lo entiendes? —preguntó Koffi.

—Sí.

Notó los ojos de Koffi clavados en él cuando abrió la portada. La primera página mostraba un mapa de Eshōza; la siguiente contenía uno de la Selva Mayor. Los observó consecutivamente. Las páginas del diario estaban fabricadas con viejo papiro, y eran suaves al tacto. Puede que fueran los rayos del sol al traspasarlas, pero emanaban una extraña belleza, un cariño especial. Regresó al primer mapa, que se extendía como una complicada telaraña: miles de líneas y formas desplegadas en todas direcciones desde el mismo centro del mapa hasta las esquinas del papel. Contempló los parajes más emblemáticos de la región de Zamani —la traicionera bahía conocida como los Colmillos por su forma serrada; el río Ndefu en la zona oriental, cuyas leyendas le había contado el hermano Ugo—, pero también había zonas desconocidas para él. Vio la cordillera Ngazi al norte, las islas Nyingi al sur e incluso el legendario desierto de Katili, situado al oeste. Tenía ante sus ojos el continente de Eshōza al completo. En algunas partes, la tinta conservaba la negrura original;

en otras se había gastado hasta volverse un gris traslúcido. Ekon no se podía creer que una sola persona hubiera creado algo tan detallado.

Koffi deslizó el dedo por una esquina del dibujo antes de alzar la vista hacia él.

—¿Esto qué es?

—Es el río Kidogo, al noroeste de aquí.

—¿Y esto?

Señaló otro punto rodeado de un gran cúmulo de árboles.

—Eso es Lkossa —respondió Ekon—. Hay otras ciudades en la región de Zamani, claro, que no aparecen aquí, pero Lkossa es la más grande. Ese cúmulo de ahí es la Selva Mayor, y la de debajo se conoce como la Selva Menor.

Koffi adelantó el cuerpo para señalar algo pequeño situado en la parte inferior del mapa.

—¿Qué es eso?

Ekon miró el punto indicado y entornó los ojos. Era una palabra que no conocía.

—Dice... «sanda» —leyó frunciendo el ceño.

—¿Qué significa?

—No lo sé. —Se encogió de hombros—. Podría ser una anotación de referencia. Los antiguos maestros usaban toda clase de códigos para confeccionar los mapas. —Pasó la página y observó el dibujo de la Selva Mayor. Saltaba a la vista que era obra de la misma persona, pero producía una sensación distinta. Los trazos de la pluma parecían menos precisos; las etiquetas, más descuidadas. Este mapa recordaba a un primer bosquejo. Advirtió algo que le llamó la atención y lo señaló con el dedo.

—Ah, esto es interesante.

—¿Qué?

—Esta sección. —Ekon la señaló con la barbilla—. Se llama «el Corazón de la Selva».

Koffi enarcó una ceja.

—¿Eso es importante?

—Podría serlo. —Ekon se pasó los dedos por el cabello—. Intuyo que se considera el centro de la selva o quizá la parte más antigua.

Koffi observó el mapa con atención un instante y luego dijo:

—Me parece que el Shetani vive ahí.

Ekon frunció el ceño.

—Eso no puede ser. Mira dónde está. —Volvió a señalarlo—. Habrá varios días andando como poco desde...

—Para un ser que camina sobre dos piernas.

Ekon la miró detenidamente.

—¿De verdad piensas que podría ir y venir tan deprisa?

Koffi apretó los labios con ademán pensativo.

—¿Qué sabemos del Shetani?

—Pues la gente dice...

—No me refiero a los rumores —aclaró Koffi—. ¿Qué sabemos a ciencia cierta?

Ekon lo meditó. La pregunta le recordó a las que le formulaba el hermano Ugo cuando era niño. «Contesta a lo que te pregunto y responde la pregunta en su totalidad». Empezó:

—Sabemos que el Shetani lleva vivo casi un siglo, como mínimo. Puede que más.

—¿Y qué más?

—Sabemos que ataca durante la noche.

—¿Siempre?

—Siempre. —Ekon asintió—. El patrón se repite. La gente desaparece al caer la noche y sus cuerpos aparecen al día siguiente en el límite de la selva. La cronología siempre es la misma.

—Eso significa que se trata de un ser nocturno y que actúa con premeditación. Caza como el típico depredador, usando siempre el mismo método. Busca a la presa...

—La mata...

—Y se esconde.

—Mató hace dos días por última vez —apuntó Ekon.

—Así que ahora estará escondido —dedujo Koffi—. Esperando a que alguien vuelva a bajar la guardia. Y eso significa... que estará en una zona a la que nunca van las personas. Nadie se ha internado tanto en la Selva Mayor y ha regresado. Es probable que se considere a salvo allí.

Ekon observó el mapa repasando una y otra vez con el dedo el trayecto del Corazón de la Selva a Lkossa.

—Tardaremos tres o cuatro días en llegar, si no... —Titubeó—. Si no nos sale al paso ningún problema. —Señaló el borde de la selva—. Esta pequeña franja que separa Lkossa de la selva se conoce como las tierras limítrofes. En principio, es la ruta de acceso más directa, pero también forma parte del trayecto por el que patrullan los Hijos de los Seis.

—¿Hay manera de burlarlos?

Ekon guardó silencio.

—Sí, pero las posibilidades son mínimas.

—Pues habrá que arriesgarse —dijo Koffi. Se masajeó las sienes—. Menos mal que no hay nadie más buscando a la bestia —musitó—. No sé qué haría si esto se complicara aún más.

Ekon se mordió la lengua. Había estado a punto de hablarle a Koffi de la partida de caza, pero algo se lo impidió. ¿Y si se lo decía y ella se echaba para atrás? ¿Y si ese detalle lo arruinaba todo? No, decidió. No le hablaría del asunto de la cacería, al menos no todavía.

Koffi despegó la vista del mapa para mirarlo.

—¿Cuándo podríamos ponernos en marcha?

—Esta noche. —Ekon le devolvió la mirada—. Si estás lista.

Ella asintió.

—Lo estoy.

—Compraremos suministros —dijo Ekon—. Luego, nos esconderemos cerca de la frontera hasta el ocaso, para poder cruzarla sin ser vistos. Si todo sale según lo previsto, podemos estar en la selva antes del anochecer.

Pronunció la última frase para sus adentros:

«Y luego empezará la cacería».

El hilo invisible

Adiah

«Entrar y salir».

Parpadeo con fuerza para evitar que se me salten las lágrimas, pero noto su sabor salado de todos modos.

«Entrar y salir».

No encuentro a Tao, así que hoy no subo a esconderme en nuestro rincón secreto. En vez de eso, me siento en casa de mis padres, en mi minúscula habitación, temerosa del momento en que vuelvan del trabajo. Sé que a esas alturas del día ya habrán recibido el informe del templo y estarán al corriente de lo que ha pasado hoy. Me imagino su expresión decepcionada, avergonzada. Esta vez merezco las dos.

Esta vez he metido la pata hasta el fondo.

Solo de recordar la cara de Azaan me entran náuseas; es un peso en mi conciencia como una mancha de vino de palma derramado en una tela blanca. Recuerdo hasta el último detalle: los labios llenos y la nariz recta, su mandíbula más bien cuadrada. Recuerdo la tensión de su cara cuando ha notado el dolor, el chasquido que he oído.

Recuerdo todas las cosas que no quiero recordar.

Los recuerdos me regresan a una hora más temprana, al «antes». Azaan y yo estamos de pie en mitad de las arenas del templo, en el interior de un gran cerco creado con piedras del tamaño de puños. A mi derecha, el hermano Dwanh preside el combate.

—Nos atendremos a las reglas habituales de los combates de entrenamiento. —Nos está mirando a los dos mientras explica las normas con su voz fina como un junco—. El combate termina cuando uno de los contendientes sale del área marcada. Recuerden, se trata de una lucha cuerpo a cuerpo. No recurran al esplendor.

—Estoy listo. —Azaan, que me pasa varios centímetros, sonríe con altanería—. No te preocupes, Adi. Acabaremos enseguida.

Yo le devuelvo una mirada impávida.

—Era justo lo que yo estaba pensando.

—Muy bien. —El hermano Dwanh asiente y retrocede—. Empiecen.

Nos colocamos en posición, cada uno a un lado del círculo, con los pies separados y los brazos abiertos. Conozco tan bien a Azaan que ya sé cómo va a discurrir el combate. Él es un luchador, alto y esbelto como un espantapájaros, seguramente el mejor de la clase sin contarme a mí. Suele atacar para debilitar: golpes rápidos como la luz que descolocan al contrincante antes de que sepa siquiera lo que ha pasado. Es rápido.

Yo soy más rápida.

Me guiña el ojo y propina un puntapié al suelo para crear una nube de polvo que pretende distraerme. Yo no muerdo el anzuelo y me preparo cuando se abalanza contra mí e intenta hacerme perder el equilibrio con una patada.

Yo salto justo a tiempo.

Casi no he aterrizado cuando Azaan cambia de táctica. Usa la ventaja que le da su altura para obligarme a retroceder mediante rápidos puñetazos que tengo que esquivar. En otras culturas, la gente piensa que los hombres y las mujeres no deberían competir entre sí, pero Azaan y yo estamos igualados. Sé que no se contendrá porque sea una chica.

Uno de los puñetazos acierta por fin, un impacto en el hombro que me arranca un grito. Su carcajada victoriosa me enfurece y, sin pensar, intento un gancho que bloquea al instante. No tengo que mirar atrás para saber que nos estamos acercando al borde del círculo; unos pocos pasos más y habré perdido.

Eso no puede pasar. Hoy no puedo perder.

Hago una finta a la derecha y, justo como esperaba, Azaan muerde el anzuelo y acompaña mi cuerpo. En lugar de asestarle un puñetazo o una patada, lo empujo en mitad del pecho para conseguir espacio, y salto hacia arriba. Como si el tiempo se hubiera ralentizado, acerco las rodillas al pecho y abro las manos, un gesto que atrae el esplendor hacia mí automáticamente. Se eleva de la tierra como respondiendo a mi llamada y me corre por las venas a toda velocidad. Cuando vuelvo a caer, apoyo las palmas de las manos en la tierra y una explosión tremenda lo sacude todo a mi alrededor. Observo con emoción cómo el esplendor abandona mis manos y se desplaza en ondas antinaturales hacia Azaan.

En cuanto lo alcanza, comprendo que he cometido un error.

La tierra se estremece por segunda vez cuando la fuerza de mi descarga hace salir volando a Azaan como si un hilo invisible lo estirara por detrás. El tiempo se detiene mientras su cuerpo se arquea, suspendido en el aire, y luego se estrella contra el suelo. Oigo el chasquido limpio de sus huesos que se rompen con el impacto, veo la sangre que empapa la tierra a su alrededor. Tiene una pierna doblada en un ángulo raro. No se mueve cuando los otros darajas corren hacia él. Sé que yo también debería hacerlo, pero no puedo.

—Ha sido un accidente. —Mis palabras casi no se oyen, pero de todas maneras tengo que pronunciarlas, necesito que alguien lo entienda—. Yo no quería. Yo...

—Adiah. —El hermano Dwanh voltea la vista hacia mí con recelo. No parece enojado, sino asustado—. Será... mejor que te vayas.

Quiero decir algo más, pero no puedo. Me doy media vuelta y salgo corriendo. Soy rápida, aunque no tanto como para dejar atrás los susurros que imagino pisándome los talones.

«Es peligrosa —dicen los susurros—. Impredecible. Inestable».

Más tarde, descubro que han llevado a Azaan a la enfermería del templo con lesiones diversas. Por suerte, ninguna es mortal. Los huesos rotos volverán a soldarse, las heridas abiertas de su cuerpo sanarán.

Mi reputación, no.

«Es peligrosa». Ahora oigo a mis compañeros, los comentarios que seguramente hacen de mí cuando regreso al templo. «Es impredecible. Inestable».

Empiezo a preguntarme si tienen razón, si soy un bicho raro.

Dentro y fuera.

Tengo que aprender a controlarme.

Dentro y fuera.

Tengo que aprender a controlar esta energía.

Dentro y fuera.

Antes de que me controle a mí.

15
La antigua oscuridad

Ekon presintió la presencia de la selva mucho antes de verla.

De ser sincero consigo mismo, tenía que reconocer que siempre la presentía de algún modo, acechando en el fondo de su mente, esperando los momentos de silencio. Todavía estaban a cosa de ochocientos metros de las tierras limítrofes, pero ya veía las copas de los pinos más altos y antiguos de la Selva Mayor asomando por encima de los tejados. Con cada paso, la antigua voz de su mente se tornaba más potente. Ya sabía que la oiría, desde luego que sí, pero eso no le servía de consuelo.

«Ekon». La voz de Baba sonaba débil esta vez, vacilante; las palabras de un hombre que experimenta un sufrimiento atroz. «Hijo mío, por favor...».

Cerró los ojos con fuerza cuando las imágenes de siempre inundaron su mente: lianas retorcidas, gruesas como su brazo; las raíces de árboles negros surgiendo de la tierra como serpientes que se enroscan, decididas a atraparlo. De súbito, era un niño otra vez, y estaba solo. Oyó un gruñido quedo, le sostuvo la mirada a un ser antiguo de ojos fríos y vacíos. Era tan menudo en comparación, y los dientes del ser tan grandes... Un sudor frío le cubrió la piel solo de recordarlo, los labios se le entumecieron cuando una oscuridad que conocía bien empezó a filtrarse por los bordes de su campo de visión. La respiración se le entrecortaba; tenía la boca demasiado seca.

«Ahora no». Sus pulmones protestaron cuando se obligó a tomar el aire por la nariz y a expulsarlo por la boca, como el hermano Ugo le enseñara en cierta ocasión. Los dedos de Ekon iniciaron su tamborileo. La regularidad del ritmo lo consolaba.

«Uno, dos, tres. Uno, dos, tres. Uno, dos, tres».

No era el momento de desmoronarse, y no lo permitiría. Imaginó que construía un muro, una barrera entre las pesadillas y él. Esas paredes mantendrían fuera los horrores y salvaguardarían sus secretos en el interior.

«Por favor, vuelve a buscarme». Baba gimoteaba. Era un sonido misterioso, sobrenatural. «Te lo ruego, no me dejes aquí solo».

«No puedo ayudarte, Baba». Las palabras le desgarraban el alma. Imaginó los ladrillos apilándose, dejando fuera esa horrible voz. «Lo siento, pero no puedo ayudarte. No puedo ayudarte, no puedo...».

—Oye, ¿te encuentras bien?

Ekon dio un brinco. No se había dado cuenta de que estaba parado. Koffi lo miraba con una expresión indescifrable. El instante fue una réplica exacta del que había protagonizado caminando con Kamau pocos días atrás. Tenía que controlar mejor esa situación, impedir que las pesadillas lo debilitaran.

—Sí —replicó brusco—. Estoy bien.

Koffi lo miró un momento, como si quisiera decir algo más; pero cambió de idea y siguió andando. Ekon la siguió. Se acercaban a las afueras de Lkossa, una parte más sórdida de la ciudad, repleta de cajones viejos, escombros y mugre.

Ekon recordó la última vez que había pasado por allí, el encuentro con la anciana. Era obvio que ya no estaba, pero casi podía sentir su presencia de algún modo extraño. Miró a su espalda con recelo.

—Tenemos que darnos prisa.

Koffi enarcó una ceja.

—¿Por qué?

—Porque... vamos con retraso.

Ella lo miró detenidamente.

—¿Qué?

—Con retraso —repitió Ekon a la vez que apuraba el paso—. Los Hijos de los Seis patrullan el límite de la Selva Mayor cada media hora, treinta minutos exactos. Tenemos que ser puntuales para poder cruzar las tierras limítrofes justo después de que ellos hayan pasado, y eso significa que llevamos dos minutos y treinta y nueve segundos de retraso.

Koffi puso los ojos en blanco.

—Y tú lo has calculado, faltaría más.

Ekon guardó silencio, incómodo por un instante. No podía evitar que los números se combinaran en su mente de manera automática e infalible. A menudo, esa facilidad para contar y calcular información con rapidez le resultaba útil, como cuando leía sobre teorías matemáticas complejas. En otras ocasiones, hacía que se sintiese... raro, distinto. Recordó la expresión contrariada que asomaba al rostro de Kamau cuando se quedaba mirando sus dedos, y las burlas que había despertado en otros niños del templo por usar palabras difíciles en la infancia. Casi todos los recuerdos que guardaba del Templo de Lkossa eran buenos, pero eso no significaba que su vida allí hubiera sido ideal.

—Bueno, al menos a uno de nosotros se le dan bien los números —añadió Koffi todavía mirando al frente—. Eso nos vendrá bien cuando estemos en la selva. Sabrás dividir las raciones de comida de manera que no nos quedemos cortos y cosas así.

Fue un comentario rápido y dicho de pasada, pero bastó para que Ekon se sintiera un poquitín mejor. A Koffi no le parecían raras sus cuentas, al parecer; pensaba que podían resultarles útiles. Irguió la espalda y acompasó el andar al de ella mientras avanzaban por las sinuosas calles de las afueras. En lo alto, un cielo cada vez más oscuro se volvía una mezcla fluida de acuarelas azul profundo, anaranjado y rosa fracturadas por las reveladoras líneas que la Ruptura había dejado.

—¿Cuánto crees que tardaremos? —De nuevo, Koffi lo arrancó de sus pensamientos—. ¿En encontrar al Shetani una vez que estemos en la selva?

—Pues... no estoy seguro —respondió Ekon con sinceridad—. Según el mapa, el Corazón de la Selva se encuentra al noreste de Lkossa, a unos tres días de caminata desde aquí si entramos por...

—¿No habías dicho cuatro días?

—Tres —se corrigió Ekon—. Me... gusta más el tres.

Koffi lo miró un instante de más antes de agarrar la correa del morral con más fuerza. Ekon llevaba uno parecido que había comprado en el mercado unas horas atrás. Habían pasado la tarde reuniendo suministros para la cacería: agua, alimentos secos, piedras para afilar las armas. El costo total casi había reducido a cero los modestos ahorros que Ekon había reunido en los años que llevaba en el templo, aunque no hacía falta que Koffi lo supiera, ni eso ni nada acerca de su situación financiera.

Giraron juntos en una esquina para acceder a una calle algo más ancha, y la postura de Ekon se tensó. Había una multitud reunida al otro extremo, detenida ante algo que no alcanzaba a ver. De inmediato, lo asaltó la inquietud.

—¿Qué pasa? —Koffi alargó el cuello, tratando de asomarse por encima de las cabezas, cuando más gente llegó por detrás y les tapó la vista—. ¿Qué hay?

—Uf. Parece un puesto de control.

Koffi se volvió hacia él, desconcertada.

—¿Un qué?

Ekon se detuvo y le indicó a Koffi por gestos que hiciera lo propio mientras otros los adelantaban. Si bien ella no tenía altura suficiente para ver lo que pasaba, Ekon pudo atisbar la escena. A pocos metros de distancia, al final de la calle, varios Hijos de los Seis habían acordonado la zona para impedir el paso a la gente. Se inclinó hacia Koffi y bajó la voz todo lo que pudo.

—En ocasiones, cuando se comete un delito importante y no han capturado al culpable, el Kuhani ordena instalar puntos de control al azar. Hay unos cuantos guerreros allí delante revisando las bolsas de la gente que circula por esta calle para asegurarse de que nadie lleva nada que no debería encima.

Al oír eso, Koffi se quedó helada.

—Pues no darán saltos de alegría al ver el libro que guardas en tu morral o la daga en el mío.

—Desde luego que no. —Ekon tragó saliva—. Seguramente por eso lo han instalado.

Miró alrededor e intentó conservar la calma. Todavía estaban demasiado lejos para distinguir qué Hijos de los Seis estaban a cargo del puesto, aunque daba igual. Cualquiera de los guerreros lo reconocerían de inmediato, y después de lo sucedido en el Zoo Nocturno, sabía que ninguno dudaría en detenerlo y entregarlo si le encontraban encima bienes robados. Recordó los ojos del padre Olufemi, fríos y reprobadores, y luego los de Kamau, rebosantes de decepción y vergüenza. No podía enfrentarse a eso; no podía permitir que la misión fracasara antes de empezar siquiera. Sin pensar lo que hacía, tomó a Koffi de la mano. Ella lo miró boquiabierta, pero Ekon no la soltó.

—Sígueme la corriente —murmuró a la vez que la empujaba con suavidad a la derecha. Había un callejón estrecho a pocos metros de donde estaban. Si conseguían llegar sin que nadie se diera cuenta, tendrían posibilidades de escapar. Captando sus intenciones, Koffi lo imitó y, sin dejar de mirar al frente, se fue desplazando despacio en esa dirección. La aglomeración se tornó más densa hasta obstruir el paso mientras más gente empujaba hacia delante. Desde un punto de vista estratégico, eso les venía bien —más gente implicaba una tapadera mejor—, pero Ekon estaba cada vez más nervioso de todas formas. Calculó con disimulo la distancia que los separaba de esa calle secundaria mientras se iban acercando.

«Treinta metros, veintisiete metros, veinticuatro...».

—¡Atención!

Ekon estuvo a punto de tirar a Koffi al suelo cuando la orden lo detuvo en seco. Una voz masculina les había dado el alto desde algún lugar situado a su espalda, demasiado cerca para su gusto. Echó un vistazo atrás y le dio un vuelco el estómago. Más Hijos de los Seis se acercaban por el otro extremo de la calle para rodear a la multitud. Reconoció al instante al guerrero que encabezaba el grupo.

Shomari.

—¡Escuchen! —La voz de Shomari contenía un irritante deje autoritario mientras mandaba a voz en grito —. Todas y cada una de las personas que se encuentran en esta calle deben someterse a un registro obligatorio, por orden directa del Kuhani. La desobediencia será castigada con multas y cárcel. Formen una fila ordenada.

El sudor se acumulaba en la frente de Ekon. Su mirada buscó la de Koffi, y advirtió que ella estaba discurriendo a toda prisa. Miró de reojo el callejón lateral.

—Tenemos que correr.

—No es buena idea. —Ekon negó con la cabeza—. Eso nos delatará.

—¿Y que nos atrapen con objetos robados del templo no lo hará?

—Aquí hay cientos de personas. —Ekon pronunciaba las palabras tanto para sí como para ella—. No tendrán tiempo ni paciencia de registrarnos a todos a fondo. Bastará con que abramos los morrales y les dejemos echar un vistazo rápido. Nos dejarán pasar.

Koffi hizo una mueca.

—Ese plan no me gusta.

—Tú tranquila.

La multitud los aprisionaba cada vez más, conforme los guerreros que habían llegado por detrás empujaban a la gente hacia delante. Entretanto, ellos se desplazaban con tiento hacia el callejón. Ekon alzó la vista de nuevo. No era fácil calcular cuántas personas exactas tenían delante con todo ese movimiento, pero contó diecinueve, un mal número. Vio a una mujer de expresión agobiada avanzar con dos niños pequeños hacia el punto de control.

—Vacíe el contenido de la bolsa, por favor —le ordenó un guerrero.

—Tenga. —La mujer, que estaba distraída atendiendo a sus hijos, levantó la solapa del morral para mostrar lo que obviamente eran frutas y hortalizas—. ¿Puedo pasar?

—Me temo que no, *bi*. —El guerrero negó con la cabeza—. Estamos registrando el contenido de todas las bolsas. Tendrá que sacarlo todo y depositarlo sobre esta mesa.

Ekon oyó a Koffi soltar una maldición. Sus ojos revoloteaban sin cesar del punto de control que tenían delante al callejón lateral que se abría a su derecha.

—Koffi —le dijo entre dientes—. Óyeme bien, tienes que quedarte...

Lo hizo sin previo aviso. Salió disparada.

—¡Eh!

«No».

—Koffi. —Ekon intentó no gritar mientras ella se abría paso a empujones entre gente contrariada—. ¡Koffi, espera...!

—¡Vosotros dos, deteneos!

Ekon hizo caso omiso de la orden y echó a correr con la mirada clavada en la espalda de Koffi, que se alejaba a la carrera. La chica echó una ojeada a su espalda y sus miradas se encontraron.

—¡Corre!

Koffi no precisó más indicaciones para acelerar al máximo. Ekon la siguió, pisando sus talones. A su espalda, se dejó oír un grito seguido de fuertes pisotones.

«No, no, no».

Koffi torció por la calle secundaria y desapareció en las sombras. Con un escalofrío, Ekon se acordó de Kamau y él persiguiendo a la niña por esas mismas calles hacía apenas unos días. Fue como protagonizar una cantinela extraña.

«De gato a ratón, de cazador a presa».

Al fondo, al final de la calle, distinguió un trecho de tierra roja. Se estaban acercando a las tierras limítrofes.

—Koffi. —Ekon no podía seguir su marcha y gritar al mismo tiempo—. Koffi, tenemos que...

Si lo oyó, no lo demostró. Más pasos se dejaron oír tras ellos; gritos.

—¡Alto! —les ordenó alguien—. ¡Es una orden de los Hijos de los Seis!

Ekon no obedeció. Salieron del callejón y corrieron bajo la luz rojo sangre, los últimos rayos del sol poniente. Por el rabillo del ojo, vio alejarse los límites de la ciudad al tiempo que la Selva Mayor asomaba ante ellos. Koffi se volvió a mirarlo, pero siguió corriendo hacia el follaje. Ekon la notaba con cada paso, la clara sensación de dejar atrás un bote salvavidas para lanzarse a aguas desconocidas. Aquello no tenía vuelta atrás. Rezó para no ahogarse.

Se encogió ante el súbito frío que le rozó la piel cuando las primeras sombras de los árboles lo alcanzaron. Le pareció raro, sobrenatural; el cambio de temperatura no debería haber sido tan repentino. Fue como sumergirse en una bañera helada, como si miles de pequeños cuchillos le atravesaran la piel. Las hojas y las ramas lo rozaban al pasar, e imaginó que eran dedos. Manos. Garras. Todos tratando de apresarlo.

«Por fin». La voz de Baba rezumaba una alegría espeluznante. «Mi hijo vuelve a mí, regresa con su padre».

Ekon seguía corriendo, todavía zigzagueaba entre los troncos, pero estaba demasiado oscuro, había demasiado ruido. Tan solo unos pocos rayos de luz desafiaban la bóveda selvática en esa zona, y nuevos sonidos inundaban el espacio a su alrededor. Oía la voz de su padre, pero también otras cosas: el croar de una rana toro, el canto de mil cigarras y seres que no sabría nombrar. Se oían zumbidos graves y chillidos agudos, rugidos y, de vez en cuando, un chasquido en lo alto. Durante un instante, se sumergió por completo en la cacofonía.

—¡Eh! ¡Por aquí!

Los ojos de Ekon se acostumbraron a la oscuridad lo suficiente para distinguir una pequeña silueta a pocos pasos de distancia. Koffi. A su pesar, experimentó una innegable sensación de alivio cuando la chica avanzó lentamente hacia él sobre ramillas y raíces de árbol. Perplejo a más no poder, descubrió que parecía contenta.

—Vaya, no pensaba que entraríamos así en la selva —comentó con una sonrisa—. Pero, oye, lo hemos conseguido. Ahí fuera, por un segundo, pensé que nos...

—¿A qué... vino... eso?

Ekon se oyó, notó la rabia de su propia voz, pero no podía reprimirla. Vio flaquear un instante la sonrisa de Koffi, que lo miró desconcertada hasta que su expresión se endureció.

—¿Disculpa?

—Te... te... —farfulló Ekon. Apenas podía pronunciar las palabras—. ¡Te fuiste sin avisarme! Teníamos un plan...

—Que consistía en que nos atraparan y nos detuvieran —replicó Koffi—. Así que hemos tenido que rectificarlo sobre la marcha, y eso he hecho.

Ekon notó crecer la rabia, pero también algo más que no podía explicar. Sabía, en el fondo de su mente, que su reacción era irracional, injustificada; pero... pero no podía describirle a Koffi cómo se sentía: desorientado, descentrado, descompensado. Habían ideado un plan para entrar en la Selva Mayor, un plan que le ofrecía seguridad. Ahora se había ido al garete, y con él su paz interior. La ansiedad lo embargaba cuando pensaba en los Hijos de los Seis de los que habían escapado. ¿Y si alguno lo había reconocido? ¿Y si se estaban reuniendo en ese mismo instante? Tenía la sensación de que el muro mental que había levantado para mantener las pesadillas a raya se desmoronaba poco a poco, de tal modo que nada les impidiese avanzar. Imágenes de hojas empapadas de sangre y espantosos cuerpos inundaban su imaginación. Intentó ahuyentarlas de su mente.

«Concéntrate —se dijo—. No pienses en la selva, tú concéntrate».

Pero le costaba más que antes. La selva ya no era algo de lo que pudiera distanciarse; estaba dentro, devorado por ella. Cerró los ojos y se frotó las sienes al tiempo que le pedía a la voz de su padre que lo dejara en paz, y a esos recuerdos desdichados que lo abandonaran.

—Ekon. —La voz de Koffi irrumpió en sus pensamientos. Cuando alzó la vista, se encontró con un semblante más amable—. ¿Te encuentras bien?

La verdad era que no, no se encontraba bien, ni por asomo; pero Ekon no quería revelárselo a Koffi. Con un gesto demasiado brusco, asintió.

—Sí, no me pasa nada, solo tengo... dolor de cabeza —refunfuñó—. Necesito sentarme un momento y echar un vistazo al diario para averiguar dónde estamos con exactitud. Si estamos más al este de lo que habíamos previsto, habrá que desplazarse un poco hacia el noroeste.

—No creo que debamos pararnos aquí —le advirtió Koffi.

—Yo sí lo creo —dijo Ekon sin levantar la vista del diario—. Es posible que ya nos hayamos desviado de la ruta. Lo último que necesitamos es internarnos sin rumbo en esta selva. Es enorme. Una vez que confirmemos que vamos bien...

—Seguiremos aquí sentados como gallinas —protestó Koffi—. Lo que tenemos que hacer es ponernos en marcha.

—Koff...

—Mira, ya sé que tenías un plan muy detallado. —Levantó las manos con ademán exasperado—. Pero no me siento bien aquí parada. Noto... noto algo raro.

Tan pronto como lo dijo, Ekon lo percibió también, la sensación de que algo no iba bien. No sabía cómo explicarle a Koffi que esa sensación no tenía nada de particular, que se trataba de algo característico de la Selva Mayor. No era casual que una las pocas cosas en las que coincidían los yaba y los gede fuese esa: los seres mortales debían mantenerse alejados de la selva. Notó un escalofrío al ver la cola de una larga serpiente amarilla desaparecer entre las hojas a pocos metros de distancia. Se guardó el diario en el morral y asintió.

—Avanzaremos rumbo al norte durante unos cuantos kilómetros —decidió—. Pero, después de eso, tendremos que parar y rectificar el plan.

Koffi se mostró de acuerdo.

—Estupendo.

La oscuridad se fue tornando impenetrable según se internaban en las profundidades de la jungla. A su alrededor, los ruidos se iban acallando, como si el paraje se estuviera acostumbrando a su presencia, pero eso no calmaba el nerviosismo de Ekon. Si bien en su última visita a la selva era mucho más joven, los sentimientos que le provocaba eran los mismos. Cada paso parecía atraerlo más y más profundamente a las cavernas de sus propios recuerdos. Reanudó el tamborileo contra el costado.

«Uno, dos, tres. Uno, dos, tres. Uno...».

«Hijo mío».

Ekon tropezó, sorprendido por la intempestiva voz de su padre. Allí en la selva, entre los vetustos árboles, sonaba más alta, más fría.

«Has vuelto, después de tanto tiempo...».

Ekon notó un nudo apretado en el fondo de la garganta. Se concentró en los pasos que daba e intentó contarlos mentalmente en lugar de prestar atención a la voz.

«Está todo en tu cabeza —se recordó—. En tu garganta no hay nada. Puedes respirar. Tómatelo con calma y sigue andando, un paso y luego otro».

No le sirvió de nada. Notaba los dedos torpes, incapaces de encontrar el ritmo, y tropezó.

—Koffi. —Su voz proyectó un eco extraño en la oscuridad—. Koffi, creo que deberíamos...

Se detuvo y parpadeó con fuerza. Hacía un momento, Koffi estaba a pocos pasos; sin embargo, ya no la veía.

—¿Koffi? Koffi, ¿dónde...

«Ekon».

La voz lo detuvo en seco a la vez que le erizaba los pelitos de la nuca. Súbitamente, advirtió que el silencio se había apoderado de la selva. No se oía el chirrido de las cigarras ni el parloteo de los monos en los árboles, tan solo un leve crujido en la brisa, un susurro.

«Hijo mío, ayúdame».

Algo le rozó la nuca, como la caricia de un dedo. Se giró para encararse con la presencia, pero no había nada allí, solo árboles. Por alguna razón, eso fue todavía peor si cabe.

«Ekon». La voz de Baba gimió en la oscuridad. «Por favor, haz que pare. Haz que cese el dolor».

«¿Dónde está Koffi?». Ekon miró a un lado y a otro a la vez que hacía lo posible por tranquilizarse. Ya no confiaba en su mente, no sabía si lo que tenía delante era real o materia de pesadillas. Los árboles se cerraban en torno a él, hilitos de neblina se enroscaban a las raíces y ascendían. Reaccionó, pero no podía escapar; todo estaba a su alrededor, le hormigueaba por los tobillos.

—Koffi.

Por alguna razón, llamarla le pasó factura. Bajó la vista y la neblina le llegaba por las rodillas. Estaba fría y le adormecía la piel, allí donde la rozaba. Le pesaban los párpados, y esa oscuridad que conocía bien se desplegaba desde los bordes de su campo visual. A lo lejos, oyó las palabras del hermano Ugo: «Las pesadillas nos acosan como ávidas fieras...».

Se estremeció y notó que el suelo se inclinaba levemente según él se mecía. El mundo se tornaba más frío y borroso alrededor. Le costaba más y más respirar, como si alguien le hubiera envuelto la cabeza en una sábana de algodón. Quería tumbarse, solo un momento...

—¡Ekon! —De súbito, alguien gritaba su nombre, aunque el sonido parecía venir de muy lejos—. Ekon, ¿dónde estás?

Ekon cayó de rodillas y se deleitó en el calor que le inundaba el cuerpo. Sí, solo necesitaba descansar un momento, una cosita de nada...

—¡Ekon! ¿Dónde estás?

En algún lugar de su mente creía reconocer esa voz, pero no podía responder, todavía no. El embotamiento ascendía por su cuerpo, lo arrastraba hacia la tierra. La sensación era tan placentera...

Y luego ya no notó nada.

16
Acompañamiento

En cuanto abrió los ojos, Koffi supo que algo iba mal.

Esa certeza y el miedo que la acompañaba impregnaron despacio su cuerpo, como agua fría vertida sobre su cabeza un día de calor abrasador en el Zoo Nocturno. No conseguía recordar dónde estaba ni cómo había llegado allí, pero sabía dos cosas: estaba a la intemperie y tendida de espaldas.

Se sentó con movimientos lentos. El mundo era un borrón verdeante alrededor: tonos verde oscuro en contraste con marrones y negros, salpicados de pinceladas rosas o amarillas. En el cielo, brillaba una mañana azul quebrada por ramas y hojas...

Lo recordó todo de sopetón.

Estaba en la selva; concretamente en la Selva Mayor.

Tan pronto como cayó en la cuenta, se puso en pie de un salto y al momento se arrepintió. La cabeza le dio vueltas un instante mientras recuperaba la percepción de sí misma en relación con el entorno. A su alrededor, las ráfagas de luz del sol que se abría paso entre las hojas arrojaba toques dorados en puntos al azar. Sus ojos se posaron en una de esas manchas y se quedó helada.

Ekon estaba tirado de espaldas en la hierba. No se movía.

—¡Ekon!

Cruzó el espacio que los separaba de dos zancadas para arrodillarse a su lado. Le temblaba la mano cuando puso la palma sobre su pecho para comprobar si tenía pulso, y luego le apretó la muñeca con el fin de asegurarse. No notaba nada.

No. Otro cadáver no, otro no. La expresión de Ekon era demasiado tranquila. Le recordaba a la de Sahel, a la de Baba. Miró alrededor por instinto. Estaban solos; nadie acudiría en su ayuda.

La situación no se veía nada bien.

Pensó un breve instante en la anciana del mercado y lo que le había dicho acerca de la magia. Los darajas, personas con la capacidad de usarla, curaban en otro tiempo a los enfermos y heridos. Koffi se miró las manos con atención. No había notado la menor traza de magia en ellas desde la noche del incendio y no confiaba en su capacidad para solucionar nada. Ahuyentó a la anciana de su pensamiento y trató de concentrarse en lo que haría su madre en esa situación. Mama era tranquila, estable, la persona ideal en caso de crisis. Koffi cerró los ojos y se concentró hasta dar con un recuerdo, una lección que su madre le había enseñado en cierta ocasión en el Zoo Nocturno. Intentaban ayudar a un cordero de kondoo que había dejado de respirar por tener debilitado el corazón.

«Levántale así la barbilla —le había indicado Mama—. Luego apóyale las palmas de las manos en el centro del torso...».

Koffi imitó el gesto lo mejor que pudo recordar, posando las manos una encima de la otra sobre el pecho de Ekon. Con todas sus fuerzas, procedió a presionar con un ritmo constante.

«Uno... dos... uno... dos...».

El chico no se movió.

«Vamos, vamos, no te mueras».

Una idea aleteó por su mente como un pajarillo, esperanzadora.

Se miró las manos y a continuación el cuerpo de Ekon.

Conocía otro truco, otra enseñanza de su madre. Koffi vaciló. Este no lo tenía tan claro, pero...

«Podría salvarlo. Podría resucitarlo».

Sin darle más vueltas, se inclinó sobre Ekon para taparle la nariz con dos dedos e inclinarle la barbilla hacia arriba con la otra mano. Tensa de pies a cabeza, se echó hacia delante, más cerca de su cara. Solo tenía que...

Su nariz estaba a menos de medio palmo del rostro de Ekon cuando el chico abrió los ojos.

—¡AH! —Koffi brincó tan alto que cayó sobre el trasero. Le dolió, pero nada comparado con el terror que le corría por las venas. Ekon se había incorporado y la miraba con los ojos como platos.

—Esto... Hola. ¿Qué estabas haciendo?

—Yo... —El bochorno le coloreó las mejillas. ¿Qué había estado haciendo? De súbito, la idea de reanimar a Ekon como Mama le había enseñado a hacerlo con un cordero de kondoo le parecía una tontería. ¿Y si Ekon no hubiera abierto los ojos en el momento preciso y ella...? Sacudió la cabeza antes de pensarlo siquiera.

—Estabas inconsciente —le dijo para cambiar de tema—. Yo también, hasta hace un ratito. Acabo de despertarme.

Ekon escudriñó los árboles de la zona un momento y luego bajó los ojos al suelo selvático. A continuación, alzó la vista hacia Koffi, asustado.

—¿Dónde están las bolsas?

—Las... —Un miedo atroz inundó a Koffi. «Las bolsas». Estaba tan preocupada por Ekon que no había reparado en que la espalda no le pesaba, en la ausencia de algo crucial. Automáticamente, se llevó las manos a la cadera. La daga que había robado del templo seguía ahí, menos mal, aunque tampoco fue un gran consuelo. Los morrales contenían todo lo que necesitaban: comida, agua, utensilios, el diario. Miró alrededor e intentó desandar su camino lo mejor que pudo; lo dejó—. No... No sé dónde están —reconoció por fin.

Al oírlo, Ekon se puso en pie a toda prisa.

—¿Qué ha pasado?

Koffi frunció el ceño. No recordaba demasiado bien lo sucedido la noche anterior. En retrospectiva, parecía más bien un delirio provocado por la fiebre, aunque había un detalle que...

—Me acuerdo de una especie de niebla —evocó—. Apareció de pronto y entonces...

Como si las palabras de Koffi le hubieran refrescado la memoria, Ekon miró hacia arriba.

—Yo... también me acuerdo —dijo—. Oía tu voz, pero no te encontraba. Me entró sueño.

Cuanto más lo pensaba, más vívidos eran los recuerdos de Koffi. Evocó unos tenues tallos blancos que se le enredaban en los tobillos y le adormecían los pies. Estaba buscando a Ekon, llamándolo, pero él no contestaba. Pensó que estaba sola.

—Esa niebla nos hizo algo —adivinó con voz queda—. Es como si nos hubiera... sedado. ¿Cómo es posible?

Ekon la miró con perplejidad.

—Tú sabes dónde estamos, ¿no?

Koffi no respondió, pero volvió a mirar a un lado y a otro. No había nada en el suelo de la selva excepto manchas de musgo y zarzas.

—Lo que sea que les ha pasado a nuestros morrales ha sucedido mientras estábamos inconscientes.

—Y no habría pasado si me hubieras hecho caso —musitó Ekon.

—¿Perdona? —Koffi notó algo que le ascendía por dentro, pero no lo identificó de inmediato. Pasado un momento, lo comprendió: ira—. ¿Qué acabas de decir?

Ekon entrecerró los ojos.

—Cuando entramos corriendo en la selva, te dije que debíamos parar, rectificar el plan —señaló—. Tú querías seguir avanzando, no...

—Espera un momento. —Koffi seguía examinando el suelo de la selva cuando se fijó en algo—. Mira esto.

Ekon se plantó a su lado en cuatro pasos. Tardó un instante en descubrir lo que ella ya había visto.

—¿Son...?

—Son huellas. —Koffi asintió—. Huellas humanas.

Tan pronto como lo dijo, supo que estaba en lo cierto. Los años que llevaba trabajando en el Zoo Nocturno la habían convertido, sin darse cuenta, en una experta en la materia. Conocía la diferencia entre un casco de cebra y el de un antílope o la huella que dejaba un león frente a la de una hiena. Esas marcas eran nítidas, estrechas y redondeadas, y dejaban hendiduras más profundas en la tierra por la parte del talón y de los dedos. Siguió el rastro hasta que se perdieron en la maleza de la selva. Eran demasiado grandes para ser suyas y demasiado pequeñas para pertenecer a Ekon. Las señaló.

—Mira dónde empiezan.

Las rodeó con tiento y volvió a señalar. Costaba distinguirlas en algunas zonas, pero creaban un rastro definido que conducía a las profundidades de la selva.

—Pensaba que los seres humanos nunca entraban en la Selva Mayor.

—Yo también. —La mente de Koffi funcionaba a toda máquina. A pesar de todo, intentaba hablar con un tono de voz uniforme y tranquilo.

Ekon observó el rastro un momento.

—Se desplazan en dirección este.

Koffi lo miró con curiosidad.

—¿Cómo lo sabes?

Él avanzó unos cuantos pasos y señaló un árbol. Era más grueso que su cuerpo y una de sus caras estaba cubierta de una gruesa capa de musgo.

—El musgo crece en la cara norte de los árboles. Una vez que has encontrado el norte, todo lo demás está claro.

«Un dato demasiado útil», observó Koffi para sus adentros. Pasado un momento, asintió.

—Quienquiera que haya dejado esas huellas ha estado aquí hace nada. Nos habrá visto inconscientes en el suelo. Me parece que deberíamos seguirlas.

—¿Qué? —Ekon alzó la vista—. ¿Por qué?

Koffi le lanzó una mirada elocuente, como si él estuviera pasando por alto un detalle evidente.

—Veamos, nos despertamos en medio de una selva mágica y nuestras pertenencias han desaparecido. A pocos pasos de distancia, encontramos las huellas de alguien que ya no está. Me parece a mí que quienquiera que ha dejado el rastro se ha llevado nuestras cosas, y quiero recuperarlas.

Ekon negó con la cabeza.

—Hemos venido a buscar al Shetani, no a deambular por la selva sin ton ni son.

Koffi puso los ojos en blanco.

—Todo lo que tenemos, lo que necesitamos, está en los morrales. No conseguiremos llegar al Corazón de la Selva ni encontraremos al Shetani hasta que no los hayamos recuperado.

Ekon titubeó. Lo vio hacer cálculos mentales. Pasó otro instante hasta que por fin el chico suspiró.

—Bien —asintió—. En marcha.

Los rayos del sol apenas lograban traspasar las gruesas copas de los árboles, pero eso no impedía que el calor aumentara conforme pasaban las horas. En los once años que llevaba trabajando en el Zoo Nocturno, Koffi había cuidado a los animales en todas las situaciones posibles, desde tórridos chaparrones hasta un sol abrasador. Pero nunca se había enfrentado a un bochorno como ese. Era oprimente, sofocante, implacable. Resopló al tiempo que pellizcaba la túnica húmeda para despegársela de la piel. Se sentía una intrusa en la Selva Mayor, un ser que estaba fuera de su elemento. Era como si la selva tuviera fiebre y tratase de expulsarlos de sus profundidades a base de transpiración, igual que un organismo expulsaría una enfermedad. Ella no se sentía a gusto allí y, como una anfitriona desconsiderada, la selva estaba deseando que se fuera. Con aire distraído y quizá buscando consuelo, deslizó los dedos por la empuñadura de la daga que le colgaba de la cadera. Quienquiera que se hubiera llevado el resto de las cosas no se la había arrebatado, y Koffi no sabía si se debía a un despiste involuntario o a que se había compadecido de ella. Aunque tampoco sabría qué hacer con el arma si algo la atacaba. Notó que Ekon la estaba mirando y alzó la vista hacia él.

—¿Sabes? Hoy en día ya no se encuentran armas como esa —dijo él señalando la daga con un gesto de la cabeza.

—¿No? —Koffi adoptó adrede un tono distraído. En verdad, desde que había rodeado la pequeña daga blanca con la mano, había notado que emanaba algo especial: un aire atemporal, como si fuera algo salido de otra época.

Ekon asintió.

—Nadie fabrica armas *jino* en la región de Zamani; ya no.

«Armas *jino*». Armas colmillo. Koffi se sintió una tonta. Ella no conocía el nombre de la daga. Levantó la mirada otra vez.

—¿Cómo las fabrican?

—Con los colmillos de animales grandes —respondió Ekon—. Elefantes, leones, cualquier cosa de buen tamaño, supongo.

Koffi no sabía si sentirse maravillada u horrorizada. Pensó en los animales del Zoo Nocturno. Había algunos que representaban una amenaza real —como Diko—, pero también había otros que solamente parecían peligrosos. Se acordó de *Kubwa,* el hipopótamo de guerra, con sus largos colmillos blancos. Le encantaba el maíz. Recordó a *Mkaida,* el carnero de tres cuernos, con su cornamenta plateada, más larga que su brazo. La idea de que alguien los lastimara, que les arrebatara una parte del cuerpo, la perturbaba. Se preguntó de qué animal procedía la daga. ¿De alguna bestia despiadada a la que los guerreros habían dado caza? ¿O había pertenecido a un ser inocente y asustado? Nunca lo sabría.

—¿Sabes usarla? —le preguntó Ekon, que todavía la miraba.

Una sensación de calor le ascendió por las mejillas. Había tenido muy pocas cosas en la vida que pudiera considerar suyas, y menos algún tipo de arma. Ocultó su vergüenza a toda prisa.

—Soy muy capaz de defenderme. —Agitó el pie para remarcarlo—. ¿Te acuerdas?

Ekon puso los ojos en blanco.

—Eso no cuenta.

Koffi enarcó una ceja.

—Dudo que el padre Olufemi piense lo mismo.

Ekon se encogió como si le doliera.

—Esa táctica es... efectiva en parte, pero deberías contar con un repertorio de movimientos distintos. Cuando solo tienes uno, te vuelves predecible y fácil de derrotar.

Ella frunció el ceño.

En parte, le molestaba admitir que seguramente él tenía razón, pero también sentía curiosidad; pasado un momento, la curiosidad fue más fuerte.

—¿Estás pensando en algún movimiento en concreto?

Ekon la escudriñó un momento antes de tomar una decisión.

—Conozco una técnica con la daga que es fácil de aprender. Veamos... —Miró alrededor, calculando, y luego a Koffi—. Retrocede, por favor.

—Bieeen. —A Koffi casi se le escapó la risa ante esa petición tan educada, pero obedeció.

Ekon retiró su *hanjari* de la vaina que llevaba prendida al cinturón. No parecía tan antigua como el arma *jino*, pero saltaba a la vista que no era nueva. Alguien le había prestado buenos cuidados a lo largo de los años, y Koffi se preguntó si habría sido él. La empuñadura de madera estaba limpia y pulida; la plateada hoja de metal, afilada hasta extremos letales.

—Hay muchas clases de armas. —Ekon hizo girar su daga para que reflejara el sol de última hora de la mañana—. Por mi parte, prefiero las hojas cortas. Convierten el combate en algo íntimo; tienes que acercarte al contrincante para luchar bien. No hay espacio para la duda cuando usas una daga.

Sin previo aviso, giró sobre los talones al tiempo que apuñalaba el aire dibujando un anillo perfecto. El movimiento fue tan fluido, tan ágil que sonó un silbido. El cuerpo de Koffi se tensó. En ese instante fugaz, Ekon parecía una persona distinta; su semblante era pura concentración y disciplina.

—Esta técnica se llama *duara*. —Pronunció la palabra con delicadeza—. Significa «círculo».

Koffi enarboló el arma *jino*.

—Enséñame.

Volvió a ser el Ekon de siempre cuando una pequeña sonrisa le bailoteó en las comisuras de los labios.

—Dominar la daga requiere en parte habilidad y en parte instinto. Lo más importante es que, te muevas como te muevas, lo hagas con seguridad.

—¿Así? —Koffi cortó el aire de izquierda a derecha con tanta rapidez como pudo. El aire no silbó, pero le sentó bien empuñar algo que le brindara protección, para variar—. ¿Qué tal lo he hecho?

Ekon la miró con pena.

—¿Qué acabas de hacer?

—Lo mismo que tú.

—Yo no he hecho eso.

—Claro que sí. —Koffi volvió a probar girando sobre los talones. No fue un movimiento elegante, es verdad, pero pensó que había captado la idea—. Se trata de girar y...

Esta vez Ekon se agachó.

—No anclas los pies al suelo —dijo negando con la cabeza—. Y tu manera de empuñar la daga es... —Dejó la frase en suspenso mientras se golpeteaba el costado con movimientos rítmicos. Cuando advirtió que Koffi observaba el gesto, se obligó a parar adoptando una expresión avergonzada.

—Perdón.

Ella frunció el ceño.

—¿Por qué?

—Mis dedos. —Ekon se los miró casi con reproche—. A veces se mueven solos cuando...

—Me da igual lo que hagan tus dedos —replicó Koffi al instante—. ¿Me vas a enseñar el círculo ese o no?

Una expresión rara cruzó el semblante de Ekon antes de que recuperara la concentración.

—Claro.

Koffi no se esperaba que se plantara a su lado de dos zancadas. Al instante, el aire a su alrededor se impregnó del mismo aroma de antes, cuero y madera de cedro. Era una mezcla extraña, potente y sutil al mismo tiempo. Ekon le cubrió la mano con la suya y procedió a corregir la posición de sus dedos sobre la daga *jino*.

—El agarre es horrendo —gruñó para sí mientras le manipulaba la mano—. Mantén los cuatro dedos sobre la empuñadura y el pulgar plano. Recoge los codos y separa las piernas... —la hizo girar sosteniéndole los hombros con delicadeza e indicándole que moviera los pies—... para mantener la postura —le explicó, todavía desplazándose a su alrededor.

Koffi siguió las instrucciones e intentó no pensar en la cercanía de Ekon. En el Zoo Nocturno había otros guardafieras —chicos—, como Jabir; pero siempre había pensado en él como un hermano. Esta proximidad se le antojaba distinta. Descubrió que apenas le molestaba el olor a cuero y madera de cedro... Ekon retrocedió.

—Bien —asintió—. Quiero que vuelvas a intentarlo. Esta vez, separa los pies y desplaza el peso al derecho. Deja que el impulso del gesto te arrastre hasta el final del giro. La clave está en el acompañamiento.

Koffi elevó el arma a modo de prueba. Notaba los dedos rígidos y torpes en la postura que Ekon le había indicado, pero él la miraba expectante. Pasado un momento, echó el brazo hacia atrás y dio una vuelta completa con el arma en la mano. Al instante se sintió distinta. Ekon solo había modificado un poco la colocación de su puño, pero el cambio era sustancial. La hoja surcó el aire a una velocidad imposible. Ekon asintió satisfecho.

—No ha sido perfecto —reconoció con una sonrisilla—. Pero... tampoco un desastre.

Koffi notó una ola de orgullo que le ascendía por dentro.

—¿Podría ganar un combate con ese movimiento?

—Con un poco de práctica, claro que sí. —Ekon guardó silencio, pensativo—. ¿Sabes? Esa técnica también se conoce como la tarta, porque te mueves en círculo como una...

—¿Me tomas el pelo?

El semblante de Ekon permaneció impávido.

—Yo nunca bromeo con las tartas.

Se miraron un momento, sin moverse, y luego estallaron en carcajadas. Fue una sensación agradable que los tomó por sorpresa, y Koffi comprendió que era la primera vez en mucho tiempo que se reía con ganas.

Finalmente se pusieron en marcha, buscando el rastro de las extrañas pisadas según se internaban en la tarde. Koffi seguía la ruta que serpenteaba ante ella, pero cada vez le resultaba más complicado, y no solo por culpa del calor. Le dolía la nuca de caminar con la cabeza agachada y, de vez en cuando, le lloraban los ojos de tanto revolver la tierra y las hojas para no despistarse. Por el dibujo de las marcas en la tierra, estaba claro que las huellas eran recientes, pero también le producían una sensación... extraña. Nunca había visto unas huellas como esas. Por momentos eran normales, unos pies que caminaban en una dirección determinada y luego, de súbito, parecía como si el pie se hubiera torcido en una postura rara o como si el desconocido hubiera recorrido la misma zona más de una vez. No le veía la lógica, y eso la desconcertaba.

—Entiendo que el Shetani quiera vivir aquí —dijo en voz alta—. Este lugar me pone los pelos de punta, incluso a la luz del día.

—A mí también. —Ekon miró a Koffi de soslayo, como si barruntara algo—. Hablando del Shetani, quería preguntarte una cosa.

—¿Qué?

—Antes has dicho que no sabías qué hiciste con exactitud para que el Shetani se marchara cuando se lo ordenaste —empezó—. Pero estaba pensando si quizá tendrías alguna... hipótesis.

—¿Hipo qué?

Ekon suspiró.

—Si tienes alguna idea al respecto.

—Ah. —Koffi se encogió de hombros—. Pues la verdad es que no sé qué hice exactamente. Tuve la sensación de que debía decir eso. —Lo meditó un momento antes de continuar—. Hace unos días, conocí a una anciana mientras recorría los mercados de Lkossa. Me dijo que tiempo atrás había magia en la ciudad. No sé de dónde los he sacado, pero me parece que tengo poderes mágicos.

Ekon frunció el ceño como si tratara de descifrar una ecuación matemática complicadísima. Fue un gesto casi enternecedor.

—No todo está escrito en los libros. —Koffi señaló el cielo—. Quiero decir, ¿qué sabemos en realidad de lo que provocó la Ruptura?

Ekon se relajó un poco.

—Bueno, en realidad hay una cantidad de estudios nada desdeñables sobre el tema. Casi todos los eruditos están de acuerdo en que, si bien es visible desde cualquier parte del continente, se aprecia con mayor claridad en la región de Zamani. Otros sugieren que es el resultado de una variación barométrica...

—No hablo de lo que escriben los sabios en los libros —lo interrumpió Koffi con un gesto desdeñoso mientras seguían andando. Volvió la vista hacia las vetas del cielo. Allí parecían menos nítidas, pero no sabía si atribuirlo al cambio de estación o a la cúpula de la selva—. Hablo de lo que la provocó en realidad. ¿Nunca te lo has planteado?

—En realidad, no. —Ekon se encogió de hombros—. Quiero decir, el cielo siempre ha sido así. Tampoco podemos cambiar... —Se detuvo de sopetón, con los ojos cada vez más abiertos, clavados en algo que asomaba entre los árboles—. Koffi, mira.

Ella siguió la trayectoria de su mirada. No entendía cómo había pasado por alto los cientos de hilos de un blanco plateado que colgaban de las ramas como seda, pero sin duda los estaba viendo en ese momento. Se unían y se separaban, conectados y desconectados en infinitas formas. Relucían misteriosos a la escasa luz del sol que se filtraba entre las copas de los árboles.

Ekon se estremeció.

—¿Eso es una...?

—Sí. —No había modo de negarlo. Un miedo atroz estranguló la voz de Koffi, que, mirando hacia arriba, habló sin apenas mover los labios—. Es una... telaraña.

17
Trucos y verdades

Ekon supo lo que estaba viendo tan pronto como alzó la vista, pero fue todavía peor, por alguna razón, que se lo confirmaran en alto.

Nunca en toda su vida había visto una telaraña tan grande y no sabía qué clase de ser —o seres— la habían tejido.

—Me parece que deberíamos dar media vuelta.

—Por una vez, estamos totalmente de acuerdo —dijo Koffi. Empezó a regresar, como si temiera dar la espalda a la misteriosa telaraña. Ekon compartía su sensación. El aire alrededor parecía cada vez más frío, más tenue. La temperatura no era normal, teniendo en cuenta que unos minutos atrás hacía un calor sofocante. Ekon se había dado la vuelta para echar a correr cuando oyó una voz que venía de arriba.

—Niños, no deberían deambular por la selva.

Koffi chilló y, automáticamente, Ekon tensó los músculos del cuerpo, preparado para defenderse de un ataque. Le dio un vuelco el estómago cuando advirtió que un hilo de la telaraña gigante vibraba como la cuerda de un instrumento. Pasado un instante, algo muy grande bajó correteando de un árbol que se alzaba a su derecha. Un grito le ascendió por la garganta.

El ser que los miraba tenía la cara y el cuerpo de un anciano con el pecho desnudo, incluido el ralo cabello cano y profundas arrugas en las facciones. Dos ojos blancos, inexpresivos, los observaban como leche fría, fijos, sin parpadear siquiera. Pero no fue eso lo que asustó a Ekon, sino la parte inferior del ser. Donde debía haber dos piernas humanas, asomaban ocho largas patas, parecidas a zancos, que de humanas no tenían nada. Se doblaban a la altura de la rodilla y cada una estaba rematada por un pie oscuro de persona. Ekon reprimió un estremecimiento. Las extrañas huellas cobraron sentido de súbito, y entendió por qué apuntaban en direcciones extrañas. El ser esbozó una sonrisa maliciosa, como si le hubiera leído el pensamiento.

—Humanos. —El susurro recordaba a una serpiente que se desliza sobre hojas muertas—. Largos años han pasado desde la última vez que Anatsou vio seres humanos, y ahora ellos acuden a visitarlo. Anatsou está encantado.

Ekon retrocedió.

—¿Qué eres?

El engendro echó la cabeza hacia atrás para reír a carcajadas, y sus etéreas risotadas proyectaron ecos entre los árboles de alrededor. Un escalofrío recorrió a Ekon cuando se fijó en sus dientes amarillentos, puntiagudos como colmillos.

—Anatsou es un fabricante de diabluras y magia, un comerciante de trucos y verdades. Los humanos nunca sabrán qué es Anatsou.

—Perdona por haberte molestado. —La voz de Koffi temblaba con cada palabra—. No queremos problemas. Nos marcharemos y...

—Ah, pero algo buscan los visitantes. —Anatsou dejó de reír y volvió la cabeza hacia Koffi en un ángulo antinatural—. La niña humana quiere recuperar su bolsa de los tesoros. Anatsou tiene dos bolsas de los tesoros que ha encontrado esta mañana, él solito.

Ekon volvió a estremecerse. El ser, la cosa, había acudido a su encuentro mientras estaban inconscientes. Saberlo lo perturbó y se sintió... profanado.

—Esas bolsas son nuestras —alegó Koffi con tiento—. Nos pertenecen a...

—Anatsou sabe quiénes son los dueños de las bolsas de los tesoros —la interrumpió el ser—. Anatsou quería jugar un poquito. Quería saber si los humanos seguirían su extraño rastro para venir en busca de sus tesoros perdidos. ¿Les ha gustado a los humanos el juego de Anatsou?

Ekon torció el gesto. Quería decirle a esa cosa espeluznante lo que pensaba de su «jueguito», pero antes de que lo hiciera, Koffi avanzó un paso.

—Sí. —Pronunció la palabra con un claro matiz de respeto—. Ha sido un juego muy pero muy inteligente. Nos ha costado mucho resolverlo. Hemos tardado horas en dar con usted.

Como si hubiera dicho las palabras exactas que Anatsou esperaba oír, una sonrisa maliciosa dividió la cara del engendro.

—Maravilloso. Anatsou considera a los humanos unos seres muy entretenidos, aunque también un poco simplones.

—Como hemos ganado su..., esto, desafío, ¿cree que nos podría devolver las bolsas? —A Ekon le sorprendió advertir que Koffi adoptaba una expresión casi amonestadora al añadir—: Es lo justo.

—Lo justo —repitió Anatsou—. Anatsou prefiere gastar bromas, pero... pero supone que las palabras de la niña humana tienen lógica. Ha ganado el desafío de Anatsou, así que...

Sin previo aviso, se subió a la gigantesca telaraña y tiró de un hilo. Una gran bola blanca que a Ekon le recordó a un ovillo bajó rodando por la hebra hasta llegar al suelo. Anatsou le propinó unos golpecitos con el pie y al momento los morrales surgieron del interior y cayeron sobre la tierra. Ekon alargó la mano hacia el suyo con un movimiento reflejo, pero descubrió alarmado que Anatsou se interponía en su camino. Los ojos blancuzcos destellaron.

—Hay algo más que los humanos desean. —La mirada de Anatsou saltó de Ekon a Koffi para dirigirse a los dos—. Algo más que están buscando.

—¿A qué se refiere? —preguntó Ekon.

La sonrisa dentuda de Anatsou se ensanchó.

—Los humanos han venido a la selva de Anatsou en busca de su amigo el Shetani.

Koffi se sorprendió tanto que avanzó un paso hacia él con los ojos como platos.

—¿Usted sabe dónde está?

El ser agachó la cabeza.

—Anatsou les mostrará a los humanos el parque donde vive, si así lo desean. Está muy cerca.

Ekon notó una descarga en el pecho que lo recorrió como una corriente eléctrica cuando asimiló lo que estaba oyendo. El ser podía conducirlos hasta el Shetani. Tal vez pudiesen capturarlo y abandonar la selva mucho antes de que llegara el grupo del padre Olufemi. Empezó a caminar, pero una mano lo agarró del brazo para detenerlo.

—Ekon.

Se volvió. Koffi estaba a su lado, mucho más cerca que antes. Su expresión albergaba un recelo nada habitual en ella.

—No creo que debamos ir.

Mientras escuchaba la advertencia, una parte de Ekon ya sabía que ella tenía razón, que era peligroso. Sin embargo, algo más lo atraía hacia allí, un jalón en el estómago que lo empujaba a avanzar cuando miró por encima de Anatsou hacia el tortuoso sendero que les señalaba. Tal vez el Shetani estuviera esperando al final del camino. Quizá pudiera encontrarlo así de rápido. Se volvió a mirar a Koffi y adoptó un tono de voz tranquilizador.

—Al menos deberíamos echar un vistazo —le dijo de manera que solo ella pudiera oírlo—. Y si no vemos al Shetani, damos media vuelta.

Koffi negó con la cabeza.

—No me da buena espina.

—Tampoco te gustó mi idea de parar para modificar el plan anoche —alegó Ekon. Era un golpe bajo y lo sabía—. ¿Por qué no probamos a hacerlo a mi manera esta vez?

Los ojos de Koffi resplandecieron. Parecía estar sopesando las alternativas, calculando. Al cabo de un momento, torció la boca y asintió.

—Si no vemos al Shetani de inmediato, nos marchamos.

Ekon no necesitó otra señal para voltearse hacia Anatsou.

—Enséñanoslo.

El ser correteó hacia delante y les pidió por gestos que lo siguieran. Koffi respiró hondo antes de avanzar junto a Ekon. Recogieron los morrales sin detenerse y enfilaron por el sendero bajo la telaraña que se extendía sobre ellos. El aire se tornaba más frío con cada paso que daban. Ekon reanudó su tamborileo contra la pierna. Oía los pasos inseguros de Koffi a su lado, notaba la caricia de la ansiedad en la piel, pero no podía soslayar esa atracción, el jalón irresistible que lo impulsaba a seguir avanzando. El Shetani estaba cerca, lo presentía. Lo capturaría, lo mataría y entonces todo habría terminado.

Llegaron a un grupo de árboles tan pegados como amigos que comparten un secreto. Anatsou se detuvo.

—El parque está pasados esos árboles. —Anatsou volvió a inclinar la cabeza—. Encuentren allí lo que están buscando.

—Gracias.

Ekon no precisó más indicaciones mientras Koffi y él rodeaban a Anatsou y caminaban entre los árboles. Buscó la empuñadura de su *hanjari* por instinto y dejó pasar un largo instante antes de cobrar fuerzas para cruzar al otro lado. Se detuvo en seco.

El bosquecillo al que había accedido era demasiado brillante. Las enredaderas cubrían buena parte de los troncos de los árboles, pero sus colores eran demasiado saturados, casi espeluznantes de tan intensos. Despacio, una sensación familiar le provocó un hormigueo en la nuca. Entonces lo comprendió: ya había estado allí.

—¡No! ¡NO!

La conmoción recorrió el cuerpo de Ekon cuando se volvió hacia los gritos. Se le heló la sangre en las venas. Koffi estaba en el suelo y se retorcía acurrucada como una bola. Cerraba los ojos con fuerza como presa de un dolor espantoso y tenía las manos pegadas a las orejas.

—¡No! —gritaba—. ¡Corran! ¡Mama, Jabir, corran!

A Ekon le dio vueltas el corazón. Alzó la vista hacia los árboles de troncos negros que los rodeaban y se le puso la carne de gallina. Ya no eran árboles.

Eran caras.

Vio retorcerse la corteza negra del árbol más cercano, deformarse hasta volverse otra cosa: la cara de una mujer. La boca le colgaba inerte y una savia viscosa del color del oro líquido le brillaba en los labios. La voz que le surgió de dentro, sin embargo, no le pertenecía.

«Por favor».

Ekon se mordió la lengua con fuerza mientras la voz de su padre inundaba el prado proyectando ecos por doquier. Otro árbol a su izquierda se retorció, en esta ocasión para adoptar el rostro de un niño. Unas cavidades huecas ocuparon el lugar de los ojos.

«Ekon —gimió la voz de Baba—. Por favor».

Más árboles se transformaban alrededor. Koffi seguía a su lado, todavía llorando, pero Ekon no se podía mover. Un tufo saturó el aire, como de viejo musgo y roble podrido; era el olor de algo agonizante.

«Hijo mío, por favor...».

—¡No! —Ekon cerró los ojos y se tapó los oídos, desesperado por impedir el paso de las palabras—. ¡No es real! ¡Tú no eres real!

Se golpeó la cabeza con los dedos sin despegar las manos de las orejas, buscando un conteo.

«Uno, dos, tres. Uno, dos, tres. Uno, dos, tres».

«No es real —se recordó Ekon mientras los números saturaban su mente—. Está todo en tu cabeza, no es real. Él no es real».

Abrió los ojos de nuevo, pero las caras de los árboles seguían ahí, fulminándolo con la mirada. Parpadeó otra vez y no se movieron, como si no fueran ya los desechos de su imaginación.

«No».

Lo que estaba viendo no estaba en su mente, ni por asomo. Descubrió horrorizado que de hecho los árboles se movían, se mecían sin desplazarse, lentos y amenazadores. Contempló como algunos desplegaban las ramas mientras que otros las rizaban hasta crear enormes nudos de madera parecidos a puños.

«Uno, dos, tres. Cinco, ocho, diez. Seis, dos, uno...».

Los números se mezclaban en su cabeza.

—¡No son reales! —Ekon se dejó caer al suelo al tiempo que repetía las palabras, como si pronunciarlas de viva voz fuera a volverlas reales. Notaba el cuerpo de Koffi temblando a su lado, sacudido por los sollozos, pero no podía consolarla. No podía ni consolarse a sí mismo. El mundo había empezado a oscurecerse de nuevo—. No son reales —repitió con suavidad—. Ninguno de ustedes. No pueden...

—Ekon.

Abrió los ojos. Reconoció una de las caras de los troncos, la primera. Estaba esculpida en torno a la corteza del árbol, pero era inconfundible. Observó el rostro de un hombre con pómulos altos como los suyos, una barba poblada, ojos redondos que, de no haber sido huecos, habrían recordado a los de Kamau. El nombre brotó de sus labios antes de que pudiera contenerse.

—Baba.

La cara del árbol parpadeó.

—Hola, Ekon.

Pasaron unos instantes durante los cuales el corazón de Ekon debería haber estado latiéndole en el pecho, ya lo sabía. Pero no conseguía reiniciarlo de nuevo, el cuerpo no le obedecía. Su padre llevaba muerto tres años y ahí estaba, mirándolo a los ojos.

—¿Cómo es posible que estés aquí?

Los labios de Baba, dibujados en la corteza del árbol, estaban cerrados; su cara leñosa rebosante de una tristeza tranquila.

—¿Por qué has regresado a la selva?

Distintas respuestas acudieron a la mente de Ekon. Había ido a conseguir respeto, aprobación..., perdón.

—Estoy aquí para matar a la bestia que te quitó la vida, Baba —dijo en voz alta—. Cuando lo haga, me considerarán un hombre y recuperaré mi honor.

Su padre lo miró con expresión indescifrable, pero habló en tono tierno.

—Nadie puede decidir por ti si eres un hombre o no, Ekon. Nadie puede devolverte el honor. Eso debes ganártelo tú.

—Pero ¿cómo? —Ekon oyó que se le quebraba la voz, no podía evitarlo—. ¿Qué otra cosa puedo hacer para ganármelo, Baba?

Su padre abrió la boca como para decir algo. Sin embargo, se interrumpió. Su expresión se volvió aterrada.

—Debes marcharte —le dijo con una voz del todo distinta—. Vete y llévate a la chica contigo. ¡Corre!

Ekon se sobresaltó. Pasó la vista de su padre a Koffi, que seguía tendida en el suelo.

—Baba —preguntó—. ¿Qué pasa?

El miedo lo atravesó como una lanza cuando la cara de su padre empezó a transformarse. Parecía como si quisiera hablar, pero no pudiera. Se estaba atragantando, ahogando.

—¡Baba! —Ekon se levantó de un salto—. ¡No...!

Sucedió de repente.

Un ejército de arañas negras surgió del árbol y cubrió la parte del tronco en la que antes estaba la cara de Baba. Ekon gritó. Sabía que debía tomar a Koffi y echar a correr, pero tenía los pies pegados al suelo. No se podía mover. Las arañas se multiplicaban como por arte de magia, una masa incontable que latía y se hinchaba. Ekon reaccionó y el movimiento captó la atención de los arácnidos; al momento, infinidad de ojillos negros se voltearon a mirarlo.

«No».

Dio media vuelta para retirarse, pero no fue lo bastante rápido. Como un mar horripilante, las arañas se apresuraron hacia él para pellizcarle las manos y los pies. Ekon salió disparado al mismo tiempo que intentaba librarse de ellas a manotazos. No había forma. La masa lo rodeaba por todos los flancos, millones y millones de bichos. Cubrieron los árboles, atestaron las telarañas que se extendían en lo alto y cayeron por sus hombros y cuello. Una raíz de árbol se le enredó en el tobillo y todo se puso del revés a toda prisa cuando cayó.

Las arañas aprovecharon la ocasión. Reptaban y pululaban por su anatomía, entre sus dedos, se colaban en sus oídos; le cubrían cada centímetro del cuerpo. Los colmillos le perforaban la carne una y otra vez, los mordiscos se multiplicaban en su piel. Poco a poco se le nubló la visión, que se cubrió de manchas negras según aumentaba su sensación de entorpecimiento.

—¡Ekon!

Se preguntó si sería Baba el que gritaba su nombre u otra persona. Estaba a punto de morir —de eso estaba seguro—, pero no sabía cuánto tiempo tardaría su cuerpo en cortar definitivamente los lazos con el mundo. No lo incinerarían, de modo que su alma no sería liberada. Puede que pasara el resto de la eternidad allí, entre las arañas.

—¡Ekon!

La voz que gritaba su nombre sonaba mucho más alta y clara; no era una alucinación. Algo le abofeteaba las piernas, la espalda, los brazos, una y otra vez. Tardó un momento en comprender lo que estaba pasando. Alguien lo sacudía para quitarle las arañas del cuerpo. Parpadeó con fuerza y se obligó a levantar la vista.

—¿Koffi?

Ya no estaba tirada en el suelo, y Ekon no comprendió por qué había lágrimas en sus ojos. Las arañas seguían cayendo alrededor de ambos cuando la mirada de la muchacha le recorrió el cuerpo y buscó de nuevo la de Ekon.

—¡Por favor, levántate! ¡Tenemos que salir de aquí! ¡Vienen de arriba, de la telaraña!

«Salir». Ekon se concentró en esa palabra, en el apremio y el miedo que proyectaba la voz de Koffi. «Salir. Salir. Tenemos que salir». Ella estiró el brazo con más energía para ayudarlo a ponerse en pie. Cientos de arañas cayeron de su cuerpo. «Salir». Ese era su nuevo objetivo. «Salir».

Koffi echó mano de su daga *jino* y la empuñó con decisión, y ese fue el gesto que por fin hizo reaccionar a Ekon.

—¡Corre! —gritó el chico—. ¡Ya!

No se lo tuvo que repetir. Koffi salió disparada por una senda que discurría entre los árboles.

—¡Vamos! —le dijo mirando atrás—. ¡Sé dónde está la salida!

Koffi se apresuró entre el siguiente grupo de árboles con Ekon pisándole los talones. Oían los amenazadores chasquidos de cientos de pinzas, el susurro de las arañas que correteaban por la maleza, pero Ekon no se atrevía a mirar atrás. Alcanzaba a mirar una gran mancha azul a lo lejos; el cielo abierto, libre de los hilos lechosos de la telaraña. Casi habían llegado; podían conseguirlo.

Koffi saltó un tronco y Ekon la siguió. Se agachó por debajo de una larga cortina de lianas y desapareció. Justo cuando el chico las alcanzaba, un espantoso estremecimiento sacudió las lianas. Ekon retrocedió al ver que se teñían de un marrón negruzco al tiempo que todas ellas parecían cubrirse de arañas. Crearon una barrera, una pared ininterrumpida de cuerpos diminutos.

—¡Ekon! —Oyó la voz de Koffi al otro lado de la pared de lianas y arañas, angustiada—. ¡Por favor, cruza!

No podía. En el instante que tardó en tratar de contar, sin conseguirlo, la legión de arañas que lo rodeaba, supo que era verdad. No era tan fuerte como Kamau o Baba, y no poseía la entereza necesaria para eso. Sus dedos, a pesar de las picaduras, todavía intentaban aplicar un ritmo a su miedo.

«Uno, dos, tres. No soy capaz. Uno, dos, tres. Mejor renunciar».

De sopetón, oyó una nueva voz en su cabeza. No era la de Koffi ni la de su padre, sino la del hermano Ugo. «No hace falta que seas el contendiente más fuerte ni el más peligroso,

Ekon —le había dicho el anciano en cierta ocasión—, siempre y cuando seas el más rápido».

«Rápido». No tenía que ser fuerte para salir de allí, solo rápido. Se aferró a esa palabra con toda su alma y se preparó. Rápido, únicamente tenía que ser rápido. Inspiró hondo y se abalanzó hacia delante, cerrando los ojos mientras cruzaba la masa de arañas. Notó que le estallaba la piel por el escozor mientras las arañas le mordían la carne. Cuando abrió los ojos, los bichos habían desaparecido.

La selva recuperó la calidez. El sol volvía a caer de lleno en generosos haces de luz. Buscó los ojos desorbitados de Koffi. Los pechos de ambos ascendían y descendían a toda velocidad, y la expresión de la chica le formuló mil preguntas que él no quería contestar.

De modo que echó a correr.

18
Cicatrices

Solo el chasquido de los pasos quebraba el silencio, mientras Koffi y Ekon corrían entre la maleza de la selva.

En la intimidad de su mente, Koffi se preguntó vagamente adónde se dirigían, si el nuevo rumbo los llevaría más cerca del Shetani o los devolvería al punto de partida. A decir verdad, no le importaba demasiado en ese momento. Ekon y ella no habían intercambiado palabra en las horas que habían transcurrido desde que escaparan de la telaraña de Anatsou, pero parecían haber establecido un acuerdo tácito según el cual, de momento, la prioridad había cambiado. Lo más importante era alejarse de las malditas arañas y de sus espantosas telarañas tanto como fuera posible.

El frío se adueñó de la selva según la tarde se volvió un ocaso que arrancó de las verdes profundidades distintos tipos de sonidos y vida. Las cigarras chirriaban a través del aire húmedo; en lo alto, las hojas en movimiento creaban su propia serenata, señal de que tal vez estuvieran entrando en una zona más segura. Koffi redujo la marcha con cautela y la alivió descubrir que Ekon hacía lo propio. La adrenalina le había anestesiado el cuerpo durante horas, lo que había reducido cualquier señal de fatiga; pero el esfuerzo le pasó factura de súbito. Le dolían horrores las plantas de los pies y notaba la falta de aire con cada respiración. Estaba hambrienta, sedienta y agotada, pero no podía relajarse del todo, todavía no. Aún tenía los nervios de punta; cualquier correteo o crujido de hojas le provocaba un sobresalto. Arrastró la mirada por los árboles y se fijó en una gran serpiente enroscada a una rama. El cuerpo del animal debía de ser más grueso que su brazo, con anillos negros sobre las escamas doradas. La serpiente la observó un momento con sus ojos color esmeralda oscuro, antes de deslizarse tronco arriba y perderse de vista. Koffi se estremeció. La mirada del reptil, fría y penetrante, producía una sensación sobrenatural, igual que todo en esa selva. Pensó en Anatsou y sus ojos lechosos. Recordaba a la perfección el timbre sutil y burlón de su voz, el tañido frío de su risa.

«Ya no puede hacernos daño —le aseguró la voz de la razón mientras Ekon y ella seguían caminando entre los árboles—. Lo hemos dejado atrás. No puede alcanzarnos».

Estaba segura de que era verdad, y, sin embargo, no podía evitar acordarse de lo sucedido. Las horripilantes imágenes del parque seguían frescas en su imaginación. Había visto a su madre tendida en un charco de sangre y a Jabir en otro idéntico, al lado de la mujer. La habían llamado una y otra vez; una y otra vez habían muerto. Había sido una visión espantosa, como sacada de sus peores pesadillas.

Ekon carraspeó, y Koffi comprendió despacio que la estaba mirando, esperando a que dijera algo. El sentimiento de culpa le carcomió las entrañas. Si Anatsou y sus arañas la habían aterrado a ella, no quería ni imaginar cómo se habría sentido Ekon. Todavía recordaba el aspecto que tenía en el pequeño claro, cubierto de arañas y acurrucado en una posición fetal como un niño pequeño. Una mueca de lo que parecía un dolor inimaginable le deformaba las facciones. ¿Qué había visto? ¿Qué le había provocado tanto sufrimiento?

—Ekon —empezó indecisa—. Yo...

—Nos estamos quedando sin luz. —Las palabras de Ekon sonaron cortantes—. No tiene sentido continuar. Aprovechando, podríamos parar aquí e improvisar un campamento.

Koffi cerró la boca.

¿El tono brusco era fruto de un malhumor poco habitual en él o acaso había algo más? Insegura, asintió y se descolgó el morral.

Ekon no le dio ocasión de volver a hablar antes de dar media vuelta para encaminarse a un grupo de árboles. Estuvo lejos el tiempo suficiente para que Koffi empezara a entrar en pánico, pero entonces oyó sus pasos de vuelta. Cuando penetró en su campo de visión, lo vio cargado con un montón de palos.

—Todavía tenemos comida seca en las bolsas —musitó—. No será un banquete digno del Kuhani, pero algo es algo.

—Bien.

Lo vio arrodillarse ante el montón de ramas y tomar dos para frotarlas entre sí con el fin de arrancarles chispas. Sabía lo que hacía —Koffi lo notó en su manera metódica de trabajar—, pero cada vez que los hilillos de humo empezaban a elevarse de los palos que sostenía, retrocedía asustado y tenía que volver a empezar. Después del tercer intento fallido en una hora, Koffi intervino.

—Déjame probar.

—No hace falta, yo puedo...

Ella le arrebató los palos y se agachó a su lado. Casi todo lo relacionado con esa selva se le antojaba nuevo y extraño, pero haciendo eso se sentía a sus anchas: Mama le había enseñado a prender fuego años atrás. Se deleitó en la sensación familiar de los palos rodando a toda velocidad entre sus palmas, el olor del fuego y luego el calor gradual. Los tiró a la leña y, quince minutos más tarde, tenían una fogata. Ekon resopló aliviado.

—Gracias.

Koffi lo miró, a punto de hacer un chiste, cuando advirtió algo.

—¡Ekon, tienes el cuerpo lleno de picaduras!

De cerca, las distinguía con claridad: incontables pinchazos rojos que le cubrían los brazos, el cuello y la cara. Reprimió un estremecimiento.

—Sí. —Ekon miraba el fuego—. Pero no pasa nada, no me duelen. Se curarán solas, espero.

Koffi tuvo que esforzarse al máximo para no poner los ojos en blanco. Suspiró antes de volver a hablar en un tono que esperaba sonara juicioso.

—Se te podrían infectar.

La invadió la frustración cuando Ekon se limitó a encogerse de hombros. Koffi miró al cielo. Casi había anochecido, y las sombras de los árboles se alargaban en ausencia del sol. Miró a un lado y a otro hasta posar los ojos en algo situado a unos pasos de distancia, y se puso en pie súbitamente.

—¿Adónde vas?

En lugar de responder, Koffi se acercó a la planta de hojas amarillas que acababa de ver. Estaba cubierta de semillas del tamaño de guisantes de color cacahuate. Arrancó tantas como pudo del arbusto antes de volver junto a Ekon y dejarlas caer ante sí. No tenía el mortero y la mano que usaba su madre cuando estaban en el Zoo Nocturno, pero improvisó recurriendo a una piedra para aplastar las semillas sobre una gran hoja. Se le saltaron las lágrimas cuando aspiró el aroma terroso y se acordó de Mama. No obstante, siguió trabajando hasta crear una pasta grumosa. Alzando la vista, descubrió que Ekon la miraba con atención.

—¿Qué haces?

—Antes me has enseñado la técnica esa del *duara* —respondió con tranquilidad—. Ahora yo te voy a enseñar otra cosa. Esto son semillas de ponya y, machacadas hasta lograr una pasta, son un tratamiento excelente para las heridas. —Procedió a aplicarle la pasta en cada picadura de araña con el dedo índice. Cada vez que lo tocaba, Ekon siseaba de dolor, pero ella usaba la otra mano para mantenerlo quieto—. No te muevas —le pidió—. O te mancharé.

—Hace... cosquillas —dijo él entre dientes.

Koffi asintió.

—Las semillas de ponya son antinflamatorias, desinfectantes y, por si fuera poco, una fuente excelente de proteínas. Huele.

Le tendió a Ekon la hoja cubierta de pasta y dejó que aspirase a fondo. Él frunció el ceño un momento antes de que la sorpresa asomase a su cara.

—Huele... bien, como dulce —observó.

Koffi siguió curando los brazos, las piernas e incluso la cara de Ekon. Fue raro tenerlo tan cerca por segunda vez el mismo día. Estaba sentado, totalmente inmóvil, mientras ella le aplicaba la pasta en el cuello, en la línea de la mandíbula y en un punto junto a la boca. Observó los labios por un instante demasiado largo para su gusto. Se quitó a toda prisa.

—Hum... ¿Mejor?

Ekon se miró el cuerpo. Cuando volvió a alzar la vista, había una ternura en sus ojos que le daba un aspecto más joven, como si fuera un niño curioso que ha descubierto algo nuevo e interesante.

—Sí, mejor —respondió—. Esa cosa es increíble.

Koffi asintió.

—Cuando era niña, mi madre decía que yo era su semillita de ponya. Son pequeñas pero fuertes, y crecen en todas partes, no importa donde las plantes.

Ekon la miró con cautela.

—¿Tu madre todavía está en el Zoo Nocturno?

La expresión de Koffi se tensó. No quería reconocer la verdad, porque entonces tendría que aceptarla, pero las palabras surgieron de todos modos.

—Sí. Ella y mi amigo Jabir.

—Jabir —repitió Ekon—. ¿Es... un chico?

—Sí —dijo Koffi encogiéndose de hombros—. Lo considero mi hermano pequeño.

No entendió la expresión que asomó al semblante de Ekon en ese momento; una mezcla de curiosidad y alivio. Al cabo de un momento, él siguió hablando.

—Te oí llamarlos antes, en el prado. —Lo dijo en un tono infinitamente suave.

Koffi tragó saliva para deshacer el nudo de su garganta.

—Son mi familia —asintió con voz queda—. Lo único que me queda.

Ekon no respondió, pero todavía la miraba con atención. Sus ojos conservaban el mismo aire analítico, aunque mezclado con algo más. De sopetón, preguntó:

—¿Cómo fuiste a parar al Zoo Nocturno?

—Por culpa de la mala suerte —dijo Koffi con amargura—. Hace años, mis padres vivían en la misma Lkossa, vendiendo hortalizas. Era una buena vida, pero... mi padre hizo malas inversiones. Nos quedamos sin dinero y tuvimos que pedir créditos, y luego más créditos para pagar los antiguos. La situación era cada vez peor. —Miró a Ekon—. Un día, mi padre conoció a Baaz Mtombé. Se ofreció a pagarle las deudas si firmábamos un contrato de servidumbre y accedíamos a trabajar para él. Pocos años después de que nos mudáramos al Zoo Nocturno, hubo un brote de fiebres. Mi padre enfermó y no pudo superarlo. Cuando murió, se aplicaron las leyes relativas a la herencia que imperan en la ciudad.

—¿Las leyes relativas a la herencia?

—Soy hija única —explicó—. Así que mi madre y yo heredamos sus deudas. Estamos pagándolas desde entonces.

—Lo lamento, Koffi. —Ekon pronunció las palabras con voz queda, pero sonaban sinceras.

Koffi no dijo nada. No sabía qué responder a eso; nunca lo había sabido. Durante varios minutos, se conformaron con picar fruta seca y carne en silencio. Finalmente, ella lo rompió:

—¿Qué has visto tú? —quiso saber—. En el prado.

Ekon adoptó una postura tensa.

—Nada. No he visto nada.

Era mentira, saltaba a la vista. Koffi insistió.

—No debes sentirte avergonzado si...

—Que no he visto nada, te digo. Déjalo ya, ¿sí?

Koffi tuvo que contenerse para no insistir. La ira había brillado en los ojos de Ekon, pero también algo más. Dolor. Se acordó de otra lección que Mama le había enseñado en el Zoo Nocturno. A menudo, los animales que peor reaccionaban eran, asimismo, los que más estaban sufriendo. Quizá lo mismo se aplicase a Ekon. Puede que estuviera sintiendo un dolor tan intenso que ella no pudiera ni aspirar a comprenderlo.

—Perdona —le dijo en voz baja—. Por fisgar.

Ekon guardó silencio y luego suspiró con fuerza.

—No eres tú la que debe disculparse —declaró—. No debería haberte contestado mal. Ha sido una falta de disciplina por mi parte. Debería haberme controlado.

Koffi no pudo evitarlo.

—No hace falta que te controles todo el tiempo, ¿sabes?

Ekon torció el gesto.

—No fue así como me educaron.

Ella comprendió en ese momento que lo que fuera que Ekon llevara dentro estaba enterrado en lo más profundo de su ser. Si quería examinarlo, tendría que hacerlo él mismo. Nadie podía hacerlo por él y, desde luego, no ella. Decidió cambiar de tema, así que señaló el firmamento.

—Es la primera vez que veo eso —comentó señalando los hilillos de color blanco plata que se desplegaban por la negrura.

—Leí algo al respecto —dijo Ekon siguiendo la trayectoria de su mirada. Koffi vio cómo el ceño se borraba poco a poco de su semblante y su expresión se suavizaba hasta volverse algo parecido a asombro—. Son pequeños cúmulos de estrellas, reunidos por Atuno, el mismísimo dios del cielo.

Koffi se abrazó las rodillas contra el pecho.

—¿Sabes qué? Cuando el cielo está como ahora, se me olvida lo que le hizo la Ruptura —observó—. Se me olvida que está roto.

—El daño sigue ahí —arguyó Ekon. Pronunció las palabras con un toque de desdén, y Koffi tuvo la impresión de que tal vez ya no hablaba únicamente del cielo—. Aunque no lo veas, nunca volverá a ser el mismo. Siempre tendrá cicatrices, defectos.

Koffi se quedó callada antes de responder. Cuando lo hizo, escogió las palabras con tiento.

—Puede que haya belleza en las cicatrices —opinó—. Porque nos recuerdan lo que ha tenido que afrontar y que ha sobrevivido a ello.

Ekon no respondió, pero ella lo miró de reojo y creyó advertir que sus músculos se relajaban, un levísimo cambio en la rigidez de su postura. Era suficiente por esa noche.

Se quedaron allí sentados, en un silencio impecable, hasta que la magia del ambiente empezó a disiparse y el fuego murió en brasas color naranja brillante contra la tierra. Finalmente, Koffi se hizo un hueco entre la tierra y las hojas y se acurrucó de lado. Advirtió que Ekon había cogido su bolsa y se la había ajustado debajo para usarla de almohada, y lo imitó. Después de todo lo que había vivido aquel día, creyó que nunca sería capaz de volver a dormir en la selva, pero pronto empezaron a pesarle los párpados cada vez más, señal de que el sueño no tardaría en llegar. Su mente flotaba lánguida entre la realidad y el letargo mientras distinguía los aromas entremezclados del humo, la pasta de semillas de ponya y los árboles circundantes, que crujían y susurraban en la oscuridad.

19
Una violencia hermosa

Cuando Ekon despertó a las horas más tenues de la mañana, una capa brillante y húmeda cubría las hojas de las plantas; la tierra estaba blanda y mojada.

Se levantó sin hacer ruido y examinó la selva con recelo. Apretó la mirada al deslizarla de los troncos de los árboles a la exuberante bóveda verde, a través de la cual se filtraban los rayos del sol.

—Esto parece cambiado —musitó—. Hay algo distinto.

Habían pasado pocas horas desde que la valiente hoguera de Koffi sucumbiera a la oscuridad, pero en el breve lapso de tiempo todo se había tornado más verde, más frondoso; incluso la fragancia que impregnaba el aire se le antojaba más fresca en los pulmones. Tardó un momento en ser capaz de identificar el cambio, en entenderlo: había llovido. Se tocó la vestimenta con un gesto reflejo y descubrió —sorprendido— que estaba totalmente seca y que de hecho el lugar en el que habían dormido no se había mojado gracias a la hoja que los cubría. Pertenecía a una planta gigantesca, cuyas hojas debían de tener el tamaño de un carro de mulas pequeño.

—Uf. —Ekon se quedó mirándola un ratito—. Qué curioso.

Sin hacer el menor ruido, rebuscó en la bolsa y extrajo el diario de Nkrumah. Por suerte o por milagro, parecía ser que el viejo volumen había sobrevivido a su aventura más reciente. Ekon se acomodó contra un árbol que había allí cerca y sostuvo el libro en equilibrio sobre su regazo. Las mañanas eran su parte favorita del día, una hora perfecta para leer. Hojeó las páginas buscando dónde se había quedado. La selva se caracterizaba por la riqueza de su vegetación, y tenía el *hanjari* por si quería cazar; tal vez el diario lo informara de lo que era comestible y lo que no. Despacio, echó un vistazo a la sección sobre botánica.

Todavía lo asombraba el grado de detalle con que el anciano naturalista había redactado sus notas, y la exactitud, aunque la obra contaba con más de un siglo. El pulgar de Ekon se detuvo en la ilustración de una hoja plateada que parecía interesante. Bajó los ojos a la leyenda de la parte inferior.

ESPÉCIMEN 98 A
NOMBRE: PLANTA DE HASIRA
PRONUNCIACIÓN: jas-ir-á
NOMBRE COMÚN: HOJAS DE LA RABIA, HOJAS CALMANTES
HÁBITAT: Selva Mayor, región de Zamani (antiguo este)
DESCRIPCIÓN: Hojas verdes con nervaduras plateadas
VIDA MEDIA: Desconocida
INFORMACIÓN ADICIONAL: Esta planta, originaria de la región de Zamani, crece en abundancia tanto en la Selva Mayor como en la Menor. Brota junto a las raíces de viejos árboles o junto a aquellos árboles que han sufrido un agravio personal. Secas y quemadas, las hojas de hasira se pueden usar como un alucinógeno peligroso y adictivo, que provoca en los consumidores cambios de humor inesperados, hiperagresividad y pérdida de memoria.

Ekon se estremeció. No había visto hojas de hasira en la Selva Mayor, pero desde luego no era una planta que pensara utilizar para nada. De repente, agradeció contar con el diario para obtener información.

—Qué madrugador.

Ekon dio un respingo. Estaba tan inmerso en la lectura que no había oído a Koffi estirarse. Estaba ya completamente despierta, sentada y mirándolo directamente. No supo descifrar la expresión de su rostro ni el motivo del súbito revuelo que notaba en el pecho. Asintió.

—Sí, supongo que lo soy.

Ella parpadeó.

—¿Cómo te encuentras?

—Pues... —Ekon tardó un momento en recordar los detalles de la noche anterior. Se miró los brazos y las piernas. La pasta de semillas de ponya debía de haberse disuelto mientras dormía, porque había desaparecido. En su piel, solo quedaban tenues restos de su aroma. Las marcas de las picaduras se habían esfumado, asimismo, casi por completo. Buscó la mirada de Koffi otra vez—. Me encuentro... mejor.

—Qué bien. —Ella guardó silencio un momento y torció el gesto—. ¿Siempre te levantas temprano?

—Claro. —Ekon frunció el ceño—. Lo prefiero.

Koffi arrugó la nariz.

—¿Por qué?

—Mi mentor, el hermano Ugo, me enseñó siendo muy niño que la mañana es el mejor momento del día para ejercitar la mente —explicó—. Deberías probarlo algún...

—No, gracias.

Ekon negó con la cabeza a la vez que ocultaba una pequeña sonrisa.

—También he pensado que sería buena idea echar un vistazo al mapa antes de ponernos en marcha —añadió—. Tenemos un día muy largo por delante. Ese... rodeo con Anatsou nos ha desviado del rumbo, así que hoy tendremos que apurar el paso para llegar al Corazón en una cantidad de tiempo...

—En realidad... —Koffi carraspeó, y Ekon advirtió que titubeaba—. De eso quería hablarte.

—¿De qué?

—Del rumbo. —Koffi se enrolló un rizo en el dedo—. Estaba pensando... ¿y si el Shetani no está en el Corazón de la Selva?

—¿Cómo? —Ekon frunció el ceño—. ¿Por qué dices eso? ¿Dónde podría estar si no?

—No lo sé —reconoció Koffi—. Es que... si te paras a pensarlo, ¿no crees que esconderse en el Corazón de la Selva, el mismo centro de esta jungla, sería demasiado... evidente?

A Ekon no le gustaba el rumbo que tomaba la conversación. Se había despertado revitalizado, decidido a cumplir la misión. Tenía un plan muy concreto, sin fisuras; y de repente, como de costumbre, Koffi lo estaba desbaratando.

—Si el Shetani no está en el Corazón de la Selva, ¿dónde podría estar?

Koffi hizo una mueca.

—No lo sé, pero presiento que hoy deberíamos encaminarnos al noroeste.

—¿Al noroeste? —repitió Ekon—. ¿Me estás diciendo que vayamos en sentido contrario al Corazón?

Ella se retorció el mechón más rápidamente.

—Sé que parece raro, pero...

—¿Quieres que cambiemos todo el plan porque tienes un presentimiento?

Koffi enarcó las cejas al momento.

—¿Acaso no obedeciste tú ayer a un presentimiento, cuando nos metiste a los dos en un nido de arañas?

La acusación, aunque hecha de pasada, le dolió. Ekon habló en un tono más brusco de lo que pretendía cuando respondió:

—La única razón por la que acabamos allí fue porque tú nos arrastraste a una niebla mágica que nos dejó inconscientes, circunstancia que una araña gigante aprovechó para robarnos...

Koffi puso los ojos en blanco.

—Por las barbas de los dioses, debes de ser el chico más dramático que he conocido en mi...

—¡No digas groserías!

—Lo que yo decía.

Ekon levantó la voz sin poder evitarlo.

—¿Alguna vez te comportas conforme a tu edad o eres siempre tan intantil?

Koffi se enfurruñó.

—Haz lo que quieras. Yo iré al noroeste. Que te diviertas con tu cuento ilustrado.

—¡No es un cuento ilustrado! —Ekon estrechó el diario contra el pecho con ademán protector—. Es un diario histórico del mundo natural, iluminado con...

Un grito penetrante los dejó paralizados. Al mismo tiempo, Ekon notó un temblor en el suelo. Se le heló la sangre en las venas, y vio cambiar la expresión desafiante de Koffi a otra de absoluto terror. El berrido borboteante que rasgó la quietud no se parecía a nada que Ekon hubiera oído jamás en la vida. Se volvió despacio a mirar, y un escalofrío le recorrió la piel.

Nunca había visto un ser como el que tenía delante.

Al principio, lo identificó como una serpiente, un nombre que podría encajar con el grueso cuerpo sinuoso y las escamas pardas. Pero no, tan pronto como Ekon pensó la palabra, comprendió horrorizado hasta qué punto se equivocaba. El ser medía tres metros de largo; no era una serpiente sin más. El terror le cerraba la garganta mientras sus ojos revoloteaban del cuerpo sin extremidades a la cabeza y descubrían que donde debería haber un cráneo de reptil asomaba otra cosa. Vio unos grandes ojos cafés; correosas orejas grises que reconoció, aunque estas fueran un poco raras; una trompa y agudos colmillos de marfil más largos que sus brazos. Un elefante; el animal tenía cuerpo de serpiente y cabeza de elefante. Su mirada parecía saltar de Ekon a Koffi como cavilando, y cuando su mirada se posó definitivamente en Ekon, el verdadero nombre emergió a la superficie de su mente, extraído del diario de Nkrumah.

«Grootslang».

—Koffi. —Ekon clavó los ojos en el animal, procurando que la fiera le devolviera la mirada mientras hablaba. Empleó un tono quedo y no se volteó hacia ella—. Aléjate. Despacio.

Se quedó esperando a oír el crujido de los pasos en retirada, pero no hubo nada. Otro barrito acuoso surgió de la espantosa boca gris del grootslang, y Ekon se echó a temblar sin poder evitarlo. Se había entrenado toda su vida para derribar hombres; ningún entrenamiento lo había preparado para eso.

Sin previo aviso, el grootslang se abalanzó hacia delante con demasiada rapidez y agilidad para ser una bestia tan grande. Ekon lo esquivó justo a tiempo y rodó sobre las hojas mientras la fiera asestaba un golpe a un árbol cercano que hizo saltar astillas por los aires. Le dio vueltas la cabeza cuando se incorporó a toda prisa y se apartó de un salto antes de que el grootslang pudiera atacar de nuevo. Miró a su espalda en el preciso instante en que Koffi sacudía la cabeza, como si acabara de salir de un estado de trance. El grootslang se volvió hacia ella y a Ekon le dio un vuelco el corazón.

—¡No!

Corrió hacia Koffi, pero no fue bastante rápido. El grootslang la alcanzó antes. Cerniéndose sobre ella, abrió la inmensa boca, pero justo cuando se le echaba encima, brilló un destello blanco. Ekon corrió por el otro lado sorprendido al oír que la fiera siseaba de dolor y retrocedía. Koffi blandía su cuchillo *jino* cortando y asestando puñaladas al aire. Mantenía al ser a raya, pero antes o después se cansaría.

«Piensa». Ekon se exprimió el cerebro con frenesí, tratando de pensar en algo. «¿Qué sabes de los grootslangs?». Había leído acerca de ellos, pero no podía concentrarse. Intentó recordar las notas del erudito. Los grootslangs frecuentaban las cuevas, los hoyos y otros lugares oscuros, pero a veces se sentían atraídos por...

Se le ocurrió una idea.

—¡Koffi! —Gritó el nombre al mismo tiempo que el ser barritaba de nuevo—. ¡Tírale la daga!

—¿Qué? —Koffi no apartaba los ojos del animal, pero en su voz no había nada más que incredulidad—. ¿Por qué?

—¡Tú hazlo!

Ekon se arrastró por la derecha, intentando mantenerse fuera de la visión periférica del monstruo. La idea era arriesgada, pero tal vez...

—¡Es la única arma que tengo! —Koffi le echó un vistazo rápido a la vez que seguía retrocediendo despacio—. Si se la tiro, no tendré nada para...

—¡Tienes que confiar en mí! —aulló Ekon—. ¡Por favor, Koffi!

Ella se volteó a mirar a Ekon una última vez antes de armarse de valor y plantar los pies en el suelo. El grootslang se irguió todo lo alto que era, bloqueando así la escasa luz que se filtraba entre los árboles. Koffi levantó el brazo y lanzó el cuchillo con todas sus fuerzas al centro del cuerpo de la bestia. La daga colmillo giró con elegancia en el aire antes de rebotar contra la armadura de escamas del grootslang y aterrizar en el suelo como un trasto inservible. La fiera gruñó con más rabia.

«No».

Ekon no supo muy bien lo que estaba haciendo, solo que —sin pararse a pensarlo— estaba corriendo. Cerró la distancia que lo separaba de Koffi, abrió los brazos y se tiró encima de ella de modo que su cuerpo la envolviera cuando los dos cayeran al suelo. Debajo, ella se acurrucó como una bola y él usó los brazos y el pecho para cubrirla. Sabía que al final el gesto no serviría de mucho contra la ira del grootslang, aunque quizá, mientras el ser estuviera ocupado devorándolo a él, Koffi pudiera escapar. Podía entreverla debajo de su cuerpo; tenía los ojos cerrados con fuerza mientras esperaba el ataque. Una parte de Ekon también quería cerrar los ojos, pero descubrió que no podía hacerlo. Giró la cabeza para mirar al grootslang, que los observaba con malicia. Las hojas susurraron cuando se deslizó hacia ellos. Sus enormes orejas grises ondeaban extrañas al viento mientras se aproximaba. Estaba cada vez más cerca, y en cualquier momento uno de sus colmillos los atravesaría. Ekon contuvo el aliento, preparado para la cornada, cuando...

El grootslang se detuvo en seco.

El corazón de Ekon latía potente como un tambor de guerra, cuando vio al monstruo volver la cabeza despacio a la derecha. Siguió la trayectoria de su mirada hacia el objeto que lo había distraído. Un único rayo de sol traspasaba la cúpula de la selva e iluminaba directamente la empuñadura enjoyada de la daga *jino*. Iluminado, el rojo oscuro de los rubíes engastados en el marfil labrado destellaba como sangre, con una violencia hermosa. La bestia proyectó su lengua bífida al mismo tiempo que usaba la trompa para recoger el arma y examinarla, con sus dos ojillos negros y brillantes entrecerrados con mirada escudriñadora. Ekon no movió ni un músculo del cuerpo mientras el grootslang concluía su valoración. Un segundo largo como un siglo pasó antes de que rodeara con la trompa el resto del cuchillo y les diera la espalda. Tan raudo como había llegado, el monstruo se deslizó de vuelta a las profundidades de la selva, sumidas en la oscuridad. A pesar de todo, Ekon no se movió.

—¿Se ha marchado?

La voz de Koffi sonó ahogada contra su pecho. Al momento, Ekon rodó a un lado y la ayudó a levantarse. Ella miró en la dirección que había tomado el grootslang para irse, muy agitada.

—Sí. —Ekon echó un vistazo a sus espaldas mientras intentaba apaciguar su corazón—. Eso parece.

Koffi se volvió hacia él, perpleja.

—¿Cómo lo has hecho?

—¿Cómo he hecho qué?

—¿Cómo sabías que se iría?

Ekon señaló los morrales con un gesto de la cabeza. Todavía estaban a pocos metros de distancia.

—Leí algo sobre esos animales —aclaró—. Los grootslangs se consideran acaparadores.

Koffi frunció el ceño.

—¿Qué significa?

—Son como las urracas, les gusta coleccionar cosas —explicó—. Especialmente cosas valiosas. Tu daga *jino* tiene rubíes en el mango y supuse que eso bastaría para distraerlo. —De repente, se sintió culpable—. Siento mucho que la hayas perdido, por cierto.

—Bah, ya encontraré otra. Además, prefiero las patadas —dijo—. Me alegro de que funcionara. Por un momento creí que estábamos perdidos.

Ekon rio entre dientes.

—Qué va, me habría devorado a mí primero.

La expresión de Koffi cambió de golpe, como si acabara de caer en la cuenta de algo.

—Me has... protegido. —Hablaba como si las palabras pertenecieran a una lengua extranjera, una que apenas entendía—. ¿Por qué?

Ekon se quedó pensativo. En realidad, no conocía el motivo, lo había hecho sin más.

—Pues... —Titubeó—. Te he devuelto el favor. Ayer me ayudaste con las arañas. Supuse que esta vez me tocaba a mí.

—Gracias —dijo Koffi en un tono grave, quizá el más serio que había empleado nunca.

—Esto... —Ekon se masajeó la nuca, que de repente le ardía—. De nada. ¿Tienes hambre?

Koffi sonrió.

—Muchísima.

Avanzaron hacia el norte, caminando el uno al lado del otro. Aunque, estrictamente hablando, todavía no habían comentado el nuevo plan ni decidido el rumbo exacto, Ekon descubrió que le daba igual. Aspiró y paladeó la fragancia del musgo y la tierra fértil de la selva, que era nueva para él. El aire seguía siendo cálido pero no opresivo, casi agradable.

—Ah. —Koffi se detuvo. Levantó la vista y señaló uno de los árboles que se erguían a lo lejos—. Mira.

Ekon buscó con los ojos el árbol que Koffi le indicaba. Era seguramente el más grande que había visto en su vida. La madera era de un marrón oscuro e intenso, con protuberancias en el tronco parecidas a verrugas. De las ramas crecían hojas verde oscuro, y estaban cargadas de frutos rojos y redondos que Ekon no conocía. Recordaban a granadas, pero más grandes.

—Parece la madre de la selva. —La voz de Koffi contenía un matiz de admiración según se acercaban.

—Yo iba a decir la abuela.

Se detuvieron junto al árbol, y la parte alta de sus cabezas no alcanzaba siquiera un tercio de lo que medía el tronco en altura. Las frutas que colgaban de las ramas parecían relucir a la luz de la tarde. A Ekon se le hizo la boca agua solo de mirarlas.

—Me parece que acabamos de encontrar el almuerzo —anunció Koffi en tono victorioso—. Y seguramente comida para los próximos días.

—Espera un momento. —Ekon extrajo el diario de Nkrumah del morral y se puso a hojearlo para encontrar el capítulo que había estado leyendo hacía un rato—. No tardo nada...

Notaba la mirada de Koffi clavada en él mientras seguía buscando.

—¿Y bien?

Ekon frunció el ceño. Por lo que parecía, había llegado al final de la sección de botánica, pero no había visto ninguna nota ni ilustración que encajara con el árbol que tenían delante.

—Todavía no he encontrado nada, pero eso no significa que...

—Mira, tú mismo dijiste que ese tal Nkrumah era el gran experto en esta selva —dijo Koffi cruzándose de brazos—. Así pues, si no dice en ninguna parte que sea peligroso, no pasa nada.

—De todas formas, deberíamos comprobarlo para estar seguros de que...

De golpe, Koffi saltó, se aferró a la rama más baja y se columpió con sorprendente elegancia. Ekon la observaba, en parte horrorizado y en parte admirado, mientras ella se daba impulso para alcanzar la siguiente rama. Trepó cada vez más arriba hasta acabar a varios metros por encima de él.

—Koffi, ten cuidado... ¡Ay!

—¡Vigila que no te dé en la cabeza!

Koffi le dedicó una sonrisa traviesa al mismo tiempo que agitaba una rama para enviar más frutas al suelo. Se desprendían con una facilidad sorprendente y caían como lluvia a su alrededor. Ekon torció el gesto cuando varias frutas lo golpearon de camino al suelo, pero descubrió que no podía enfadarse. Pasados unos minutos, Koffi se asomó. Trepada en la copa, parecía una antigua reina de la selva que presidiera sus dominios.

—Está bien. —Apoyó el pie en la rama de debajo, que osciló bajo su peso. Sus ojos se posaron en el suelo, donde Ekon la esperaba, y luego se agrandaron—. Mmm...

—¿En serio? —Ekon hizo un esfuerzo para no parecer exasperado—. ¿Sabes trepar a los árboles, pero no sabes bajar?

Koffi entrecerró los ojos.

—Tampoco me ha hecho falta aprender. Había escaleras en el Zoo Nocturno.

Ekon se frotó el puente de la nariz antes de mirar a un lado y a otro.

—Salta. Te atraparé al vuelo.

—¿Que salte?

El ceño de Ekon se acentuó.

—A menos que te quieras quedar ahí toda la noche.

Se hizo un silencio antes de que Koffi pusiera los ojos en blanco.

—Bien. —Se agachó y, con las piernas colgando por delante de la rama, las columpió adelante y atrás—. Me daré impulso.

—A la de tres —dijo Ekon—. Uno... dos...

—¡Tres!

El corazón se le subió a la garganta cuando vio a Koffi precipitarse hacia él. Apenas le dio tiempo a estirar los brazos para recogerla. Ella cayó con un trompazo y Ekon se llevó lo peor del impacto al estamparse contra el tronco del árbol. Cuando abrió los ojos, Koffi seguía en sus brazos, y enojada.

—¿Cerraste los ojos?

—No lo hice adrede —replicó Ekon a la defensiva. El corazón le latía a toda máquina. De repente, cayó en la cuenta de que sus manos seguían en la cintura de Koffi y que todavía estaban muy juntos. Durante tres segundos exactos, fue intensamente consciente de que los pechos de ambos subían y bajaban en contacto—. O sea, te atrapé.

Koffi se quitó y empezó a recoger la fruta que había caído del árbol.

—Yo creo que hay suficiente para preparar una comida decente. —Lo miró—. Ya sé que eres hábil con la daga, pero... ¿qué tal se te da picar?

Pocos minutos más tarde, con ayuda del *hanjari* de Ekon, tenían delante un pequeño festín. Las enormes raíces del árbol eran lo bastante extensas como para usarlas de mesa, y emplearon un par de las hojas más grandes como platos. Koffi se sentó a un lado; Ekon, al otro. Tuvo que reconocer que tal vez, además de los frutos, debería tragarse su recelo hacia ellas. Tenían un aspecto delicioso colgando de las ramas del árbol, pero cortados en pedazos emanaban un aroma distinto a cualquier cosa que hubiera olido antes, tan azucarado que casi endulzaba el aire que los envolvía. Igual que si le leyera la mente, Koffi esbozó una sonrisa de suficiencia.

—¿Lo ves? —Tomó un trocito de fruta y se lo llevó a la boca—. Es un almuerzo estupendo, aunque te hayas puesto en plan mandón.

Ekon se fijó en que la fruta le había manchado los labios de rojo oscuro; todavía los estaba mirando cuando reparó en lo que Koffi acababa de decir.

—Oye. —Dejó el trozo de fruta que se disponía a morder y torció el gesto—. Yo no soy... mandón.

Koffi enarcó una ceja.

—¡No lo soy!

—Yo creo que sí.

Ekon se echó hacia atrás, pensativo.

—Solo soy prudente —dijo pasado un momento—. Esta selva es peligrosa y no quiero que las personas que me importan corran peligro. —Se percató de lo que había dicho—. Ay, perdona, ese comentario ha sido raro.

—No. —La expresión de Koffi se transformó; la sonrisita había desaparecido, sustituida por una expresión que Ekon no reconoció—. No lo ha sido.

Los dos guardaron silencio un momento. En la quietud, algo canturreó junto al ombligo de Ekon. Cambió de tema a toda prisa.

—El monstruo de antes se llama grootslang —comentó.

Koffi lo miró detenidamente, y luego pareció volver en sí.

—Ah.

—Cuenta la leyenda que cuando los seis dioses crearon el mundo, muchos de los animales que conocemos eran distintos. Con el tiempo, los dioses dividieron a algunos en dos seres separados para que no fueran tan peligrosos —explicó—. Dicen que tanto los elefantes como las serpientes proceden de los grootslangs, que son increíblemente poderosos.

—Es increíble que hayas usado los conocimientos de tu libro para deshacerte de él. —Koffi se llevó otro trozo de fruta a la boca—. Ha sido espectacular, la verdad.

El pecho de Ekon se hinchó de orgullo. No recibía alabanzas con frecuencia, sobre todo cuando Kamau estaba cerca. El cumplido le cayó de maravilla.

—Bueno, tú tampoco has estado mal —respondió, sonriendo—. O sea, has prescindido por completo de mi lección con la daga, pero...

—Prefiero el estilo libre.

Koffi le sacó la lengua, que estaba teñida de un rojo brillante por la fruta.

—Estás en buena forma, eso tengo que reconocerlo. —Ekon soltó una risita, devolviendo la fruta al plato—. Nunca había visto a una chica moverse como tú. —Tan pronto como las palabras salieron de sus labios, titubeó—. Ay, perdona, yo...

—Deberías conocer a más chicas —replicó Koffi con suavidad—. Aunque gracias por decirlo.

Algo en la expresión de ella había cambiado. Ekon no sabía definirlo, pero estaba ahí. Bajó la mirada a sus labios de nuevo; ¿por qué no podía dejar de mirarlos? Notó esa vibración de antes, más intensa. Algo se le acumulaba dentro: la necesidad de decir algo, de hacer algo. Pensó que sus dedos retomarían el tamborileo, buscarían el ritmo de siempre, y descubrió sorprendido que no lo hacían. Comprendió, en ese mismo instante, que prefería estar quieto. No quería contar cosas; no lo necesitaba.

—Koffi. —Habló en un tono más quedo, más tranquilo. En alguna parte, a lo lejos, sonaron chasquidos tenues, pero apenas los oyó entre el rugido de sus oídos. De súbito, estaba pendiente del poco espacio que los separaba; solo tenía que alargar la mano y la tocaría. Ella lo miró fijamente un instante, y después, de manera casi imperceptible, se echó hacia delante. Fue un movimiento mínimo, pero suficiente. Ese ínfimo gesto contenía un permiso callado, uno que Ekon esperaba, aunque no lo había comprendido hasta que le fue concedido.

—Ekon.

Koffi lo dijo en un tono apenas audible, un susurro. Cerró los ojos y separó los labios. Ekon tragó saliva. Estaban más cerca que nunca. Veía cada una de sus pestañas desplegadas sobre sus mejillas, percibía el aroma de la fruta roja en su aliento. Era dulce, y se preguntó a medias si su sabor sería igual de azucarado...

—Ekon. —Ella repitió el nombre, esta vez en un tono más bajo, con cierta urgencia. Koffi abrió los ojos de golpe buscando los del chico, y entonces a Ekon se le cortó el aliento. Algo iba mal. Los ojos que lo miraban eran vidriosos, vacíos. Una capa de sudor le cubría el nacimiento del pelo y su respiración se había tornado superficial, trabajosa. Ekon se quedó helado.

—¿Koffi?

Otro sonido llenó el espacio que los rodeaba, más crujidos. Ekon se volteó para averiguar de dónde procedían y notó que su rostro palidecía. El tronco del árbol en el que estaban sentados había cambiado. La corteza ya no era de un marrón intenso, sino gris y desconchada. Más fruta caía de arriba, pero ya no era roja. Un escalofrío le recorrió la espalda al ver que la pulpa de la fruta estaba renegrida y marchita, casi como...

—Ekon...

Giró la cabeza hacia Koffi, pero no con suficiente rapidez. Observó horrorizado que ella lo miraba fijamente mientras su cuerpo se balanceaba de lado a lado, todavía sentado.

Y entonces se desmayó.

TERCERA PARTE

NO DESPIERTES A UNA HIENA DORMIDA

El chico del oeste

Adiah

—Su familia procede de Asali, que está al oeste. Por eso es tan guapo.

Pongo los ojos en blanco por millonésima vez cuando Nuru y Pensa, dos compañeras de clase, estallan otra vez en risitas a pocos metros de donde yo estoy. No saben que no están solas, que llevo casi quince minutos escondida detrás de una antigua estatua de Fedu. Tampoco pienso informarlas de mi presencia.

—Me han dicho que ya lo han escogido como aprendiz.

Reconozco la voz, la más presumida de las dos. Es la de Penda. Igual que todos los darajas, hemos vivido prácticamente juntas en el templo desde hace siete años, pero desde luego no somos amigas. No necesito ver su cara pintada y sus nudos bantúes, tan perfectos que dan rabia, para imaginar el aspecto que tiene. Me toco el pelo, distraída. Hace casi una semana, Mama me hizo dos prácticas trenzas que me caen por la espalda, pero ya empiezan a encresparse. Me parece que me toca lavármelo. Uf, odio lavarme el pelo. Quizá sea suficiente con agua y acondicionador...

—Trabaja en el distrito de Kughushi, a las órdenes de *bwana* Martinique —continúa Penda con su tono de sabionda—. A ver si encuentro una excusa para pasar mañana por la tienda. Quizá le encargue algo.

—Ooh. —La voz más aguda, la que había hablado antes, pertenece a Nuru. Casi puedo ver agrandarse sus enormes ojos de muñeca como hacen siempre cuando se emociona. Tampoco es que seamos amigas, pero me cae mejor que Penda—. ¿Te puedo acompañar? ¡Me encantaría conocerlo!

Estallan en risitas de nuevo y yo contengo un gemido. Al fin y al cabo, se supone que no estoy aquí.

Mi plan original era bien sencillo: esconderme detrás de esta estatua hasta que empezaran las clases de la tarde y, entonces, escaparme al jardín del cielo para reunirme con Tao. Seguro que mi mejor amigo ya está allí esperándome y haciendo lo que hace siempre en los ratos libres —leer—, pero cualquier cosa me interesa más que pasar otra tarde en un aula agobiante del templo con el viejo maestro Lumumba. Es mi profesor de lengua y literatura, y ahora está empeñado en enseñarme a conjugar verbos kushoto básicos. Pensaba que nada sería peor que aguantar su rollo sobre la entonación correcta de las vocales; ahora empiezo a pensar que me equivocaba.

—Es que es tan guapo —continúa Nuru, emocionada—. Con esos ojos y esos hombros, y ¿has visto qué manos? Son enormes...

—Ya sabes lo que dicen de las manos grandes...

—¡Penda!

Empiezan otra vez con sus risitas tontas, y yo vuelvo la vista hacia una ventana cercana, pensando muy en serio en saltar. No digo que yo nunca hable de chicos —bien saben los dioses que hay unos cuantos muy apuestos entre mis compañeros darajas—, pero desde hace una semana no hay otro tema de conversación. Ni siquiera sé cómo se llama y a estas alturas me da igual. Todos los habitantes de Lkossa que tienen más o menos mi edad están obsesionados con él. Las chicas piensan que es mono y hasta algunos de los chicos parecen interesados. A mí todo eso me parece absurdo. Cualquiera diría que en esta ciudad nadie ha visto nunca a un forastero.

—¿Qué le vas a decir —le pregunta Nuru a Penda— si lo ves mañana?

Me asomo por detrás de la estatua lo suficiente para atisbar la sonrisa pícara de mi compañera.

—Acaba de llegar a la ciudad y seguro que necesita un guía. Me ofreceré a enseñarle el templo, quizá los jardines occidentales.

—Ah —dice Nuru—. ¿Por fin han terminado las reparaciones?

—Sí, a principios de semana. Adiah destrozó los setos.

Aunque sé que no me ven, me encojo todavía más en las sombras de la estatua cuando mencionan mi nombre. El calor de la vergüenza me sonroja la piel.

—Es increíble que se cargara esa estatua tan bonita —comenta Nuru—. No creo que padre Yazeed lo haya superado todavía.

Me rechinan los dientes de rabia. El hermano Yazeed es un exagerado. Al fin y al cabo, yo no pretendía usar el esplendor contra la estatua de Amokoya; fue un accidente. Además, a mí me parece que la diosa del agua está más guapa sin esa tiara tan ridícula. El arte es subjetivo.

—En serio —dice Penda—, esa chica es una amenaza.

Me estoy enfadando por momentos.

—A veces es muy simpática —objeta Nuru en tono amable—. Solo que otras... se pasa de la raya.

El comentario me hiere todavía más que el de Penda. Retiro eso de que Nuru es la más agradable de las dos. Que me paso de la raya. No es la primera vez que me dedican palabras parecidas. «Demasiado escandalosa». «Demasiado fuerte». Demasiado todo. Ya sé que me paso de la raya, pero es que no sé cómo ser normal.

—Vamos a ver qué nos ponemos mañana —propone a Nuru con emoción—. Penda, ¿tú me dejarías el vestido ankara, *porfa*? El verde de...

—¿Te refieres al que me manchaste de sopa *ogbono* la semana pasada?

Sus voces se van apagando cuando por fin se levantan y se alejan por el pasillo. Llevo casi media hora esperando a que se vayan, pero no salgo enseguida. Todavía estoy dando vueltas en la cabeza a sus palabras: «Esa chica es una amenaza». «A veces... se pasa de la raya».

Las dos tienen razón. Soy una amenaza y me paso de la raya. No quiero ser así. Quiero ser como las otras chicas de mi clase, que saben trenzarse el pelo y entablar conversaciones inteligentes. Quiero aprender la belleza de saber estar. El problema es que yo no sé comportarme.

No poseo esa clase de belleza.

Como tantas otras veces, me acuerdo de aquella tarde en el despacho del padre Masego cuando yo tenía doce años, el día que me dijo que era extraordinaria. Hace un año de su muerte, y ahora un nuevo Kuhani ocupa su lugar. El padre Masego me dijo una vez que pensaba que yo haría cosas excepcionales. Cada día estoy menos convencida.

Salgo despacio de mi escondite. En esta interpretación, el dios de la muerte está representado por un anciano de aspecto ladino que lleva consigo a su animal familiar, el hipopótamo. Cuanto más la miro, más me altera la estatua y, sin perder más tiempo, dejo atrás el pasillo para encaminarme al jardín del cielo. Gracias a Penda y a Nuru, el rodeo me ha hecho perder un tiempo precioso, pero con suerte todavía podré reunirme con Tao antes de que...

Por poco me estampo contra una persona que dobla la esquina. Lleva un cajón enorme en los brazos y, cuando chocamos, el bulto está a punto de caerme encima. Yo reacciono sin pensar, el esplendor acude a mí como hace siempre y utilizo un poco para devolver el cajón a los brazos de su portador. Su cara todavía está oculta, pero veo inclinarse una coronilla.

—Lo siento mucho —dice una voz grave, masculina.

—No pasa nada —respondo a toda prisa mientras me desplazo a un lado para pasar.

—Es mi primer recado al templo. —El portador tuerce a la derecha al mismo tiempo que yo, y me corta el paso sin querer—. Supongo que me perdí. Todavía no me aprendo los escondites de este lugar.

—Ja, buena suerte. —Me desplazo a la izquierda y esta vez tengo sitio para pasar de lado—. Llevo estudiando aquí casi siete años y todavía no...

Las palabras mueren en mis labios cuando el portador del cajón deja su carga en el suelo y por primera vez le veo la cara. La persona que me devuelve la mirada no es un maestro cascarrabias del templo, sino un chico de piel marrón clarito y pelo negro. Enseguida adivino quién es: el mismo del que hablan todos. Tengo delante al chico del oeste.

Y, a regañadientes, lo reconozco: atractivo sí que es.

—Hola —dice. Sonríe y se lleva una mano al corazón. Reconozco el gesto; se trata de un saludo habitual en la región de Dhahabu del oeste. Parece percatarse y adopta una expresión un poquitín compungida—. Ay, perdona —añade en zamani, con mucho acento—. Todavía me estoy... acostumbrando a las costumbres y a la lengua del este.

—No pasa nada —me apresuro—. Yo hablo un poco de kushoto.

En cuanto suelto las palabras, me entran ganas de darme de topes. ¿Por qué acabo de decir eso? Yo no hablo kushoto, ni siquiera sé conjugar un verbo correctamente. De sopetón, me arrepiento de no haber prestado más atención en clase del maestro Lumumba...

—¿De verdad? —Su cara se ilumina, esperanzada—. Es fantástico.

«Fantástico». El cumplido me resulta extraño. Hay muchas palabras —algunas de ellas groseras— que la gente usa para describirme. «Fantástica» no suele estar incluida en el repertorio. Al cabo de un momento, el joven me tiende la mano.

—Me llamo Dakari —dice con una sonrisa todavía más radiante—. Soy nuevo aquí.

Se la estrecho. Es cálida al tacto y prácticamente envuelve la mía por completo. Sí que tiene las manos grandes...

—Yo soy Adiah —me presento.

—Adiah. —Repite mi nombre, y suena distinto en sus labios, como una canción—. Es maravilloso.

—Gracias.

Todavía me está mirando, me escudriña como a veces hacen los maestros cuando admiran las obras de arte. No estoy acostumbrada a que nadie me mire tanto rato sin apartar la vista. Me resulta extraño.

—¿Eres una... daraja? —pregunta, pasado un momento—. ¿Uno de los alumnos que estudian aquí?

—Lo soy.

Al momento, enderezo la espalda. No puedo evitar sentirme un poquito orgullosa. Descubro encantada que se queda tan asombrado como cabría esperar.

—Es increíble. En Asali, de donde procede mi familia, ya no hay darajas.

Así que Penda y Nuru tenían razón en eso también.

—Los darajas llevan años entrenando en el Templo de Lkossa —le explico—. Es una tradición antigua.

—Fascinante —responde, y me parece que lo dice en serio. Algo cruza por su cara, una vacilación, antes de que me pregunte:

—¿Tú podrías...? ¿Podrías a lo mejor enseñarme esto algún día? ¿Si no interfiere en tu entrenamiento?

Algo extraño me aletea en el estómago. Todavía me mira con suma atención. Tengo que hacer un esfuerzo para adoptar un tono indiferente.

—Claro. —Me encojo de hombros—. Seguro que encuentro un rato.

—¿Mañana?

—Vale.

—Muy bien, Adiah. —La segunda vez que pronuncia mi nombre es distinta; hay un matiz de algo más en el tono que no sé definir, pero me da igual—. Estoy deseando volver a verte mañana.

Me saluda con una inclinación de cabeza, un gesto demasiado solemne para un chico que parece de mi edad. No sé cómo responderle, así que asiento antes de seguir recorriendo el pasillo. Noto que me está mirando mientras me alejo, de manera que espero a doblar una esquina para sonreír.

Comprendo que quizá, por primera vez en mucho tiempo, tengo un nuevo amigo.

20
El peor hijo

—¡Koffi!

Ekon notó que algo se le derrumbaba dentro cuando los ojos de Koffi rodaron hacia atrás en las cuencas y se quedaron en blanco. Se arrodilló a su lado y la agitó por los hombros con suavidad. Ella no reaccionó; solo temblaba contra el cuerpo del chico. Ekon le posó el dorso de la mano contra la frente. Koffi estaba caliente al tacto, a una temperatura alarmante. Miró alrededor, frenético.

«¿Qué ha pasado?». Observó su cara y, a continuación, los árboles. La dejó tendida otra vez para buscar el diario de Nkrumah en el morral. Esta vez estuvo a punto de arrancar las páginas que pasaba, de tantas prisas que tenía por encontrar una explicación. Se detuvo al llegar a una cierta entrada. El árbol de la ilustración, gris y desconchado, se parecía al que tenía delante en ese momento.

«No —comprendió—. Es el mismo».

Y lo era. Había montones de notas en esa página, escritas con letra apretada como si Nkrumah hubiera querido incluir tanta información como cupiera. Los ojos de Ekon se detuvieron a media página.

ESPÉCIMEN 70R
NOMBRE: ÁRBOL UMDHLEBI
PRONUNCIACIÓN: um-LEH-bi
NOMBRE COMÚN: ÁRBOL DEL HOMBRE MUERTO
HÁBITAT: Selva Mayor, región de Zamani (antiguo este)
DESCRIPCIÓN: Hojas verdes, frutos rojos o negros, el color de la madera puede variar de marrón a gris
VIDA MEDIA: Desconocida
INFORMACIÓN ADICIONAL: El árbol umdhlebi podría ser uno de los más antiguos de los que pueblan la Selva Mayor; los intentos de establecer su edad exacta no han dado resultado, pero se cree que llega a vivir más de quinientos años. El nombre común, «el árbol del hombre muerto», se debe a su toxicidad extrema; casi todas las partes del umdhlebi son venenosas. A diferencia de la mayoría de los árboles, se nutre asesinando a aquellos que se alimentan de sus frutos y utilizando los cuerpos de sus víctimas para fertilizar el suelo de alrededor. Las víctimas pueden experimentar síntomas varios que incluyen fiebre con delirios, inflamación de los intestinos y dolores de cabeza severos. Una vez consumido, el veneno de la fruta se metaboliza de manera instantánea. Inducir el vómito es inefectivo y la muerte será inminente.

Ekon siguió leyendo mientras sus ojos volaban por la página con furia. Koffi solo había comido uno, puede que dos trozos pequeños del fruto del umdhlebi; la observó. Leyó el resto de los párrafos en diagonal, buscando información sobre algún antídoto para tratar el envenenamiento. No encontró nada. La última frase se repetía en su mente. «La muerte será inminente». No «posible», no «probable»; segura.

—Ek...

Dio un respingo. Koffi tenía la boca abierta, como si intentara articular palabras. El sudor le mojaba la ropa, las manchas en la parte delantera del caftán aumentaban de tamaño a toda velocidad. Ekon apretó los dientes.

«Idiota, idiota, ¿cómo he podido ser tan idiota?».

El pecho de Koffi ascendía y descendía con más rapidez, y sus labios se estaban oscureciendo.

—Eh, quédate conmigo. —La voz de Ekon se rompió. Le abofeteaba la mejilla una y otra vez tratando de mantenerla despierta—. Koffi, quédate conmigo.

—Me... duele. —Koffi murmuró las palabras llevándose la mano al estómago. Un gemido brotó de sus labios. Ekon recordó otra parte de las notas de Nkrumah. «Las víctimas pueden experimentar síntomas varios, [...] inflamación de los intestinos...».

—Venga, venga...

Ekon deslizó un brazo por la cintura de Koffi para incorporarla y cogió las bolsas con el otro brazo. Empezaba a entender hasta qué punto estaban solos en la selva. Se estrujó los sesos tratando de idear un plan.

«Déjala».

La voz de su cabeza se parecía a la de Kamau de un modo escalofriante; rotunda, directa al grano. Dio un brinco. Hablaba con sentido práctico y le recordó otra cosa. Era posible que los Hijos de los Seis estuvieran ya de cacería por la selva. Se acordó de lo que Kamau le había dicho una vez sobre las sendas y la habilidad de los guerreros para encontrarlas y seguirlas.

«Déjala —repitió la voz de Kamau—. Has venido a cumplir una misión, a llevar a cabo una tarea, y se te acaba el tiempo. Toma el diario y déjala aquí. Su destino está sellado, pero el tuyo no. Busca al Shetani, encuentra tu destino. Es tu última oportunidad...».

Desde un punto de vista estratégico, lo más práctico sería dejar morir a Koffi, Ekon lo sabía, pero... no, no podía hacerlo. Ella también había tenido la oportunidad de abandonarlo en el prado de Anatsou; no se marcharía sin ella. Echó otro vistazo al mapa del diario antes de tomar una decisión.

Tal vez no fuera capaz de salvar a Koffi como ella lo había salvado, pero tenía que intentarlo.

El resto de la tarde se alargó como un año, cada vez más húmeda incluso después de la puesta de sol. Hacía horas que a Ekon le dolían los pies, pero no se había parado y, en ese momento, el dolor se le proyectaba a todo el cuerpo con cada paso. Creía ver hilitos opacos de vapor que surgían de los mismos árboles como tenues suspiros y que les cubrían los brazos, las piernas y la frente con capas de sudor pegajoso. Se humedeció los labios agrietados sin darse cuenta; al mismo tiempo, el estómago de Koffi lanzó un gruñido audible. Desde que habían dejado la arboleda, su estado no había empeorado, pero tampoco había mejorado. De vez en cuando, recuperaba la consciencia e intentaba caminar a su lado renqueando, pero eso nunca duraba demasiado. La mayor parte del tiempo, cargaba con ella a cuestas. Ekon intentaba aplacar el terror que le crecía dentro. Si no encontraban ayuda pronto... No quería ni pensar en lo que pasaría.

Cayó la noche antes de lo que esperaba, súbita y absoluta. Después de apoyar a Koffi contra un árbol, Ekon improvisó un campamento y echó una ojeada a la comida que les quedaba. Si bien las raciones de Koffi no eran —tal como esperaba— mucho mejores que las suyas, las juntó para crear una especie de cena. Tras eso, ya no tendrían nada, pero ya pensaría en eso más tarde. Llenó las calabazas con agua del interior de un árbol que, según el diario de Nkrumah, era potable, y acercó la cantimplora a los labios de Koffi para animarla a beber. Ella entreabrió un ojo y la más pequeña de las sonrisas le iluminó los labios.

—Ya no estamos empatados, ¿verdad? —musitó—. Pero este favor no creo que te lo pueda devolver.

Ekon negó con la cabeza. No quería pensar en lo minúscula que parecía Koffi en ese momento.

—No tienes que devolverme nada, Koffi.

—Estoy cansada.

—Tienes que seguir despierta. —Le sabía mal hablarle en un tono tan brusco, pero no podía evitarlo. Aunque entrenando con Kamau y el hermano Ugo para ser un auténtico guerrero había aprendido a limpiar heridas de combate, no tenía ninguna experiencia médica aparte de eso. No sabía tratar esa clase de enfermedad—. ¿Me entiendes? No voy a dejar morir a nadie más en esta maldita selva. Eso no puede volver a pasar.

Las palabras se le escaparon sin que pudiera detenerlas, y luego se quedaron suspendidas en el aire.

—¿«Volver a pasar»? —Koffi repitió las palabras con voz desmayada.

—Da igual —replicó Ekon, cortante—. No quiero hablar de eso.

—Vale...

Koffi cerró los ojos y volvió a recostar la cabeza contra el tronco del árbol.

—¡Eh, abre los ojos!

—¿Y si hacemos un trueque? —propuso Koffi sonriendo, aunque sus ojos seguían cerrados—. Tú me dices de qué estabas hablando y yo sigo despierta.

Ekon titubeó. Nunca le había contado eso a nadie, ni siquiera a Kamau ni al hermano Ugo. Pero los ojos de Koffi seguían cerrados, y tenía que hacer algo. Incluso a través de su piel oscura veía su rostro palidecer, y parecía más y más débil por momentos. Si era la única manera de que siguiera consciente...

—Está bien. Antes me has preguntado qué había visto cuando estábamos en el prado de Anatsou —empezó con voz queda. Al instante, Koffi abrió los ojos—. No te lo quería contar porque... Nunca se lo he contado nadie. Yo...

Titubeó. Una vez más, se sentía como si estuviera al borde de un precipicio, a punto de saltar a lo desconocido. Se golpeteó la rodilla con los dedos, cada vez más deprisa.

«Uno, dos, tres. Uno, dos, tres. Uno, dos, tres. Uno, dos...»

—Ekon.

Se sobresaltó. Koffi se incorporó y le tomó la mano libre, la que no usaba para contar. Buscó su mirada y la sostuvo.

—Decía en broma lo del trueque. No tienes que contarme nada si no quieres, pero si lo haces... te escucharé.

Ekon dejó que lo recorriera un estremecimiento. El secreto ya estaba despertando en su interior. Lo notaba como si fuera un ser vivo que pugnara por salir de su caja torácica. Estaba ahí y, una vez que lo liberara, ya no podría volver a encerrarlo. Eso lo aterraba hasta lo indecible. Se miró los dedos, que seguían marcando su ritmo contra la pierna.

«Uno, dos, tres. Uno, dos, tres. Uno, dos, tres».

Volvió la vista a su otra mano, la que Koffi todavía sostenía. Ella movía la yema del pulgar arriba y abajo contra su piel, en círculos lentos y deliberados. No era igual que contar, pero contemplar esos círculos, por alguna razón, lo tranquilizó; hacían que se sintiera mejor. Inspiró hondo y se miró los pies.

Koffi enarcó las cejas sin decir nada, y Ekon prosiguió.

—Cuando éramos niños, a mi hermano y a mí nos gustaba desafiarnos mutuamente —continuó—. Casi siempre eran bromas, cosas inofensivas, pero un día mi hermano me planteó un desafío muy concreto. Se apostó conmigo cinco *shabas* a que no era capaz de entrar en la Selva Mayor. Al principio no quise aceptar la apuesta, pero luego cambié de idea. Sin decirle nada, a la mañana siguiente, mientras él todavía dormía, me levanté y entré yo solo. Tenía pensado tomar una piedra o una flor para demostrar que había estado allí, pero me perdí.

Ekon sabía que las imágenes regresarían y se preparó para ello, pero eso no las hizo más fáciles de digerir cuando llegaron. Su cuerpo seguía sentado al lado de Koffi, pero en su mente volvía a ser un niño, un cuerpo minúsculo perdido en una selva inmensa. Todavía recordaba el frío sobrenatural que había notado en la piel al dar los primeros pasos, la extraña quietud que pesaba en el aire mientras se internaba en sus profundidades, y luego la desesperación cada vez mayor que experimentó al comprender que no sabía volver.

—Pensaba que iba a morir allí dentro —dijo—. Y entonces...

—¿Y entonces? —lo azuzó Koffi.

—Y entonces llegó mi padre —susurró Ekon—. No sé cómo adivinó adónde había ido ni cómo me encontró en mitad de la selva. Solo recuerdo su voz, su manera de pronunciar mi nombre.

«Ekon, por favor».

Negó con la cabeza.

—Me dijo que teníamos que salir de la Selva Mayor, que no era seguro estar allí, y entonces... entonces lo vimos.

—¿Lo vieron?

—Al Shetani.

Ekon prácticamente escupió la palabra. Quería que el recuerdo lo hiciera enfadar, que le inspirase rabia, pero lo cierto era que, a pesar de todo el tiempo transcurrido, pensar en ese momento se parecía a tener una estaca de puro miedo clavada en los huesos. Recordaba los dos ojos negros, el gruñido grave que había cortado el silencio de la selva. Evocó la postura tensa de su padre, la mano que había volado al mango del *hanjari*. La bestia que clavó los ojos en él.

—¿Qué pasó? —quiso saber Koffi.

—Yo... —Una náusea le ascendió desde la boca del estómago. Las siguientes palabras eran las peores, las que no quería pronunciar. Un sudor frío le cubrió la piel cuando intentó articularlas y volvió a mirar los círculos que trazaba el pulgar de Koffi. Se obligó a concentrarse en ese movimiento en lugar de hacerlo en lo que estaba sintiendo—. Eché a correr.

Le dolía físicamente decirlo, un tormento aún peor de lo que había imaginado. Lágrimas de vergüenza acudían a sus ojos, y se le anudó la garganta hasta que apenas pudo respirar. Intentó seguir hablando, pero no podía. Notaba la piel en llamas; todo le ardía por dentro. Y lo merecía. Merecía sufrir por lo que había hecho. Cerró los ojos con fuerza mientras la voz de Baba llenaba su mente, ya no pastosa ni agónica, sino fría y afilada.

«Me dejaste —le dijo la nueva voz—. Me dejaste morir allí».

Un rictus de dolor se apoderó de su rostro. Lo había hecho. Se había portado como un cobarde. Baba había acudido a salvarlo, y él a cambio abandonó a su padre. Dejó que el ser —el monstruo— lo hiciera trizas. Lo había dejado morir en la selva, solo.

«Cobarde —lo acusó su padre con voz burlona—. Eres un cobarde. Kamau nunca me habría dejado, el mejor de mis dos hijos se habría quedado...».

Era verdad. Kamau era mejor; más fuerte, más listo, más valiente. Su hermano siempre había sido el mejor de los dos, y Ekon siempre se había considerado el hijo peor.

—Ekon.

Algo frío le rozó la barbilla, y despegó su mirada del suelo selvático. Koffi lo miraba con una expresión intensa.

—Termina de contármelo —pidió con tono quedo—. Por favor.

—No hay mucho más que contar. —Ekon propinó un puntapié a la tierra—. Yo pude llegar a casa y mi padre no. Al día siguiente encontraron su cuerpo en el límite de la selva. Por lo visto, intentó volver, pero... no lo logró. Más tarde, le concedieron la medalla al valor a título póstumo por haber intentado matar al Shetani sin ayuda de nadie. Nadie supo nunca el verdadero motivo por el que murió: para salvarme.

—Ekon —dijo Koffi con suavidad—. Solo eras un niño.

Él negó con la cabeza.

—Mi padre fue asesinado mientras intentaba rescatarme —replicó con aspereza—. El Shetani destrozó su cuerpo, pero fui yo el que le robó la vida. —Señaló los árboles—. Hasta la selva lo sabe.

Koffi arrugó el entrecejo.

—¿Qué quieres decir?

—Yo... —se interrumpió. Eso tampoco se lo había contado nunca a nadie. Se acordó de la anciana con la que había hablado pocos días atrás, la que parecía saber que la selva lo llamaba. Tragó saliva—. A veces, en las inmediaciones de la selva, oigo la voz de mi padre. Es igual que un fantasma que me llama, me culpa... Llevo oyéndolo más de diez años.

—Ekon. —Koffi parecía estar escogiendo las palabras con cuidado—. Lo que te voy a decir tal vez te suene un poco extraño, pero tú escúchame, ¿sí?

Él asintió.

—No he leído muchos libros en mi vida —empezó con inseguridad—. No soy como el Nkrumah ese ni como tus viejos profesores que tienen cosas tan importantes que decir. Pero en el tiempo que llevamos en esta selva, me he dado cuenta de una cosa. —Levantó la mirada para contemplar los árboles que los rodeaban—. Este sitio, la Selva Mayor, está viva. Tal vez no lo esté de un modo que nosotros podamos entender, pero creo que... creo que tiene personalidad e incluso una mente propia cuando quiere.

Ekon frunció el ceño.

—¿Y?

—Y —continuó ella— pienso que, de algún modo, te devuelve lo que le das. Piénsalo. —Prosiguió antes de que Ekon la interrumpiera—. Cuando nos encontramos con Anatsou, teníamos miedo. ¿Y qué pasó?

—Las arañas —dijo Ekon.

Koffi asintió.

—¿Y te acuerdas del grootslang? Apareció justo después de que discutiéramos sobre qué rumbo debíamos tomar.

Ekon guardó silencio.

—Y digo yo... —discurrió Koffi en voz alta—. Si te pasó algo malo aquí dentro cuando eras un niño pequeño, si las emociones que sientes cuando piensas en la selva siempre son negativas, tal vez sea eso lo que este sitio te devuelve. Y quizá el único modo de detener eso sea afrontar directamente las cosas malas que te sucedieron.

Ekon meditó las palabras. Le recordaban a algo que le había dicho el hermano Ugo en cierta ocasión: «Las pesadillas nos acosan como ávidas fieras que sucumben a la luz del día».

La luz del día. El hermano Ugo le dijo que el único modo de que desaparezcan los problemas es afrontarlos, pero...

—¿Cómo?

Tenía la garganta seca, la voz ronca. Casi no oía su propia voz.

—Afróntalo —dijo Koffi con firmeza—. No sigas escapando. —Le apretó la mano—. Y no tienes que hacerlo solo. Yo estoy aquí contigo.

—No sé cómo afrontarlo.

—Reconoce lo que pasó —murmuró ella—. Lo que pasó de verdad. Y luego perdónate.

Ekon cerró los ojos y unió las manos. Las desdichadas imágenes acudieron sin tardanza; ya sabía que lo harían, pero esta vez intentó no apartar la mirada. Vio la selva, la sangre en las hojas, los ojos de un monstruo que se aproximaba. Recordó el miedo, un frío sobrenatural, su corazón bombeando a toda potencia.

«Ekon».

Baba estaba a su lado, no tendido en un charco de sangre, sino solo de pie junto a él. Recordó haber mirado a su padre a los ojos.

«Ekon —le había dicho Baba—. Vete a casa».

«No. —Ekon no quería dejar solo a su padre—. Pero, Baba...».

«Ekon, por favor». La voz de su padre sonaba tensa, pero no de miedo. El Shetani todavía estaba a pocos pasos, observándolos, sin duda decidiendo a cuál de los dos atacaba en primer lugar. Su padre pasó la vista del monstruo a su hijo, despacio. «No pasa nada. Lo distraeré —le dijo—. Cuenta los pasos hasta llegar a casa. El musgo crece en la cara norte de los árboles, así que debes avanzar en dirección contraria al musgo. Al sur, hasta que estés en casa. Yo te alcanzaré. Todo irá bien».

Baba. Ekon había notado el calor de las lágrimas en el rostro. «No quiero dejarte».

«Te seguiré de cerca». La voz de Baba era tierna. Mentía, pero Ekon no lo sabía. «Por favor, hijo, ve».

Y Ekon echó a correr. Los árboles acudían a su encuentro mientras él avanzaba a la carrera en la dirección que su padre le había indicado. Recordó haber buscado el musgo, haber tratado de contar los pasos, pero los números se le enredaban en la cabeza.

«Uno..., dos..., cinco..., siete...».

No podía contar tanto sin desorientarse. Volvió a intentarlo. Uno..., dos..., tres. Podía contar hasta tres sin angustiarse. Se concentró en esos números adaptando sus pasos a la cadencia.

«Uno, dos, tres. Uno, dos, tres. Uno, dos tres».

Empezó a contar con los dedos para ayudarse. Encontró un ritmo, y la carrera se tornó más llevadera.

«Uno, dos, tres. Uno, dos, tres. Uno, dos, tres».

Tres. Concluyó que el tres era un buen número. El tres siempre sería un buen número.

«Ekon». Oyó la voz de su padre, ya no enfadada ni sufriendo; en lugar de eso, albergaba otra emoción.

«Ekon, por favor».

Su padre no le había suplicado que se quedara; le había rogado que se marchara. No lo consideraba el peor de sus dos hijos.

Lo quería.

—Ekon.

Abrió los ojos con la sensación de que acababa de emerger de unas aguas muy profundas. Podía respirar con normalidad y las voces habían desaparecido.

—¿Cómo te encuentras?

—Mejor —respondió Ekon con voz queda—. Me encuentro... mejor.

Ekon se despertó antes que el sol. Limpió el rudimentario campamento y consultó el mapa. Le resultaba extraño pensar que solo habían pasado tres noches en la selva; habían sucedido tantas cosas en tan poco tiempo... Extrajo el diario de Nkrumah de la bolsa para volver a estudiar el mapa.

Todavía estaban lejos de cualquier lugar civilizado, y no digamos de un médico. Se volvió a mirar a Koffi. Dormía —Ekon se lo había permitido finalmente—, pero todavía se estremecía por la fiebre. Tragó saliva. Según el diario de Nkrumah, ya debería haber muerto a esas alturas. El hecho de que siguiera viva era un pequeño milagro, pero Ekon sabía que no duraría mucho sin tratamiento, y además se les habían acabado los víveres.

Con sumo cuidado, ayudó a Koffi a ponerse en pie. Se agachó, dejando que se abrazara a su espalda, y le pasó los brazos por debajo de las rodillas para sujetarla. No era la postura más cómoda del mundo para caminar; aunque Koffi no pesaba demasiado, era alta. A Ekon no le importaba. Dos emociones distintas luchaban en su interior compitiendo por su atención. Tenía miedo —seguía muy preocupado por Koffi—, pero también experimentaba una inmensa alegría, un profundo alivio. Lo que le había dicho Koffi la noche anterior, lo que ella le había ayudado a comprender, se le antojaba trascendental; se había quitado un enorme peso de encima.

«Baba te quería».

Toda la vida había pensado que su padre lo odiaba. Supuso que tenía lógica, visto en retrospectiva, que una pesadilla hubiera reemplazado la verdad y luego se hubiera instalado en su mente. Ahora, sin embargo, sabía lo que había sucedido aquel día en realidad. Todavía le dolía saber que su padre había muerto por su travesura, pero ser consciente de que lo había hecho por elección propia lo ayudaba a sentirse mucho mejor; lo cambiaba todo, de hecho.

La mañana cedió el paso a la tarde más rápidamente de lo que le habría gustado. Ekon observó el firmamento. La noche caería en pocas horas y no les quedaban raciones de alimentos. Se les acababa el tiempo y se les acababan las opciones. Todavía lo estaba meditando cuando oyó el chasquido de una rama y una respiración sobresaltada, un jadeo.

Tan deprisa como pudo con Koffi cargada a la espalda, Ekon se volvió a mirar, ya con la mano en la empuñadura de su *hanjari*. El rápido movimiento arrancó un gemido a Koffi, y Ekon notó su corazón latiendo con fuerza contra su espalda. Su propio pulso se aceleró también. Comprendió que habían tenido suerte de no toparse con ningún otro animal desde el encuentro con el grootslang, y sospechaba que su buena estrella se acababa de agotar. Tenía que tomar una decisión. Lucharía mejor sin llevar a Koffi a cuestas. Podía defenderlos a los dos, pero eso implicaba dejar a la chica en el suelo, a merced de cualquier peligro. Todo su cuerpo se tensó cuando oyó romperse una segunda ramita, esta vez a su espalda, y luego llegó a sus oídos un sonido muy claro, un siseo. Se le heló la sangre en las venas. Si era otro grootslang o algo parecido, no tenían la menor oportunidad.

—Koffi. —Ekon bajó la voz tanto como pudo mientras sus ojos escudriñaban los árboles—. Escúchame. Sé que estás cansada, pero vas a tener que correr. No puedo luchar contigo a cuestas, tendrás que...

Ekon se detuvo tan bruscamente que Koffi estuvo a punto de resbalar de su espalda. Estaba mirando al frente, hacia los árboles, y se preguntó si los ojos lo engañaban. De entre las sombras, acababan de surgir dos mujeres distintas a cualquiera que Ekon hubiera visto anteriormente. Tenían la piel oscura como la suya, pero traslúcida, y sus rizos eran del color blanco plateado de la luna. Como los árboles entre los cuales habían aparecido, parecían intemporales, y Ekon no supo si interpretar esa cualidad como algo fascinante o aterrador. Una enarboló una lanza, y él se quedó petrificado. La mujer lo observó un instante antes de torcer la cabeza con un interrogante en la mirada.

—No tenemos malas intenciones. —No podía levantar las manos para indicar que se rendía sin dejar caer a Koffi, pero soltó el *hanjari* con movimientos lentos y exagerados—. Solo necesitamos ayuda, por favor.

—Hablo no bien las lenguas humanas. —La más menuda de las dos mujeres miró a su compañera y arrugó el entrecejo antes de voltearse otra vez hacia Ekon—. ¿Y tú?

A Ekon se le cayó el alma a los pies cuando la segunda mujer negó con la cabeza. La primera blandió la lanza todavía más arriba, y él se encogió. Estaba tan cerca que podría atravesarlos a los dos con un lanzamiento sencillo.

—Por favor. —Repitió esas únicas palabras antes de volver la cabeza hacia atrás para señalar a Koffi. Ella no había hablado ni se había movido desde la aparición de las dos mujeres, y eso lo asustaba—. Por favor, mi amiga morirá...

—Sí, lo hará.

Ekon dio un respingo y buscó con la mirada la nueva voz antes de devolver la vista a las dos mujeres de pelo blanco. Descubrió sorprendido que ya no lo apuntaba ningún arma; inclinaban la cabeza ante algo situado a espaldas del chico. Ekon se volvió a mirar y vio lo mismo que ellas.

Una tercera anciana, más menuda que las otras dos, se acercaba con lentitud entre los árboles, envuelta en un silencio inquietante. Ekon tardó un momento en entender el motivo del desasosiego que se había apoderado de él, pero enseguida lo identificó. El talante de la anciana, que parecía fuerte a pesar de la fragilidad de su cuerpo, sugería que no le preocupaban los peligros que pudiera albergar la selva. Vestía una túnica sencilla pero limpia e iba tocada con un gran turbante que le cubría hasta el último pelo que pudiera tener. Unos aros de madera le colgaban de las orejas, y cuando agitó una mano, las gruesas pulseras de su muñeca tintinearon con estrépito.

—Tu amiga ha comido un fruto del árbol umdhlebi.

Advirtió un curioso matiz compasivo en su voz que contradecía la mirada severa y sombría, la boca prieta.

Ekon asintió.

—No sabíamos que era malo.

La mujer negó con la cabeza, y Ekon creyó ver un brillo de alguna otra cosa en sus ojos.

—No es malo, solo incomprendido. El árbol umdhlebi es muy viejo, muy sabio y un tanto temperamental cuando se siente agraviado. —Enarcó una ceja—. Aunque supongo que Satao no incluyó ese detalle en sus anotaciones.

—¿Satao? —Ekon se quedó de piedra—. Usted... ¿Usted conoce a Satao Nkrumah?

La expresión de la mujer se entristeció visiblemente.

—Lo conocí, hace tiempo.

—Pero ¿cómo...?

La anciana levantó una mano para cortar el resto de la pregunta.

—El fruto del umdhlebi se puede comer y consumir, pero no sin el consentimiento del árbol; en ese caso se vuelve venenoso. Lo hace para que la gente aprenda. El ser humano no siempre tiene derecho a tomar lo que no le pertenece. —Su mirada revoloteó entre Koffi y Ekon—. ¿Cuánto hace que ha consumido la fruta?

—Ayer por la tarde. —Ekon titubeó y luego añadió—: Tiene... poderes. Puede...

—Sé muy bien lo que es. —La anciana hizo chasquear la lengua y sacudió la cabeza—. Pero importa más bien poco en relación con cosas como el árbol umdhlebi, a quien le trae sin cuidado a quién envenena. Es asombroso que la muchacha no haya fallecido ya, aunque lo hará en las próximas horas.

El rostro de Ekon se crispó.

—¿Y no hay manera de impedirlo?

La mujer frunció los labios, pensativa.

—Tal vez haya un modo, pero no te garantizo nada.

—Por favor. —Ekon descubrió que apenas era capaz de articular palabra. Koffi no podía morir allí en la selva, no como Baba. No lo permitiría—. Se lo ruego, ¿podría intentarlo?

Pasó un instante antes de que la anciana asintiera y luego buscara los ojos de Ekon.

—Acompáñame.

21
Sangre, hueso y alma

Koffi no abrió los ojos hasta que oyó el cascabeleo.

Al principio, pensó que el sonido formaba parte de un sueño, otro detalle absurdo del extraño sopor en el que estaba sumida. Pero no, cuanto más lo escuchaba, más segura estaba. El tintineo y lo que fuera que lo causaba no procedían de su imaginación. Se incorporó sobre los codos y enseguida se arrepintió.

Tan pronto como se movió, un dolor agudo le atacó el estómago, tan implacable como una daga *hanjari* clavada en las entrañas. Algo se movió a pocos pasos de donde estaba, y un gemido de dolor escapó de sus labios. Se sobresaltó. No estaba sola.

—Toma.

No conocía de nada a la anciana que renqueaba hacia ella a través de la choza. Vestía una modesta túnica negra y un turbante a juego. Sin más ceremonias, plantó una gran calabaza en las manos de Koffi.

—Bebe.

A Koffi no se le pasó por la cabeza desobedecer. De hecho, en el instante en que rodeó con las manos la dura corteza de calabaza y oyó el maravilloso chapoteo del interior, notó la boca seca como papel. Nunca en toda su vida había tenido tanta sed. El dolor de estómago cedió cuando se llevó la calabaza a los labios, y mejoró todavía más una vez que bebió varios tragos de agua. Suspiró con alivio.

—Gracias —dijo—. Se lo agradezco.

La anciana estaba de espaldas a ella, pero Koffi notó igualmente la tensión de su voz.

—No me des las gracias aún, niña. Debemos darnos prisa si queremos que sobrevivas.

«¿Qué?». Koffi no entendía de qué le hablaba. Por si acaso, tomó otro trago de agua bien largo.

—¿Por qué dice eso? —preguntó insegura—. Ya me encuentro mejor. El agua...

—No es nada más que un alivio temporal. —La anciana todavía no la miraba, y por fin Koffi vio de dónde procedía el cascabeleo. Estaba agitando una bolsita de yute que sostenía en el puño con todas sus fuerzas—. Tu amigo ha hecho bien en traerte, pero, como ya le he dicho, estás muy enferma. El agua no curará el verdadero mal.

«¿El verdadero...?». En ese momento, como si las palabras fueran un conjuro mágico, Koffi lo notó. La cabeza empezó a dolerle de mala manera. El agudo dolor de barriga le parecía una nimiedad en comparación. La calabaza le resbaló de las manos y se dobló sobre sí misma; pero, con una rapidez sorprendente, la anciana se plantó a su lado para mantenerla erguida. Había una súplica en sus ojos.

—Aguanta, niña —murmuró—. Aguanta un poco más. Ya vienen.

«¿Vienen?». A pesar del dolor, a Koffi le sorprendieron las palabras. La mujer la mantuvo incorporada otro instante más antes de voltearse hacia la bolsa, y ella aprovechó para mirar el entorno por primera vez. La choza en la que estaba era más grande y mucho más lujosa que ninguna de las que había en el Zoo Nocturno. Cada ladrillo de adobe estaba cortado con precisión, y habían hecho un trabajo de mampostería impecable. La estera de estampado *bogolanfini* que tenía debajo era incluso más elegante que las de Baaz en el Zoo Nocturno. Era una choza preciosa, no podía negarlo, pero... Meditó las palabras de la anciana.

«Ya vienen».

—¿Quién viene?

Koffi arrastró las palabras más de lo que pretendía mientras su visión se torcía y deformaba. Los bordes de su campo de visión se estaban emborronando, y cada vez le resultaba más difícil ver nada. Como si mirara a través de un túnel, observó a la anciana caminar trabajosamente hacia ella para sentarse con las piernas cruzadas justo enfrente, esta vez sosteniendo un gran cuenco negro entre las rodillas. Koffi se inclinó hacia delante con curiosidad, para ver qué contenía, y lo que vio le puso los pelos de punta.

—¿Eso son...?

—El brazo. —La mujer no dirigió a los huesos ni una mirada fugaz. Tenía los ojos anclados en Koffi—. Ya.

Koffi reaccionó con un movimiento reflejo, pero el movimiento fue demasiado rápido. El mareo se le multiplicó por diez cuando se agarró el antebrazo izquierdo —en el que tenía la marca de nacimiento— contra el pecho con ademán protector.

—¿Por qué?

El atisbo de impaciencia que cruzó las facciones de la anciana fue inconfundible esta vez.

—Si quieres vivir —le dijo en tono funesto—, lo harás.

«Si quieres vivir». Tres palabras sencillas, pero que trajeron un antiguo recuerdo a la memoria de Koffi. En el instante que tardó en inspirar una vez más con esfuerzo, retrocedió en el tiempo y viajó a otro día, a otra choza. La de su memoria no se parecía en nada a la que ocupaba en ese momento; era pequeña, oscura y sucia. Ningún tintineo resonaba en las paredes de adobe; en vez de eso, se dejaban oír las toses de la gente, los vómitos y los gemidos de dolor. Era la enfermería del Zoo Nocturno, la choza a la que Baaz enviaba a los guardas enfermos y heridos. Koffi recordaba los bastos colchones de heno rancio, apiñados para que cupiera la máxima gente posible en el interior, todos infectados con el mismo virus del mosquito. Recordaba a Baba tendido en el suyo, marchito, su frente brillante de sudor mientras la fiebre arrasaba con lo que quedaba de él. Mama no había llorado el día que Baba murió, pero Koffi todavía recordaba la efímera expresión que cruzó su cara. Reflejaba un sufrimiento insoportable, la viva imagen de un dolor inconcebible. Era una niña en aquel entonces, y la expresión la asustó, la atormentó y no quería volver a verla. Una especie de resolución prendió súbitamente en su pecho.

«Si quieres vivir».

Ella no sería la causa de que su madre volviera a sentir un dolor como ese. Tenía que sobrevivir a eso, tenía que volver a casa con su madre y Jabir, y haría lo que hiciera falta para conseguirlo. Esperó un instante antes de mirar a la anciana a los ojos.

—Sí. Muy bien.

Se dispuso a extender el brazo, pero no tuvo tiempo. Como una serpiente que ataca, la mujer le aferró el brazo con sus manos nudosas, y Koffi no vio el cuchillo hasta que fue demasiado tarde. Gritó cuando un dolor punzante estalló en una zona de su piel situada encima del corte de nacimiento, y las arcadas ascendieron por su garganta al ver que la mujer daba la vuelta a su brazo y lo sostenía encima del cuenco lleno de huesos. Observaron juntas como una, dos, tres gotas de color rojo oscuro se estrellaban sobre ellos. En cuanto el rojo tocó el blanco, los huesos empezaron a temblar.

—¿Qué...? —Koffi se apartó del cuenco horrorizada, sin preocuparse de la sangre que le resbalaba por el brazo y manchaba la hermosa estera—. ¿Qué está pasando?

Sin levantarse del sitio, la anciana dejó el cuchillo ensangrentado a su lado. Sostenía el cuenco totalmente inmóvil en el regazo mientras los huesos del interior temblaban cada vez con más violencia. La mujer cerró los ojos y pronunció unas palabras en tono quedo.

—Está en sus manos ahora —murmuró—. Ellas decidirán.

Koffi abrió la boca para preguntar, por segunda vez, quiénes eran «ellas». Sin embargo, tan pronto como sus labios empezaron a articular las palabras, vio algo: partículas de una luz centelleante. Al principio, pensó que la imaginación le estaba jugando una mala pasada, que estaba viendo un efecto secundario del dolor que todavía le palpitaba en la cabeza, pero... no, era real. Las partículas flotaban en el aire ante ella, brillando y girando de acá para allá como si bailaran una canción secreta. Koffi no solo las veía, también las sentía, compartía una afinidad con ellas. De repente, aumentaron de tamaño y una explosión reverberó en el aire. Hubo un fogonazo de luz blanca, tan brillante que Koffi tuvo que protegerse los ojos. Cuando volvió a abrirlos, se llevó un buen susto. Todavía estaba en la choza, y la anciana seguía sentada a pocos pasos con el cuenco de huesos ensangrentados en el regazo.

Pero ya no estaban solas.

Había mujeres de piel oscura sentadas a su alrededor, todas vestidas de lino blanco. Algunas llevaban pañuelos adornados con cuentas doradas en la cabeza; otras lucían peinados con nudos bantúes, cortes afro, trenzas y rastas. Era inquietante; Koffi no las había oído entrar y la puerta de la choza no se había movido, pero allí estaban, veinte por lo menos. Las había de todas las edades. El pelo de varias mujeres era blanco y algodonoso, mientras que otras no parecían mayores que su madre, pero todas compartían una semejanza que no sabía definir. No se debía a su aspecto ni a que sus vestiduras fueran iguales, sino a alguna otra cosa. Por fin, Koffi comprendió de qué se trataba. Todas y cada una la miraban con idéntico aire de asombro, como si estuvieran tan sorprendidas de verla como ella de su presencia.

—Qué mayor está —le susurró una de las más jóvenes a su vecina—. Dioses, hay que ver cómo crecen.

Koffi la miró boquiabierta. La mujer no solo hablaba zamani, sino su propio dialecto; era gede, como ella. Observó el círculo, maravillada. ¿Eran todas gede? Esperaba que sí. Jamás en su vida había visto a una persona de su pueblo cuyo aspecto delatara riqueza, y menos a varias. Esas mujeres se comportaban como reinas, con sus barbillas altas en actitud desafiante y ojos resplandecientes de seguridad en sí mismas y poder. Era la primera vez que veía a mujeres como esas.

—¿Quiénes...?

De sopetón, una de ellas se levantó y Koffi cerró la boca al momento. No podía explicar cómo lo sabía, pero presintió que estaba mirando a la jefa de ese grupo tan peculiar, a la matriarca. Los ojos de las demás se posaron en ella y todas se quedaron quietas. El báculo de madera que sostenía en sus manos varicosas llevaba atadas tiras de conchas de cauri, y se apoyaba en él según se acercaba. A pocos pasos de Koffi, la mujer se detuvo para erguirse ante ella. A diferencia de las demás, llevaba el pelo afeitado, y su vestido era largo y fluido como las ondas de un río. Cuando habló, lo hizo con una voz increíblemente sonora.

—Una hermana ha vertido su sangre sobre los antiguos huesos. —Las palabras de la mujer calva parecían vibrar a través de la cabaña—. Nos ha convocado y necesita nuestra ayuda.

Koffi no entendía de qué hablaba, pero, al parecer, las mujeres que la rodeaban comprendieron sus palabras. Empezaron a murmurar unas con otras, a lanzarle miradas curiosas y a intercambiar susurros tapándose la boca con la mano.

—La ayudaremos. —La mujer calva comunicó la decisión en un tono terminante—. En pie.

Fue una sola palabra, dicha con suavidad, pero las mujeres que formaban el círculo obedecieron al instante. Koffi, por su parte, se quedó sentada. No tenía claro por qué, pero algo la mantuvo anclada al suelo mientras las mujeres vestidas de blanco sobresalían ante ella, observándola.

Entonces empezaron a cantar.

El canto comenzó grave y fluctuante, como las cautas notas de una flauta *tambin* antes de aumentar de volumen. Igual que las partículas de luz que Koffi había visto antes, percibió los movimientos de la misteriosa música en el aire, notas de una canción que no sabía nombrar, pero que conocía. Contuvo el aliento cuando la melodía subió varias octavas y siguió ascendiendo más y más en un *crescendo* imposible. Algo poderoso se desplazó por su cuerpo y, de repente, el dolor se esfumó. Notó una sensación peculiar en la cara y solo cuando se tocó las mejillas cayó en la cuenta de que estaba mojada de lágrimas. Las mujeres vestidas de blanco finalizaron su canción y la mujer calva se arrodilló para situarse a la misma altura que Koffi.

—No derrames lágrimas, hija —murmuró—. Estamos siempre a tu lado.

De nuevo, brilló un fogonazo de luz tan intenso que Koffi apartó la cara. Cuando se desvaneció, la mujer calva había desaparecido, al igual que las demás componentes del círculo. En su ausencia, una sensación de vacío se apoderó de la cabaña. Pasaron infinitos instantes antes de que Koffi volviera a hablar, impresionada:

—Me han... curado.

—Pues claro que sí. No esperaba menos.

Koffi alzó la vista. Se había olvidado por completo de la primera anciana. Con su vestimenta negra, ofrecía un notable contraste con las mujeres vestidas de blanco que acababan de irse, pero una sonrisa rozaba sus maltrechas facciones. Koffi pensó que incluso parecía más joven, de alguna manera extraña.

—¿Adónde han ido? —Koffi se levantó para echar un vistazo a la choza—. ¿Y por qué me han ayudado?

La anciana siguió sentada.

—No estoy en posición de responder a la primera pregunta —respondió con tristeza—. En cuanto al motivo por el que tus madres ancestrales te han sanado... Los darajas cuidan de los suyos, aunque sea desde el otro mundo. Su vínculo contigo está forjado de una magia antigua, casi olvidada, pero no se ha perdido del todo.

Las palabras se posaron sobre Koffi como capas de polvo, cada cual con sus propias revelaciones.

—¿Usted lo sabía? —susurró—. ¿Usted sabía que yo tenía poderes mágicos?

—Desde el mismo instante que vi a ese amigo tan guapo tuyo contigo a cuestas. —La anciana sonrió—. Cuando has vivido tanto tiempo como yo, aprendes a mirar.

Koffi se masajeaba las sienes, todavía intentando asimilar lo que estaba oyendo. En ese momento, se dio cuenta de un detalle. El corte que la anciana le había practicado en el brazo había... desaparecido. La piel se había unido otra vez, tan lisa como si nunca la hubiera cruzado ninguna marca. Levantó la vista desconcertada.

—No lo entiendo.

La anciana unió las manos.

—Comiste del árbol umdhlebi sin su consentimiento —explicó con dulzura—. El veneno de ese fruto no se parece a ningún otro de los que alberga la selva. Se requiere un poder inmenso para expulsar algo así de un cuerpo mortal. Lo que yo he hecho ha sido una invocación, un ritual que permite a los seres que siguen atados a este mundo llamar a aquellos que ya han cortado los hilos. —Le lanzó a Koffi una mirada elocuente—. Con tu sangre, has invocado a aquellas que comparten esa sangre. Has llamado a tus madres ancestrales y ellas han acudido a tu llamada.

—Mis madres ancestrales... —repitió Koffi despacio—. ¿Algo así como mis antepasadas? ¿Esas mujeres son... parientes mías?

—Algunas más directas que otras, pero sí. —La anciana asintió para confirmarlo—. El hilo que te une a ellas es de naturaleza etérea, hecho de sangre, hueso y alma.

Koffi la miró fijamente mientras el peso de su revelación calaba en ella.

—Ese poder que mis madres han empleado para sanarme —preguntó—, yo también lo tengo ahora, ¿verdad?

La anciana sonrió.

—Siempre has tenido ese poder, hija. Si tus madres han hecho algo al respecto, ha sido despertarlo.

—Lo noto. —Koffi se miró los brazos y las piernas. Tenían el mismo aspecto que siempre, pero una sensación cálida los recorría por dentro. Discurría desde la yema de los dedos hasta la punta de los pies y le provocaba la misma sensación que si llevara horas sentada al sol. Era maravilloso pero aterrador—. Había percibido algo en momentos aislados, pero... ahora noto como si fluyera a través de mí todo el tiempo.

—Como debe ser —respondió la anciana—. Como debería ser siempre, en el caso de una verdadera daraja.

«Daraja». Koffi reconoció la palabra. La había oído por primera vez en el mercado. Fue el día que descubrió que la magia era real, algo que ella poseía y que le podía cambiar la vida. No le había pedido a la anciana del mercado de Lkossa —una distinta de la que ahora tenía delante— ayuda ni más información, pero no cometería dos veces el mismo error.

—Quiero aprender —pidió con convicción—. Quiero aprender a usar bien mis poderes. —Tragó saliva—. ¿Usted me enseñaría?

La anciana la escudriñó varios segundos como si la estuviera evaluando, antes de acceder con un gesto afirmativo.

—Sí, hija —susurró—. Pienso que el destino ha querido que sea yo la que lo haga, así que te enseñaré.

Se puso en pie y se llevó la mano a la parte trasera de la cabeza para desatarse el turbante negro. Koffi también se levantó.

—¿De verdad? —Casi no se atrevía a creerlo—. O sea, ¿me lo va a enseñar todo? ¿Sobre la magia y cómo usarla?

—Sí, hija mía. —La anciana le lanzó una mirada risueña—. Te enseñaré lo que pueda. Pero antes que nada debes saber que tus antepasadas no se referían a lo que tú haces como «magia».

Koffi frunció el ceño.

—¿No?

—No.

La mujer terminó de desatarse el turbante y lo dejó caer al suelo. Koffi se quedó de piedra, y la anciana sonrió.

—Lo llamaban... «el esplendor».

22
Mitos y leyendas

Ekon se paseaba entre los árboles con las manos unidas a la espalda.

En lo alto, el cielo estaba cambiando. Si bien exhibía un gris amenazador cuando había llevado a Koffi al claro, ahora el sol parecía estar haciendo su última aparición del día. Alargado y brillante, se proyectaba por el cielo en cintas de tonos anaranjados, rosados y dorados, únicamente interrumpidas por las grietas de la Ruptura. Era una especie de burla cruel. Cuanto más hermoso estaba el firmamento, peor se sentía él.

Observó el entorno por enésima vez. Después de que Ekon hubiera accedido a seguir a la anciana, esta lo había guiado a un claro rodeado de árboles, en el cual descubrió sorprendido un campamento atestado de gente.

Bueno, no estaba seguro de que «gente» fuera la palabra apropiada.

Al igual que las dos mujeres con las que se habían cruzado al principio, casi todos vestían túnicas lisas de color café, y algunos se adornaban con hojas de alegres colores entrelazadas en el pelo, que era blanco y ondulado. La anciana no les había prestado atención cuando había tomado a Koffi de la espalda para llevarla en brazos, con una facilidad pasmosa, a una choza grande que había en el centro de esa zona despejada. Había transcurrido una hora como poco desde que Koffi y ella desaparecieran en el interior.

De vez en cuando, notaba que los ojos grandes y curiosos de esa gente extraña se volteaban a mirarlo, pero Ekon no hablaba con ellos. Emanaban un aura parecida a la de la anciana, cierta afinidad anímica con la selva que él no entendía. A veces, los veía internarse entre los árboles y desaparecer. Otras, miraba a los niños jugando y descubría que sus siluetas se desdibujaban por aquí o por allá de manera extraña.

No, estaba claro que no eran personas normales.

—¡Ekon!

Tuvo que mirar dos veces. Una joven morena acababa de salir de la choza. Koffi. Y tenía un aspecto... radiante. Al ver aquello, notó un calorcillo en el cuello que no pudo disimular. Si antes Koffi parecía enferma y sudorosa, en ese momento estaba resplandeciente. Exhibía una sonrisa ancha, la piel oscura era ahora luminiscente e incluso sus trenzas irradiaban un leve matiz dorado, casi imperceptible, que parecía emanar de dentro. Se detuvo a pocos pasos de Ekon y lo miró.

—Me siento... mejor.

El alivio lo inundó como una marea. Deseaba decir las palabras apropiadas, pero no le salían. «Qué miedo he pasado». «Estaba preocupado». «Qué feliz me siento». En vez de eso, se limitó a asentir con la cabeza.

—Bien. —Se inclinó hacia ella y bajó la voz—. Esto... Deberíamos irnos. La gente de pelo blanco no para de mirarme desde que he llegado, y algunos van armados.

La sonrisa de Koffi contenía un atisbo de risa.

—No nos harán daño.

Ekon arrugó el ceño.

—¿Y eso lo sabes porque...?

—Porque son yumbos. —Miró tras de sí con expresión de cariño. Como si hubieran reconocido su nombre, algunas de esas personas alzaron la vista y los saludaron—. Son los guardianes de la selva.

Ekon entornó los ojos.

—¿Cómo lo sabes?

Koffi levantó la mirada para contemplar la selva que los envolvía.

—Mi madre me contaba historias sobre ellos —dijo con ternura—. Siempre había pensado que eran personajes inventados, surgidos de los mitos y las leyendas, pero... me equivocaba.

El ceño de Ekon se acentuó. Por norma general, desconfiaba de los mitos y las leyendas; no estaban acreditados. Sus ojos se desplazaron hacia su morral, que estaba apoyado contra un árbol.

—Qué raro, Nkrumah no menciona a los yumbos en su diario...

Un susurro lo interrumpió a media frase, y las palabras de Ekon murieron en sus labios cuando bajó la vista al suelo de la selva para averiguar su procedencia. Se quedó paralizado. Una enorme serpiente dorada se deslizaba hacia ellos con los ojos verdes como gemas clavados en Ekon y Koffi. Al principio, pensó que nunca había visto una serpiente tan grande y tan larga —desde donde estaba, no veía el final de la cola, y el cuerpo del animal era más grueso que su brazo—, pero pronto comprendió que no era cierto. Había visto a ese ofidio en una ocasión anteriormente, cuando acababa de entrar en la selva con Koffi, antes de que deambularan hasta la niebla. En aquel momento, había atribuido la visión a una alucinación, otro de los engaños de la jungla. Estaba equivocado. El ser no era ninguna alucinación. El instinto le pedía echar mano del *hanjari*. Sin embargo, descubrió que no podía moverse. Solo podía mirar fijamente al animal, que se acercaba cada vez más. Cada músculo de su cuerpo se tensó cuando el reptil llegó a su altura. Ekon estaba tan ofuscado por su presencia que no cayó en la cuenta de que Koffi no había pronunciado palabra. La gigantesca serpiente levantó la cabeza ligeramente y abrió la boca. Siseó, dejando a la vista dos largos colmillos blancos. A continuación, casi sin transición, devolvió la cabeza al suelo y se deslizó ante él para alejarse por la maleza de la selva. El chico la vio marcharse, estupefacto.

—No... —No se lo podía creer—. No nos ha hecho nada.

—Porque yo se lo he pedido.

Ekon se volvió hacia la voz grave que acababa de restallar en el claro como un trueno. Al mismo tiempo, todas y cada una de las personas de pelo blanco dejaron lo que estaban haciendo y clavaron sus extraños ojos traslúcidos en la puerta de la choza. Alguien —la poseedora de la estruendosa voz— salió de la cabaña y Ekon se quedó pasmado cuando comprendió a quién estaba mirando. La anciana que se había llevado a Koffi un rato atrás todavía vestía la modesta túnica negra, pero ya no era vieja. Se deslizaba hacia ellos con la elegancia de una bailarina, y las arrugas que en otro momento cubrían su cara se habían esfumado. Un rayo de sol color mandarina se proyectó sobre su cuerpo mientras se aproximaba, y ya estaba lo bastante cerca para que Ekon le viera la cara; para que viera de verdad lo que no había sido capaz de reconocer en el primer encuentro. Despacio, las piezas encajaron en su mente: la serpiente gigantesca y dorada que acababa de pasar, el semblante que había visto tallado en piedra miles de veces en el interior del Templo de Lkossa. Sabía quién era esa mujer y también lo que no era.

—No eres..., no puedes ser... —No encontraba las palabras.

La diosa buscó su mirada con sus ojos penetrantes.

—Todo está bien, hijo —le dijo Badwa—. No tienes nada que temer. —Se volvió hacia Koffi, y Ekon creyó ver que compartían una expresión cómplice—. Hablaré con ustedes dos mientras los yumbos preparan comida y bebida. Luego cenaremos.

«Luego». Las palabras eran como hilos inconexos en la mente de Ekon, y no conseguía entrelazarlos. «Luego». ¿Qué venía después de que una diosa —una diosa real, de carne y hueso— te mirara a los ojos? ¿Qué pasaba a continuación de que te hablara? No podía ni contemplarla fijamente, como cuando miras el sol o intentas ver el mar entero, pero no eres capaz de alejarte lo suficiente para abarcarlo todo. ¿Y si metía la pata, si decía algo que ofendía a la diosa? ¿Lo convertiría en un bicho, lo fulminaría con un rayo? Dio un salto cuando una mano suave se posó en su brazo y lo arrancó de sus pensamientos.

—No pasa nada, Ekon. —Koffi murmuró las palabras mirándolo a los ojos—. Te lo prometo.

Ekon no supo por qué razón el tono de su voz le mitigaba la ansiedad, solo que el efecto fue instantáneo. La piel de las yemas de sus dedos contenía el calor de una vasija olvidada al sol. Se concentró en esa calidez.

—Muy bien. Vamos.

La diosa astada les pidió por gestos que la siguieran a un claro situado a varios metros de distancia de la choza y los yumbos. Una vez que estuvieron los tres sentados, la diosa unió las manos.

—Este lugar y sus habitantes pertenecen a mis dominios —empezó—. Yo custodio a todos los seres y animales que lo habitan, y cada uno de ellos responde ante mí. En consecuencia, deben saber que les he estado observando desde el instante mismo que pusisteis un pie en la selva.

A su pesar, Ekon experimentó un enfado fugaz. Si lo que la diosa estaba diciendo era verdad, llevaba un tiempo contemplando sus penalidades en la selva. Los había visto toparse con la niebla, las arañas y un grootslang, y no había hecho nada en absoluto para ayudarlos hasta ese momento. Trató de borrar su ceño a toda prisa, pero Badwa se fijó en él, antes de que pudiera hacerlo. Como si le hubiera leído el pensamiento, sonrió.

—No espero que entiendas —concedió con suavidad— las responsabilidades que recaen sobre mí como regente de estas tierras. Soy consciente de que varios de mis súbditos se han mostrado poco hospitalarios desde vuestra llegada.

«Qué manera más prudente de formularlo», pensó Ekon, recordando concretamente el encuentro con Anatsou.

—Pero no puedo castigar, y tampoco castigaría a los habitantes de esta selva por ser fieles a su naturaleza. —La voz de Badwa adoptó un tono más frío—. Hacerlo sería faltar a mis deberes de guardiana.

Ekon prefirió no responder en voz alta. Se había criado tras los muros del Templo de Lkossa, memorizando textos sagrados sobre la devoción a los dioses y a las diosas, y tenía bastante claro que nada de lo que quería decir en ese momento se podría considerar «respetuoso». Advirtió que Koffi, a su lado, no se había movido. Escuchaba a Badwa sorprendida.

—Lo que sí puedo hacer, sin embargo —prosiguió la diosa—, es ofreceros las respuestas a algunas de las preguntas cuya respuesta han venido a buscar. Les puedo ofrecer la verdad.

Ekon se irguió al momento en el asiento, emocionado. ¿La diosa les ofrecía respuestas? Bien, pues ya tenía una pregunta:

—Si todo lo que hay en la selva obedece a su autoridad —dijo—, si nos puede ayudar a encontrar lo que hemos venido a buscar, será capaz de decirnos dónde está el Shetani para que podamos darle caza, ¿verdad?

Comprendió al instante que se había excedido. El rostro de Badwa se oscureció, como nubarrones que se acumulan antes del monzón. Adoptó una expresión pétrea, y las arrugas de expresión entre las cejas y en las comisuras de sus labios se endurecieron. Cuando miró a Ekon, había frialdad en sus ojos.

—Te has referido a ella por su falso nombre.

Ekon intercambió una mirada con Koffi, que parecía tan nerviosa como él, antes de dirigirse a la diosa de nuevo.

—Eh..., ¿disculpa?

—Te has referido a ella como el Shetani, un demonio —aclaró Badwa—. Ese no es su verdadero nombre.

Ekon abrió la boca para seguir hablando, pero se detuvo de sopetón. La diosa acababa de decir algo que no le cuadraba.

—¿Ella? —repitió—. ¿Habla del She..., esto, del ser, en femenino?

Despacio, Badwa asintió y fue un gesto triste.

—El ser que tu pueblo lleva persiguiendo casi un siglo, el mismo que consideran un monstruo, no siempre lo fue. —Su mirada revoloteó de Ekon a Koffi—. Hace mucho tiempo fue humana, como ustedes.

Ekon no asimiló las palabras de inmediato. No supo cuánto rato había pasado antes de que desentrañara su significado.

—¿Qué? —Se sentía adormecido, desconectado de sí mismo. No miró a Koffi, pero la imaginó tan conmocionada como él, observando a la diosa con incredulidad—. ¿Cómo es posible?

Badwa entrelazó las manos en el regazo y suspiró.

—La historia empieza y termina, igual que todo, con el esplendor.

Ekon frunció el ceño.

—¿Con qué?

—Un poder que ha recibido muchos nombres —prosiguió Badwa—. Pero es más conocido por el que se le dio en las lenguas antiguas.

—Pero ¿qué...?

—¡Chist!

Koffi se llevó un dedo a los labios para hacer callar a Ekon al tiempo que le lanzaba una mirada torva. A continuación, le pidió por gestos a Badwa que continuara. La diosa pasó la vista de uno a otro y prosiguió.

—El esplendor es una energía antigua, primordial —explicó—. Es un poder puro y natural. Mis hermanos, hermanas y yo procedemos de él, y los Seis lo empleamos para crear el mundo temporal que conoen. Cuando concluimos nuestra obra y repartimos los reinos del mundo, guardamos con cautela gran parte del esplendor en las profundidades de la misma Tierra. Solamente hicimos una excepción: los seres humanos que juzgáramos dignos de tal poder podrían manejar pequeñas cantidades. Llamamos a esos mortales «darajas». En su momento, cuando esos mortales fallecieran, legarían sus poderes a sus descendientes y se crearía así un grupo de elegidos dentro de la raza humana. Satisfechos con lo que habíamos creado, los dioses decidimos descansar. —Una sombra cruzó el rostro de Badwa—. Todos excepto uno: nuestro hermano pequeño.

—Fedu. —Ekon pronunció el nombre sin poder evitarlo—. El dios de la... muerte.

Badwa asintió.

—A medida que la Tierra envejeció, mi hermano empezó a ver sus defectos, sus peores características. Con el tiempo, acabó creyendo que solo los darajas eran dignos de habitar el mundo que los dioses habíamos creado. Decidió emplear el esplendor que habíamos guardado para comenzar el mundo de cero, pero no podía hacerlo solo. Así que buscó a un daraja tan poderoso como para ayudarlo a materializar su visión y convertirlo en su herramienta. Y encontró uno, una joven nacida en la misma región de la que proceden ustedes. Se llamaba Adiah. Fue a buscarla.

Ekon se dispuso a preguntar algo, pero cambió de idea. Badwa se lo agradeció, por lo visto, porque prosiguió:

—Mi hermano sabía que, en ciertos momentos concretos, el esplendor encerrado en el núcleo de la Tierra se torna más poderoso, más fácilmente accesible y canalizable. La oportunidad únicamente se presenta una vez cada siglo, y se considera un día sagrado...

—Espere. —Ekon enderezó la espalda, incapaz de seguir callado—. ¿Habla de una festividad que conocemos como... el Vínculo?

—La misma —asintió Badwa—. Ustedes la consideran una celebración anual de la veneración y el respeto que nos profesan, pero nosotros, los dioses, siempre hemos sabido que posee asimismo un significado centenario. Recurriendo al engaño, Fedu intentó convencer a Adiah de que lo ayudara a desatar el esplendor. Sin embargo, cuando comprendió sus verdaderas intenciones, Adiah desbarató sus planes a costa de sí misma.

—¿Qué le pasó?

Koffi lo preguntó en un tono sumamente quedo; casi parecía asustada. La aprensión de su rostro era tan grande que Ekon la notó proyectada en el aire. Miró a Badwa, y esta agachó la cabeza.

—Adiah contribuyó en parte a la campaña de mi hermano, sin saber lo que hacía —murmuró—. Liberó esplendor y lo empleó para sembrar el caos en Lkossa. Las marcas de esa destrucción son conocidas por todos en la actualidad.

—La Ruptura —susurró Koffi—. No fue un terremoto. Ella lo provocó.

—Un error que lamenta a diario, estoy segura. —Badwa parpadeó y sus ojos titilaron un instante—. Cuando Adiah comprendió lo que había hecho, recuperó el esplendor que Fedu la había inducido a emplear para la destrucción, con el fin de impedir que infligiera más daño al resto del continente. Cuando mi hermano la amenazó, le ofrecí refugio en un lugar al que no pudiera seguirla. Ningún dios puede entrar en el reino de otro sin su consentimiento. Y ha vivido aquí desde entonces. —Miró a Koffi—. Salvo por un breve instante, una noche, cuando percibió la llamada de otro daraja.

—Pero hay una cosa que todavía no entiendo. —Ekon habló despacio, mientras trataba de unir las numerosas piezas del rompecabezas en su mente—. Si Adiah ha estado aquí todo este tiempo, refugiada, ¿cómo se convirtió —vaciló— en el Shetani?

El rostro de la diosa se entristeció.

—La cantidad de esplendor que Adiah absorbió a instancias de mi hermano fue antinatural; ningún dios sería capaz de absorberlo, y menos aún un ser mortal. El poder mantiene viva a Adiah y le ha permitido seguir existiendo mucho más tiempo del que sería normal para un ser humano —dijo—. Pero ha pagado un precio por ello, un precio terrible, a decir verdad.

Koffi se quedó rígida, y Ekon notó que se le erizaban los pelillos de la nuca.

—El esplendor se alimenta de su cuerpo —explicó Badwa—. Ha distorsionado su apariencia de un modo brutal. Su mente sigue intacta y todavía es humana, pero su envoltura física es la de una bestia, y continuará así hasta que el esplendor le sea extraído.

—Se ha sacrificado. —Koffi habló con voz hueca. Su expresión rezumaba horror—. Durante todos estos años. Los lkossanos la consideraban un monstruo cuando... cuando en realidad nos estaba protegiendo a todos.

—Claro. —Ekon torció el gesto—. Cuando no anda por ahí asesinando gente sin complejos.

Badwa se volvió a mirarlo a toda prisa.

—Hace noventa y nueve de sus años mortales que Adiah reside en mi reino —le espetó con brusquedad—. Jamás en todo este tiempo ha asesinado a un ser humano.

Ekon negó con la cabeza sin poder contenerse.

—Eso no es posible. El Shetani lleva años matando lkossanos por su cuenta. Hay registros del número de muertes que...

Badwa levantó la barbilla.

—¿Pones en duda la palabra de una diosa?

Ekon lo tenía muy claro. No quería contradecir a una diosa —le parecía una idea malísima, lo mirara por donde lo mirara—, pero no se le ocurría ninguna otra posibilidad. Sabía lo que había visto con sus propios ojos durante toda su vida, los cuerpos mutilados y los charcos de sangre en el límite de la Selva Mayor. Le dio un vuelco el corazón cuando se acordó de su padre, Baba, que había muerto en esa misma fronda... Baba, que había sufrido una muerte tan violenta.

—No pretendo poner en duda su palabra —le dijo a la diosa despacio—. Pero lo que dice no me cuadra. Sé lo que he visto con mis propios ojos. Hay listas de las víctimas del Shetani...

—A menos... —Koffi miraba al frente, inmersa en sus propias cavilaciones silenciosas—. A menos que esas personas no fueran víctimas del Shetani.

—¿Cómo no iban a ser...?

—Escúchame un momento. —Koffi ya empezaba a entornar los ojos—. ¿Qué sabemos con total seguridad?

Ekon lo meditó un momento.

—Sabemos que la gente de Lkossa llevan décadas siendo asesinadas con brutalidad en el mismo sitio y casi siempre por el mismo método.

—Exacto —dijo Koffi—. Y hasta hoy atribuíamos esas muertes al Shetani, pero.... Ahora sabemos que no es posible. —Levantó los ojos—. Piénsalo, Ekon. ¿Por qué se iba a molestar Adiah en guardar el esplendor en su cuerpo para proteger a la gente si pensaba salir por ahí a matar a sus vecinos de todos modos?

—¿Porque se ha convertido en un monstruo con una insaciable sed de sangre?

—O —Koffi entrelazó las manos— porque no era ella la que estaba matando gente... sino alguien más.

Las palabras le provocaron a Ekon un escalofrío.

—¿Alguien más?

—Alguien metódico —prosiguió Koffi—. Alguien decidido a que la culpa de los crímenes recaiga en Adiah.

Llegaron juntos a la misma conclusión.

—Fedu.

—Él anda detrás de las muertes —concluyó Koffi—. Ha estado valiéndose de algún otro ser para asesinar a los lkossanos y echarle la culpa a Adiah.

—Porque si todo el mundo piensa que ella es la responsable, la odiarán —dedujo Ekon—. Eso induciría a la gente a buscarla y darle caza, como llevan haciendo casi un siglo.

—Y como nosotros nos proponíamos hacer —murmuró Koffi.

Ekon se echó hacia atrás un momento, estupefacto. Se sentía como si le hubieran arrancado toda su vida de tajo y la hubieran sacudido a conciencia. Desde que podía recordar, había temido y odiado al Shetani a partes iguales. Lo culpaba de las peores épocas de su infancia, de la muerte de su padre. Esa ira constante había actuado en él como una energía, le había prestado fuerzas para seguir adelante. Era extraño saber que había dirigido esa rabia al lugar equivocado, que pertenecía a otro.

—Tenemos que dar con el ser que está asesinando a la gente en realidad. —Ekon hizo una mueca cuando una resolución totalmente nueva cobró fuerza en su interior—. Tenemos que averiguar qué ha estado usando Fedu para hacer daño a los lkossanos y detenerlo.

—No. —Koffi negó con la cabeza frunciendo el ceño—. Lo que debemos hacer es encontrar a Adiah y ayudarla.

—Tal vez haya un modo —intervino Badwa con voz queda— de que hagan ambas cosas.

Los dos regresaron la vista hacia ella, pero fue Ekon el primero en hablar:

—¿Qué quiere decir?

—Mi hermano es muchas cosas —empezó la diosa—. Astuto, ambicioso y calculador, pero por encima de todo es maquinador. Lleva todo este tiempo propiciando salvajes asesinatos en Lkossa, pero con una intención, con un objetivo constante en mente.

—Llegar a Adiah —dijo Koffi.

—Porque mientras lleve dentro el esplendor, podrá utilizarla —prosiguió Badwa—. Pero si Adiah no poseyera lo que mi hermano desea...

—Ya no podría utilizarla —concluyó Ekon.

—Y no tendría motivos para seguir matando gente —dijo Koffi—. Los asesinatos cesarían.

Badwa no respondió a eso, pero sus ojos titilaron. Ekon interpeló a la diosa una vez más:

—¿Cómo podemos ayudar a Adiah a deshacerse del esplendor que lleva en el cuerpo?

Ella unió los dedos como si rezara, pensativa.

—Adiah fue capaz de absorber ese inmenso volumen de energía hace casi cien años, durante el Vínculo, cuando el esplendor ascendió a la superficie de la Tierra en cantidades mayores de lo habitual —meditó—. Para devolverlo, tendría que hacer lo contrario.

—¿Podría liberarlo en pequeñas cantidades? —quiso saber Ekon.

Badwa lo miró como si estuviera sopesando la respuesta.

—Imagina que llevaras un siglo sosteniendo una pesada vasija llena de agua —dijo—. Ahora imagina que intentaras verter despacio todo el contenido, gota a gota. Sería posible, pero requeriría un inmenso autocontrol, y no sé si Adiah lo tiene a estas alturas. —Se desinfló, pensativa—. Lo que necesita es otra oportunidad de expulsarlo todo de una vez de manera segura, algo como...

—Otro Vínculo —saltó Koffi—. Eso le permitiría devolver el esplendor a la tierra con seguridad, sin provocar otra Ruptura.

—La próxima fiesta del Vínculo se celebra dentro de dos meses —dijo Ekon. Se levantó y empezó a caminar de un lado a otro—. Tenemos que encontrarla justo antes de que empiecen las celebraciones y luego llevarla a alguna parte donde pueda depositar la energía sin hacer daño a nadie. Tendría que ser en una zona remota, lejos de la gente...

—¡Las llanuras de Kusonga! —Koffi se levantó también—. Tú mismo lo dijiste, aquello no es más que un enorme pastizal. Allí Adiah podría deshacerse de manera segura del esplendor que todavía lleva dentro.

—Según el mapa del diario de Nkrumah, las llanuras de Kusonga no están cerca —dijo Ekon—. Tardaríamos semanas en llegar andando, más si tenemos que llevar a Adiah y asegurarnos de que Fedu no la vea.

—¡Entonces tenemos que encontrarla! —exclamó Koffi—. Cuanto antes, mejor.

—¿Y si Fedu averigua lo que nos proponemos? —preguntó Ekon—. ¿Y si intenta darle caza?

En el fondo de su mente, revoloteaba otro pensamiento: Fedu no era el único que estaba buscando a Adiah. Tragó saliva. La partida de caza del Kuhani ya debía de andar por la selva, buscando rastros y siguiendo huellas; quizá no estuvieran demasiado lejos en ese mismo instante...

—No estará sola. —Los ojos de Koffi se endurecieron súbitamente—. Yo también soy una daraja. Puedo ayudar a protegerla. —Giró el cuerpo hacia Badwa—. Ha dicho que me ayudaría a usar el esplendor. ¿Cuándo empezamos?

La diosa de la selva volvió la mirada a los árboles y, en ese instante, Ekon tuvo la sensación de que Badwa veía mucho más de lo que ellos verían nunca.

—Mañana —dijo pasado un momento—. Tu primera lección empezará al amanecer.

23
El esplendor

Koffi se despertó al alba.

Había hecho lo posible por seguir las indicaciones de Badwa, que consistieron en cenar bien y descansar todo lo que pudiera, pero le resultó imposible. Sus sueños estaban poblados con las imágenes de las cosas que había descubierto el día anterior: Adiah, el Shetani, el esplendor, la verdad sobre la Ruptura. Cuando despertó y volvió a recordarlo todo, una nueva descarga de emoción la recorrió por dentro.

Se levantó de la colchoneta cuando los primeros rayos de sol rozaban el cielo todavía oscuro. Era un objeto modesto que le habían prestado los yumbos, pero sin duda más cómodo que nada en lo que hubiera dormido anteriormente. Dejó vagar la mirada por el campamento, buscando a sus atentos anfitriones, y se sorprendió al encontrar los terrenos vacíos salvo por su presencia y la de Ekon, que seguía durmiendo a pocos pasos de distancia, además de la cabaña en la que supuestamente estaba Badwa. No vio el menor rastro de los yumbos. Esbozó un gesto de extrañeza. ¿Necesitaban siquiera dormir los yumbos? ¿Adónde iban por la noche los mágicos guardianes de la selva? ¿Qué hacían durante el día? Se dio cuenta de que en realidad no lo sabía.

En silencio, se alejó del campamento hacia los imponentes árboles. A esa hora del día, la selva todavía no se había despertado, y ella estaba encantada de que fuera así. Se detuvo al encontrar el pequeño estanque del que Badwa le había hablado la noche anterior y se arrodilló para mirar la lisa superficie. Se quedó quieta. No sabía qué sentir cuando vio su reflejo a la pálida luz de la mañana. Apenas reconocía a la chica que le devolvía la mirada; parecía mayor, no sabía por qué razón. Las trenzas oscuras, medio deshechas, se habían convertido en delicados rizos que apuntaban en todas direcciones. Tenía el mismo aspecto, pero distinto. Tardó un momento en identificar el motivo.

«No estás sola, no eres la única».

Cuando provocó la explosión de la vela en la *hema*, en otra vida, se había sentido aislada en su singularidad. Y cuando la anciana del mercado le habló de la magia que había en Lkossa, se había sentido un poco más acompañada; pero aquella mañana... Aquella mañana sabía que había otra persona como ella, una chica con la que tenía algo en común, tal vez incluso una amiga.

«Una amiga, no —se recordó—. Un ser prodigioso».

Si lo que Badwa les había contado el día anterior era verdad, Adiah no sería una amiga; sería una maestra del uso del esplendor, con más capacidades de las que Koffi podía aspirar a tener nunca. Recordó la promesa que les había hecho a Badwa y a Ekon el día anterior; dijo que protegería a Adiah si tenía que hacerlo, pero cuanto más meditaba las palabras, más absurdas se le antojaban. Ni siquiera había sido capaz de protegerse a sí misma en esa selva. Se le encogió el corazón al pensar en su trato con Baaz, las connotaciones que el cambio de planes tenían para el acuerdo. Si Adiah realmente era el Shetani, no podría llevarla al Zoo Nocturno, y desde luego no podrían entregársela al padre Olufemi. Una leve sensación de pánico le reptaba por dentro cuanto más pensaba en Jabir, todavía atrapado en el Zoo Nocturno, en Mama tendida en el camastro de la enfermería...

—Eh, ¿va todo bien?

Koffi pegó un bote. Ekon estaba de pie a pocos pasos de distancia, entre dos árboles, con expresión culpable. Se puso colorada al caer en la cuenta de lo mucho que se había asustado. Dioses, qué bien se le daba a Ekon moverse con sigilo.

—Perdona. —Ekon levantó las manos—. Te he visto levantarte y...

—¿Has pensado que algo vendría a devorarme?

—Más o menos. —Asintió con gesto tenso antes de bajar la mirada y dejar que los dedos le bailaran contra la pierna—. Me alegro de que estés bien.

Koffi tragó saliva.

—Gracias por preguntar.

—Bien. —Ekon levantó la vista por fin y unió las manos a la espalda—. Bueno, en ese caso, volveré al campamento...

—También quería darte las gracias por salvarme la vida. —Koffi se levantó—. Recuerdo muy vagamente lo que pasó antes, pero... sé que no estaría aquí de no ser por ti.

Ekon esbozó una pequeña sonrisa antes de negar con la cabeza.

—No me des las gracias. Hice lo que habría hecho cualquier persona decente. —Como si le hubiera venido algo a la cabeza, su expresión cambió—. Has dicho que apenas recuerdas buena parte de lo que pasó, así que seguramente no te acuerdas...

—Recuerdo la historia que me contaste —se apresuró a aclarar Koffi. Por alguna razón inexplicable, le parecía importante tranquilizarlo al respecto—. Eso no se me olvidará, Ekon.

El chico pareció aliviado, pero solo en parte.

—Y, em, ¿de lo que pasó después de que comieras el fruto del árbol umdhlebi? ¿Recuerdas algo de lo que pasó a partir de ese momento?

Koffi miró al suelo. La verdad era que los momentos posteriores a que comiera el extraño fruto eran los que tenía más borrosos en la mente, como si formaran parte de un sueño, pero... se acordaba de una cosa... Le ardieron las mejillas. Una imagen acababa de acudir a su pensamiento. Estaba sentada debajo de un árbol y Ekon tenía los ojos puestos en ella. Se acordaba de su manera de mirarla y que luego se había inclinado hacia delante en el mismo instante que ella. Y las ganas que tenía de...

—Buenos días, hija.

Ekon y ella alzaron la vista de golpe. El sol por fin había aparecido por encima de las copas de los árboles, y con él, la diosa de la selva. Badwa se abría paso entre la maleza, tan serena y poderosa como el día anterior. Koffi la contempló con asombro.

—Buenos días... —Se interrumpió—. La verdad es que no sé cómo llamarla.

—Llámame por mi nombre. —Asomaron estrellitas a los ojos de Badwa—. ¿Estás lista para empezar las clases? —Su mirada revoloteó de Koffi a Ekon, y una expresión significativa asomó a sus facciones—. O, si los interrumpí, puedo esperar...

—¡No hace falta! —La voz de Ekon sonó una octava más alta de lo normal, como poco, cuando dio media vuelta para encaminarse de vuelta al campamento. Tal vez él también se hubiera fijado en la expresión elocuente de Badwa—. No quiero entreteneros.

Dejando atrás a Koffi y a la diosa, desapareció entre los árboles. Koffi notó una punzada de tristeza por su marcha, pero se centró enseguida cuando la diosa carraspeó.

—¿Me va a enseñar a usar el esplendor? —preguntó.

La diosa la miró con una sorna evidente.

—Todavía no. Antes debes aprender unas cuantas lecciones, la primera de las cuales es que el esplendor no se puede utilizar, sino que se trata de una energía que se pide prestada, que se transfiere de un recipiente a otro y luego se libera de la manera adecuada. Algo así como el agua. —Señaló con un gesto el estanque que tenían delante—. Es fluido y siempre cambiante. Una sola gota de agua no tiene importancia, pero un millón de gotas de lluvia crean...

—Un monzón —apuntó Koffi.

—Exacto —dijo Badwa—. También es importante que entiendas la relación entre el esplendor y los darajas. Ayer te expliqué que los primeros darajas fueron escogidos a dedo por mis hermanos, hermanas y yo, pero ¿sabes lo que significa la palabra *daraja*?

Koffi negó con la cabeza.

—Al igual que la palabra «esplendor», procede de las antiguas lenguas que los dioses ofrecimos a la humanidad. Su significado es muy sencillo: «puente».

—Puente —repitió Koffi—. ¿Como los puentes que recorres para cruzar un río?

—Como los que conectan una cosa con otra —respondió Badwa—. El esplendor es una energía espiritual parecida al aire que respiras. Es constante, omnipresente, vital para todas las cosas. Como daraja, tu cuerpo posee la capacidad de absorberlo de la misma tierra y redirigirlo. Al hacerlo, actúas como un canal físico entre lo terreno y lo divino.

—Y, entonces, ¿qué hago con eso?

Badwa negó con la cabeza, pero su expresión no mostraba impaciencia.

—El esplendor se manifiesta en cada daraja de manera ligeramente distinta. Descubrir cómo se manifiesta en ti será uno de los objetivos de hoy. Por lo general, lo notarás con más claridad en las extremidades, en particular en las manos y los pies, así que... —Se sentó y le indicó con unas palmaditas que tomara asiento frente a ella—. Por favor, siéntate aquí y apoya las palmas de las manos en la tierra. Vamos a probar la intensidad de tu vínculo con el esplendor.

Koffi se puso nerviosa, pero obedeció igualmente. Una vez que estuvo sentada con las palmas pegadas a la tierra, Badwa dio una palmada.

—Cierra los ojos.

Koffi lo hizo, sintiéndose ridícula. Esperó, y cada segundo se alargó como un siglo. Cuando por fin abrió un ojo, apenas una rendija, descubrió que la diosa la miraba con atención, visiblemente perpleja.

—¿No has notado nada en absoluto?

La vergüenza inundó las mejillas de Koffi. Se sentía como si hubiera suspendido un examen al que ni siquiera sabía que se presentaba. No se atrevió a mentir. Negó con la cabeza.

—Qué raro —musitó Badwa.

—La verdad es que... —Koffi se revolvió en el sitio—. Quería preguntarle por algo que dijo ayer.

—Adelante.

—Me dijo que las habilidades de los primeros darajas pasaron de madres y padres a sus hijos —dijo—. Así pues, ¿eso significa que es, esto..., una cosa de familia?

Badwa enarcó las cejas.

—Es una habilidad que se transmite a la familia por consanguinidad, aunque no aparece en todas las generaciones. ¿Por qué lo preguntas?

Koffi se miró las manos.

—Es que ni mi padre ni mi madre son darajas; eso lo tengo bastante claro.

—¿Y sus padres?

—Todos fallecieron antes de que yo naciera, excepto mi abuela por parte de madre —fue la respuesta de Koffi—. Aunque murió cuando yo era muy pequeña. Vivió con nosotros un tiempo, me parece, pero no la recuerdo.

La diosa adoptó una expresión pensativa.

—Bueno, está claro que tú eres una daraja. Percibo la energía en ti. ¿Alguna vez has intentado canalizar el esplendor de manera deliberada?

Koffi no miró a los ojos de la diosa.

—No... adrede —susurró—. Pero, hace unos días, me disgusté cuando una persona amenazó a mi madre y... no sé si pretendía de manera consciente hacer lo que hice. El caso es que no salió bien.

—Ya veo.

Los ojos de Badwa reflejaban nuevas conclusiones. La diosa entrelazó las manos ante sí antes de seguir hablando.

—Como ya te he dicho, el esplendor es una energía espiritual. Cuando la absorbes de la tierra y la canalizas, debería circular por tu interior como un río, pero solo puede hacerlo si tanto tu cuerpo como tu mente se encuentran en paz. Si no —le dirigió a Koffi una mirada cargada de significado—, puede haber complicaciones.

—¿Complicaciones?

—Si tu mente y tu cuerpo no están en paz cuando el esplendor fluye en ti, puedes crear una obstrucción que lo retenga dentro —explicó Badwa—. Se acumula como una toxina y, si se queda ahí, puede causar estragos en el cuerpo físico. Ya sabes lo que le ha pasado a Adiah, y, en el peor de los casos, albergar demasiado esplendor te puede costar la vida.

Koffi tragó saliva al recordar lo sucedido en el Zoo Nocturno. Se acordaba de haber respirado hondo y contenido el aliento, de haberse mareado antes de notar una liberación. Le asustaba pensar que algo peligroso se le pudiera acumular dentro, algo que era capaz de matarla.

—¿Cómo impido que eso pase?

—Antes de que intentes atraer y canalizar el esplendor, debes apaciguar la mente y el cuerpo por completo. Tienes que encontrar la paz interior —explicó Badwa—. Ahora quiero que vuelvas a cerrar los ojos. Esta vez haz respiraciones pausadas y regulares. Cuéntalas como si fueran latidos, como si siguieras un ritmo.

Koffi siguió las indicaciones. Cerró los ojos al paisaje de alrededor. En la oscuridad, escuchó el sonido de su respiración. Se sentía una tonta. Imaginó el aspecto que debía de ofrecer allí sentada, con las manos en la tierra como una niña.

«No va a funcionar —dijo una voz burlona en su cabeza—. No en el caso de alguien como tú. Tu mente nunca está en paz».

Intentó imaginar una fortaleza como el Zoo Nocturno, altos muros de adobe en torno a su mente. La voz de la duda todavía la alcanzaba, persistente e infatigable, pero ella construyó los muros aún más altos. Por probar, buscó la luz que había notado en el interior de la choza de Badwa. Como respondiendo a una llamada, acudió y le entibió las yemas de los dedos durante un instante ínfimo. Desapareció con la misma rapidez. Koffi abrió los ojos.

—Acude, pero no se queda.

Badwa la estudió con la mirada.

—Tu mente no está en paz.

Koffi miró alrededor.

—Pues claro que sí. No me he sentido tan descansada en..., bueno, nunca.

—Estar descansada no es lo mismo que estar verdaderamente en paz —objetó Badwa—. Hay algo en tu interior que le impide al esplendor fluir en libertad, algo que no has reconocido. Lo has inhibido y, al hacerlo, has sofocado el canal.

Koffi enarcó las cejas.

—No me siento... inhibida. —Se interrumpió pensativa—. En todo caso me meto en líos por no inhibirme lo suficiente.

Badwa unió los dedos como si rezara.

—Evoca una época de tu vida en la que estuvieras muy disgustada por algo, la última vez que lloraste. ¿Cómo lo gestionaste?

Koffi no tuvo que pensar mucho para evocar un recuerdo.

—La verdad es que no lloro. —Tan pronto como pronunció las palabras, comprendió que estaba diciendo una tontería—. Bueno, sí que lloro, pero no a menudo. Cuando pensé que a mi familia le podría haber pasado algo, quise hacerlo, pero... tampoco entonces.

—¿Alguna vez te has disgustado con tu familia? —preguntó Badwa.

—No. —Koffi respondió de inmediato—. Mi madre es..., bueno, es muy buena. Siempre se sacrifica por mí y pone mis necesidades por delante de las suyas. Y estrictamente hablando, Jabir y yo no somos parientes, pero lo considero de mi familia también. Siempre intenta hacer sonreír a la gente y...

—¿Qué me dices de tu padre? —La voz de Badwa se tornó aún más suave si cabe—. ¿Alguna vez te has disgustado con él?

Todo su cuerpo se tensó.

—Mi padre está muerto.

—No te he preguntado eso.

Hubo un silenció mínimo antes de que Koffi lo intentara de nuevo.

—No..., no sería justo que me enfadara con Baba. Ya no está.

Badwa se reacomodó en la tierra.

—Solo porque una persona ya no esté no significa que las emociones hayan desaparecido. ¿Cómo te sientes cuando piensas en él?

—Mal. —Koffi quería cerrar los ojos, pero descubrió que no podía—. Era... bondadoso. Hacía reír a mi madre y nos quería mucho. Yo... Las dos lo echamos de menos todo el tiempo.

—¿Pero?

Koffi notó un ahogo en el pecho. Se obligó a pronunciar las palabras de todos modos.

—No siempre tomaba buenas decisiones —susurró—. Era irresponsable en ocasiones, y mi madre y yo sufrimos las consecuencias.

—Te decepcionó.

Koffi se encogió ante esa acusación. Era demasiado grave, demasiado fuerte para alguien tan bueno como su padre. A pesar de todo, tan pronto como Badwa pronunció las palabras, lo supo. El eco de la verdad le resonó dentro. Su asentimiento fue rápido, casi imperceptible.

—Debes reconocer tus emociones, hija. —La expresión de Badwa era firme pero no exenta de ternura—. Recíbelas, reconoce de dónde proceden y luego suéltalas de manera natural. Inspira y luego libera. Tampoco sería mala idea que abrieras los puños.

Koffi se miró el regazo. Ni siquiera se había dado cuenta de que los tenía cerrados. Cuando abrió las palmas, las uñas le habían dejado intensas marcas rojas en la piel.

—Quiero que intentes canalizar el esplendor nuevamente —le pidió la diosa—. Esta vez, cuando acuda, procura relajar la mente. No puedes erigir barreras. Deja que los sentimientos que te surjan entren en tu cuerpo. Reconócelos y luego déjalos marchar.

—¿Y si no funciona?

Badwa no respondió.

Koffi inspiró hondo al tiempo que pegaba las palmas de las manos a la tierra. Se le cerraron los ojos por sí solos, y detrás de los párpados contempló un vacío rojo y negro. Esperó, rogando, deseando. Y entonces lo notó: un latido callado. Fue tímido, como la primera nota de una flauta, y luego se tornó más potente, más cálido. El calor le inundó las yemas de los dedos, y esta vez no desapareció. La energía la buscaba también a ella, como una antigua amiga. Ascendió a sus rodillas, a sus caderas, y cuando le alcanzó el pecho, se puso tensa.

—Reconócelo. —La dulce voz de Badwa sonó infinitamente lejana en ese vacío—. Reconócelo y suéltalo.

Los músculos de Koffi se tensaron cuando algo cobró forma en la nada. Una figura se materializó, sentada frente a ella donde debería estar Badwa. Era un hombre.

La túnica de yute estaba gastada, pero la reconoció igualmente, y una barba de dos días le cubría la mandíbula. Koffi buscó los amables ojos marrones y se le encogió el corazón cuando vio los suyos reflejados en ellos. Hebras grises le surcaban el pelo rizado; su padre no tenía el mismo aspecto que cuando era pequeña. La imagen parecía un producto de su fantasía, el hombre en el que se habría convertido su padre de haber vivido más tiempo. Baba le dedicó una sombra de sonrisa.

«Kof. —La voz resonó en las cámaras de su mente—. Mi niña, hermosa por dentro y por fuera».

Koffi notó un nudo en la garganta que no podía deshacer.

—Gracias, Baba.

«Has escapado del Zoo Nocturno. —Le brillaban los ojos, rebosantes del mismo afán de aventura que su padre tuvo siempre—. Sabía que lo harías. Ah, mi niña, tú y yo siempre nos entendimos. Siempre fuimos iguales, dos espíritus libres».

—No soy libre, Baba. —Koffi intentó que no le temblara la voz—. Y tampoco Mama.

La sonrisa de su padre flaqueó.

«No estarás..., no estarás enojada conmigo, ¿verdad? Mira todo lo que has conseguido porque te atreviste a intentarlo. Eras valiente, has corrido riesgos y gracias a eso...».

—Tú corrías riesgos, Baba. —La rabia le quemó el pecho—. Y luego falleciste y dejaste que Mama y yo pagáramos las consecuencias, literalmente. Llevo toda la vida pagando los riesgos que corriste y tus errores.

La sonrisa se esfumó por completo del rostro de su padre, reemplazada por otra cosa: sentimiento de culpa.

«Kof, yo no pretendía...».

—Pero lo hiciste. Y estoy... estoy enojada contigo. Te necesitaba y tú me fallaste. Nos fallaste a las dos.

Al oírla, su padre agachó la cabeza. Pasó un largo rato antes de que volviera a hablar con una voz que era solo un susurro:

«Lo siento muchísimo, Koffi».

Y entonces, las lágrimas hicieron su aparición. Fueron instantáneas e incontenibles. Notó un retortijón en la barriga cuando los sollozos sacudieron su cuerpo, y percibió algo más en el centro de su ser. Fue doloroso al principio, y luego dejó de serlo. La calidez inundó todo su cuerpo arrasándola como una ola. Cuando volvió a levantar la vista, descubrió que también había lágrimas en los ojos de su padre.

«No te merezco. —Tomó la mano de Koffi entre las suyas y se la estrechó—. Espero que me perdones algún día».

Koffi se la estrechó a su vez.

—Ya lo he hecho, Baba.

En cuanto pronunció las palabras, la oscuridad empezó a disiparse. La energía del esplendor circuló por sus miembros y luego la abandonó. Algo más se marchó también. Cuando abrió los ojos, volvía a estar en la Selva Mayor, sentada enfrente de Badwa. La diosa sonreía.

—Mira, hija.

Koffi bajó la mirada. Tenía la palma abierta, y allí, a pocos centímetros de su piel, había una pequeña nube de partículas. La contempló boquiabierta y poco después, con la misma precipitación con la que habían llegado, las partículas se desvanecieron.

—¡Sí! —Se puso en pie de un salto—. ¡Lo he conseguido! ¡He canalizado el esplendor yo sola!

La sonrisa de Badwa fue deslavazada.

—Lo has hecho —dijo—. Esta vez.

—¿Cómo? —Koffi la miró a toda prisa—. ¿Qué quiere decir?

En lugar de responder, Badwa tocó la tierra para indicarle a Koffi que volviera a sentarse.

—Estoy muy contenta de que hayas logrado canalizar el esplendor, Koffi; la hazaña tiene su mérito. Pero tu trabajo no ha terminado, ni por asomo.

—Bueno, no pasa nada —dijo Koffi—. Usted me enseñará...

—No. —Badwa negó con la cabeza—. No lo haré. No tienes tiempo.

—Ah. —La realidad de la situación se desplomó sobre ella de golpe. Claro que no tenían tiempo, porque la fiesta del Vínculo estaba al caer. Todavía tenían que encontrar a Adiah y llevarla a las llanuras de Kusonga. Se recuperó a toda prisa—. Seguro que con esto tendré bastante. —Procuró que sus palabras sonaran convincentes—. Lo voy a intentar con todas mis fuerzas.

Esperaba haberlo dicho en un tono que hiciera sonreír a la diosa, pero no fue así. La expresión de Badwa se tornó aún más triste. Albergaba un matiz claramente lúgubre.

—Debes hacer algo más que intentarlo, Koffi —le exhortó con voz queda—. Tienes que conseguirlo.

Koffi notó que le flaqueaban las piernas.

—¿Qué quiere decir?

La diosa la miró con ojos de acero.

—Lo que Adiah hizo en Lkossa hace casi cien años, inducida por mi hermano, fue... catastrófico, una violencia sin precedentes contra personas inocentes. —Hizo una mueca—. Pero no será nada comparado con el dolor que sembrará Fedu si vuelve a encontrar a Adiah. No cometas ningún error, hija, porque él cree que su causa es justa y la llevará adelante hasta que la Tierra no tenga ningún parecido con la que tú conoces. Se propone introducir un nuevo orden, la expresión de su arrogancia, y no se detendrá ante nada con tal de hacer realidad su empeño.

—Pero ¿qué pasa con los otros dioses? —preguntó Koffi—. Atuno, Amokoya, Itaashe y Tyembu. —Guardó silencio. Era raro hablar con normalidad de seres a los que había venerado toda su vida—. ¿Ellos no pueden hacer nada para ayudarnos, para detenerlo?

La expresión de Badwa se endureció hasta tornarse impenetrable.

—Mis hermanos y hermanas están más, digámoslo así, desconectados de este mundo, más de lo que yo decidí estar —lo dijo en un tono sereno, aunque Koffi creyó percibir un ligero matiz de emoción—. En cierto sentido, no se lo puedo reprochar. Igual que yo, llevan existiendo miles de años. Pero me temo que no entenderán la amenaza que representa mi hermano hasta que sea demasiado tarde. Para cualquier efecto, debemos dar por hecho que no intervendrán.

Koffi se asustó. Estaba lejos de casa; Lkossa y el Zoo Nocturno parecían pertenecer a otra vida, pero recordaba muy bien las cosas que había oído siendo una niña, las historias que los guardafieras ancianos le habían contado. Solo hablaban de eso cuando estaban borrachos y desinhibidos. Ahora bien, eso no impedía que el terror se filtrara a sus voces. Las grietas en la tierra, la muerte, el terrible calor que había llevado a multitudes enteras a la locura... Koffi imaginó que todo aquello sucediera multiplicado por diez, no a una sola ciudad, sino a todo un continente, a millones de personas.

—Ekon y yo no permitiremos que suceda —declaró con una voz resuelta—. Encontraremos a Adiah y la acompañaremos a las llanuras de Kusonga. Fedu no conoce nuestros planes, así que le llevamos ventaja. Funcionará.

La diosa la miró a los ojos con gravedad antes de tomar la mano de Koffi y estrechársela con suavidad.

—Pero si no funciona..., tengo que pedirte que me prometas una cosa.

Koffi asintió al momento.

—Pues claro. Lo que sea.

—Debes prometerme —dijo Badwa— que harás todo lo que tu habilidad te permita para impedir que mi hermano emplee el poder de Adiah para salirse con la suya. —Adoptó una expresión elocuente—. Lo que sea.

Koffi esperó un instante para responder. No sabía muy bien cómo interpretar las palabras de Badwa, y escogió las suyas con cuidado:

—Lo entiendo.

Badwa le obsequió una pequeña sonrisa, y Koffi se la devolvió sin muchas ganas, al mismo tiempo que intentaba desentenderse de la intranquilidad que ya notaba dentro. La primera vez que había visto a la diosa como lo que era en realidad, en el interior de la choza, la había considerado gloriosa, el ser más hermoso en el que había posado los ojos. Y todavía lo era en cierto sentido, pero detrás de esa apariencia Koffi captó algo más, algo más antiguo y más frío. Dijo lo único que podía decir:

—Pro... prometo... —respondió— que haré lo que tenga que hacer.

La diosa pareció conformarse con eso. Satisfecha, se relajó y unió las manos.

—Tendrás que seguir practicando los ejercicios que hemos hecho hoy, absorber pequeñas cantidades de esplendor y dejar que circule por tu cuerpo —dijo Badwa—. Hacerlo bien requiere que practiques también tu inteligencia emocional. Debes aprender a gobernar tu corazón y ser consciente en todo momento de lo que sientes y por qué te sientes así.

Gobernar el corazón. Koffi meditó las palabras. Se parecían mucho a las que Mama le había dicho en el Zoo Nocturno.

«A veces, sin embargo, no podemos guiarnos por el corazón. Hay que pensar con la cabeza».

Su madre no le había dicho toda la verdad acerca de su verdadera naturaleza, pero le había ido ofreciendo pequeñas muestras para orientarla. Todo este tiempo, había pensado que el último regalo de su madre fue la oportunidad de seguir viva en el muro del Zoo Nocturno, pero puede que le hubiera dado algo más.

Badwa carraspeó.

—Me gustaría que lo intentaras una vez más —sugirió—. ¿Estás lista?

Koffi asintió.

—Bien. —Badwa pegó las manos de Koffi a la tierra—. Anda, otra vez.

Koffi practicó la canalización del esplendor con Badwa durante el resto del día y dos jornadas más.

Las clases teóricas eran largas; los ejercicios físicos, intensos. Después del primer día, Koffi dejó de despertarse al alba. Le dolían todos los músculos del cuerpo, incluidos algunos cuya existencia desconocía. Dudaba que pudiera retener un solo concepto, directriz o charla más sobre la historia del esplendor. Era agotador, pero Badwa no aflojaba. Según la diosa, en los tiempos antiguos los darajas empezaban sus prácticas formales con el esplendor sobre los diez años, y pasaban una década aprendiendo sus matices bajo la tutela de varios maestros. Koffi no tenía varios maestros ni una década de tiempo para ponerse al día, así que estaba recibiendo un curso acelerado. Poco a poco, su dominio del esplendor mejoró.

Cada vez que cerraba los ojos y lo buscaba, acudía con más facilidad. El segundo día, descubrió que no solo podía invocar partículas de esplendor, sino enviarlas en determinadas direcciones cuando se concentraba lo suficiente. Era un fenómeno curioso, fascinante. En ocasiones, la energía zumbaba a través de su cuerpo, amable y cálida; otras veces quemaba, como beber un trago de té excesivamente caliente. Si la retenía dentro demasiado rato, se mareaba. Cuando eso sucedía, Badwa se ponía seria.

—Resiste ese impulso —le ordenaba—. Debes entrenarte en no retener el esplendor dentro del cuerpo demasiado rato. Es peligroso.

—Pero es entonces cuando cobra más fuerza —arguyó Koffi—. Cuando me aferro a él, lo noto acumularse...

—Tienes que soltarlo. —Badwa hablaba en tono insistente—. El esplendor te hará sentir poderosa por un momento, sí, pero aun en el caso de los darajas, el cuerpo no está preparado para aferrarse a él. Solo debes canalizarlo y desplazarlo de un sitio a otro. No lo olvides.

Le pareció raro que, el tercer día, Badwa le dijera que las clases habían concluido. Por una parte, Koffi agradecía el respiro; el esplendor te dejaba agotada al cabo de un tiempo. Por otro, sin embargo, abandonar las lecciones le provocaba desasosiego, incluso temor. La diosa no seguiría a su lado mucho más tiempo. No estaría allí para animarla si fallaba o para regañarla si se pasaba de la raya. La realidad de la situación empezó a pesarle. Muy pronto, Ekon y ella tendrían que irse del claro a buscar a Adiah. No solo deberían convencerla de que los acompañara, sino que tendrían que viajar largos kilómetros con ella hasta llegar a las llanuras de Kusonga a tiempo para el Vínculo, y todo eso pasando desapercibidos. La duda serpenteó por las entrañas de Koffi como un parásito. ¿Y si no encontraba a Adiah? O peor, ¿y si encontraban a la otra daraja, pero no lograban convencerla de que se fuera con ellos? Las ideas sembraban el caos en su imaginación.

Encontró a Ekon en el campamento, sentado entre un grupo de lo que parecían niños yumbos. Cualquier recelo que le hubieran inspirado antes había desaparecido, porque estaba leyendo el diario de Nkrumah muy concentrado mientras dos niñas le decoraban los rizos con flores. Cuando advirtió la presencia de Koffi, levantó la vista.

—Insistieron en... peinarme.

A Koffi le costó aguantarse la risa.

—El rosa y el verde van con tu color de ojos.

Una sonrisa asomó al semblante de Ekon, y Koffi se sorprendió devolviéndosela sin pensar. Procurando no molestar a las niñas yumbas, se sentó a su lado y mordisqueó la papaya fresca que sacó de su bolsa. Prestó atención a lo cerca que estaban los dos y se dio cuenta de que no le molestaba en absoluto esa proximidad.

—Bueno, ¿en qué andas?

—Solo estaba leyendo —respondió Ekon distraído. Con un libro en el regazo y sentado al sol, parecía en paz con el mundo—. Nada, cosas ligeras: diferencias de fotosíntesis entre las distintas plantas carnívoras, los patrones migratorios de las mariposas tigre..., por decirlo de manera sencilla. Le he echado un vistazo al capítulo sobre el escarabajo rinoceronte...

Koffi sonrió.

—Cosas ligeras.

—También he estado repasando un plan —admitió Ekon, esta vez más en serio—. Ya sé que el entrenamiento con Badwa es importante, pero... estaba pensando que deberíamos marcharnos cuanto antes.

Koffi asintió.

—Estoy de acuerdo.

Ekon volvió al principio del diario de Nkrumah para estudiar el mapa.

—El Corazón de la Selva está más o menos al norte de aquí, a un día de camino si...

—Espera. —Los ojos de Koffi se habían desplazado al sur del dedo de Ekon, a la esquina inferior del mapa. Ekon intentó seguir su mirada, confuso.

—¿Qué pasa?

—Esa palabra. —La señaló. Seguía sin saber leer zamani antiguo y los caracteres le parecían extraños, pero acababa de recordar algo—. Antes de salir de Lkossa me dijiste lo que decía.

—Sí, ya me acuerdo. —Ekon entornó los ojos—. Solo dice «sanda». No es una palabra ni del antiguo zamani ni del nuevo, de hecho.

Koffi no respondió. Todavía estaba mirando esa palabra extranjera con atención, según trataba de relacionarla con alguna lengua que conociese. «Sanda». El maestro Nkrumah, el autor del diario, la había escrito con una caligrafía preciosa, destacando la primera y la última letra. Ella la estuvo observando un instante más, hasta que se hizo la luz en su mente.

—No dice «sanda» —susurró.

—¿Qué?

—No pide «sanda» —repitió. Tapó la mitad de la palabra con el pulgar antes de hacer lo mismo con el otro lado—. Son dos letras: una S y una A. Al unirlas, parece que diga «sanda».

—La S podría ser de Satao, que era el nombre del maestro Nkrumah —dedujo Ekon—. Pero no sé qué significa la A.

—Adiah. —Los dos levantaron la vista. Badwa los observaba desde un extremo del campamento—. La A es de Adiah.

Ekon se quedó de piedra.

—¿El maestro Nkrumah y Adiah vivieron en la misma época? —quiso saber—. ¿Se conocían?

—Algo más que eso —dijo Badwa mientras se acercaba—. Según tengo entendido, en un tiempo fueron muy buenos amigos.

La mirada de Koffi revoloteó entre la diosa y el diario.

—Escribió aquí las iniciales de los dos, juntas.

—Después de que Adiah huyera a la selva, él la estuvo buscando —explicó la diosa con voz queda—. La desesperación por encontrarla pasó factura a su mente a medida que envejeció, y creo que ya nunca se recuperó.

—Las historias que cuentan los ancianos... —adivinó Ekon—. La gente decía que hablaba de la Selva Mayor como si fuera una mujer, pero...

—Pero no hablaba de la selva —concluyó Koffi con tristeza—. Hablaba de Adiah. La estaba buscando.

Badwa tomó asiento delante de ellos.

—No podía decirle a Satao dónde estaba Adiah —confesó con tranquilidad, aunque Koffi creyó notar remordimiento en su voz—. Para mantenerla a salvo, tenía que asegurarme de que siguiera escondida, incluso de aquellos que la querían. Pero los tiempos han cambiado.

Koffi irguió la espalda.

—¿Quiere decir que nos puede indicar dónde está?

Una pequeña sonrisa le bailó en la comisura de los labios.

—Como ya les dije, este es mi reino. Conozco todo lo que ocurre en su interior.

—Entonces sabe dónde se esconde —dedujo Ekon.

Badwa asintió.

—Está al norte de aquí, a un día de distancia. Salgan mañana cuando alboree el día y caminen en esa dirección. No se desvíen del sendero y la encontrarán. —La expresión de la diosa cambió—. Me temo que esta noche tendremos que despedirnos, hijos.

—Lo entendemos —asintió Koffi—. Muchas gracias.

Esperó a que la diosa se hubiera marchado antes de volverse hacia Ekon con una sonrisilla de suficiencia apenas insinuada.

—¿Lo ves? Lo único que tenemos que hacer es dirigirnos al norte desde aquí, no hay ningún problema en absoluto.

Ekon arrugó la frente.

—¿Son cosas mías o eso suena casi demasiado fácil?

Koffi sonrió sin ganas.

—Solo hay un modo de averiguarlo.

Una traición absoluta

Adiah

—¡Me da igual!

En siete años, nunca había visto a Tao tan enfadado.

Plantada delante de él, lo miro machetear zanahorias que en teoría tendría que estar picando. La sopa que está preparando huele de maravilla, un aroma a cebollas, tomates y especias. En mejores circunstancias, le preguntaría si la puedo probar, pero no en estas.

Mi mejor amigo está furioso.

—Tao. —Intento que mi voz no suene enojada. La conversación no ha discurrido como yo esperaba, pero estoy haciendo lo posible por salvar lo que queda de ella—. Vamos —le digo con cariño—. La cosa no es para tanto como crees...

—¿Que no es para tanto?

Tao tira con fuerza las desdichadas zanahorias a la olla, sin hacer caso del agua caliente que salpica alrededor cuando lo hace. Me mira con una expresión que roza el asco.

—Ha sido un abuso, una traición absoluta a la confianza que había depositado en ti.

Casi no puedo aguantar las ganas de poner los ojos en blanco. Tal como lo plantea, cualquiera diría que lo he apuñalado por la espalda o empujado a un precipicio.

—No sabía que te importara tanto —le digo en tono conciliador—. De haberlo sabido, habría...

—El jardín del cielo siempre ha sido nuestro rincón privado. —Todavía hay rabia en la voz de Tao, pero debajo percibo una herida—. Era nuestro secreto, algo que nos pertenecía a nosotros y a nadie más. No tenías que enseñárselo. Llevamos subiendo allí desde el día que pisamos este templo por primera vez.

—Exacto —replico exasperada—. Desde que éramos niños. Era una tontería.

—No para mí —murmura Tao.

Finjo que no lo he oído.

—¿No crees que ya va siendo hora de que empecemos a madurar, de que seamos más... adultos?

—Adultos. —Entrecierra los ojos cuando me imita—. ¿De dónde has sacado esa frase, de tu nuevo novio?

Se me suben los colores y no tiene nada que ver con los vapores de la cocina.

—Dakari no es mi novio.

—Como si lo fuera —responde Tao enfurruñado—, siempre pegado a ti como una sanguijuela de la selva.

Miro a otro lado, agradecida de que mi piel oscura oculte el rubor. Es verdad que Dakari y yo pasamos más tiempo juntos últimamente, pero...

—Solo somos amigos —le digo a la defensiva—. Acaba de llegar a Lkossa y todavía no conoce a mucha gente.

—Sí, claro. —Tao baja del banco para sacar varias especias de una alacena—. Pues a mí me parece que conoce chicas de sobras.

Me ofendo en nombre de Dakari.

—¿Qué te pasa con él? —le pregunto en un tono más enfadado de lo que pretendía—. Dakari es perfectamente...

—¡A eso me refiero! —Tao levanta las manos con aire exasperado—. Es perfecto. La cara perfecta, la conducta perfecta, perfecto en todo. No confío en de él.

—No confías en nadie que no salga en un libro —musito.

—Confío en que no me dejaré enredar por una voz profunda y cuatro cumplidos huecos —me dice Tao, cruel—. Pensaba que eras lo bastante lista para que el truco tampoco funcionara contigo.

El insulto me escuece igual que una bofetada en la cara; Tao nunca me había hablado en ese tono.

—Tao —le digo en voz bajita—. Me gusta mucho.

Me cuesta descifrar la expresión que veo en la cara de mi mejor amigo cuando se queda petrificado. El dolor de sus facciones no tiene ningún sentido. Desaparece al momento.

—Entonces no hay nada más que decir —murmura a la vez que toma la olla—. Ya nos veremos, Adiah.

Sin añadir nada más, se marcha y me deja plantada en la cocina, sola.

24
Campanas de plata

Ekon no durmió bien esa noche en el campamento de Badwa.

No fue por falta de empeño o deseo; el cielo ofrecía unas vistas espectaculares, un estallido de estrellas color blanco plata más claro que nada de lo que hubiera visto nunca en Lkossa. Cruzó los brazos debajo de la cabeza y contempló el firmamento. A pocos pasos, acurrucada en su saco, Koffi estaba durmiendo, y los sonidos de la selva creaban una melodía casi hermosa. Al día siguiente, bien temprano, se marcharían para iniciar la búsqueda de Adiah. Llevaban siete días y ocho noches en la selva; finalmente encontrarían lo que habían ido a buscar. Darían con Adiah, la ayudarían a librarse del esplendor que le envenenaba el cuerpo y, con un poco de suerte, pondrían fin a las muertes que habían atormentado a Lkossa durante casi un siglo. Eran buenas noticias que deberían alegrarlo. Pero tenía otra cosa en la cabeza.

La partida de caza.

No era la primera vez que le daba vueltas al asunto, ni por asomo; los pensamientos relativos a los Hijos de los Seis invadían su mente de manera intermitente desde que Koffi y él pisaran la selva por primera vez. Esos últimos días hacía todo lo que podía para evitarlos, pero por fin lo habían atrapado.

Al día siguiente llevarían allí ocho días. Ocho, un mal número.

Recordó la conversación que había mantenido con Fahim en el templo la última vez que vio a su amigo.

«¿Sabes ya cuándo saldrán?».

«Todavía no. Pero no creo que tardemos, seguramente dentro de unos días».

Por generosos que fueran sus cálculos, «pocos días» significaba cuatro o cinco a lo mucho. A esas alturas los Hijos de los Seis estarían en la selva también, buscando a lo que tomaban por el Shetani para matarlo. Recordó las palabras de Kamau a continuación, su advertencia: «No solo tendrás que lidiar con lo que hay allí. Los Hijos de los Seis estarán también de cacería, al estilo yaba».

Ekon se lo imaginaba a la perfección. El padre Olufemi habría escogido a los más fuertes, a los más rápidos, a los más sagaces guerreros para una misión como esa, y ellos demostrarían su valía cuando estuvieran en la selva. ¿Qué pasaría si lo encontraban allí? ¿Qué pasaría si encontraban a Koffi? Se le pusieron los pelos de punta solo de pensarlo.

«No sé qué haría si esto se complicara aún más».

Koffi había pronunciado esas palabras en el distrito de Kughushi, mientras miraban el mapa. Y recordaba el momento en que decidió no decirle la verdad, el instante en que tomó la decisión de mentir. Entonces no pretendía ocultarle la información sobre la partida de caza para siempre, solo hasta que se hubieran internado en la Selva Mayor lo suficiente para que fuera un detalle irrelevante. Ahora el sentimiento de culpa lo carcomía.

«Tienes que confesárselo a Koffi —dijo una voz en su cabeza—. Tienes que contarle la verdad».

«¿Y reconocer que le has estado mintiendo desde el principio? —arguyó otra—. No. Antes repasa una estrategia. Espera a que sea el momento óptimo y entonces se lo dices». Ekon prefería ese último plan. Su vida al completo había sido la suma de estrategias proyectadas al detalle, ideas y objetivos que se podían planificar, perfeccionar y ejecutar. Esa clase de problema precisaba la mejor estrategia posible. Se aferró a ese consuelo mientras empezaban a pesarle los párpados.

«Le diré la verdad —prometió a las estrellas—. Se la diré... en su momento».

El alba llegó demasiado pronto.

Recogieron sus escasas pertenencias sin hablar, y Ekon lo agradeció. La ansiedad le provocaba retortijones cada vez que miraba a Koffi, cada vez que recordaba sus pensamientos de la noche anterior; pero eso no alteró su determinación. Badwa cumplió su promesa; ella y los yumbos habían desaparecido para cuando se levantaron. Y si bien lo esperaba, eso no alivió el vacío de su ausencia. Una vez más, la selva se le antojaba enorme, densa e incluso dotada de consciencia. Se le encogió el corazón cuando vio que les habían dejado provisiones en abundancia en los morrales y les habían llenado las calabazas de agua. Koffi y él lanzaron un último vistazo al campamento, ahora abandonado, y avanzaron de nuevo hacia la selva.

—Así pues, ¿este camino nos llevará al norte?

Koffi encabezaba la marcha, como de costumbre.

—Eso dijo Badwa. —Ekon asintió, aunque ella no pudiera ver el gesto—. Si no nos desviamos, encontraremos a Adiah durante el día de mañana.

—Estupendo.

Siguieron avanzando, casi todo el tiempo en silencio, durante las horas siguientes. Ekon pensó que era el momento perfecto para meditar su estrategia. Podía contarle a Koffi la verdad sobre la partida de caza si encontraban a Adiah, cuando la encontraran, después de dar con ella o...

—¿Ekon?

Se sobresaltó. Koffi lo miraba fijamente, como evaluándolo.

—Perdón, ¿qué decías?

La expresión de Koffi no cambió.

—Te preguntaba si querías parar un momento para comer o quizá para echarle un ojo al mapa y comprobar que vamos bien. Casi es mediodía.

—Ah. —Estaba tan inmerso en sus pensamientos que no se había acordado de la comida—. Sí, me parece bien.

Buscaron un rincón apropiado en el suelo de la selva y desplegaron el surtido de frutas que les habían dejado los yumbos. Había menos árboles en esa zona, de colores más vivos, y los pétalos de flores abiertas en las últimas horas cubrían las raíces con un delicado tapiz rosa. El estómago de Ekon gruñó de manera audible mientras mordía una manzana. Tenía más hambre de la que pensaba.

—Bueno... —dijo Ekon entre bocados—. Hoy has estado muy callada.

Koffi tardó más de lo necesario en pelar una naranja. Masticó y tragó con parsimonia antes de responder:

—Tú también.

—¿Te preocupa algo?

Al principio, Koffi no lo soltó, como si hubiera decidido no decir nada. Al cabo de un rato, las palabras brotaron por sí mismas, casi en contra de su voluntad.

—Vinimos a la selva buscando a un monstruo —dijo dibujando pequeños agujeros en la tierra con el dedo—. Ahora nos proponemos encontrar a una daraja de cien años para salvarle la vida y proteger nuestro hogar del dios de la muerte. —Levantó la vista—. Es... raro, ¿no crees?

A pesar de su humor sombrío, Ekon se rio.

—Sí, es un poco raro.

Koffi adoptó una expresión turbada pero resuelta.

—¿Crees de verdad que seremos capaces de hacerlo?

Ekon tragó saliva. Había más de una pregunta en su mirada y confiaba en dar con la respuesta adecuada.

—Sí, lo creo.

Los ojos de Koffi se iluminaron.

—Gracias por decirlo en voz alta. Necesitaba oírlo, supongo.

Percibió suavidad en su voz, vulnerabilidad. Ekon nunca había notado nada de eso en ella anteriormente. «Koffi confía en ti», comprendió. El sentimiento de culpa le retorció las tripas. Ella se estaba sincerando, pero Ekon no lo estaba haciendo.

«Díselo. Dile la verdad».

—Tengo miedo. —Koffi habló en voz tan baja que Ekon apenas la oyó—. Es la primera vez que lo digo en voz alta, pero... estoy asustada.

Ekon se quedó pasmado.

—¿En serio?

—¿Te sorprende?

—Claro —respondió él encogiéndose de hombros—. Eres seguramente la persona más intrépida que conozco.

Ella sonrió, pero el gesto no llegó a sus ojos.

—Mi madre dice que me guío por el corazón, pero... que debo aprender a pensar con la cabeza. Todavía lo estoy intentando.

Ekon lo tuvo muy claro.

—¿Y por qué no puedes hacer las dos cosas?

Al oír eso, la sonrisa forzada de Koffi desapareció.

—¿Las dos?

—Claro. —Él se encogió de hombros—. Quiero decir que, si tanto guiarte por el corazón como pensar con la cabeza forman parte de tu naturaleza, ¿por qué no hacer las dos cosas?

La pregunta era muy sencilla, pero Koffi lo miraba como si hubiera hablado en una lengua desconocida. Ekon no supo cómo interpretar su expresión. ¿Era de enojo, de desconcierto o... de algo más? Abrió la boca para responder, pero antes de que pudiera hacerlo, ella giró la cabeza a la derecha.

—¿Qué pasa? —Ekon irguió la espalda—. ¿Hay algo?

—Chist. —Koffi se llevó un dedo a los labios—. ¿No lo has oído?

Frunció el ceño y Ekon la imitó. Badwa les había dicho que Adiah se encontraba a un día de caminata hacia el norte, y solo llevaban andando unas cuantas horas. Aguzó los oídos mientras miraba a un lado y al otro, nervioso. ¿Acaso algún nuevo habitante de la selva acudía a visitarlos o se trataba de algo peor, como la partida de caza? El zumbido habitual llenaba el aire alrededor, y al principio no notó nada distinto. Entonces llegó a sus oídos el mismo sonido que debía de haber percibido ella.

Un repique metálico, delicado.

—¿Qué es eso? —susurró Ekon. Koffi no respondió. Ya estaba en pie con los puños cerrados. Ekon se levantó más despacio y miró a todas partes antes de reparar en algo. El tintineo procedía de la derecha y no sonaba lejos. Acercó la mano al *hanjari* de manera automática.

—Qué raro... —dijo Koffi—. Parecen...

—Campanas. —Tan pronto como pronunció la palabra, Ekon supo que había acertado—. Son campanas.

—¿Por qué iban a sonar campanas en mitad de la selva?

Koffi ya había avanzado hacia el sonido. Ekon la siguió.

—No lo sé —respondió, pegado a sus talones—. Pero si te digo la verdad... no me dan buena espina.

—¿Has leído algo parecido en el diario?

Ekon se quedó pensativo. Un recuerdo vago de la primera noche que tuvo el diario en su poder dormitaba en algún rincón de su mente, pero no consiguió despertarlo.

—No —fue su respuesta—. Nada que yo recuerde.

—Pues hay que tener cuidado. —Miró atrás, como luchando consigo misma, antes de seguir hablando—. Y... tú deberías ir delante.

—¿Yo?

—Vas armado —señaló Koffi—. Y yo todavía no sé si controlaré el esplendor cuando lo canalice.

Ekon asintió. Se sentía raro encabezando la marcha por primera vez desde que habían entrado en la selva, pero lo hizo de todos modos. Los años de entrenamiento se iban apoderando de él con cada paso. Empezó a andar apoyándose en la punta de los pies, con los músculos tensos y la daga en ristre. El repique aumentó de volumen, se volvió más nítido. «Sin duda, son campanas —pensó—. Pero ¿con qué objeto?» Un gran roble asomó ante ellos. La fuente del sonido parecía estar detrás. Ekon aferró la daga con más fuerza y le indicó a Koffi por gestos que se desviara por el otro lado del árbol. En cuanto Koffi se alejó, rodeó su lado empuñando el arma... y un grito lo detuvo en seco. Tardó un momento en entender lo que estaba viendo.

—Pero ¿qué...?

Había una niña sentada cerca del tronco, llorando con las rodillas abrazadas. Vestía una túnica demasiado grande, rasgada del fondo, tenía los ojos inyectados en sangre y... llevaba dos campanillas plateadas atadas con cintas a los tobillos.

—Por favor —dijo con un hilo de voz, pasando la vista de uno a otro. Se tapó la cara con las manos—. Por favor, no me hagan daño.

Ekon dejó caer la mano que sujetaba la daga. Se esperaba encontrar cualquier cosa menos eso. Durante varios segundos, no pudo hacer nada más que mirarla detenidamente. Una niña normal y corriente en mitad de la Selva Mayor era una contradicción tan grande, que ni siquiera se le ocurría qué decir. Koffi le lanzó una mirada exasperada antes de encuclillarse para mirar a la pequeña a los ojos.

—No pasa nada —le dijo con dulzura—. No vamos a hacerte daño.

La cara de la niña asomó entre sus dedos.

—¿No?

—No.

—Bueno. —Volvió a rodearse las rodillas con los brazos y las campanillas sonaron de nuevo—. Entonces, ¿quiénes son?

—Nos llamamos Koffi y Ekon. —Koffi bajó la voz hasta que fue apenas un murmullo y habló despacio—. ¿Cómo te llamas tú?

—Hila —respondió la pequeña. Su mirada todavía revoloteaba de Koffi a Ekon con recelo—. ¿Qué hacen aquí? —Le dirigió la pregunta a él.

—Esto... bueno... estamos...

—Buscando mariposas. —Koffi miró a Ekon con elocuencia—. ¿Verdad, Ekon?

—Pues... —Ekon cerró la boca—. Sí —musitó—. Mariposas.

—¡Oh, me encantan las mariposas! ¡Son tan bonitas! —Hila se animó al oírlo. Sus ojos se agrandaron un poco cuando se fijó en Koffi—. Eres muy guapa.

—Ah. —Una sonrisa rozó la cara de la chica—. Gracias.

Hila se volvió hacia Ekon.

—¿Verdad que Koffi es muy guapa?

Ekon emitió un sonido a medio camino entre tos e hipo.

—Yo...

—Estamos acampando aquí cerca. —Koffi se aseguró de no mirar a Ekon a los ojos—. ¿Tienes hambre?

—Mmm. —Hila asintió con entusiasmo mientras Ekon recuperaba la capacidad del habla. Con suavidad, Koffi ayudó a la niña a ponerse en pie y la llevó al lugar donde habían dejado los morrales. Las campanitas repicaron alegres cuando recorrieron los últimos pasos corriendo y se dejaron caer en la tierra. Tomó la naranja pelada del montón de fruta y la mordisqueó. Koffi se acomodó a su lado; Ekon hizo lo propio.

—Bueno, Hila —dijo Koffi—. ¿De dónde eres? ¿Y cómo has acabado sola en la selva?

Hila se llevó otro gajo de naranja a la boca antes de responder:

—Vivo en uno de los poblados del límite —murmuró—. No vengo mucho a la selva, pero..., bueno, estaba buscando nueces de cola.

—¿Nueces de cola? —repitió Koffi—. Pero si hay por todas partes. No hacía falta que entraras en la Selva Mayor para tomarlas.

—Sí, si buscas las más grandes —respondió Hila de inmediato con aire de sabelotodo—. Yo he encontrado algunas que eran más grandes que mi puño, y Baba las puede vender más caras en el mercado. —Hundió los hombros—. Vivimos solos él y yo. Mama murió cuando yo era pequeña.

A Ekon lo pilló por sorpresa la punzada de pena que sintió por la niña.

—Baba me envió a la selva hace unos días —continuó Hila—. Pero... algo me persiguió.

El chico entró en alerta.

—¿Qué era?

—Algo espantoso —dijo Hila—. No sé lo que era, pero me pareció muy raro. Tenía el cuerpo ondulado como una serpiente y cabeza de...

—Elefante. —Ekon se volvió hacia Koffi—. Debía de ser el grootslang que vimos.

—O alguno de sus amigos —asintió Koffi haciendo una mueca.

—Me escapé corriendo —musitó Hila—. Y entonces me perdí. Baba me ató estas campanillas a los tobillos para poder encontrarme si alguna vez pasaba, pero... —Bajó la vista hacia los llamadores—. Me parece que ya no funcionan.

Ekon tragó saliva. Aunque no quisiera, era imposible no ver los paralelismos. En su día, él había sido un niño perdido en esa selva; ella también. Ella estaba sola y asustada; él sabía lo que era eso. La niña ancló los ojos a los suyos, y Ekon tomó una decisión.

—Te llevaremos con tu familia —prometió—. No te preocupes.

Koffi le lanzó una mirada rara antes de carraspear.

—En realidad, Hila —empezó en un tono demasiado agudo—, Ekon y yo tenemos que hablar aquí al lado un momentito. Por favor, sigue comiendo. Volveremos enseguida. —Señaló con un gesto un punto situado a pocos pasos de distancia pidiéndole a Ekon por gestos que la acompañara. Una vez que estuvieron donde Hila no pudiera oírlos, de espaldas, frunció el ceño.

—¿Se puede saber qué estás haciendo?

Ekon miró por encima del hombro.

—Necesita ayuda, Koffi. No podemos abandonarla.

—¿Ya no te acuerdas de nuestro plan? —Koffi apretó los labios—. Se supone que tenemos que encontrar a Adiah, no emprender misiones de búsqueda y rescate. Es una distracción.

—Es una niña —la corrigió Ekon—. ¿Qué quieres hacer si no?

Koffi se cruzó de brazos.

—Si le enseñamos el mapa y los caminos, a lo mejor...

—Eres muy guapa.

Los dos dieron un brinco. Hila se había acercado, sigilosa como un ratón, y estaba plantada ante ellos con una sonrisa extraña bailándole en los labios. Parecía, si acaso fuera posible, aún más menuda y joven que antes. Saltó sobre una pierna y las campanillas de sus tobillos repicaron con alegría.

—Gracias. —Esta vez, Koffi la observaba con recelo—. Mira, Hila, queremos ayudarte, pero necesitamos más información sobre...

—Me gusta cómo te peinas. —Hila seguía bailoteando en el sitio cuando señaló a Koffi—. Mi Mama siempre intenta peinarse como tú, pero no le queda tan bien.

Un doloroso latido atravesó la sien de Ekon, intenso pero fugaz. Cerró los ojos y se frotó los párpados. Cuando volvió a abrirlos, Koffi estaba tiesa como un palo. Miraba a Hila con severidad y su expresión había cambiado por completo.

—Hace un momento nos dijiste que tu madre murió —expresó despacio—. Dijiste que estaban solos tu padre y tú.

—Ah. —Hila dejó de bailar. Abrió los ojos de par en par—. Lo siento, debo de haber...

—¿Olvidado que tu madre está viva? —Koffi frunció el ceño—. Qué descuido más extraño.

—Koffi. —Ekon pasó la vista de la chica a Hila, desconcertado—. ¿Qué pasa aquí? ¿Piensas que es...?

—Hay algo en ti que me escama. —Koffi no miraba a Ekon. Tenía los ojos puestos en la niña con una expresión dura—. Y pienso que deberías marcharte a casa.

—¡No! —La voz de Hila se elevó una octava mientras se desplazaba para pegarse a Ekon. Sus campanillas tintinearon con cada paso. Tomó la mano de Ekon y se aferró a ella con fuerza—. ¡No, no, no, por favor, no me echen! ¡No me dejen sola otra vez, hay monstruos!

Automáticamente, Ekon protegió a Hila con su cuerpo. El puro terror que destilaba su voz le desgarraba el alma. No pudo evitar acordarse de cómo se había sentido él tantos años atrás.

—Koffi —dijo—. No hay razón para no ayudar a...

—Ekon, hay algo raro en ella. —Koffi dio un paso adelante—. Está sola en mitad de la selva llevando esas campanillas, su historia no se sostiene...

—Es nuestra amiga. —Las palabras le chirriaron incluso a él, pero sus labios las articularon de todos modos—. Tenemos que ayudarla.

—Sí, eso es —graznó una voz desagradable—. Tienen que ayudarme.

Ekon estuvo a punto de desmayarse. La voz de Hila había cambiado; ya no era liviana y dulce. Cuando bajó la vista, descubrió que no había ninguna pequeña aferrada a su mano. Un ser de húmedos ojos negros lo observaba con malicia, y no era humano en absoluto. Su cuerpo estaba arrugado e hinchado, tanto que ahora llenaba la túnica que antes parecía demasiado holgada. La piel del engendro disfrazado de niña había mudado en un horrible pellejo pálido y grisáceo. Ekon intentó soltarla, pero el ser sonrió y una serie de dientes blancos y puntiagudos asomaron en su boca. En el fondo de la mente de Ekon, una sola palabra destacó por fin entre los recuerdos que guardaba del diario de Nkrumah: «eloko».

—Mi nuevo amigo me ayudará —dijo el eloko con su voz cavernosa—. Usará su bonita daga para recortar la cara de la chica guapa. Así la tendré para mí, igual que me quedé la cara de la última niña guapa que encontré sola en la selva.

El engendro entrechocó los talones y las campanas de plata repicaron a un volumen imposible. Involuntariamente, Ekon acercó la mano a la daga que llevaba prendida a la cadera.

—¡Ekon!

Como si estuviera muy lejos, el chico percibió el pánico creciente en la voz de Koffi, vio terror en sus ojos oscuros. Sabía, de un modo distante, que el miedo de ella debería causarle algún efecto, pero se notaba cada vez más insensible. Lo único que oía eran las campanillas de plata, y solo quería obedecer, ayudar a Hila. Esgrimió la daga con más fuerza y avanzó un paso.

—¡Ekon, para!

Koffi estaba retrocediendo entre temblores. Una enredadera le trabó el tobillo y cayó al suelo de mala manera. El eloko lanzó una carcajada y saltó en el sitio cuando Ekon avanzó otro paso.

«Ayuda a Hila —le exigía una voz en su cabeza—. Tienes que ayudar a Hila».

—Por favor. —Koffi se arrastró por la tierra. Tenía los ojos clavados en Ekon cuando atrapó las bolsas y las sostuvo contra ella como un escudo—. Ekon, soy yo.

Ahora eran las palabras de la chica las que le chirriaban. Cuanto más miraba a la joven que se apartaba de él, menos creía reconocerla. ¿Cómo se llamaba? Solamente oía las campanas.

—Ayúdame, Ekon. —La voz de Hila sonaba suave y dulce de nuevo—. Ayúdame, amigo mío.

Ekon levantó la daga. La extraña muchacha no tenía adónde ir, así que le resultaría fácil matarla. Ella cerró los ojos y hundió los pies en la tierra. Ekon siguió avanzando hasta plantarse delante de ella. La joven ya no parecía asustada, sino en un extraño estado de paz. La aferró de la muñeca y la levantó hasta que sus ojos quedaron al mismo nivel que los de Ekon. Le pegó la daga a la mandíbula y entonces...

Y entonces la notó. Una mano.

Tenía la mano de la chica en la mejilla, suave y etérea. El contacto le provocó un cosquilleo. En ese momento, el tintineo de las campanas empezó a debilitarse. El entumecimiento que se había apoderado de su cuerpo retrocedió como una marea y tuvo la extraña sensación de que emergía de algo, de que se le despejaba la mente. Una sola palabra regresó flotando a su pensamiento y recordó: «Koffi».

Ella todavía lo miraba con ojos resueltos y concentrados, los pies enterrados en la tierra. Pequeños fragmentos de luz parecían acudir a ella, ascender por su cuerpo y salir de sus manos.

—¡No!

Ekon se sobresaltó. El eloko estaba parado a pocos pasos de distancia, y su sonrisita malvada ya decaía. El chico se volvió a mirar a Koffi justo a tiempo. Ella levantó la mano para apuntar al ser. Ekon comprobó sorprendido que los relucientes fragmentos abandonaban su cuerpo y flotaban a su alrededor como a la espera. A continuación, sin previo aviso, la aglomeración planeó hacia el eloko. El engendro gritó en el instante en que le tocaron la piel.

—¡No! ¡No!

—¡Ekon! —Koffi seguía mirándolo fijamente —. ¡Corre!

No le hizo falta decir más. Ekon agarró su bolsa del brazo de Koffi y salió disparado a su lado, ajustando las zancadas a las suyas. Un revuelo se dejó oír tras ellos, seguido de un horrible lamento y luego:

—¡Nooo! ¡No, amigos míos, vuelvaaan!

Ekon miró atrás. El eloko también corría, ahuyentando las luciérnagas de Koffi al mismo tiempo que los perseguía. Había alargado esos brazos laxos que tenía y había un hambre salvaje en su mirada.

—¡No te pares! —Koffi sacudió la muñeca hacia atrás como si lanzara algo. Otra oleada de luciérnagas salió disparada de su mano, aunque no eran tantas como antes. El pánico asomó a su semblante—. No puedo apaciguar mi mente —dijo—. No seré capaz de...

—¡Amigos! —gritaba el eloko—. ¡No corran, amigos míos!

Estaba más cerca que nunca. El puño de Ekon se cerró aún más sobre su daga mientras se preparaba.

De golpe, brilló un resplandor, un aura de luz mucho más grande y brillante que nada de lo que Koffi hubiera generado antes. Como un rayo dorado, el fulgor salió disparado por encima de sus cabezas. En el instante en que alcanzó al eloko, la piel del ser empezó a chisporrotear. Una peste horrible impregnó el aire.

—¡Nooo! —El eloko se sujetó los achicharrados brazos contra el pecho a la vez que gritaba de dolor. Dio media vuelta y salió disparado como una flecha en dirección contraria. Ekon observó su retirada, sobrecogido, antes de voltearse hacia Koffi otra vez.

—¡Fue increíble! —le dijo—. ¿Cómo lo hiciste?

Koffi no lo estaba mirando y tampoco sonreía. Sus ojos estaban clavados en alguna otra cosa cuando habló.

—No... no fui yo.

Ekon se quedó helado. Despacio, siguió la trayectoria de su mirada y un miedo renovado le ascendió por dentro como una marea.

Algo enorme los observaba desde las sombras de los árboles que tenían delante.

Sus ojos eran negros y fríos.

25
La otra daraja

Koffi no se movió. No se atrevía ni a parpadear.

La bestia que se erguía a pocos pasos de distancia, medio oculta por las sombras, era grande; eso lo supo al instante. Solamente la había visto en otra ocasión, en la oscuridad, pero eso no implicaba que fuera menos aterradora a la luz de la tarde. Vio la misma piel rosada en carne viva, los músculos extendidos sobre un esqueleto nudoso. Tenía la cara arrugada, compuesta por un largo hocico, dos ojos negros y una boca como un corte, poblada de afilados dientes. Una lengua del color de la sangre asomó laxa de su boca mientras la miraba.

—Koffi. —Tras ella, la voz de Ekon era poco más que un susurro. Lo oyó avanzar para situarse a su altura, todavía esgrimiendo la daga—. Retrocede.

Retroceder era lo más inteligente. Al fin y al cabo, Koffi no tenía armas, ninguna manera de defenderse. Pero una atracción irresistible la mantuvo donde estaba. Llevaban un rato allí y el Shetani todavía no se había movido. Cuando escapó del Zoo Nocturno, Koffi había visto un monstruo, una bestia rezumante de rabia, pero en ese momento estaba contemplando algo distinto. No era un monstruo, ni siquiera un animal, sino un ser vivo. Lo miró a los ojos, y donde esperaba ver sed de sangre atisbó un dolor sordo, antiguo y constante. Vio otras cosas también: pena, impotencia. Y entonces supo lo que debía hacer.

—Ekon, creo... que deberías marcharte.

—¿Qué dices? —Koffi no se volvió a mirar la expresión de su cara, pero oyó la incredulidad de su voz—. No hablarás en serio.

—Sí.

—¿Y adónde sugieres que me marche, exactamente?

—No muy lejos. —Koffi no había despegado los ojos del Shetani. El ser había torcido la cabeza un poco—. Es que... me parece que es importante que haga esto yo sola.

Notó que Ekon se movía a su lado, prácticamente percibió su vacilación.

—Koffi. —El chico aún hablaba en susurros—. No quiero dejarte sola con... ella.

—Por favor. Confía en mí.

Se hizo un largo silencio. A continuación, sonó un suspiro y algo muy parecido a «con cuidado» antes de que Koffi oyera unos pasos que se alejaban. El Shetani y ella estaban solos. En todo ese tiempo, el ser no había dejado de mirarla a los ojos. La chica pensó que casi la observaba con curiosidad.

—Sé lo que eres. —Koffi se colocó bajo un rayo de sol que atravesaba la bóveda de la selva. En cuanto la luz la bañó, se sintió un poquito más fuerte—. Y sé quién eres.

El Shetani respondió con un gruñido. El nerviosismo y el miedo recorrían el cuerpo de Koffi a oleadas, pero se mantuvo firme.

—Tú no me conoces a mí. —Mantuvo un tono de voz quedo—. Pero nos hemos visto antes. ¿Lo recuerdas?

El Shetani volvió a gruñir, aunque en esta ocasión con menos convicción. Se encorvó y escondió las uñas. Koffi intentó no temblar cuando el ser avanzó otro paso.

—Yo soy como tú —le dijo—. Seguramente en más sentidos de los que te puedes imaginar. Sé... sé lo que es sentirse incomprendida, querer huir de las cosas que te asustan. A veces huir es más fácil, ¿verdad?

El Shetani seguía mirándola sin emitir el menor sonido. No era prometedor, pero tampoco para desalentarse. Koffi avanzó un paso hacia el ser.

—Sé que sufres muchísimo —susurró—. Y conozco el motivo. Pero creo que podría ayudarte, si me lo permites. ¿Me lo permitirás?

El Shetani se acercó. Ahora los separaban un par de pasos. Podría tocarlo si quisiera. A esa distancia, Koffi notó olores terrenos: musgo, corteza de árbol, flores. Aspiró la fragancia. Las fosas nasales rosadas del Shetani se abrieron también.

—Voy a intentar una cosa —continuó Koffi—. Nunca lo he probado antes, pero... podría funcionar.

Desapareció el espacio que los separaba de una sola zancada y acercó la palma de la mano al hocico del Shetani. Durante las clases, Badwa le había dicho que el esplendor era una energía que se podía trasladar, dar y tomar. Si el esplendor que albergaba Adiah era lo que alteraba su apariencia, quizá...

Tocó el cuello del Shetani y le cubrió el hocico con la mano. Cerró los ojos e intentó recordar las palabras de Badwa.

«Apacigua la mente».

Pensó en su madre trenzándole el pelo, en la risa de Jabir. Pensó en Ekon y su manera de sonreírle. Esta vez, cuando buscó el esplendor, no lo extrajo de la tierra; lo absorbió directamente del Shetani. Lo notó al instante en la zona de la piel que estaba en contacto con el ser, zumbando y vibrando a través de su mano. Los ojos de la bestia se agrandaron de la impresión, y luego, al entender lo que se proponía, le pegó la cabeza a la mano con decisión. Una descarga de dolor sacudió el cuerpo de Koffi cuando parte del esplendor se trasladó de un anfitrión a otro, y el sudor le resbalaba por el cuello según se le desplazaba por dentro, pero permaneció inmóvil. Era más esplendor del que nunca había dejado entrar en su cuerpo, y notaba que había más, muchísimo más. Cerró los ojos e intentó visualizarlo: un tazón lleno hasta el borde. Un tazón del que no podía derramar ni una gota. No podía contenerlo todo, pero sí esa parte, podía albergarlo un rato, ofrecer alivio temporal. Una brisa le acarició la mejilla, un sonido que le recordó a un suspiro. El aire cambió y, cuando abrió los ojos, el Shetani ya no estaba ante ella.

Había una joven que le sostenía la mano.

Tenía el pelo grueso, rizado, del color de las alas de un mirlo. Era alta —aún más que Koffi— y poseía un rostro ocre oscuro de rasgos suaves y redondeados: mejillas de manzana, una boca curvada como el arco de un guerrero. Le pareció deslumbrante. Nada en su cara revelaba su edad excepto sus ojos, que pertenecían a otro tiempo.

—¿Cómo...? —Adiah se tocó el cuello con la mano libre, al parecer sorprendida del sonido de su voz. Era grave y ronca, como si llevara años sin usarla, y todavía recordaba vagamente a un gruñido—. ¿Cómo... lo has hecho?

Koffi señaló las manos, todavía entrelazadas, con un gesto de la cabeza.

—Te he absorbido una parte del esplendor. —Como si el poder se diera por aludido, notó dentro una punzada provocada por el exceso de energía y su rostro se tensó de dolor—. Es temporal.

La joven todavía la miraba con expresión indescifrable.

—¿Cómo has aprendido a hacerlo?

—Badwa me ha enseñado.

La emoción fue patente en el rostro de la joven, junto con la luz de la comprensión.

—Eres la otra daraja. Percibí tu poder, tu llamada y... acudí a ti.

Koffi asintió.

—Y tú eres Adiah.

Las lágrimas inundaron los ojos de la muchacha.

—Hace muchos años que nadie me llama por ese nombre —susurró—. No sabía que quedara alguna de las nuestras hasta que te vi. Pensaba... pensaba que yo era la última.

—Puede que haya más por ahí —dijo Koffi—. Pero ninguna que viva mostrándolo; al menos, no en Lkossa. Las cosas han cambiado desde... —Le falló la voz—. Desde que te marchaste.

Adiah hizo una mueca, un dolor visible que le estiró las comisuras de los labios.

—No lo sabía. —Sus palabras eran quedas, suplicantes—. No sabía lo que se proponía, lo juro. Me dijo que podía usar el esplendor para hacer de Lkossa un lugar mejor y le creí. Era tan joven, tan tonta... De haber sido más lista...

—Tú no tuviste la culpa —le aseguró Koffi—. Solo eras una niña.

Adiah resopló.

—No era así como yo me veía. —Pronunció las palabras con amargura, como burlándose de sí misma—. Era arrogante. Me creía mucho mejor que las personas de mi alrededor. Si hubiera escuchado a mis maestros, a mis amigos... —Una lágrima solitaria se deslizó por su mejilla—. Si hubiera escuchado a Tao, nada de esto habría pasado.

—Fedu es un dios —le recordó Koffi con firmeza—. Eso significa que tuvo muchísimo tiempo para aprender a engañar a las personas. Tú eras una niña...

—Que hizo algo terrible. —Adiah negó con la cabeza—. El poder que desaté destruyó Lkossa, destruyó mi hogar. Provocó guerras, quebró el cielo...

—No se puede cambiar lo que ya está hecho —dijo Koffi con suavidad—. Solo puedes cambiar lo que pase a partir de ahora.

—Y todavía lo llevo dentro. —La joven prosiguió como si no la hubiera oído—. Lo noto todo el tiempo. Seguro que tú también lo notas, si lo estás reteniendo ahora. Es peligroso y siempre lo será.

Lo que decía era cierto. Koffi lo percibía, desde luego que sí. El esplendor que había absorbido de Adiah ya no era un mero cosquilleo debajo de la piel; se tornaba más caliente y doloroso por momentos. Como si le leyera el pensamiento, Adiah se dispuso a reabsorberlo, pero Koffi le aferró la mano para detenerla.

—Hay un modo de deshacerse de él —le dijo—. Un modo de devolverlo a la tierra, donde debe estar.

Adiah negó con la cabeza.

—No es posible.

—Sí que lo es. —Koffi le apretó la mano para remarcarlo—. Durante el Vínculo, el esplendor que hay en la tierra asciende a la superficie, igual que hizo hace cien años, cuando tú lo absorbiste. El próximo será dentro de dos meses, y podrías devolverlo entonces.

—Es demasiado peligroso —objetó Adiah—. Devolver un poder como ese...

—No lo liberarías aquí —aclaró Koffi a toda prisa—. Ekon y yo hemos pensado un plan. Te llevaremos a las llanuras de Kusonga, que están deshabitadas. Podrás expulsarlo con seguridad.

Observó a Adiah asimilar las palabras, sopesarlas y meditarlas. Cuando habló, su voz delataba su verdadera antigüedad.

—En cuanto ponga un pie fuera de la selva, Fedu me atrapará —dijo—. Me busca sin cesar, noche y día.

—Te esconderemos y viajaremos con cuidado.

—Las llanuras de Kusonga están a una distancia considerable de aquí —añadió—. No sé si podré llegar tan lejos.

—Tienes que intentarlo —la presionó Koffi—. Una vez que el esplendor abandone tu cuerpo, puedes volver con nosotros. Le podrás contar a todo el mundo la verdad, y dejarán de tenerte...

Su gesto se tensó cuando una nueva descarga de dolor la atravesó, y Adiah agrandó los ojos.

—Devuélveme el esplendor, niña. —Lo dijo en tono urgente—. Hazlo ya.

—No hasta que accedas... —Algo retorció las tripas de Koffi, otro calambre—. No hasta que accedas a acompañarnos.

—Muy bien —asintió Adiah en tono brusco—. Iré con ustedes a las llanuras de Kusonga. —Aferró el antebrazo de Koffi para atraerla—. Pero te digo una cosa, niña. Si tu plan no sale bien, no podré soportar este dolor otro siglo.

—No tendrás que...

—Escúchame. —La daraja la miró con ojos ardientes. Koffi notó un jalón, sintió como la joven recuperaba el esplendor mientras la retenía con saña. Sus ojos se tornaron fríos según el poder retornaba a su anfitriona. La voz de Adiah sonó más animal que humana cuando volvió a hablar—. No soy tan fuerte como para vencer a Fedu si me captura, ¿me entiendes?

—Te entiendo.

Fueron las últimas palabras que Koffi consiguió articular antes de que Adiah le soltara la mano; esta vez se lo permitió. En cuanto se separaron, Koffi sintió un horrible vacío, una desolación. Puntos negros salpicaron su visión y se le secó la boca, pero no pudo hacer nada. Le temblaron las piernas con violencia y por fin cedieron. Notó que caía.

Lo último que oyó fue un rugido.

—¡Koffi!

Abrió los ojos. Ya no veía puntos negros, y todo era verde alrededor. Verde, café y Ekon. La miraba con la inquietud grabada en cada músculo de la cara.

—¿Te encuentras bien? —Su voz sonaba tensa—. ¿Estás herida?

—No.

Koffi se sentó y miró a un lado y al otro. El Shetani —Adiah— estaba a pocos pasos de distancia, observando. El ser la estuvo mirando un rato antes de inclinar la cabeza con un inconfundible gesto de asentimiento; estaba de acuerdo.

—No entiendo nada. —La mirada de Ekon revoloteaba de Koffi a Adiah, su voz rezumaba confusión—. ¿Qué pasa aquí?

Koffi sonrió.

—Nos vamos a las llanuras de Kusonga.

26
Más que gustar

El aire se tornaba más frío según Koffi, Ekon y Adiah avanzaban hacia el sur.

Ekon notaba el mundo cambiando alrededor con cada paso que daba. El cielo todavía era azul, pero ya empezaba a oscurecerse; el aire estaba despejado, aunque ya se intuía el olor de la tormenta. Reconoció las señales de que la estación de los monzones se aproximaba a toda prisa a la región de Zamani. En cuestión de semanas, puede que menos, la mayoría de la población caminaría por charcos que les llegarían a los tobillos. Los comerciantes de la zona cambiarían sus mercancías e inflarían los precios de vestimentas más apropiadas para la estación, que se adaptaran mejor a las lluvias torrenciales constantes; los campesinos acortarían sus jornadas y rezarían más a menudo para pedir buenas cosechas. De niño, a Ekon le gustaba esa época del año, cuando un diluvio parecía arrastrar los problemas del mundo para que todo pudiera empezar de nuevo unos meses más tarde. Sin embargo, ese año sería distinto.

—Bueno, te cuento lo que he pensado...

Koffi y él habían parado de nuevo para consultar el mapa. Habían pasado unas horas desde que ella había convencido a Adiah de que los acompañara, y ahora estaban a menos de un día de las tierras limítrofes por las que habían entrado. Ekon desplegó el mapa sobre la tierra con cuidado, entre los dos, y dibujó con el dedo dos líneas conectadas entre sí.

—Estamos aquí —dijo señalando su ubicación—. Como ves, hay muchos sitios por los que podríamos salir de la Selva Mayor sin que nos vieran; el límite es inmenso y es imposible que los Hijos de los Seis puedan cubrir tanto terreno. La clave está en escoger el momento apropiado.

—¿Cuándo has pensado que partamos? —quiso saber Koffi.

—Mañana a primera hora —respondió Ekon—. Hay más patrullas de noche, porque piensan que las posibilidades de que el Shetani ataque aprovechando la oscuridad son mayores. Por la mañana hacen el cambio de turno. El traspaso es visto y no visto, pero si nos desplazamos lo suficiente hacia el sur...

—¿Podríamos pasar sin que nos vieran?

—Exacto —asintió Ekon—. El otro desafío al que nos enfrentamos es cómo esconder a Adiah una vez que estemos al descubierto. Aquí es más fácil por razones obvias, pero... el trecho entre la región de Zamani y las llanuras de Kusonga transcurre por tierras llanas y despejadas. Será entonces cuando estemos más expuestos.

—Podemos escondernos entre la citronela —propuso Koffi—. Y desplazarnos durante la noche. El volumen de gente que viaja a Lkossa disminuye al comienzo de los monzones; Baaz se quejaba de eso todo el tiempo en el Zoo Nocturno. Siempre y cuando avancemos a buen ritmo, no tardaremos más que unas semanas en llegar a las llanuras de Kusonga a pie. Después de eso, bastará con que no nos dejemos ver y esperemos al Día del Vínculo.

—Me parece un buen plan. —Ekon enrolló el mapa—. Mañana abandonaremos la selva.

Su paso se tornó más lento conforme la tarde cedía al ocaso; Ekon ya notaba que esa noche pasarían más frío. Adiah avanzaba unos pasos por adelante, pero Koffi caminaba junto a Ekon. De sopetón, volvió los ojos hacia el sol del atardecer.

—Deberíamos parar aquí.

—¿Qué? —Ekon también volvió la vista hacia el sol, preguntándose si se le escapaba algo. El disco mostraba un tono oro anaranjado y pronto se ocultaría, pero todavía no—. Deberíamos seguir avanzando mientras todavía haya luz. Cuanto más cerca estemos de Lkossa esta noche, menos tiempo tendremos que recuperar mañana...

—Hay un estanque.

Koffi señaló un pequeño cuerpo de agua. Situado a pocos metros a la derecha, centelleaba entre los árboles. Ekon lo miró y volvió la vista hacia Koffi, todavía confuso.

—¿Y?

—Pues que vamos a cambiar de paisaje por completo —dijo Koffi—. Durante los próximos días, estaremos en las praderas sin acceso garantizado a una cantidad significativa de agua.

—¿Y...?

—Que me voy a dar un baño.

Ekon se quedó pasmado. Tardó un momento en recuperar la capacidad del habla.

—¿Te vas a dar un... qué?

—Un baño —repitió ella despacio—. Ya sabes, eso que haces cuando estás sucia y quieres lavarte. No tardaré mucho, diez minutos como...

El chico no oyó el resto de la frase; intentaba concentrarse. Un baño. Koffi se iba a dar un baño. Allí cerca. Desnuda. Hasta ese momento, se les había dado bien concederse privacidad cuando la necesitaban, pero eso...

—¿Hay algún problema? —La voz de Koffi, excesivamente dulce, lo trajo de vuelta.

—Eh..., no.

«Piensa en otra cosa —se suplicó—. Piensa en algo que no sea... eso. Piensa en el templo, en los hermanos. En el horrible hermano Apunda... En lo que sea...».

—Bien. —Pegó un brinco cuando Koffi le propinó unas palmaditas en el hombro. No le gustaba ni un poco el brillo travieso de sus ojos—. Entonces puedes ir preparando la cena. Solo comeremos nosotros dos, me parece. Adiah, ¿te parece bien arreglártelas sola?

Adiah, que se había detenido unos pasos más adelante, parpadeó. A continuación, inclinó la cabeza con lo que recordó a un asentimiento y se internó furtiva en las sombras. Ekon supo que, en otras circunstancias, el sigilo de sus movimientos le habría puesto los pelos de punta.

—¿Qué cenará ella?

—Seguramente es mejor que no lo sepamos. —Koffi hizo una mueca.

—¿Sabes qué? —comentó Ekon tras un silencio—. Casi me siento mal por ella.

Koffi se volvió a mirarlo con sorpresa.

—¿Por qué? No tendrá que seguir así mucho más tiempo. Una vez que lleguemos a las llanuras de Kusonga, volverá a ser humana. Se librará del esplendor y del dolor que le provoca. Volverá a ser como era.

—A diferencia de su mundo —dijo Ekon. Koffi abrió la boca para responder, pero él continuó—. Tiene más de cien años; nada de la Lkossa en la que vivía antes de la Ruptura seguirá ahí, y ni una sola de las personas que conocía estará viva. Sus amigos, su familia...

—Habrán muerto —concluyó Koffi con voz hueca.

—No me imagino qué se debe sentir en esa situación —continuó Ekon—. Volver a tu hogar y a la vida que sabes que es tuya y no reconocer nada.

La expresión de Koffi era hermética antes de que se encogiera de hombros. El ademán fue desenfadado, pero a Ekon le pareció un poco forzado.

—Ya nos preocuparemos de ayudar a Adiah a aclimatarse una vez que haya recuperado su aspecto normal. —Asintió un par de veces antes de devolver la vista al estanque—. Mientras tanto, preocúpate por la cena. Yo vuelvo enseguida.

—¡No te olvides de mirar si hay serpientes! —le gritó Ekon mientras ella se alejaba—. ¡Y *nkalas*!

Aunque ella no se volvió, le pareció oír una risa. Pues muy bien. Si quería que un monstruo gigantesco parecido a un cangrejo devorase su sombra, allá ella, aunque a decir verdad el diario sugería que normalmente los *nkalas* vivían en masas de agua más grandes.

Devolvió la atención al asunto más inmediato: la cena. Los ingredientes con los que tenía que trabajar eran tan escasos como sus habilidades para la cocina. En el Templo de Lkossa, donde se había criado los últimos diez años, la comida no era nada del otro mundo, pero estaba bien, preparada por un cocinero. Se quedó mirando un momento los montones de fruta, pan y carnes curadas que los yumbos habían empacado para ellos. Y entonces tuvo una idea.

—Vale, ya estoy —anunció Koffi.

Para cuando Ekon estaba dando los toques finales a la comida y a la pequeña hoguera que había encendido, Koffi ya había regresado. Su vestimenta estaba ligeramente mojada, pero se había limpiado el barro seco que antes le cubría la cara. Ekon volteó el cuello para echarle un vistazo.

—Tu pelo parece distinto —comentó con cuidado de no mirarla demasiado rato. Todavía no confiaba en su mente—. ¿Te lo has lavado?

Koffi enarcó una ceja.

—Qué gracioso.

Se acomodó a su lado en el suelo, y un aroma dulce inundó el espacio que los separaba.

—¿Has encontrado más semillas de ponya?

—No. —Ella desplegó la túnica, todavía sucia, y le mostró varios frutos marrones alojados entre los pliegues. Se parecían a las semillas de ponya, aunque más grandes. Cogió uno para acercarlo a la nariz de Ekon—. Son nueces de karité. Se usan para fabricar manteca de karité, que suaviza el pelo y la piel.

—Manteca de... —Ekon se echó hacia delante automáticamente. De repente, notó una opresión en el pecho. Tardó un momento en comprender a qué se debía—. Huele... a mi madre.

—Ah.

Conocía ese aroma de toda la vida, pero nunca había sabido de dónde procedía. Se le saltaban las lágrimas. Si bien su madre ya no estaba, eso... eso era como recuperar una parte de ella, una parte que creía perdida para siempre.

—Nunca me habías hablado de tu madre —dijo Koffi con voz queda.

—Ya... —Ekon se rascó la nuca—. Bueno, es porque nos dejó cuando yo era niño. No sé adónde se fue, hace años que no la veo.

—Vaya... —Koffi agachó la mirada y se observó las uñas—. Lo siento mucho, de verdad.

Se hizo un largo silencio, demasiado sonoro para resultar cómodo. Ekon ya estaba acostumbrado. Pocas veces hablaba de su madre, y cuando lo hacía siempre pasaba lo mismo. Primero el silencio, luego la compasión. Primero el silencio, luego las condolencias, las frases hechas. «Todo sucede por alguna razón». «Lamento tu pérdida». Como si él tuviera la culpa de que su madre se hubiera marchado, como si fuera una consecuencia de su irresponsabilidad. Cambió de tema:

—Ella preparaba este plato —explicó—. Me parece que se lo inventó. Lo tomábamos a menudo para desayunar. Es una ensalada de fruta. Mi versión del plato.

Koffi miró la fruta troceada, dispuesta con cuidado en forma de anillo.

—¿La picaste?

—Veintisiete deliciosos trozos.

—Me dejas pasmada.

Ekon dispuso dos gigantescas hojas a modo de platos e hizo una reverencia con la mano.

—Un banquete digno de dioses.

Koffi tomó uno de los platos improvisados y se sirvió parte de la fruta. Si bien Ekon no deseaba exactamente verla comer —habría sido raro—, sí quería saber si la comida le gustaba. Era una tontería preocuparse por lo que opinaba alguien de un puñado de fruta cortada con tosquedad, pero, por alguna razón, le importaba. Esperaba que Koffi la disfrutara. Se obligó a mirar su plato y contar hasta dieciocho antes de alzar la vista otra vez.

—¿Qué tal?

Se le cayó el alma a los pies cuando Koffi respondió con una sonrisa desganada.

—¿Tan mal?

—¡No! —Ella negó con la cabeza—. No es eso, es que... —Se quedó mirando unas rodajas de fruta—. Tiene papaya.

—¿Sí?

—Odio las papayas un poquitín.

Ekon parpadeó.

—¿Las... odias?

—Solo con toda mi alma.

—Claro. —Una carcajada sincera le ascendió desde la barriga. Ekon se masajeó el puente de la nariz mientras trataba de contenerse—. A ver si lo adivino. ¿No te gustará alguna fruta rara y dudosa como... el melón verde?

Koffi frunció el ceño.

—El melón verde no es dudoso.

—Lo sabía.

Ella lo fulminó con la mirada antes de escoger con tiento un trocito de plátano y llevárselo a la boca.

—Tengo una pregunta que hacerte.

Ekon se puso nervioso.

—¿Qué clase de pregunta?

Koffi dejó la hoja en el suelo y sonrió.

—Es sobre el diario de Nkrumah. Dices que anotó información sobre todos los seres y plantas que viven en esta selva. —Levantó la vista—. Pero ¿qué dice de las estrellas?

—¿Estrellas? —Ekon miró a donde apuntaba su dedo. El cielo estaba salpicado de más estrellas de las que podían contar, miles de diamantes vertidos en un tintero. Eran preciosas—. La verdad es que no hay gran cosa sobre las estrellas en el diario —reconoció por fin—. Quizá porque no pertenecen a la Selva Mayor o a la región de Zamani. Son las mismas en cualquier parte del continente.

—Eso tiene sentido.

Koffi todavía las estaba contemplando, pero su voz contenía un atisbo de decepción.

—Pero —se apresuró a añadir Ekon, buscando a toda prisa algo que aportar— conozco algunas historias sobre las estrellas que mi hermano me enseñó. —Señaló en cierta dirección—. ¿Ves esas dos tan brillantes, a tu derecha?

—No.

—Están justo...

Estuvo a punto de desmayarse cuando Koffi se movió para sentarse a su lado, tan cerca que sus hombros se rozaron.

—Continúa.

—Bueno, pues sí, las estrellas. —A Ekon se le trababa la lengua—. Esas dos se llaman Adongo y Wasswa; sus nombres proceden de dos jirafas que eran una pareja de hermanos —explicó—. La historia cuenta que cada uno de los hermanos quería ser más alto que el otro, así que alargaban el cuello para hacerlo más y más largo hasta que se les enredaron los cuernos con el firmamento y se convirtieron en estrellas. Ahora discuten sobre cuál de los dos brilla con más intensidad.

Koffi asintió.

—Interesante.

—Perdona —dijo Ekon—. Es un cuento... un poco bobo.

—No lo es.

Koffi se volvió a mirarlo, y Ekon tragó saliva. Si antes pensaba que estaban cerca, ahora sus caras prácticamente se rozaban. Podía contar las pestañas que le enmarcaban los ojos.

—Pero hay una cosa que no entiendo. —Con la misma brusquedad con que se había girado hacia él, Koffi volvió la vista al cielo frunciendo el ceño—. ¿Cómo se convirtieron las jirafas en estrellas?

Ekon agrandó los ojos.

—¿Qué quieres decir?

—Bueno, has dicho que se les quedaron atrapados los cuernos en el cielo y se convirtieron en estrellas, pero ¿cómo?

—No estoy seguro. —El chico se rascó la cabeza—. Aunque no creo que sea importante. Me parece que la historia solo pretende enseñar una lección sobre los celos...

Ella lo miró una vez más, con el ceño fruncido.

—¿Cómo va a enseñar nada si no se entiende?

Ekon negó con la cabeza y rio por lo bajo.

—En serio, siempre tienes que discutirlo todo.

El ceño de Koffi se acentuó.

—No es verdad.

—Sí que lo es.

—No, yo no...

Ekon no tenía claro qué lo había impulsado a hacerlo, qué lo empujó a obedecer ese arranque extraño y repentino, pero cerró el hueco entre los dos y la besó.

No lo había planeado, y desde luego no se había preparado para ello. Sin embargo, buscó los labios de ella con los suyos y Koffi no se apartó. Eran suaves al tacto, cálidos. La mano de ella, ligera como una pluma, le acarició el cuello, y un estremecimiento placentero recorrió el cuerpo de Ekon. De repente no podía respirar, no estaba seguro de querer hacerlo. Se separaron con los pechos agitados.

—Perdona. —Ekon no reconoció su propia voz; era más grave, más ronca. No podía dejar de mirarle la boca—. Quería preguntarte antes de...

Koffi atrajo la boca de Ekon hacia la suya de nuevo, y algo le estalló en el cerebro. Un rugido le saturó los oídos y cada uno de sus sentidos perdió el control. Koffi era lo único que veía, olía, saboreaba y sentía. Lo devoraba. Pasado un momento, se apartó de nuevo.

—¿Te parece bien que...?

—Eres... un... caso. —Koffi también hablaba en un tono bajo, apenas un murmullo—. ¿Por qué te crees que antes me he pegado a ti?

Ekon se retiró un poco más.

—Tú... ¿querías que lo hiciera?

—Pues claro que sí. —Ella bajó la mirada—. Me gustas.

Y esas sencillas palabras bastaron; Ekon no necesitó más. El mundo se inclinó cuando los dos se tendieron en el suelo y ajustaron los cuerpos. Deslizó los dedos por el contorno de Koffi arriba y abajo según descendían hacia sus caderas. Un nuevo ardor se le acumuló dentro, por debajo del estómago. Se pegaron aún más, y de súbito solo podía prestar atención a las zonas de ambos que se rozaban, a las que le gustaría que se rozaran. Todos esos sentimientos, todo ese deseo, eran extraños, como mil colibríes atrapados en el interior de sus costillas; pero le gustaba. Las palabras resonaron en su cabeza: «Me gustas».

A él también le gustaba Koffi, mucho, y súbitamente el sentimiento le pareció lo más obvio del mundo. Le gustaban las trenzas de Koffi, el color medianoche de sus ojos. Le gustaba el sonido de su risa y su manía de discutírselo todo. Le gustaba todo de ella. No era amor —no estaba seguro de saber cómo amar bien todavía—, pero era algo bueno, algo que le hacía desear seguir explorando; era gustar, pero más.

Ekon la besó otra vez y ella emitió un ruidito contra su boca. Cerró los ojos y mil preguntas acudieron a su pensamiento. ¿Debía hacer algo más? ¿Y ella? ¿Qué pasaría a continuación? Abrió los ojos un poco, llevado por la curiosidad, y entonces su cuerpo se puso rígido.

Los ojos de Koffi seguían cerrados, con una pequeña sonrisa en los labios, pero los de Ekon habían captado algo a su espalda, a pocos pasos: movimiento. Fue algo instantáneo, casi imperceptible. Se sentó de súbito.

—¿Qué pasa?

Koffi se incorporó también, alarmada.

—Em, nada. —Ekon intentó que no se le notara el miedo—. Es que... —Buscó las palabras—. Me parece que deberíamos...

—Claro. —Era evidente, por su tono de voz, que Koffi se sentía herida—. Sí, deberíamos... parar.

No. Era lo último que Ekon deseaba, pero al mismo tiempo el corazón empezaba a latirle a toda máquina de un modo nuevo y desagradable. Volvió a mirar hacia los árboles, donde había visto ese breve destello. No quería decirle a Koffi que estaba casi seguro de que había alguien allí, observándolos; en particular porque ese alguien vestía un tono azul muy específico. Intentó que su voz sonara tranquila a pesar de todo.

—Es que mañana tenemos que levantarnos pronto —dijo—. Nos vendría bien dormir.

Koffi no lo miró.

—Claro. Buenas noches, pues.

Sin decir otra palabra, se levantó y se sacudió la ropa antes de encaminarse ostentosamente al otro lado de la hoguera. Se tendió de lado, dándole la espalda, y no volvió a moverse. Ekon esperó a que estuviera dormida antes de levantarse y avanzar en silencio hacia los dos árboles entre los cuales había atisbado movimiento. Acababa de cruzarlos cuando una mano le tapó la boca.

—No te muevas.

Alivio y rabia a partes iguales extinguieron el miedo en el pecho de Ekon. Conocía la voz. La mano que tenía sobre los labios se retiró. En la oscuridad, su hermano mayor le hizo un guiño.

—Kam. —Ekon procuró hablar en voz baja.

—En carne y hueso.

—¿Cómo nos has...?

—Chist.

Ekon se apartó de su hermano cuando ambos vieron una enorme silueta que surgía de la oscuridad hacia el campamento, por el otro lado. Adiah. La bestia olisqueó el aire un momento antes de girar sobre sí misma un par de veces y acomodarse en la tierra. A los pocos segundos, dormía hecha una bola.

—Es increíble —dijo Kamau. Tenía los ojos anclados en Adiah como si fuera una montaña de oro—. Después de todo este tiempo creí que nunca llegaría a verlo.

Ekon torció el gesto.

—¿Por qué no me has avisado de que estabas aquí?

—No quería interrumpirte. —Kamau lo miró y agitó las cejas con un gesto travieso—. Me ha parecido que te lo estabas pasando en grande con tu amiga. —Se volvió hacia Adiah—. Ha sido muy inteligente por tu parte usar el olor de la comida para atraer a esa cosa a nuestro campamento.

Ekon empezaba a estar molesto. Aquello lo superaba; demasiadas emociones luchaban por imponerse en su interior. Estaba enfadado y avergonzado, pero, por encima de todo, sentía desasosiego.

—¿Cómo me has encontrado?

Kamau puso los ojos en blanco.

—Tampoco es que me lo hayas puesto muy difícil. —Tras esa fachada simpática, Ekon advirtió trazas de auténtica preocupación—. Te dije que ocultaras las huellas, Ekon, por los dioses. No habrías dejado un rastro más claro si te lo hubieras propuesto.

Ekon contuvo una oleada de vergüenza. Le había asegurado a su hermano que sabía lo que se traía entre manos, que era capaz de cazar como un guerrero competente. Pero se había puesto en ridículo. Por primera vez en varios días, notó cosquillas en los dedos por el deseo de retomar el viejo conteo. Cambió de tema adrede.

—¿Cuánto tiempo llevan aquí los cazadores?

—Unos cuantos días —respondió Kamau.

—¿Y se las... arreglaron bien?

Una sombra cruzó la expresión de Kamau, visible incluso en la penumbra.

—No exactamente —dijo en tono funesto—. Nos atrapó una niebla.

—Cerca del límite. —Ekon asintió—. A nosotros también nos atrapó.

—Tardamos un día entero en traspasarla —prosiguió Kamau—. Para cuando lo hicimos, dos guerreros habían desaparecido. Zahur y Daudi, no sé si los recuerdas.

Ekon se sintió como si se hubiera tragado una piedra. No le dijo a Kamau que se acordaba de los dos, que había hablado con ellos justo antes de que Koffi y él entraran en la selva. Comprendió la suerte que habían tenido ellos dos. Cuando alzó la vista, su hermano todavía lo observaba con expresión seria. Lo invadió el temor, junto con un extraño tipo de compasión. No sabía cómo le iba a explicar en unos minutos todo lo que había descubierto esos últimos días, pero ya se había decidido. Tenía que intentarlo.

—Kamau —empezó—. Tengo que contarte una cosa. Una gran parte de lo que te voy a explicar te va sonar increíble al principio, pero el Shetani es un...

—Esa chica, la que duerme junto al fuego. La que estabas besando. —Los ojos de Kamau saltaron hacia Koffi, evaluadores—. ¿Quién es?

Esta vez, el gesto de Ekon se crispó.

—Se llama Koffi —dijo—. La conocí en Lkossa y...

—Parece un poco ordinaria —observó Kamau a la vez que alargaba el cuello. Se volvió hacia Ekon a tiempo de ver su ceño acentuado y levantó las manos en ademán de rendición—. Eh, no te critico. Es que no creía que las chicas yaba vulgares fueran tu tipo.

—No sé a qué te refieres con «vulgar», pero ella no lo es —replicó Ekon entre dientes—. Y no es yaba. Es gede.

La expresión de Kamau cambió al instante.

—¿Qué?

—Ya me has oído.

Nunca se había dirigido a su hermano mayor en ese tono. Kamau siempre había sido más fuerte, así que Ekon se había asegurado de no provocar una pelea. Pero la idea de que él

—de que nadie— hablara mal de Koffi mientras ella dormía a pocos metros era algo que no podía tolerar. Vio la confusión asomar al rostro de Kamau, luego un gesto de asco.

—Ekkie, si buscas algo fácil, hay otras maneras de...

La mano de Ekon voló al mango de su *hanjari,* un movimiento sutil que a su hermano no le pasó desapercibido. Kamau negó con la cabeza.

—Tanto tiempo enseñándote a manejar el arma cuando en realidad debería haberte dado unas cuantas clases sobre mujeres. —Le propinó unas palmaditas en la mejilla con aire condescendiente—. Pero no te preocupes. Ya hablaremos largo y tendido cuando le entreguemos esa abominación al padre Olufemi.

—¿Qué? —Todos los músculos del cuerpo de Ekon entraron en tensión—. ¿Qué estás diciendo?

La sonrisilla de suficiencia regresó al rostro de su hermano.

—Venga, Ekon, ya sé que querías cazarlo tú, pero, créeme, el hecho de que hayas entrado en la Selva Mayor y encontrado al Shetani será más que suficiente para que te consideren apto como guerrero yaba. Una vez que se lo entreguemos al padre Olufemi, te iniciará en un periquete e incluso puede que te nombre *kapteni.*

Ekon se apresuró a hablar antes de perder los nervios.

—Kam. Necesito que me escuches, de verdad. El Shetani no es ningún monstruo, es una chica humana llamada...

—Ekon. —Kamau frunció el ceño—. No me creo que seas tan tonto.

—No soy tonto.

—¿Ah, no? —Kamau enarcó una ceja. Había una nota despectiva en su mirada cuando sus ojos revolotearon de Ekon al campamento—. ¿Quién te dijo que el Shetani era una joven humana, eh? ¿La chica gede? A ver si lo adivino, ¿te contó que el monstruo era bueno y merecía ser libre?

—Kamau. —Un nervio empezó a temblar en la sien de Ekon—. Tú no has visto lo que yo he visto en esta selva. Y no conoces a Koffi.

—Es la chica del Zoo Nocturno, ¿verdad? —Un destello peligroso brilló en los ojos de Kamau—. La que dejaste escapar.

Ekon se alarmó. ¿Por qué Kamau sacaba a colación lo sucedido en el Zoo Nocturno?

—Sí —respondió con voz queda—. Es ella.

Kamau lo miró directamente a los ojos.

—Qué raro, ¿no? —preguntó—. ¿Por qué una chica que trabaja en el Zoo Nocturno como guardafieras de repente sentiría interés en ayudarte a encontrar a la bestia más peligrosa de toda la región?

Las palabras escocieron más de lo que Ekon deseaba reconocer.

—Hicimos un trato —explicó—. Ella accedió a ayudarme a localizar al Shetani y a cambio yo accedí a...

—¿Pagarle? —La voz de Kamau rezumaba sorna—. ¿Piensas sinceramente que sería fiel a su palabra si alguien le ofreciera aunque solo fuera un *shaba* más?

Ekon negó con la cabeza.

—Koffi no haría eso. O sea, es posible que al principio sí, pero ahora...

—Tú no sabes lo que haría o dejaría de hacer —lo interrumpió Kamau—. No la conoces. Llevas en esta selva poco más de una semana, si mis cálculos no fallan, ¿y ha bastado ese tiempo para que la creas a ella antes que a tu gente, antes que a mí?

Su voz contenía una verdadera herida, un dolor que Ekon no le había oído antes.

—Kamau. —Cuando habló, su voz era apenas un susurro—. Perdona, yo no...

—No necesito tus disculpas. —La voz de Kamau sonaba peligrosamente queda—. Pero sí tu palabra.

—¿Mi palabra?

—El resto de la partida de caza del Kuhani está en camino y llegarán por la mañana. Quiero que me prometas que nos ayudarás a someterlo a la salida del sol.

«Que traicione a Koffi». Eso era lo que le estaba pidiendo su hermano. «Que traicione a Adiah. Que renuncie a nuestros planes».

—Kamau. —Negó con la cabeza—. Lo que me pides no es tan sencillo. No sé si puedo hacerlo. Yo...

—No, Ekon, es muy sencillo. —La mirada de su hermano era implacable—. Mañana, tendrás que elegir. O estás con tu gente o estás contra nosotros.

27
Desde el principio

Cuando Koffi despertó, notó calor.

No tenía nada que ver con el esplendor, aunque se sentía espléndida, al menos al principio. La sensación le arrancaba en las mejillas y descendía con un cosquilleo por su cuello mientras yacía acostada en el suelo de la selva, fingiendo dormir un ratito más.

«Te besó».

Se mordió el labio inferior cuando las palabras cruzaron su mente por enésima o millonésima vez. Ekon la había besado y ella le había devuelto el beso... varias veces. El recuerdo se había colado en sus sueños como una enredadera que la envolviera en colores vívidos y sobresaturados. Como es natural, le habían gustado algunos chicos del Zoo Nocturno, pero ninguno le había correspondido. Cada uno de los instantes se reproducía en su imaginación. Recordó los labios de Ekon buscando los suyos, la espontaneidad del gesto. Se había disculpado por no preguntar —cómo no—, pero entonces, cuando ella le había dicho que le parecía bien, había vuelto a besarla una... y otra... y otra vez, y Koffi deseaba que lo hiciera. Pensó en sus manos, su manera de moverlas sobre su piel, el sonido que emitió cuando pegaron los cuerpos. Le había gustado besar a Ekon, pero la verdad es que hubo otros momentos también, antes de ese gesto compartido. Le gustaba que a veces viera el mundo a través de los números, y su manera de caminar. Y le gustaban las cosas que decía.

«¿Y por qué no puedes hacer las dos cosas?».

Ekon había sido la primera persona en sugerirle que no tenía que escoger entre el corazón y la mente; era la primera persona que aceptaba sus dos partes por igual.

—Eh, ¿estás despierta?

Rota su ensoñación, Koffi se incorporó de golpe y se dio la vuelta. Ekon ya estaba de pie, con una expresión indescifrable en la cara. Había recogido el campamento, incluidas las cosas de ella. A pocos pasos de distancia, Adiah se desperezaba.

—¿Nos vamos ahora?

Koffi miró alrededor. El cielo ya estaba azul, pero el sol no asomaba todavía por encima de las copas de los árboles. Nunca se había levantado tan temprano.

—Los Hijos de los Seis harán el cambio de guardia dentro de poco —dijo Ekon. No la miraba. En vez de eso, enfocaba los ojos en algún punto situado por encima de su cabeza—. Tenemos que ir tirando si queremos cruzar las tierras limítrofes justo después.

—Ah.

El cambio de guardia. Tras la magia de la noche anterior, casi se le había olvidado todo: el plan, lo que todavía les quedaba por hacer. La vida no se había detenido.

—Solo tengo que lavarme la cara —dijo—. Cuando termine estaré lista.

No le dio a Ekon la oportunidad de replicar antes de ponerse de pie y encaminarse al estanque de la noche anterior. No era grande, solo una pequeña brecha de agua entre los árboles. La pálida luz del alba se reflejaba a esa hora en la lisa superficie como en un cristal. El agua estaba tan inmóvil que le supo mal tocarla. Usando las manos como cuenco, las llenó y se deleitó en el frío contra la piel cuando se lavó.

«Te lo estás imaginando —se dijo mientras el agua le goteaba por la cara—. Seguro que todo va bien».

Repitió las palabras para sus adentros, pero en el fondo lo sabía. Algo en Ekon había cambiado. Lo había notado en el instante mismo en que sucedió, tan pronto como dejó de besarla y su gesto se crispó. ¿Se lo había pensado mejor? ¿Había caído en la cuenta de que Koffi no le gustaba tanto como Ekon a ella?

Oyó un ruido a su espalda, un frufrú quedo, y se volvió. Adiah surgió de entre la maleza, a pocos metros. Volvía a ser un animal, no la hermosa joven con la que hablara el día anterior, pero sus ojos oscuros estaban dotados de una expresividad asombrosa. Adiah avanzó para plantarse junto a Koffi al borde del estanque y le hundió el hocico en el hombro. Ella se lo acarició.

—Gracias.

Era demasiado peligroso hacer lo que había hecho la otra vez, volver a absorber parte del esplendor de Adiah para que pudiera recuperar su aspecto humano; de repente, Koffi deseó poder hacerlo. Con toda probabilidad, esa muchacha la entendía mejor que nadie en el mundo. Se preguntó si todos esos años atrás la otra daraja se habría sentido alguna vez como ella.

—Koffi.

A su espalda, la voz de Ekon rompió el silencio. Tanto Koffi como Adiah se volvieron a mirar como si nada. Adiah bebió agua del estanque. Koffi, por su parte, se incorporó para encararse con él.

—¿Sí?

Ekon tenía las manos hundidas en los bolsillos de su túnica. Estaba incómodo a simple vista.

—Antes de que nos pongamos en marcha, deberíamos... hablar... de anoche.

Koffi necesitó hasta la última fibra de su cuerpo para permanecer impasible, para no revelar nada. No sabía si sentir aprensión o emoción. Ekon quería hablar de lo sucedido. Tal vez las cosas no habían ido tan mal como ella pensaba. Porque no tenía sentido hablar de algo que no tenía futuro, ¿verdad? ¿Y si lamentaba que el encuentro hubiera terminado como lo hizo? ¿Y si él no había querido que terminase? Se volteó hacia Adiah con una mirada elocuente y agradeció que la daraja se desplazara unos metros por el borde del estanque para ofrecerles un poco de intimidad. A continuación, asintió.

—Muy bien, adelante.

Tuvo la sensación de que Ekon tardaba años en hablar.

—Lo de anoche fue... inesperado.

«Inesperado». Koffi puso la palabra a macerar en su pensamiento. «Inesperado» no era un modo intrínsecamente malo de describir un beso, pero tampoco sonaba prometedor.

—De hecho —prosiguió Ekon—, todo lo relacionado con esta aventura ha sido inesperado desde el instante mismo que pisamos la selva. He intentado seguir una estrategia, porque fue así como me enseñaron a afrontar los problemas, pero... pero he cometido un error. Uno que espero me perdones algún día.

«Un error». Esa fue la única palabra que oyó Koffi. «Error». «Error». La noche anterior fue un error. De repente, el aire se le antojó insoportablemente caliente, y solo quería tirarse al estanque para no tener que oír el resto del discurso.

—Me siento... dividido. —Ekon se miraba los pies—. Pensaba que sabía lo que quería, pero todo se ha, em, complicado.

«Complicado».

Sin más, la pequeña llama de esperanza que aún ardía en el pecho de Koffi se apagó.

—Si preferirías no haberme besado, dilo y en paz. —Las palabras le salieron en un tono despectivo, pero no las retiró—. No hace falta que te andes por las ramas.

—¿Qué? —Ekon la miró detenidamente, con los ojos como platos—. No, yo...

—No debería haber pasado. —Koffi se obligó a decirlo mientras intentaba hacer caso omiso del creciente escozor en los ojos—. Y no volverá a pasar.

—Koffi. —Ekon se había quedado petrificado—. Para.

—¡No!

Parpadeó con rabia, haciendo esfuerzos por aplacar el calor que se le acumulaba en el estómago. En algún rincón de su mente, resonaron las frases de Badwa sobre las emociones, pero otras palabras las ahogaban. Las palabras de Ekon.

«Error». «Complicado». «Error». «Complicado». «Error».

«Fuiste un error —le cuchicheó una voz siniestra al oído—. Pues claro que no le gustas. ¿Tú te has visto? Eres un desastre, eres complicada. Te pasas de la raya».

—¡Koffi!

Ekon avanzó un paso, pero era demasiado tarde. Oyeron un gruñido quedo y, cuando miraron a la derecha, vieron que Adiah se había puesto de pie. Tenía los pelos del pescuezo erizados y enseñaba los dientes con gesto amenazador. Koffi se encogió, rígida.

—¿Qué...?

No hubo señal de advertencia cuando la lanza surcó el aire. Silbó sobre el estanque planeando como un halcón antes de que la punta rozara el hombro de Adiah y, con un golpe sordo que arrancó astillas del tronco, se clavara en un árbol cercano. La sangre oscura de la fiera salpicó la tierra al mismo tiempo que ella lanzaba un rugido. Koffi se incorporó al instante, pero ya era tarde.

Oyó los aullidos en primer lugar, un escándalo aterrador que resonaba por todos los flancos. El miedo la traspasó como una flecha cuando, una a una, varias figuras empezaron a emerger de la oscuridad de la selva, todas enfundadas en un tono azul que había visto antes, un tono que reconoció.

«No».

Era imposible; su mente se convirtió en una colmena frenética de pensamientos que zumbaban de acá para allá. ¿Qué hacían allí los Hijos de los Seis? ¿Cómo habían sabido dónde encontrarlos? Su primera reacción fue buscar el esplendor, pero no conseguía absorberlo; era como tratar de agarrar agua.

Los guerreros los rodeaban como buitres. Uno especialmente guapo se separó del resto, y Koffi se quedó petrificada. El corte de la mandíbula, el pelo oscuro y degradado y la forma de sus ojos alargados le resultaban familiares hasta extremos espeluznantes. Lo único que no reconoció fue la sonrisilla triunfal de su semblante, un gesto que nunca había visto en Ekon. No entendió las palabras que salieron de los labios del guerrero y que reverberaron contra los árboles.

—¡Bien hecho, Ekkie!

Habló con una voz sonora y rebosante de euforia al mismo tiempo que asentía con la cabeza. Koffi tardó un momento en caer en la cuenta de que no se dirigía a ella. Siguió la trayectoria de su mirada y sus ojos se posaban en Ekon. Exhibía una expresión impávida.

—Kamau...

—¡Traigan la cuerda!

El guerrero al que Ekon había llamado Kamau pidió por gestos a varios guerreros fornidos que se adelantaran. Cargaban con una cuerda gruesa como el brazo de Koffi. Se le cayó el alma a los pies.

—No. —No reconoció el sonido de su propia voz. Era frágil y blanda, y apenas se hizo oír cuando los aullidos de los guerreros aumentaron de volumen—. No, no lo entendéis. No podéis...

Sucedió a toda velocidad. Los ojos de Adiah, rebosantes de miedo, se agrandaron. Se disponía a dar media vuelta para escapar cuando un lazo gigantesco serpenteó por el aire, proyectado por uno de los guerreros. Aterrizó en torno a su cuello y al momento se tensó. Ella intentó rugir, pero emitió un sonido ahogado. Los guerreros la abuchearon.

—¿Cuánto creéis que se tarda en ahogar a un demonio? —preguntó uno entre risas.

—¡No! —El guerrero que había hablado en primer lugar levantó una mano—. No le hagan daño y aténganse al plan. Las órdenes son llevárselo al padre Olufemi. Que él se encargue de la bestia.

Las palabras desgarraban a Koffi como un cuchillo que le hurgara en el costado mientras veía más cuerdas volar y a Adiah forcejar para escapar. «El plan». «El padre Olufemi». «Las órdenes». Los Hijos de los Seis no estaban allí por casualidad, se trataba de un ataque coordinado, lo que significaba que...

—Ekon. —Un miedo frío la golpeó—. Tú no. Dime que tú no...

Ekon no la miraba; era igual que si no la oyera. Con los ojos muy abiertos observaba fijamente los forcejeos de Adiah, pero no se movía. No decía una palabra.

—¡Basta! —Koffi corrió hasta Adiah antes de que pudieran detenerla y empezó a tirar con todas sus fuerzas de las cuerdas. Las lágrimas le emborronaban la visión y le resultaba imposible ver dónde empezaba una soga y terminaba otra entre el complicado despliegue de nudos y lazos. Una manaza le aferró el brazo y la arrastró hacia atrás.

—¡Aparta!

El guerrero que la había empujado la miró como quien mira a un insecto. Valiéndose de la mano libre, pinchó a Adiah en el costado con la punta de su lanza. La daraja gritó.

—¡No! —Koffi intentó zafarse de la garra del guerrero, y una nueva ola de rabia le brotó de dentro. Buscó el esplendor una vez más, con los dedos extendidos ante sí como si fuera algo físico que pudiera aferrar. No estaba tranquila ni en paz, solo enfadada, y se concentró en eso. En esta ocasión, el esplendor acudió a raudales. Surgió de la tierra y viajó por sus piernas hasta llenarla por completo.

«Libéralo —le suplicó una vocecilla dentro—. Libéralo».

Tocó el brazo desnudo del guerrero y se deleitó en su grito de dolor. El tufo característico de la carne quemada inundó el aire. El hombre la soltó y se apartó.

—¡Me ha quemado! —gritó el guerrero—. ¡Es una daraja!

El miedo competía con la ira en el interior de Koffi, mientras su corazón se aceleraba. Miró a un lado y al otro, desesperada por recibir ayuda de alguien, quien fuera. Sus ojos aterrizaron en Ekon de nuevo.

—¡Ayúdame! —gritó—. ¡Ekon, por favor!

Pero Ekon no se movía y ella comprendió despacio que no lo haría. Cuando esa revelación apagó el calor de su pecho, notó que el esplendor la abandonaba y supo que no volvería. En su lugar, unas manchas negras le nublaron la visión, como si la sangre regresara a su cabeza después de haberse concentrado en sus extremidades. Las yemas de los dedos y las puntas de los pies se le adormecieron y tuvo la sensación de caer en un abismo profundo, insondable. El mundo estaba cada vez más lejos.

—Deberíamos matarla —oyó decir a alguien desde ese vacío—. Antes de que alguien más lo descubra.

—No. —Otra voz, el guerrero que se había dirigido a Ekon—. No le hagan daño a ella tampoco. Átenla y la llevaremos con nosotros. El Kuhani...

Koffi no llegó a oír el resto. Tenía la boca llena de saliva, como si estuviera a punto de vomitar, y la visión se le oscurecía a toda prisa. No pudo hacer nada cuando unas manos le aferraron las muñecas y se las ataron con una cuerda que le raspaba la piel. Alguien la agarró y la arrastró por la tierra y las zarzas como si fuera un saco de ñames.

—Ekon... —Apenas era capaz de articular el nombre con los labios—. Ekon, por favor...

Lo último que atisbó como si mirara por un túnel fue la borrosa silueta de Ekon que se alejaba.

No miró atrás.

CUARTA PARTE

EL GUEPARDO MUERE UNA VEZ; EL ANTÍLOPE, MIL VECES

El jardín del cielo

Adiah

—Vuelve a intentarlo, Ave Cantora.

Las estrellas resplandecen esta noche, mil gemas centelleantes cosidas a un vestido solo apto para diosas. Su luz plateada es etérea, de una belleza imposible cuando se derrama sobre cada rosa y cada gardenia del jardín del cielo. Las admiro, pero no tengo tiempo para contemplarlas mucho rato.

Oigo un zumbido y noto el mordisco del viento que se precipita hacia mí en fuertes ráfagas. Guiándome por mi instinto, uno las manos como si estuviera rezando y luego extiendo los brazos hacia delante para cortar el esplendor en dos. La energía se retira hacia los lados, esquivándome a duras penas por ambos frentes. Al otro lado del jardín, Dakari inclina la cabeza. Todavía me resulta raro verlo aquí, en este sitio que he guardado tanto tiempo en secreto. Ahora lo sabe todo del esplendor y le encanta mirarme mientras me entreno. Verlo ahí de pie, entre la conocida profusión de flores, se me antoja una yuxtaposición peculiar. Cierra la distancia que nos separa de cuatro zancadas. Noto sus manos cálidas cuando las apoya en mis hombros.

—Todavía te contienes —me dice con dulzura—. Lo percibo.

Es verdad. Me estoy conteniendo, pero no quiero que Dakari conozca el motivo. Él es una pizarra en blanco, algo nuevo en mi vida. No me gustaría espantarlo como he espantado a casi todos los demás. El sentimiento de culpa de siempre me reconcome cuando pienso en Tao y en las cosas que me dijo en las cocinas del templo. Eso pasó hace semanas y no hemos vuelto a hablar desde entonces. No ha sido por falta de ganas; lo he buscado varias veces. Pero parece ser que mi mejor amigo se ha transformado en sombra; es imposible dar con él. Me está evitando, seguramente porque aún está enfadado por haberle enseñado a Dakari este jardín. De veras que no lo entiendo. Todavía me pesa en la conciencia la mirada que me lanzó en las cocinas. No quiero que Dakari me mire así nunca. Deseo gustarle. Sus manos todavía están sobre mis hombros.

—Perdón.

—No te disculpes.

Sus palabras son firmes pero amables. Dobla un dedo debajo de mi mandíbula y me levanta la cabeza para que lo mire a los ojos, color castaño claro con motas grises. Me cuesta horrores no estremecerme cuando me toca. Me cuesta horrores no querer más. Su voz es profunda, casi musical.

—Nunca deberías disculparte por ser quien eres —murmura—. Ni fingirte inferior para que los demás se sientan superiores.

Las palabras encienden algo en mí. Nadie me ha hablado nunca así, con auténtico respeto. Nadie me ha animado a esforzarme así, a aspirar a más.

—Vuelve a intentarlo. —Dakari retrocede con un asentimiento y ya lo echo de menos—. Esta vez no te contengas. Dámelo todo.

Hago caso omiso del calorcillo que me asciende por la nuca, intento no pensar en el segundo sentido que parecen contener esas palabras. «Dámelo todo». Deseo besar a Dakari, puede que algo más, pero los hermanos de la Orden dicen que las mujeres formales deberían ser castas hasta el matrimonio.

Me estoy cansando de ser formal.

Dakari se gira de repente y lanza tres piedras al aire. Yo invoco el esplendor al instante. Chisporrotea en la noche y lo noto circular por mi ser en oleadas. Esta vez, prescindo de inhibiciones, de las protecciones que he aprendido a emplear en todo momento. Empujo el esplendor, me imagino erigiendo un muro gigante que mide tres veces mi altura. Las piedras que Dakari ha lanzado chocan contra él y caen al suelo. Percibo que el poder se disipa alrededor y la tierra se asienta. Noto un hormigueo en la piel.

—Yo... —No estoy segura de lo que significa la expresión de su rostro. Me mira con los ojos abiertos de par en par—. No sé cómo lo he hecho. Nunca...

—Fue... increíble.

Y entonces estoy entre los brazos de Dakari, girando, y todo se desdibuja. Ningún chico me ha mirado nunca como él me mira ahora. Me devuelve al suelo y pega la frente a la mía. Se me acelera el corazón cuando me acaricia el contorno de la mandíbula con el pulgar y luego se acerca aún más.

—Hay una cosa que quiero enseñarte —dice con una pequeña sonrisa—. Mañana.

—¿Mañana? —Por un momento, salgo de mi ensoñación romántica. Siento curiosidad genuina—. Pero mañana es la fiesta del Vínculo...

Sus brazos serpentean por mi cintura para atraerme aún más hacia su cuerpo.

—Valdrá la pena. Te lo prometo, Ave Cantora.

Ave Cantora. Así me llama Dakari, un guiño al hecho de que me encanta cantar. Inventó ese nombre solo para mí. Me gusta cómo suena en sus labios. Me gusta que sea algo privado, algo que solo nos pertenece a nosotros dos.

—De acuerdo —asiento—. Mañana.

Los ojos de Dakari brillan traviesos.

—¿Nos vemos en el límite de la selva justo después de la medianoche?

—Sí, iré.

Pronuncio las palabras como si fueran un juramento; en cierto sentido lo son. Una sonrisa baila en las comisuras de sus labios y su boca roza la mía. Es un gesto fugaz, tan rápido que termina antes de que sea consciente de lo que ha pasado. Pero mi piel estalla en llamas y quiero que vuelva a hacerlo.

—Será fantástico, Ave Cantora —susurra Dakari—. Te lo prometo.

Mi sonrisa es un reflejo de la suya.

Confío en Dakari. Me parece que lo amo. No hace mucho que nos conocemos, pero tengo la sensación de conocerlo desde siempre. Haría cualquier cosa por él.

Moriría por él.

28
Hijo de los Seis

Ekon observó los sinuosos cuerpos de seis mambas negras que se enroscaban unas con otras en su cesta, todas a la espera, con los ojos fijos en él.

Se movió a toda prisa y extrajo su trozo de pergamino con tanta rapidez que no tuvo tiempo de sentir nada. Las serpientes sisearon, pero no lo atacaron.

La palma de la mano le sudaba cuando abrió el puño y le tendió el pergamino al padre Olufemi sin mirarlo. No tenía que hacerlo, porque ya sabía lo que decía. El anciano le echó una ojeada al papel y luego asintió.

—Buen trabajo.

Estaban solos en la cámara, la misma en la que ya había estado con los demás candidatos. El silencio era inquietante, pero Ekon no pensó en eso tampoco. Su mirada se ancló un instante a la del padre Olufemi, antes de que este último señalara el suelo.

—Arrodíllate.

Ekon obedeció, desdeñando la súbita frialdad de las baldosas cuando apoyó la rodilla en el suelo y agachó la cabeza. Tuvo la sensación de que el Kuhani tardaba años en volver a hablar.

—Ekon Asafa Okojo, hijo de Asafa Lethabo Okojo y Ayesha Ndidi Okojo.

Alzó la vista y descubrió que el padre Olufemi lo miraba desde arriba con intensidad.

—Has llevado a cabo un acto de auténtico valor y, al hacerlo, has demostrado una virtud, una dedicación y una lealtad muy superiores a las que te corresponden por edad —murmuró—. Has honrado a tu pueblo, a tu familia y a tus dioses.

Ekon agachó la cabeza de nuevo. Todavía recordaba la expresión del padre Olufemi en el Zoo Nocturno cuando declaró que Ekon nunca sería un guerrero yaba. Cuántas cosas habían cambiado.

—Candidato Okojo.

Las palabras arrastraron a Ekon de vuelta al presente. Notó la mano del hombre santo en el hombro.

—¿Juras defender los principios de los guerreros y todo cuanto representan?

Ekon asintió.

—Lo juro.

—¿Juras, hasta el final de tus días, actuar desde el honor, el valor y la integridad?

—Lo juro.

En un rincón de su mente, asomó la cara de una chica y notó un retortijón en el estómago.

—Mírame, candidato Okojo.

Despacio, los ojos de Ekon buscaron los del padre Olufemi. Se le encogieron las entrañas al reparar en lo distinta que era esa mirada dura de la expresión del hermano Ugo.

—¿Juras obedecer a los Seis y a sus portavoces en este mundo en todo momento sin vacilar?

Ekon tragó saliva de nuevo antes de responder, y rogó para sus adentros que el tono de su voz sonara convincente.

—Sí, padre. Lo juro.

—En ese caso, en nombre de los seis dioses verdaderos, yo te consagro.

Ekon contaba con los dedos contra el costado.

«Uno, dos, tres. Uno, dos, tres. Uno, dos, tres».

—A partir de este momento, eres un guerrero sagrado y un hombre del pueblo yahabari —declaró el padre Olufemi—. Levántate, guerrero.

Ekon se puso en pie. Esperó a que la trascendencia del momento lo sobrecogiera. Sabía que ese era el instante en que debería haber sentido algo. Había soñado con ser un guerrero yaba desde la infancia, durante más de una década. Debería estar notando el murmullo del poder corriendo por sus venas, el mismo que había experimentado la noche que se enfrentó a su rito de paso final por primera vez. Debería haber estado aterrado o emocionado, o las dos cosas. En vez de eso, se sentía igual que si hubiera bebido agua de un pozo contaminado.

El padre Olufemi cruzó la habitación de camino a la puerta; en cuanto lo hizo, un grupo de guerreros entró en tropel. En teoría, los Hijos de los Seis debían hacer gala de un decoro constante en el Templo de Lkossa, pero lo abandonaron cuando se arremolinaron en torno a él. Los guerreros rugieron sus felicitaciones, patearon el suelo y golpearon las astas de las lanzas contra la piedra santificada con aire triunfal. Uno le propinó palmadas en la espalda y otra mano le plantó algo blando en las manos. Cuando bajó la vista, Ekon descubrió que se trataba de un caftán celeste ribeteado de oro y doblado en un cuadrado perfecto. Le bastó tocarlo para saber que se trataba de un tejido de calidad, sin duda confeccionado por lo mejorcito de la ciudad. No se reparaba en gastos con los Hijos de los Seis. El sueño se había hecho realidad.

—Bueno, ¿te lo vas a poner?

Ekon se asomó por encima de las cabezas de los demás guerreros y encontró el rostro de Kamau. Jamás en toda su vida había visto a su hermano tan orgulloso. Kamau no solo sonreía, sino que irradiaba luz propia. Proyectaba tanto cariño que Ekon casi pudo notarlo en la piel, lo habría jurado, a varios pasos de distancia. «Está orgulloso de ti —comprendió despacio—. Por fin has conseguido que se sienta realmente orgulloso». Esa revelación debería haberlo henchido de felicidad. Esperó a que lo asaltara la alegría, el alivio. No sintió ninguna de las dos cosas.

—¿Sabes qué...? —Un brillo risueño iluminó los ojos de Kamau—. Si tú no lo vas a llevar, yo me ofrezco encantado a...

—Guerrero Okojo, te vestirás en consonancia con tu nuevo rango —ordenó el padre Olufemi con una inclinación de cabeza—. Cuando te hayas cambiado, te ruego que te persones en la sala de oración del templo.

Ekon asintió, agradecido de tener una excusa para marcharse. Respiró tan pronto como abandonó la habitación, tan pronto como encontró una cámara donde enfundarse la nueva prenda. Siempre había admirado el azul guerrero de Kamau y aún más el de Baba. Cuando era niño, se imaginaba el día que él también lo luciría.

Nunca se le pasó por la cabeza que sería así.

—Solo son los nervios —musitó para sí mientras se despojaba del viejo caftán para enfundarse el nuevo. El tacto de la tela le provocó escalofrío al deslizarse por su cabeza. El caftán era obra de los mejores sastres de Lkossa, fabricado con algodón de la más alta calidad, pero... le desagradaba. Lo notaba escurridizo contra la piel, como las escamas de una serpiente, demasiado frío. Tragó saliva para empujar las náuseas garganta abajo, y sus dedos reanudaron el baile contra el costado.

Había pasado un día entero desde que Ekon y los otros guerreros yaba salieran de la Selva Mayor cubiertos de tierra, zarzas y restos de maleza. Los recuerdos de aquel momento eran como una colcha confeccionada con retazos que solo estuviera hilvanada y siempre amenazara con desmontarse. Recordaba los vítores de los Hijos de los Seis a su alrededor, aullando y lanzando las armas en alto mientras los primeros rayos de sol directo, no filtrado por el follaje, empezaban a salpicar el terreno que tenían delante. Había habido un súbito estallido de luz y, a continuación, un rugido que rasgó el aire. Ekon había tardado un momento en caer en la cuenta de que el rugido no procedía de ningún animal, sino de personas, cientos de ellas, que esperaban en las tierras limítrofes lanzando vítores.

«Te vitorean a ti —había comprendido Ekon poco a poco—. Aplauden tu hazaña».

Le costó más recordar el resto del día. Sabía que finalmente había llegado al templo, aunque no recordaba el camino. Se bañó, se cambió de ropa e incluso se rasuró por lo que pudiera ser. Para cuando volvió a salir, la fila de gente que esperaba su aparición se alargaba desde las puertas principales del templo hasta el arco dorado por el que se accedía al distrito de Takatifu. Los guerreros yaba no habían sido capaces de imponer las normas de vestimenta; gente de toda la ciudad se había reunido para verlo de cerca, para tocarlo. Los ancianos agachaban la cabeza con un gesto de respeto callado; los niños se acercaban cargados con coronas de laurel y flores para dejarlas a sus pies. Los vendedores acudían a ofrecerle alfarería, joyas y comida de sus tiendas. Lo trataban como a un dios. Una y otra vez repetían las mismas palabras: «Eres el orgullo de tu familia». «Igualito que su padre...». «Un verdadero héroe».

Era abrumador, un sueño hecho realidad. Lo único que Ekon había querido siempre era el respeto y la aprobación de su pueblo; había obtenido ambas cosas multiplicadas por diez. Pero la alegría fue efímera. Al cabo de nada, tenía una sensación tan desagradable en las tripas como una indigesción y, un día después, todavía perduraba. Sabía que en alguna parte del templo había una bestia encerrada. Las náuseas lo atacaron con más fuerza y, de repente, el montón de pensamientos que estaba reprimiendo se liberó. Recordó a los guerreros rodeándolos en la selva, ululando y aullando. Recordó las cuerdas enredadas en torno al cuerpo de Adiah como serpientes de cáñamo, retorcidas y anudadas hasta que la abatieron. Lo peor de todo: recordó la ira y el estupor en el rostro de Koffi cuando comprendió el alcance de su traición. Sus ojos clavados en los de Ekon con una expresión de desconcierto, de dolor, lo atravesaban como cuchillos.

—¿Guerrero Okojo? —Alguien llamaba a la puerta. Ekon reconoció la voz del padre Olufemi—. ¿Estás listo?

Ekon se irguió. Todavía no se había acostumbrado al tratamiento.

—Sí, padre.

Abrió la puerta y siguió al hombre santo por el pasillo; se fijó en que el resto de los Hijos de los Seis se habían marchado. Ekon se disponía a preguntar dónde se habían metido cuando el padre Olufemi abrió una puerta y una avalancha de luz dorada y ruido lo envolvió de súbito. El cambio fue tan súbito que Ekon tuvo que taparse los ojos un momento. Cuando se le acostumbraron, descubrió que la sala de oración del templo estaba transformada.

Habían decorado la habitación, por lo general austera, con cintas y guirnaldas de color azul, verde y oro, y había varias mesas rebosantes de manjares. Era un banquete. Al percatarse de que el invitado de honor había llegado, la multitud estalló en vítores y aplausos. Por lo que parecía, hasta la última familia yaba importante estaba allí.

—¿Qué pasa aquí? —Ekon se detuvo en seco—. ¿Qué es esto?

El padre Olufemi ya se estaba apartando, sonriente, y en su lugar acudieron varios guerreros.

—¡Una fiesta! —Fahim le rodeó el cuello con el brazo y lo arrastró al interior de la habitación mientras más gente le aplaudía—. ¡Para celebrar la captura del Shetani!

Ekon estaba asqueado. La élite de Lkossa inundaba el salón, gente vestida de punta en blanco. Pensaban que el ser que amenazaba la ciudad desde hacía años había sido capturado, que todo iría bien a partir de ese momento.

—Es excesivo —dijo.

—Apártense. —Shomari se abrió paso junto a ellos con no demasiada suavidad y sosteniendo una copa de vino. A juzgar por el líquido que derramaba al caminar, no era la primera. Los dejó atrás sin mirarlos.

—¿A ese qué le pasa? —preguntó Ekon.

Fahim enarcó una ceja como si no se creyera lo que estaba oyendo.

—Está celoso, Ekon. Mucha gente lo está. Lo que has hecho... será difícil de superar.

Celoso. La palabra le sonó rara. Hacía no mucho tiempo, Ekon había sentido envidia de Fahim y de Shomari, deseaba con toda su alma estar en su lugar. Ahora se habían vuelto las tornas, otro cambio más.

—No quiero nada de esto —dijo negando con la cabeza.

—Mira, Ekon. —Fahim ya no lo miraba a él, sino a un grupo de chicas yaba vestidas con elegancia. Ellas le lanzaban ojeadas a su vez, al tiempo que lanzaban risitas disimuladas—. Ya sé que prefieres los libros a una botella de vino, pero, créeme, esta es una noche para disfrutar de las cosas buenas de la vida. Y hablando de cosas buenas... —Se volvió hacia las chicas con una mirada elocuente—. Me parece que algunas de nuestras invitadas se sienten solas...

Ekon observó a Fahim atravesar la sala de camino al risueño grupo de mujeres. Ver a todo el mundo tan feliz contrastaba de un modo cruel con la realidad. La gente comía y se divertía porque pensaba que estaba a salvo por fin, pero él sabía que eso no era verdad. Repasó mentalmente lo que había descubierto en la Selva Mayor. Puede que hubieran capturado a Adiah, pero daba igual, porque no era ella la responsable de los ataques; los causaba algún otro ser, algo que seguía ahí fuera, quizá en ese mismo instante.

«Díselo —imploró una vocecilla interior—. Diles la verdad».

No podía, no en ese momento, no después de tantos agasajos. Si la gente descubría que había otro monstruo ahí fuera, algo peor que el Shetani, no solo lo expulsarían de los Hijos de los Seis, sino que su pueblo lo rechazaría.

No podría soportarlo.

Ekon dirigió la mirada al otro extremo de la sala de oración y prestó atención a dos personas que hablaban muy juntas en un rincón. Vio sus cabezas ligeramente agachadas según intercambiaban susurros; uno llevaba el caftán celeste, el otro la *agbada* azul oscuro. Kamau y el padre Olufemi. Tomó la decisión antes incluso de llegar a su altura. Tenía que hablar con los dos, decirles que todavía había algo en el bosque. No sería toda la verdad, pero sí una parte. Para cuando los alcanzó, ya se estaban separando. El padre Olufemi le dirigió una sonrisa amable antes de dar media vuelta de camino a la escalera que daba a su oficina. Kamau le tendió la mano.

—Felicidades, guerrero.

—Gracias, eh..., *kapteni*. —Se sentía raro usando el tratamiento formal con su hermano. Carraspeó—. Quería preguntarte si tenías un momento para hablar.

—Ah... —Pendiente de la escalera, Kamau seguía con los ojos al padre Olufemi—. Ahora no es buen momento. Tengo asuntos que atender.

Un gusanillo de rabia ascendió por el cuerpo de Ekon cuando Kamau intentó esquivarlo, pero echó a andar con él y le cortó el paso.

—Kam. Es importante.

Por primera vez, Kamau lo miró directamente, y a Ekon le sorprendió descubrir una irritación evidente en los ojos de su hermano.

—Bien, ¿qué es? ¿Qué ha pasado? —Ekon titubeó y se odió por ello. Su hermano mayor y él medían lo mismo y desde ese día estaban al mismo nivel en la escala social, pero Kamau todavía tenía una manera de mirarlo que lo hacía sentir inferior—. Quería... quería hablarte del hermano Ugo.

Kamau enarcó las cejas.

—¿Qué pasa con él?

Ekon señaló la sala.

—No entiendo por qué no está aquí. Como hermano de la Orden, seguro que suele asistir a este tipo de celebraciones, ¿no?

Kamau frunció el ceño.

—Ya te dije ayer que el hermano Ugo se había recluido para rezar.

—¿Para rezar, en un momento como este? —Ekon frunció el ceño.

—Es un hombre piadoso.

—¿Capturamos al Shetani, el monstruo que nuestro pueblo lleva persiguiendo casi un siglo, y él se encierra a rezar? —preguntó Ekon—. ¿A ti no te parece raro que...?

—El hermano Ugo ha sido informado del asunto del Shetani. —La voz de Kamau acababa de adquirir un timbre tenso y oficial que no era nada habitual en él—. Si rompe su reclusión, te lo haré saber, pero hasta entonces tengo otros asuntos que atender. —Señaló el salón con un gesto—. Mientras tanto, intenta divertirte, ¿sí?

Ekon no tuvo oportunidad de replicar. Con una maniobra elegante, Kamau lo sorteó y se encaminó a la escalera. Ekon lo vio partir, inquieto, antes de tomar una decisión. No supo explicarse qué lo había impulsado, pero lo siguió. Tal como esperaba, el rellano estaba oscuro como el carbón cuando lo alcanzó, salvo por una brecha de luz procedente del estudio del Kuhani. La luz llamaba a Ekon, le pedía por señas que se acercara. Ni siquiera cayó en la cuenta de que estaba conteniendo el aliento hasta que sus pulmones empezaron a protestar. Se encontraba a un paso de la puerta emparejada, cuando las voces del interior llegaron a sus oídos. No se movió.

—Padre, por favor.

Ekon notó un escalofrío que le puso la piel de gallina. Jamás en su vida había oído a su hermano hablar así. La voz de Kamau, potente y segura hacía un instante, sonaba ahora débil por la fatiga, la desesperación y... y había algo más, un matiz de una emoción que Ekon tardó un momento en reconocer. Miedo. A través de la rendija, Ekon distinguió dos perfiles. Kamau y el padre Olufemi. El primero estaba de rodillas; el segundo se había acomodado en un hermoso diván y tenía las manos cuidadosamente entrelazadas sobre el regazo.

—Habla con claridad, guerrero Okojo. —Las palabras del padre Olufemi emanaban tranquilidad, como si estuvieran hablando del tiempo—. ¿Qué te inquieta?

—Es... es mi mente, padre. —Kamau alzó la vista buscando la mirada del padre Olufemi, y Ekon advirtió que le temblaba el labio inferior—. Veo... veo cosas que me confunden. Las pesadillas...

—¿Pesadillas? —El hombre enarcó las cejas con curiosidad—. ¿Qué clase de pesadillas?

Kamau bajó la mirada y se revolvió como un niño pequeño.

—No las entiendo, padre. A veces se asemejan a sueños. Pero en otras ocasiones, las personas parecen reales y... les hago daño. Veo la sangre y quiero parar, pero no puedo. —Las lágrimas se deslizaban por el rostro de Kamau—. Otros Hijos de los Seis cuentan lo mismo, padre. Sufren las pesadillas también. No sabemos qué nos está pasando...

—Chist. —El padre Olufemi se inclinó hacia delante y envolvió la mejilla de Kamau con la mano como un progenitor indulgente. El gesto lo tranquilizó—. No digas más, hijo mío. Todo se arreglará pronto. ¿Quieres un poco de medicina?

—Yo... —Kamau titubeó a la vez que se apartaba de la mano del Kuhani—. No sé si debería.

—Tonterías.

El tono del padre Olufemi emanaba dulzura. Se giró un poco y, por primera vez, Ekon notó en el objeto que descansaba en el diván, a su lado. Era una pipa pequeña y oscura no más larga que su mano. Aunque le costaba distinguirlo a distancia, creyó ver algo brillante y plateado en la pequeña cazoleta, trocitos de lo que parecía hoja machacada. Ekon tardó un instante en recordar de qué le sonaba el color. Cuando se acordó, no tuvo la menor duda.

Planta de hasira.

Despacio, el padre Olufemi tomó una vela de una de las mesas que tenía al lado y la acercó a la pipa hasta que empezó a humear. Al momento, un aroma dulzón impregnó el aire. Todo el cuerpo de Ekon se tensó. Cayó en la cuenta de que reconocía ese olor. El padre Olufemi le tendió a Kamau la pipa encendida y asintió.

—Aspira.

A pesar de su protesta inicial, Kamau aferró el objeto con ansia y dio una calada larga y experta. Ekon observó hipnotizado cómo un intenso estremecimiento recorría los músculos de su hermano antes de sumirse en un estado de relajación. Cuando levantó la mirada, tenía los ojos vidriosos, las pupilas dilatadas. El padre Olufemi volvió a acariciarle la mejilla, y esta vez Kamau se recostó contra su palma como un amante.

—Ya sé que te pido mucho, Kamau —murmuró el hombre con suavidad—. Sé que, en ocasiones, mis órdenes te plantean conflictos. Pero pronto habrá terminado todo. Una vez que el Shetani haya muerto, tú y tus hermanos no tendrán que matar a nadie más.

Un estupor ardiente estalló en el cuerpo de Ekon. Se quedó esperando a que la mirada perdida y vacía abandonase el semblante de Kamau cuando comprendiera el alcance de las palabras del Kuhani. Aguardó a que el horror asomara a los ojos de su hermano. No sucedió.

El padre Olufemi acercó la vela a la pipa de nuevo y asintió.

—Toma un poco más.

Kamau recuperó la pipa e inhaló. Un pequeño gemido escapó de su boca cuando otra calada de la planta alucinógena lo inundó. El padre Olufemi lo miraba risueño.

—¿Cómo te sientes?

—Me siento... bien.

El otro asintió.

—Y seguirás sintiéndote así siempre y cuando seas obediente. Escúchame, hijo. —Dobló el dedo bajo la barbilla de Kamau para que lo mirara a los ojos—. Estas son mis órdenes: no hablarás de tus pesadillas con nadie más y les dirás a tus hermanos que hagan lo mismo. ¿Lo entiendes?

—Lo... entiendo. —Kamau asintió y luego miró al padre Olufemi con timidez—. Padre, puedo... ¿puedo tomar más medicina?

La risita del padre Olufemi carecía de alegría mientras prendía la pipa por última vez y se la tendía a Kamau.

—Claro que sí, hijo mío. Claro que sí.

Ekon no supo en qué momento se incorporó y se alejó de la puerta abierta con el corazón alterado. Las palabras del padre reverberaban contra los muros de su mente.

«Tú y tus hermanos no tendrán que matar a nadie más».

Retazos de recuerdos regresaron a él, deformes. Recordó el último ataque, los cuerpos escampados por el suelo, y luego... una conversación con Kamau:

«Te... preguntaba dónde estuviste anoche».

«El padre Olufemi me encomendó una tarea confidencial».

Ekon se estremeció. No había otro monstruo, nunca lo hubo.

Se alejó de la puerta despacio, rezando para que el padre Olufemi no levantara la vista. Lo último que atisbó mientras se retiraba hacia la oscuridad fue a Kamau tomando una calada de la pipa, perdido en una locura que Ekon no conocía.

29
El terrible después

Las estrellas de Lkossa relucían como diamantes contra un firmamento nocturno de color negro obsidiana. Koffi no podía verlas a través de los barrotes de la ventana.

Había tardado varios minutos en entender dónde estaba, a medida que partes de su consciencia volvían a penetrar en ella y su cuerpo evaluaba los daños. Tenía contusiones, cortes y nunca en toda su vida se había sentido tan agotada. Parpadeó despacio para librarse de la molestia en los ojos e intentó enfocar la mirada en el nuevo escenario. Estaba tirada de espaldas, mirando el techo de granito de un edificio que no conocía, aunque el olor a moho le sonaba de algo.

La superficie dura que tenía debajo desprendía un frío y una humedad extraños, y el aire que respiraba parecía estancado. Algo pequeño y peludo correteó por encima de su pie y se incorporó de golpe.

El miedo le corrió por las venas cuando la asaltó un fuerte mareo y por un momento lo vio todo negro, pero el pulso se le fue estabilizando conforme sus ojos se adaptaban a la oscuridad. La rodeaban tres paredes de granito, idénticas al techo que había visto al despertar. Delante, tenía una fila de barrotes de acero negro que discurrían del suelo al techo. No distinguía gran cosa más allá, aunque en alguna parte del pasillo parpadeaba una pálida luz anaranjada. Estaba en una especie de cárcel, pero ¿dónde? ¿Cómo? Las preguntas la asaltaban por todos los frentes; no tenía respuestas para ellas.

¿Quién la había encerrado en ese sitio y por qué? De sopetón, los fragmentos afilados y horribles de un recuerdo volvieron a su pensamiento como trozos de una vasija rota. Todos se le clavaban y ninguno tenía sentido. Lo último que recordaba era la Selva Mayor. Evocó un pequeño estanque, los aullidos de los guerreros y un rugido. Se encogió. El recuerdo se volvía más nítido por momentos. Habían sufrido un ataque. Alguien, por inconcebible que fuera, los había seguido a la selva, alguien había intentado capturar a Adiah y...

Ekon.

Era la última pieza de la vasija rota, y cuando Koffi la encajó mentalmente, un nuevo dolor se le clavó en el alma al mismo tiempo que recuperaba el resto del recuerdo. No había sido una persona cualquiera la que los atacó, y tampoco lo hizo por sorpresa. Les habían tendido una emboscada, los habían saboteado, y Ekon estaba detrás de todo. Había desbaratado sus planes, había traicionado a Adiah y la había traicionado... a ella. Le subió por la garganta un sabor tan agrio que quiso escupir, pero no llegó a hacerlo. Levantó la vista al oír unos pasos que se aproximaban.

—Ah. —Resonó una voz hosca procedente de la oscuridad—. Está despierta.

Koffi se puso en pie. En el pasillo, otro hombre que tampoco veía soltó una risita. Corrió a la puerta de la celda y rodeó los barrotes con los dedos. Estaban fríos al tacto y apestaban a metal viejo, pero se aferró a ellos de todos modos para mirar a un lado y a otro. Los dueños de las voces surgieron de entre las sombras. Uno de ellos, un joven de complexión recia, llevaba un cuenco lleno de una papilla de color gris amarillento y aspecto sospechoso. El otro chico era más alto y lucía el más triste intento de barba que Koffi había visto en su vida. Este solo traía su lanza y una sonrisa burlona.

—Es la hora de la cena para la rata daraja —anunció el primero, al tiempo que le tendía el cuenco—. Toma.

Introdujo una mano entre los barrotes y esperó a que Koffi alargara la suya hacia el tazón para dejar que se le resbalara entre los dedos y se hiciera añicos contra el suelo. Al momento, una especie de moco grisáceo —fuera lo que fuese— se derramó por encima de las piernas de Koffi, y un nuevo tufo apestó el aire. Se apartó de los barrotes asqueada mientras los guerreros se reían con ganas.

—¿Dónde estoy?

Koffi pretendía formular la pregunta en un tono altivo, pero descubrió que su voz sonaba afónica y carrasposa, como si llevara varios días sin hablar. El miedo le revoloteó por dentro. ¿Cuánto tiempo llevaba allí?

—Vaya, vaya, pero si habla... —El Pelusa de Melocotón torció la cabeza con aire burlón—. Estás exactamente donde debes estar, gede, en la cárcel, y aquí te quedarás hasta que te enfrentes a tu castigo mañana.

«Castigo». Otro estremecimiento de terror le sacudió el cuerpo al oír las horribles palabras, y más preguntas acudieron a su mente. ¿De qué castigo hablaba el guerrero exactamente?

—¿Qué le hicieron a A..., esto..., al Shetani?

La pregunta se le escapó antes de que pudiera morderse la lengua, y al momento se arrepintió de haberla hecho. Los guerreros perdieron la sonrisa al instante y sus ojos se endurecieron.

—El monstruo arderá hasta quedar reducido a cenizas —dijo el Pelusa de Melocotón con un tono de voz quedo y peligroso—. Justo después de que nos ocupemos de ti.

Las palabras deberían haber aterrado a Koffi, deberían haberle provocado un pánico aún más intenso si cabe. En vez de eso, pensó en Adiah. Se le revolvió el estómago al visualizar lo que había dicho el guerrero. «El monstruo arderá hasta quedar reducido a cenizas». Se le retorció el corazón cuando imaginó que conducían a Adiah a la plaza de la ciudad para sacrificarla como harían con una vaca. Vio las mareas de rostros burlones que le escupían, la insultaban y abucheaban mientras era torturada. Solo de pensarlo le entraban ganas de vomitar, pero tenía el estómago vacío. Se centró y buscó de nuevo los ojos del guerrero de la barbita.

—Señor. —Hizo lo posible por hablar en un tono cortés—. Por favor, necesito hablar con el padre Olufemi. El Shetani no es lo que piensa la gente, para nada. Es...

—Cállate. —Los ojos del guerrero emitieron un destello amenazador, y Koffi cerró la boca al instante. La fatalidad estaba implícita en la mirada del guerrero cuando se echó hacia delante tanto como le permitieron los barrotes. El otro los observaba con cautela—. Esa abominación lleva años matando gente. Mañana pagará por ello.

A Koffi se le cayó el alma a los pies, pero no podía rendirse.

—Por favor. Es otro monstruo el que está asesinando a los lkossanos, y sigue ahí fuera. Podría ser...

—¡Basta! —La voz del Pelusa cortó el resto de la frase afilada como un cuchillo—. Mañana será ejecutado, justo después de que te azoten. Yo, en tu lugar, pasaría el resto de la noche congraciándome con los Seis. Es posible que no tengas otra oportunidad de hacerlo.

El terror caló en Koffi hasta los huesos. Se le secó la boca mientras buscaba algo más que decir, lo que fuera con tal de que los guerreros yaba la escucharan, pero no había nada que hacer. Igual que habían llegado, la dejaron sola en la oscuridad después de lanzarle una última mirada burlona. En ausencia de los hombres, el silencio era amargo, y los pensamientos que se agazapaban insidiosos en el fondo de la celda se arrastraron a su encuentro.

«Has fracasado».

Las dos palabras se le aferraron como garras que arañaban y rasgaban por más que quisiera ahuyentarlas. Flotaban estancadas en el fétido aire, la asfixiaban y le estrujaban el corazón cada vez que resonaban en su mente. Intentó librarse de ellas tragando saliva, pero seguían allí, trabadas en su garganta.

«Has fracasado. Le has fallado a todo el mundo».

No podía negarlo, no había manera de eludirlo. La verdad de esas palabras la inundaba como olas que la golpeaban con fuerza. No sería capaz de cumplir su parte del trato. Su madre y Jabir no serían libres. Adiah iba a morir.

Le dolió el coxis cuando, abrazándose las rodillas, se meció adelante y atrás al mismo tiempo que examinaba un plan tras otro. Eran como pájaros que entraban y salían al vuelo de su pensamiento, con demasiada rapidez como para cobrar lógica; pero ella los tenía en cuenta igualmente. Podía suplicarle piedad al Kuhani, apelar a la clemencia de los Seis. Pero no, algo le decía que el anciano se acordaría. Tan pronto como posara los ojos en ella y viera el miedo en sus ojos, la reconocería de su encuentro en el templo. Si su castigo ya iba a ser malo, sería diez veces peor cuando sumara dos y dos. No podía esperar misericordia por su parte. Sus ojos revolotearon de nuevo hacia la minúscula ventana con barrotes que se recortaba en la pared a un par de metros de altura. No la alcanzaría con facilidad, pero tal vez... Una tercera idea serpenteó hasta su mente como una víbora venenosa: «Podrías escapar —le sugirió—. Usar el esplendor para liberarte. Marcharte y nunca mirar atrás».

El pensamiento se le indigestó en la barriga, nauseabundo, y supo enseguida que tampoco podía hacer eso. No podía dejar a su madre y a Jabir atrás para que pagaran por sus errores ni abandonar a Adiah y dejar que muriera después de haber prometido ayudarla. No podía hacer nada por ellos ni tampoco dejarlos. Despacio, volvió a tenderse en el suelo de piedra. El mismo frío de antes la penetró hasta los huesos y, con él, la resignación. No tenía claro cuándo empezó a oír otros pasos, solo que, cuando los escuchó, sonaron fuertes y decididos contra la piedra del pasillo. Se sentó en el mismo instante en que una figura aparecía al otro lado de los barrotes.

—¿Koffi? —La voz que pronunciaba su nombre le resultaba familiar—. ¿Estás ahí?

Le rechinaron los dientes al mismo tiempo que algo brincaba en su pecho. Fue un sentimiento confuso, felicidad y rabia al mismo tiempo. Ekon avanzó un paso, y la luz de la antorcha que brillaba fuera le iluminó media cara. La poca barba que tenía la última vez que lo vio había desaparecido; se había rasurado y llevaba la reveladora túnica azul de los Hijos de los Seis. Exhibía una expresión insegura.

—Koffi —susurró en un tono de voz que solo ella pudiera oír—. Koffi, perdóname, yo...

Koffi notó que le subía algo por el pecho, una sensación de calor. No era agradable ni le hacía cosquillas, no se parecía a lo que sintió cuando el esplendor circuló por su cuerpo, y no tenía nada que ver con la alegría que experimentó cuando los labios de Ekon buscaron los suyos en la selva. Esta vez, las palabras acudieron a su boca espontáneamente.

—Te odio.

Cortaron el aire como un cuchillo y Koffi las vio hacer diana en el rostro de Ekon. Él reaccionó y en sus ojos brilló una herida que casi le despertó compasión. El chico apartó los ojos para mirarse los pies con los labios apretados.

—Mira, Koffi. Ya sé que estás enojada conmigo. Tienes todo el derecho a estarlo. Pero yo...

—Todo lo que me dijiste... —Koffi tuvo que recurrir a toda su fuerza de voluntad para evitar que le temblara la voz—. Nada era verdad.

—Sí que lo era. —Ekon alzó la vista y, aunque tenía un lado de la cara en sombras, el otro lado mostraba una expresión suplicante—. Quise decir algo, detenerlos...

—¿Y por qué no lo hiciste?

—Durante mucho tiempo, lo único que deseaba con toda mi alma era ser un Hijo de los Seis —confesó con voz queda—. Todo lo que hacía, cada decisión que tomaba, guardaba relación con ese objetivo. Cuando hice el trato contigo, también tenía eso en la cabeza. No me importaba nada más. Tú eras un medio para conseguir un fin.

Koffi se encogió, sorprendida de lo mucho que le dolían las palabras. El trato que habían sellado se le antojaba algo perteneciente a otra vida, a un «antes». Así veía las cosas ahora, dos partes de un todo, divididas entre el momento de «antes» de que Ekon la traicionara y el terrible «después».

—Pero una vez que entramos en la selva —continuó Ekon—, todo empezó a cambiar. Lo que vimos mientras estábamos ahí dentro, lo que hicimos... no me lo esperaba. Y, entonces, yo empecé a cambiar, empecé a comprender que quizá todavía quería ser un Hijo de los Seis y hacer que mi familia se sintiera orgullosa, pero también deseaba algo más. Quería... —Agachó la mirada—. Te quería a ti.

Koffi tragó saliva.

—Entonces mi hermano acudió a mi encuentro —dijo Ekon—. Y fue como si me arrancaran de un sueño. Me sentía como si tiraran de mí en dos direcciones, dividido entre algo viejo y algo nuevo. —Levantó la mirada—. ¿Alguna vez te has sentido así, dividida?

Koffi no respondió; no quería. Desde luego que se había sentido dividida entre dos cosas. Había pasado la mayor parte de su vida dividida entre obedecer al corazón o hacer caso a la mente. Al final, había sido Ekon quien le dijo que no tenía por qué elegir. Había sido él quien le dijo que podía guiarse por ambas cosas. Levantó la vista y descubrió que los ojos de Ekon estaban anclados a los suyos. No supo interpretar su expresión. Pasó un rato antes de que él volviera a hablar:

—Solo para que lo sepas, me siento como una porquería —confesó en voz baja—. Nunca me he sentido tan mal en toda mi vida, y sé que ni así es suficiente. Tengo claro que no te puedo pedir que me perdones y olvides lo que hice.

Koffi tampoco sabía si podría perdonarlo y olvidar.

—Pero te voy a sacar de aquí —prometió él con voz estremecida—. Voy a enmendar esto.

—¿Y qué pasa con Adiah?

El cuerpo de Ekon entró en tensión. Apartó la vista de Koffi y miró hacia el pasillo antes de inclinarse hacia ella.

—Por eso he venido. Ya sé quién ha estado matando a los lkossanos en realidad.

Koffi enderezó la espalda.

—¿Cómo dices?

—Fueron... —Ekon titubeó—. Fueron los Hijos de los Seis.

Koffi retrocedió. Un miedo frío le recorrió el cuerpo cuando esas palabras imposibles calaron en ella. No, no era verdad, no podía ser. Los Hijos de los Seis podían ser despiadados, estar comprometidos con su tarea hasta extremos aterradores, pero no eran asesinos. Su trabajo era proteger a la gente de la ciudad. No tenía pies ni cabeza.

—¿Cómo es posible? —preguntó con voz hueca—. ¿Cómo iban a hacer algo así?

Ekon negaba con la cabeza.

—No estoy seguro de entender del todo lo que están haciendo. Los están... drogando. Cuando estaba en el templo, he visto al padre Olufemi con un Hijo de los Seis. El guerrero recordaba a medias haber hecho daño a personas, pero lo describía como un sueño. No sabía si era real o no. Entonces el padre Olufemi le ha ofrecido algo para fumar que tenía guardado en una de sus pipas.

Koffi dijo una grosería al mismo tiempo que se quedaba blanca como el papel. Cuando Ekon la miró desconcertado, ella buscó sus ojos.

—Vi esa pipa cuando estuve en el despacho del Kuhani buscando el diario del Nkrumah. Estaba en su mesa, pero no llegué a mirar qué había dentro.

—A mí también me costó verlo —dijo Ekon—. Era una planta plateada, parecida a una de las que aparecían en el diario de Nkrumah. Creo que se llama hasira o...

—Las hojas calmantes. —Koffi se quedó muy quieta—. Mi madre y yo la usábamos en el Zoo Nocturno para sedar a los animales grandes. Es increíblemente peligrosa. Si un ser humano la consume...

—Los efectos secundarios son terribles —terminó Ekon por ella—. Es alucinógena y muy adictiva, por si fuera poco. Me parece que el Kuhani se la ha estado dando a los Hijos de los Seis para luego ordenarles que mataran a gente.

Koffi negó con la cabeza, anonadada. Pensó en las personas, en las incontables personas que habían sido asesinadas; se acordó de Sahel y de su cuerpo lacerado cuando lo encontraron. Se estremeció.

—Hay una cosa que todavía no entiendo —dijo Koffi—. ¿Por qué el padre Olufemi está haciendo esto, Ekon? ¿Qué saca él con...?

Los dos se quedaron paralizados cuando llegaron a la misma conclusión a la vez. Pronunciaron el nombre al unísono:

—Fedu.

—Badwa dijo que lo que sea que esté matando a los lkossanos trabaja a sus órdenes —discurrió Ekon—. ¿Y si ya estuviera aquí, controlando al padre Olufemi?

—Pero ¿dónde?

—No lo sé —reconoció Ekon—. Sea como sea, tenemos que encontrar a Adiah y sacarla de aquí antes de que vaya a buscarla.

—Esos otros guerreros... —Koffi hizo un gesto en dirección al camino que habían tomado los otros dos para marcharse—. Han dicho que la sacrificarían mañana por la tarde, justo después de... —Notó los dedos fríos del miedo ante la idea—. Justo después de azotarme a mí.

El rostro de Ekon se endureció.

—Eso no va a pasar. No lo permitiré. Te voy a sacar de aquí, Koffi, te lo prometo, y luego rescataremos también a Adiah. Iremos a las llanuras de Kusonga y pondremos fin a esto.

Las palabras eran nobles, y Koffi se sorprendió recordando otro momento en que Ekon había pronunciado palabras nobles que la inspiraron. Entonces también lo creyó, pero...

—¿Cómo? ¿Cómo vamos a hacer todo eso?

Ekon se acercó las manos entrelazadas a los labios, sumido en sus pensamientos. Al cabo de un momento, levantó la mirada de nuevo.

—Tengo un plan, pero necesito que confíes en mí.

Koffi notó que se ponía tensa. No confiaba en Ekon en absoluto.

—¿Cómo quieres que...?

—¡Eh, Okojo! —Resonó una voz procedente del pasillo. Era el Pelusa de Melocotón—. ¿Todavía estás ahí abajo?

Ekon volteó la vista hacia allí, antes de mirar otra vez a Koffi.

—Por favor.

Las palabras brotaron de los labios de Koffi antes de que pudiera detenerlas, y rogó no tener que lamentarlas:

—Vamos allá.

30
Un pequeño duelo

Gotas de sudor resbalaban por la frente de Ekon mientras recorría el pasillo de la gélida mazmorra.

Le pareció que a Koffi le castañeteaban los dientes, pero no la miró. Le había atado las manos y la aferraba con fuerza —seguramente demasiada— para que su numerito resultara convincente.

Tenía que ser convincente.

Llegaron al final del pasillo, donde había dos Hijos de los Seis recostados contra la pared. Ekon los conocía, Chiteno y Fumbe, guerreros de la promoción de Kamau. Ninguno de los dos le caía bien.

—Deja que te diga una cosa. —Chiteno habló en primer lugar, a la vez que miraba de arriba abajo a Ekon y a Koffi según se acercaban—. Me sorprende verte aquí, guerrero Okojo. Te suponía divirtiéndote en la fiesta de arriba.

Ekon permaneció impasible.

—Todavía tengo asuntos que resolver.

Fumbe rio por lo bajo.

—Al principio todos se dejan la piel.

—Sí. —Algo destelló en los ojos de Chiteno—. Pasarán unos meses antes de que la novedad pierda encanto, antes de que te toque hacer el trabajo sucio.

«El trabajo sucio». Ekon intentó hacer caso omiso del escalofrío que le recorrió la piel. «Son asesinos —pensó mientras los veía sofocar la risa—. Uno de ustedes, quizá los dos. Son asesinos».

Toda su vida, había querido formar parte de esa hermandad, porque pensaba que sería el modo más seguro de demostrar su hombría, a sí mismo y a su gente. Acababa de descubrir que ya no quería nada de eso.

—¿Qué haces con la rata daraja? —preguntó Fumbe señalando a Koffi con la barbilla—. Nos han dicho que se quedaría aquí dentro hasta mañana.

—Cambio de planes. —Ekon habló con tanta convicción como pudo—. El padre Olufemi quiere ver a la daraja esta noche. Tengo órdenes de acompañarla a su oficina y de ser discreto al respecto. No quiere que nadie más la vea.

—Claro. —Una sonrisa maliciosa se extendió por la cara de Chiteno—. Por supuesto, llévatela y busca un rincón discreto de camino; parece frígida.

El estómago de Ekon se retorció de asco, pero por fuera no se inmutó.

—Me ha dicho que me diera prisa, así que tengo que irme ya.

Consintieron con un gesto antes de cederle el paso a Ekon, que arrastraba a Koffi de malos modos. Tan pronto como llegaron a la escalera y al siguiente rellano, soltó el brazo de la chica y por fin se atrevió a mirarla a los ojos. Tuvo una sensación extraña de algo ya vivido. Aquel era el zaguán en el que se habían conocido, aunque en circunstancias muy distintas. Ella proyectaba la mandíbula con actitud desafiante, pero le titilaron los ojos cuando Ekon le cortó las cuerdas con el *hanjari*. Asintió al verlas caer al suelo.

—Gracias.

—¿Te hicieron daño, antes de que yo llegara?

—No. —En cierto sentido, el empeño de Koffi por no llorar era peor que si lo hiciera—. Estoy bien.

—Me alegro. —Ekon se descolgó el morral y extrajo una capa azul—. Te he traído esto —dijo a la vez que la envolvía con la prenda. Koffi se echó la capa por encima de la cara y relajó los hombros un poco.

—¿Qué hacemos ahora?

—Adiah está aquí, en alguna parte del templo —respondió Ekon—. Apostaría a que la han encerrado en el establo, aunque no estoy seguro. ¿Tienes algún modo de dar con ella?

Koffi frunció el ceño, pensativa. A continuación, contestó:

—El día que la conocí, en la selva, fui capaz de manipular el esplendor de su cuerpo. Como daraja, percibo una conexión con ella. Es posible que pueda usar esa misma conexión para encontrarla, aunque no sé si funcionará.

—Tendrás que intentarlo —dijo Ekon—. Haz lo que debas hacer para encontrarla. —Le puso en la mano el mango del *hanjari*—. Lo que sea.

—Ekon. —El nerviosismo impregnaba la voz de Koffi—. Mis emociones afectan al esplendor, no sé hasta qué punto será seguro...

—No hay más remedio, Koffi —dijo Ekon. Intentó que su voz no dejara traslucir el miedo que tenía—. Acabo de mentir a esos guerreros, y antes o después se darán cuenta. Tenemos que encontrar a Adiah y abandonar Lkossa lo antes posible.

Koffi pareció caer en la cuenta de algo. Tragó saliva.

—¿Qué vas a hacer tú mientras busco a Adiah?

—Pues... —Ekon dudó. Esa era la parte del plan en la que menos confiaba, y también la que menos le gustaría a Koffi—. Voy a buscar a una persona.

Koffi torció el gesto.

—¿A quién?

—A mi mentor —dijo Ekon—. El hermano Ugo.

—¿Cómo? ¿Un hermano? ¿Me estás diciendo que vas a buscar a un hermano del templo? —La incredulidad del susurro de Koffi bordeaba la histeria—. Ekon, ¿has perdido un tornillo? Acabamos de descubrir que el Kuhani ha estado valiéndose de los Hijos de los Seis para cometer asesinatos. Por lo que sabemos, la corrupción afecta a todo el templo. ¿Qué sentido tiene recurrir a una persona que pertenece a él?

—Porque el hermano Ugo es... distinto. —Las palabras le sonaban tontas incluso a él, pero siguió hablando—. Ha sido mi mentor desde que era niño, Koffi, y no se parece en nada al padre Olufemi. Si te digo la verdad, estoy preocupado por él. Nadie lo ha visto desde que volvimos de la selva.

Koffi puso los ojos en blanco y Ekon casi se alegró de ver un poco de la chica que conocía.

—Aún así, ¿crees que es el mejor momento para ponerte a buscarlo?

Ekon se masajeó las sienes.

—No puedo explicarlo, pero tengo un mal presentimiento. Me parece que le ha pasado algo malo. El hermano Ugo jamás apoyaría lo que el padre Olufemi y los Hijos de los Seis están haciendo. Si averiguara la verdad y el Kuhani decidiera hacerlo callar...

—Ekon. —Había un atisbo de verdadera compasión en la voz de Koffi—. Si eso es verdad, hay muchas posibilidades de que... —Adoptó un tono aún más compungido—. Hay muchas posibilidades de que ya...

—Por favor, Koffi. —Ekon hablaba en susurros—. Por favor. Podría estar muerto, pero también podría estar vivo, y si lo está, tal vez nos ayude.

Los labios de Koffi se transformaron en una línea tensa.

—Si no lo encuentras...

—Veinte minutos —dijo Ekon—. Te prometo que si no lo encuentro nos iremos. Quedamos detrás del establo. En principio no debería haber nadie allí tan tarde.

Ella guardó silencio un instante, pensativa.

—Que sean treinta.

—¿Por qué?

Koffi enarcó una ceja.

—He pensado que preferirías un número divisible por tres. —Aferró el *hanjari* con decisión—. Treinta minutos, y será mejor que no llegues tarde —le advirtió—. O te juro que nunca recuperarás esta daga.

—Hecho.

Koffi le lanzó una última mirada escéptica antes de apresurarse por el zaguán como una sombra.

Y, tras eso, desapareció.

Ekon zigzagueaba por los pasillos del templo en silencio.

A lo lejos, los gritos y los vítores de los asistentes a la fiesta se dejaban oír vagamente, más escandalosos según avanzaba la noche y el vino circulaba con más generosidad. Era un contraste extraño, casi perturbador. En la sala de oración, Fahim y Shomari seguirían divirtiéndose. En otras circunstancias, quizá él los habría acompañado. Tal vez en una versión distinta de su vida se habría convertido en un Hijo de los Seis y habría seguido los pasos de su padre como siempre había imaginado. Ese plan se había esfumado ahora como páginas pertenecientes a una historia que nunca escribiría. No lamentaba exactamente lo que estaba a punto de hacer, pero... el antiguo deseo todavía le latía dentro. Siendo sincero, incluso estaba atravesando un pequeño duelo. No le entristecería abandonar el Templo de Lkossa, pero sí dejar atrás lo que un día representó para él. Su madre lo había abandonado por elección, su padre se había separado de él por la fuerza, pero aquel siempre había sido su hogar. Esa era la vida que Kamau y él conocían y, después de esa noche, también esa vida quedaría atrás.

Con los oídos agudos y los ojos bien abiertos, recorría pasillos y salas. En alguna parte del edificio, Koffi —los dioses mediante— estaba a punto de encontrar a Adiah para salir del templo con ella. Cada vez que lo pensaba, le daba un vuelco el estómago.

«Piensa, Ekon —le ordenó una voz mental—. Piensa. ¿Dónde podría estar el hermano Ugo?».

Echó un vistazo a los lugares habituales —las salas de oración privadas, la Galería del Recuerdo, incluso las cocinas— y no encontró a nadie. Cada vez más desesperado, se internó en la sección occidental del templo, donde dormían los hermanos de la Orden. Había algunas habitaciones ocupadas por hermanos dormidos —se había ido asomando a cada una con sigilo—, pero casi todo eran cuartos vacíos pertenecientes a miembros de la Orden que seguían disfrutando de la celebración. Por fin, encontró la puerta que estaba buscando y llamó suavemente antes de hablar en susurros.

—¿Hermano? ¿Hermano Ugo?

Nadie respondió. Ekon empujó la puerta con suavidad y se asomó al cuarto.

Se habría sentido mejor de haber visto la habitación destruida, arrasada, algo que sugiriera lucha. Lo que vio lo inquietó todavía más. El cuarto del hermano Ugo estaba impecable. La pequeña cama central se encontraba intacta, las arrugas y los pliegues alineados a la perfección, como si nadie hubiera dormido allí en varios días. Había libros cuidadosamente apilados cerca de la ventana recortada en la pared, y las pocas prendas de ropa que poseía el hermano Ugo estaban dobladas en el baúl. No se veía nada raro a simple vista, pero, observándola con atención, tenías una sensación muy clara de que estaba deshabitada. Ekon recordó vagamente una vieja historia, la de otro erudito del templo que había desaparecido sin dejar rastro.

Satao Nkrumah.

Se quedó helado. ¿Y si alguien se había llevado al hermano Ugo contra su voluntad? ¿Y si lo tenían prisionero en alguna parte en ese mismo instante y le estaban haciendo daño? Su mentor era inteligente pero anciano, así que no sería difícil lastimarlo. Se pasó los dedos por el pelo intentando aplacar un terror cada vez más intenso.

«¿Dónde?». Se formulaba la misma pregunta una y otra vez. «¿Dónde está?».

Abandonó la sección occidental y recorrió a toda prisa otro pasillo más. Solo quedaba una estancia que no había inspeccionado: la biblioteca del templo. El acceso a esa dependencia solía estar restringida a los hermanos de la Orden y aun estos debían contar con un permiso especial del Kuhani. Era lo bastante grande como para ocultar a alguien, y no sería complicado bloquear el acceso.

«Por favor, por favor, que lo encuentre aquí...».

—Guerrero Okojo.

Ekon se detuvo en seco. Mientras daba media vuelta, un escalofrío gélido le recorría la espalda. Una figura surgió entre las sombras de un umbral que había dejado atrás sin mirar. Se le puso la piel de gallina cuando la luz de la luna se coló por uno de los ventanales salientes del templo y bañó de luz plateada un lado de la cara del Kuhani. Ekon tragó saliva con dificultad.

—Padre. —La costumbre lo impulsó a hacer una reverencia seguida de un saludo militar. El hombre santo le respondió con la más ínfima de las sonrisas.

—Lo reconozco... —Hablaba en un tono suave, pero sus ojos emitieron un destello afilado como un cuchillo—. Me sorprende encontrarte aquí.

Ekon enderezó la espalda.

—¿Le sorprende, señor?

—Ya lo creo que sí —respondió el padre Olufemi. En un par de zancadas, recorrió la distancia que los separaba—. Te suponía en la sala de oración celebrando la captura del Shetani con tus nuevos hermanos.

«Hermanos». La palabra le produjo repugnancia, pero Ekon se obligó a esbozar una pequeña sonrisa a su vez.

—Estaba allí, padre —respondió con soltura—. Pero he salido un momento. —Señaló la sala de oración y luego las estatuas de los Seis que se erguían en silenciosa actitud contemplativa—. Quería presentar mis respetos, dar gracias a los dioses por esta victoria.

—Ya veo. —El padre Olufemi asintió para mostrar su aprobación—. Es muy... maduro por tu parte. Kamau ha sido una buena influencia para ti. Veo las semejanzas entre ustedes dos con más claridad que nunca.

Ekon necesitó todo su poder de contención para no encogerse a la mención de Kamau. No quería ver las imágenes que le desfilaban por la mente, pero le era imposible no recordar el rostro laxo de Kamau o la risa sin vida del padre Olufemi. Su sonrisa flaqueó un instante, un poco nada más. Ekon volvió a pegársela a la cara.

—Gracias, padre.

El padre Olufemi echó un vistazo rápido a su espalda, como si estuviera sumido en sus pensamientos, antes de volver a hablar.

—Me gustaría que pasaras por mi despacho mañana —dijo—. Ahora que eres un Hijo de los Seis, hay asuntos confidenciales relativos a... la seguridad de la ciudad de los que deberías estar informado.

El chico tuvo que hacer esfuerzos para hablar en un tono normal mientras hacía una reverencia.

—Sí, padre. Buenas noches.

—Buenas noches.

Los músculos de Ekon empezaron a relajarse al ver que el padre Olufemi se disponía a dar media vuelta. Sin embargo, volteó la vista hacia él de sopetón. Esta vez, se acercó y le plantó una mano arrugada en el hombro. Al instante, el aroma empalagoso de la planta de hasira inundó el espacio entre los dos. Ekon contuvo el aliento.

—Estoy deseando que te unas a nuestra empresa —concluyó el hombre santo—. Cumplimos con un deber, llevamos a cabo un trabajo necesario.

Se alejó sin pronunciar otra palabra, con la misma parsimonia y aire reflexivo que antes. Ekon miró por la ventana hacia la luna. Koffi y él habían quedado en encontrarse tras treinta minutos; más de la mitad de ese tiempo ya había pasado y no había avanzado nada en la búsqueda del hermano Ugo. Cerró los ojos para meditar cada detalle de los encuentros con su mentor, cada lugar en el que habían estado juntos. Habían salido a dar paseos por la ciudad, habían pasado horas en las salas de estudio, habían...

La luz se hizo en su mente de forma tan repentina que se detuvo en seco. El sudor le serpenteó por la frente cuando por fin ató cabos, y tanto el terror como la alegría lo inundaron a borbotones mientras daba media vuelta y avanzaba por un pasillo.

Ya sabía dónde estaba el hermano Ugo.

31
Luciérnagas

La fragancia del heno impregnó el aire cuando Koffi se acercó al establo del templo.

Los sonidos que emitían sus moradores la envolvieron: los suaves ronquidos del ganado. Los rumores y los aromas la perturbaban y la consolaban al mismo tiempo; le recordaban al Zoo Nocturno.

Avanzó sigilosa junto a los pesebres, uno a uno, echando un vistazo al interior de cada espacio según trataba de distinguir a su ocupante en la oscuridad. Ekon había dicho que Adiah podía estar allí abajo, pero no estaba seguro; intentó no concentrarse en la palabra «podía». Tenía media hora para encontrar a la daraja transformada y reunirse con Ekon antes de partir. Parecía mucho tiempo. Sabía que no lo era.

Cada una de las sombras del establo parecía aumentar de tamaño a medida que pasaban los segundos y la luz de la luna goteaba por las rendijas de los tablones del techo. Inspiró hondo y percibió un olor nuevo, a ozono, el tufillo que siempre precede a la lluvia. La estación del monzón se acercaba, estaba claro; confiaba en que Ekon, Adiah y ella ya estuvieran lejos para entonces.

Una nueva ola de ansiedad empezó a acumularse en sus dedos; la aplacó cerrando el puño.

—Apacigua tu mente —susurró para sí mientras doblaba una esquina del establo.

Tranquila, tenía que estar tranquila. Reconoció esa zona; había estado allí con Jabir justo antes de que se separaran. Se acuclilló entre las sombras apoyando los dedos en la tierra del suelo. La sensación era distinta; mientras que la tierra de la selva se le antojaba cálida y acogedora, la del establo estaba más fría y perceptiblemente menos viva. A pesar de todo, sintió alivio al notar el pulso ya familiar del esplendor, no tan poderoso como antes, pero presente. Lo persuadió de un modo que esperaba fuese amable: «Necesito encontrar a Adiah —pensó—. Ayúdame a encontrarla. Ayúdame a salvarla».

Hubo un instante de incierta quietud antes de que la energía respondiera con un tirón en la zona del ombligo. Se levantó de un salto mientras minúsculos destellos de luz dorada se congregaban en torno a la yema de sus dedos y luego ascendían para mecerse en el aire ante ella con un movimiento casi juguetón. Koffi tardó un momento en identificar a qué le recordaban: a luciérnagas.

«Ayúdenme —suplicó—. Ayúdenme a encontrarla».

Las oscilantes luces se desplazaron hasta formar una cadena. Koffi las observó maravillada mientras ellas se multiplicaban e iluminaban un camino por el pasillo, a su derecha, antes de doblar una esquina. Perfecto. Desde allí, lo único que tenía que hacer era seguir las luces y...

—Pero ¿qué...?

No. Koffi maldijo para sí. Reconoció al chico que había doblado la esquina. Era el mismo con el que Jabir y ella se habían cruzado de camino al establo; ahora observaba la escena con una mezcla de asombro y horror. Koffi retrocedió hacia un pesebre situado a pocos pasos mientras él parecía decantarse por la segunda emoción.

—¡Auxilio! —gritó para sus espaldas—. ¡Que alguien me ayude!

Se dejaron oír nuevos pasos, y a Koffi se le cayó el alma a los pies. Intentó recuperar el esplendor, traerlo de vuelta, y luego se quedó paralizada. ¿Desaparecerían las motas de luz o flotarían hacia ella y revelarían su escondrijo? No estaba dispuesta a arriesgarse. Dos chicos más se reunieron con el primero en el pasillo. Por un instante, miraron las luces de Koffi con idéntica expresión de desconcierto maravillado antes de que uno rompiera el silencio.

—¿Qué son? —preguntó el segundo chico.

—Nada bueno —respondió el primero—. A mí me parece magia.

—La daraja sigue en la mazmorra, ¿verdad?

—En teoría, sí, pero... —Uno de los chicos avanzó un paso y empujó las luces con un dedo. Koffi se encogió de dolor—. Es posible que esté tratando de comunicarse con el Shetani para que la ayude a escapar. Hay que informar al Kuhani de inmediato.

«No». Las luces chisporrotearon. La angustia la inundó de nuevo al pensar en el Kuhani. Si bajaba a echar un vistazo a la celda y descubría que no estaba allí, el plan que habían ideado Ekon y ella se iría al carajo antes de empezar.

—Estaba en su despacho la última vez que lo vi —dijo el chico a la vez que le hacía un gesto a uno de sus compañeros—. Ve a buscarlo. Pondremos vigilancia en las salidas por si acaso.

Con cada paso que daba, cerraba el espacio que lo separaba de Koffi. Ella retrocedió hacia las profundidades del pesebre al mismo tiempo que extraía el *hanjari* de Ekon de la funda que le colgaba de la cadera. Lo sostuvo contra el pecho mientras recordaba sus palabras: «Haz lo que debas hacer».

—¡Eh!

Los ojos del chico se clavaron en ella. Abrió la boca, a punto de gritar...

Koffi se abalanzó sobre él.

Fue un movimiento instintivo. Con un brazo extendido, giró sobre sus talones en un círculo perfecto. El mango del *hanjari* conectó con la sien del chico y lo dejó inconsciente. Se desplomó en el suelo. Koffi apenas había recuperado el aliento cuando oyó más pasos.

—¡Está ahí! —gritó uno de los muchachos corriendo hacia ella—. No te muevas o...

La luz entró en erupción.

Fue algo súbito y arrollador. Koffi agrandó los ojos mientras una luz pura brotaba de las partículas, antes minúsculas, y las transformaba en gloriosos halos de oro reluciente. Se puso en pie y salió al pasillo. El entorno parecía casi blanco, difuminado y privado de cualquier color que no fuera el propio oro destellante. Bajó la vista y vio al chico de antes a cuatro patas en el suelo.

—¡No veo nada! —gritaba—. ¡Que alguien me ayude, no veo nada!

Koffi salió de su estupor. El esplendor todavía la estaba ayudando. Corrió sin trabas en sentido opuesto. Tan pronto como abandonó el pasillo, percibió que la luz empezaba a atenuarse y oyó los gritos contrariados del chico, pero siguió avanzando a la carrera, bajo las chispas. Le estaban marcando el camino.

Llegó a una enorme puerta de madera que había al final del pasillo, y el jalón que notaba en el ombligo se volvió más pronunciado, más insistente. El corazón le latió desacompasado cuando se detuvo delante, insegura. Ningún sonido al otro lado delataba presencia alguna, pero era allí donde las luciérnagas se habían detenido.

«Por favor —imploró—. Por favor que tengas razón».

Rodeó la manija de la puerta con los dedos y descubrió sorprendida que se abría sin protestar. Entró en la estancia y se quedó paralizada.

Parecía un viejo cuarto de los trastos, con escobas y cubos empujados a un lado de cualquier manera. Un gran lecho de heno cubría las baldosas de piedra en el centro del recinto, y encima del mismo estaba Adiah. Tenía el cuerpo ensangrentado, cubierto de un entramado de marcas y tajos, y las pocas partes de ella que seguían intactas estaban envueltas en gruesa cuerda. Koffi se encogió solo de verlas.

—¡Adiah!

Cruzó el cuarto y se desplomó de rodillas junto a ella. Adiah gruñó, pero con desgana, un sonido empapado de derrota. Con sumo tiento, Koffi le acarició la cabeza, el lomo y una de las destrozadas patas. La habían maltratado con saña. Unas lágrimas de furia inundaron los ojos de Koffi.

—Te voy a sacar de aquí. —Sostuvo la mirada de Adiah con la esperanza de que recibiera el mensaje—. Tú aguanta, que te voy a quitar esas cuerdas. Aunque no sé... —Tironeó de los nudos más grandes, que estaban en la zona del cuello, con todas sus fuerzas, pero no cedieron; a continuación, intentó usar la daga, sin suerte igualmente. Tardaría demasiado en cortar todas las sogas. Se sentó sobre los talones y soltó una maldición.

—¿Se te ocurre algo?

Los ojos de Adiah ya no miraban a Koffi, sino el *hanjari* de Ekon. Pasó la vista del cuchillo a la cara de la chica varias veces, con un gesto cargado de intención, antes de que Koffi atara cabos.

—Ah. Nunca he probado eso.

Adiah inclinó la cabeza para animarla y Koffi posó la vista en la hoja. Empezaba a tener el estómago revuelto y no sabía cuánto esplendor podría contener su cuerpo en un intervalo de tiempo tan breve, pero lo invocó mentalmente de todos modos. A su llamada, el calor la inundó al instante, como si se hubiera tragado un trozo de amanecer. Se concentró en el *hanjari* hasta que la hoja plateada se transformó en luminoso dorado. Esta vez, traspasó la cuerda como si fuera mantequilla y en cuestión de segundos el resto de la soga estaba cayendo en torno al cuerpo de Adiah. La bestia se levantó y estiró los músculos.

—Vamos. —Koffi se puso en pie de un salto para dirigirse a la puerta—. ¡Tenemos que salir de aquí!

Tan rápida y sigilosamente como pudo, guio a Adiah hacia el pasillo. Le dio un vuelco el corazón cuando unas voces resonaron en el otro extremo.

—¡Ha sido aquí! —gritó una voz conocida, cada vez más alta—. ¡No sé qué pasó, padre, venga, rápido!

Se le revolvieron las tripas. Tenía calambres en todos los músculos por el esplendor que ya había usado, pero no le quedaba más remedio. Lo invocó de nuevo. Esta vez acudió al instante, como una avalancha, y la traspasó tan deprisa que le flaquearon las rodillas. La luz inundó el pasillo y se desplegó, más y más brillante por momentos. Cuatro figuras se acurrucaban en el suelo con los ojos tapados para protegerlos de la intensa luminosidad. Una de ellas vestía una túnica azul marino que Koffi reconoció. Era el Kuhani. Su semblante emanaba puro miedo mientras alargaba inútilmente la mano hacia la luz al mismo tiempo que cerraba los ojos con todas sus fuerzas. Koffi y Adiah lo rodearon mientras él hacía una mueca que le dejó los dientes a la vista.

—¡Esto es obra de una daraja! —dijo—. ¡Ha escapado para liberar al Shetani! ¡Vayan a buscar a los Hijos! ¡Díganles que cierren las puertas de la ciudad y envíen hombres a los límites, ya!

Los chicos no se movieron.

—¡Ahora!

—Señor, no podemos...

Koffi guio a Adiah por el pasillo a la carrera. Sabía que tan pronto como la luz desapareciese y los ojos de los cuatro hombres se recuperasen, iniciarían su búsqueda, y no tenía ningunas ganas de seguir allí para verlo. El estómago se le revolvió cuando procesó las palabras del padre Olufemi. Estaba enviando a los guerreros a las tierras limítrofes e iban a cerrar las salidas de la ciudad. Se les acababa el tiempo. Ekon, Adiah y ella tenían que marcharse cuanto antes.

—¡Más deprisa!

Le dolían todos y cada uno de los músculos del cuerpo según se precipitaban por el último pasillo, hacia la salida. Cada vez le costaba más respirar, y ver, y sabía que se había forzado demasiado. Más tarde, el esfuerzo le pasaría factura.

Llegaron a la parte trasera del establo y una marea de alivio inundó su cuerpo a pesar del dolor. Si encontraban allí a...

Se quedó helada al oír un grito.

Rasgó el silencio del templo, largo y agónico. Adiah gruñó y Koffi se detuvo. Conocía esa voz y a la persona que había gritado. La reconocería en cualquier parte.

Ekon.

32
La locura

Para cuando Ekon llegó al corredor, estaba empapado en sudor.

Había corrido todo lo que había podido, en sentido contrario a la sala de oración, pero había tardado en llegar lo que le parecía una eternidad. El corazón le latía a toda máquina cuando abrió la puerta del viejo trastero y subió a la carrera los angostos peldaños, con los nervios de punta. No entendía por qué no se le había ocurrido antes mirar en el jardín del cielo; quizá porque parecía más el producto de un sueño que un lugar real. O tal vez porque no quería conocer la verdad. Fuera como fuese, era el último lugar en el que había visto al hermano Ugo, y la única posibilidad que le quedaba.

«Por favor —rogó—. Por favor, que no le haya pasado nada».

Empujó con el hombro la puertita y, con un último impulso, salió al jardín del cielo.

La luna brillaba baja y fantasmal, proyectando una pátina plateada sobre las exuberantes flores. Sin detenerse a mirarlas, buscó con la vista hasta encontrar una figura sentada en un banco de piedra en el centro del jardín. La persona estaba de espaldas, pero reconoció su silueta.

—¡Hermano Ugo!

Al oír su nombre, el anciano se volvió a mirar. El dolor traspasó a Ekon como una lanza cuando posó los ojos en su mentor. El hermano Ugo tenía mala cara; se había marchitado como si hubiera transcurrido toda una década desde la última vez que se habían visto. Se le encogió el corazón cuando el anciano alargó una mano frágil y temblorosa y sonrió.

—Ekon, mi querido niño.

Las palabras lo sacaron de su trance. Cruzó el jardín de dos zancadas y, con sumo cuidado, abrazó al anciano. Le perturbó notar tantos huesos sobresaliendo del cuerpo del hermano Ugo donde antes no los había, pero daba igual. Su mentor estaba sano y salvo, vivo.

—Pensaba que lo habían... Temía encontrarlo... —Descubrió que era incapaz de terminar una frase. Se despegó del hermano Ugo para poder echarle un buen vistazo. Aparte del rostro demacrado y de los ojos fatigados, parecía en buen estado. Era lo único que importaba—. Me alegro de verlo, hermano.

El hermano Ugo esbozó una sonrisa cariñosa, aunque desconcertada.

—Y yo me alegro de verte a ti, Ekon. Reconozco que no esperaba tu visita tan pronto. Si me han informado bien, estoy hablando con un Hijo de los Seis ya iniciado. Felicidades.

Cierto sentimiento de culpa le provocó un hormigueo en algún lugar de la mente, pero lo ahuyentó.

—Hermano...

Las palabras acudieron a él y murieron en su garganta. Tenía claro, desde el instante en que se había separado de Koffi, lo que tendría que decirle al hermano Ugo si lo encontraba. Había repasado las frases más de una vez mientras lo buscaba por el templo. Sin embargo, mirando a los ojos al anciano que prácticamente lo había criado y le había enseñado todo lo que sabía, descubrió que le resultaba casi imposible pronunciarlas. Estaba a punto de romperle el corazón a su mentor.

—Hermano —murmuró—. He venido porque necesito contarle una cosa.

—Cada cosa en su momento, cada cosa en su momento. —El hermano Ugo rechazó las palabras con un gesto de la mano, como quien espanta una mosca tse-tsé—. ¡Quiero que me expliques tu gesta en la Selva Mayor con pelos y señales! Ya he oído una parte, como es natural, pero deseo escucharla de tus labios. ¿Cómo te las arreglaste para sobrevivir? ¿Cómo encontraste al Shetani? ¿Te fue difícil capturarlo?

—Hermano. —Ekon habló en un tono más firme—. Por favor, escúcheme. Tenemos que abandonar el jardín cuanto antes y debemos marcharnos de Lkossa. Esto no es seguro. Usted no está a salvo aquí.

—¿A salvo? —El hermano enarcó sus cejas blancas—. Todo lo contrario, Ekon. Lkossa es más segura de lo que ha sido en casi un siglo gracias a ti. Me han dicho que el Kuhani está haciendo los preparativos para destruir al ser ahora mismo, mientras hablamos. ¡Se acabaron los asesinatos!

—De eso quería hablarle, hermano —insistió Ekon—. El Shetani no ha matado a nadie. —Tragó saliva—. Han sido los Hijos de los Seis.

—¿Qué? —El hermano Ugo se agarró el pecho como si temiera que le fallara el corazón—. ¿Qué estás diciendo?

Ekon notó un ahogo en su propio pecho ante la incredulidad de su mentor, pero siguió adelante:

—Esta noche, hace un rato, he escuchado a hurtadillas una conversación de mi hermano con el Kuhani. El padre Olufemi ha reconocido que ordenó los asesinatos en persona. Y Kamau ha admitido que los ha estado llevando a cabo. Ha sugerido que había otros guerreros implicados también.

El hermano Ugo negó con la cabeza, todavía boquiabierto de puro horror. Parecía tan menudo, tan impotente...

—N-no, no me lo creo —balbució. Tenía los ojos llorosos, aterrados—. La Orden no lo permitiría. Nuestros guerreros jamás cometerían una...

—Me temo que es más complicado de lo que parece, hermano —dijo Ekon—. Cuando he visto a Kamau hace un rato no parecía... el de siempre. El padre Olufemi le ha dado hojas de una planta llamada hasira para tranquilizarlo, y luego ordenó que mantuviera la boca cerrada. He leído acerca de esa planta en el diario de Nkrumah. Posee toda clase de efectos secundarios negativos, alucinaciones y pérdidas de memoria, entre muchos otros. Cuando Kamau describió los crímenes que había cometido, parecía creer que habían sido pesadillas, como si no acabara de entenderlo. Si otros guerreros están viviendo experiencias parecidas, podrían llevar años cometiendo asesinatos bajo la influencia de las hojas sin saberlo.

—Ekon...

—¿Se acuerda de cómo se puso Shomari aquel día en el templo? —prosiguió el chico—. ¿La vez que provocó una pelea conmigo sin motivo y montó en cólera de un modo irracional? Me parece que estaba sufriendo una mala reacción a la planta de hasira. Creo que vuelve violentas a las personas.

—Ekon. —El hermano Ugo se había desplazado en el banco para apartarse del chico y negaba con la cabeza de lado a lado—. Lo que dices es inconcebible hasta en las más disparatadas fantasías. El Shetani es un monstruo y lleva años matando gente. ¿Sabes cuántos cuerpos he visto incinerados, las marcas que esa desgraciada ha dejado en los cuerpos? Las víctimas... Sus heridas en ningún caso podrían ser obra de un ser humano. No existe una persona capaz de ser tan violenta.

Ekon se estremeció. Él también recordaba los cadáveres, personas no solo asesinadas sino aniquiladas, mutiladas. La imagen le provocó un nuevo escalofrío en la columna vertebral.

—Incluso me acuerdo del día que murió tu padre —prosiguió el hermano Ugo con voz queda. Su voz desbordaba dolor—. Fue horrible de presenciar, ver como la luz abandonaba sus ojos. Créeme si te digo que esa clase de violencia solo puede ser obra de una bestia, Ekon. —Lo miró a los ojos—. No fue obra de un hombre.

Algo frío e inquietante se filtró al cuerpo de Ekon en ese momento y le dejó la boca seca como el papel. Se levantó del banco despacio para mirar con atención al hermano Ugo.

—Yo no estaba con mi padre cuando falleció —dijo—. Para cuando los Hijos lo encontraron y lo trajeron a nuestra casa, ya había perdido la vida. El forense pensaba que llevaba horas muerto, que no hubo la menor oportunidad de que lo hubieran salvado. —Sostuvo la mirada de su mentor—. Entonces, ¿cómo es posible que viera apagarse la luz en los ojos de mi padre?

El hermano Ugo frunció el ceño.

—Yo...

—Y hace un momento se ha referido al Shetani en femenino —continuó Ekon, intentando que no le temblara la voz—. ¿A qué viene eso?

Sucedió poco a poco. Los labios del hermano Ugo se alargaron hasta dibujar una sonrisa que dejó al descubierto encías rosas y dientes rotos. El miedo había desaparecido de sus ojos y, cuando habló, lo hizo con palabras frías.

—Te pareces tanto a tu padre... —dijo a la vez que se ponía en pie—. Atento, astuto y sabes escuchar. Eso es lo que ha hecho de ti un buen sirviente, Ekon, y lo que hizo de Asafa un hombre débil.

«Sirviente». A Ekon, la palabra le chirrió, le pareció rara. Fragmentos de su memoria se hilvanaron y luego volvieron a separarse. Vio a su padre pidiéndole que huyese, se acordó de lo que el hermano Ugo les había contado a él y a Kamau más tarde. Habían encontrado a Baba en el límite de la selva; fue el hermano Ugo el que lo encontró muerto. El mismo hermano Ugo que le estaba diciendo que su padre no había fallecido todavía cuando dio con él. Se le anudó la garganta y una náusea le ascendió por el cuerpo.

—Sabía demasiado —declaró el anciano con voz queda—. Matarlo fue una tragedia, pero necesaria. —Unió las manos como si rezara—. Sin duda, resultó más difícil deshacerse de él que de Satao.

Ekon se concentró en una sola palabra, la notó grabarse en su psique letra por letra con la crueldad de una punta de daga. «Necesaria». Las palabras y las historias se mezclaban borrosas en su mente como té caliente vertido sobre tinta. Un pensamiento le rondaba la cabeza. Los estudiosos habían dicho que Satao Nkrumah había desaparecido. Lo buscaron, pero nunca llegaron a encontrarlo...

—Sabía que tú serías distinto, sabía que no me fallarías ni harías demasiadas preguntas —dijo el hermano Ugo. Empezó a pasear de un lado a otro—. Eras la combinación perfecta: joven y atlético, listo y meticuloso. Y lo más importante: estabas ansioso, desesperado por recibir aprobación. Fue fácil moldearte de acuerdo con mis necesidades. Te doy las gracias, Ekon, por tu obediencia, por tu lealtad.

Ekon sintió escalofríos.

—Pero estuviste a punto de desbaratar el plan. —El hermano Ugo siguió hablando sin mirar en dirección a Ekon—. Cuando tu necio acto de compasión obligó al Kuhani a rechazar tu candidatura, pensé que nuestras esperanzas se habían frustrado. —Sus ojos brillaron con astucia—. Y entonces, se me ocurrió otra idea mejor que la primera. El resto fue sencillo. Ya estabas tan ansioso por demostrar tu valía que me bastó con darte una charla sobre el destino, encarrilarte...

Ekon tenía la sensación de estar hundiéndose bajo una superficie desconocida, ahogándose en las palabras. El hombre que estaba hablando se parecía a su mentor, tenía la misma voz, pero... nada de eso cuadraba con su personalidad.

—Mataste a mi padre. —Apenas podía pronunciar las palabras—. Y mataste al maestro Nkrumah.

—Sí. —El hermano Ugo hizo una reverencia—. Lo hice.

—N-no... No lo entiendo —balbució Ekon—. Pensaba que el Kuhani...

—¿El Kuhani? —El hermano Ugo dejó de pasearse para evaluar a Ekon con la mirada—. ¿Pensabas que el padre Olufemi sería tan inteligente como para orquestar algo así? ¿Crees que podría obligar a unos guerreros a asesinar a su gente durante casi un siglo sin que nadie se diera cuenta? —Negó con la cabeza, compungido—. Lo sobrevaloras, Ekon.

—Tú... —Ekon apenas podía expresar lo que sentía con palabras. Miró de reojo la puertita todavía abierta del jardín. Parecía estar a una distancia imposible—. ¿Dónde está el verdadero hermano Ugo? ¿Qué has hecho con él?

El anciano adoptó una expresión casi compasiva.

—Serás bobo. El hermano Ugo nunca existió.

A Ekon le daba vueltas la cabeza. Retrocedió con un movimiento reflejo, y el hombre avanzó a su vez. Los contornos empezaban a difuminarse, sus ojos se volvían cada vez más rojos.

—Fue un disfraz inteligente —dijo—. Un anciano bondadoso que es aficionado a la soledad. Qué curioso que nadie pudiera recordar cuándo llegué. —Miró a Ekon casi con burla—. Supongo que la gente daba por hecho que llevaba aquí desde siempre.

Ekon tenía problemas para unir las palabras de manera que formaran una frase coherente, y aún más para formular cualquier clase de pregunta. Observaba con atención a ese anciano de cara conocida pero voz extraña. Un horrible escalofrío lo recorrió de pies a cabeza.

—¿Quién eres?

—¿Aún no lo sabes? —El anciano ladeó la cabeza—. Pensaba que era evidente.

Y en ese momento lo fue, tan evidente que Ekon se odió por haber tardado tanto en encajar las piezas. Susurró el nombre:

—Fedu.

El dios de la muerte asintió.

—Me has resultado valiosísimo —dijo—. Llevo años intentando que Adiah salga de la selva, y en cuestión de días tú no solo la has sacado, sino que me la has entregado en bandeja. Qué pena que no seas daraja. Me habría gustado que formaras parte del mundo que tengo intención de crear con su poder.

Ekon se estrujaba los sesos intentando atar los cabos de lo que estaba oyendo para darle un sentido lógico. Le salió una sola pregunta:

—¿Por qué? ¿Por qué haces esto?

Descubrió sorprendido que la sonrisa desaparecía un instante del rostro del hermano Ugo —de Fedu—, y en lo que dura un parpadeo vio algo más en la expresión del dios. Tristeza.

—No espero que lo entiendas —respondió—, pero como me has servido bien, te lo contaré. Mis hermanos y hermanas se reunieron para crear el mundo que conoces, un mundo que consideras bueno. Después de concluir su trabajo, dándose por satisfechos, cada cual regresó a su reino. En este mismo instante cuatro de ellos duermen ajenos a todo. —Los ojos del dios centellearon—. Pero yo no me dormí. Seguí despierto, con los ojos abiertos, vigilante. —Señaló con un gesto más allá de los muros del jardín, como si contemplara algo muy lejano—. Vi al mundo provocar situaciones que mis hermanos nunca habrían imaginado: guerra, enfermedad, hambre. Vi a los darajas esforzarse, en ocasiones incluso dar la vida, por mantener el orden entre la humanidad; un terrible desperdicio de habilidad y poder.

»Los otros prefieren desviar la vista de los aspectos más brutales de su creación, prefirieren pensar que lo que hemos creado es impecable, intrínsecamente bueno, porque eso deseaban. —Fedu prosiguió—. Pero yo no veo las cosas como me gustaría que fueran; las veo como son. Este mundo está repleto de inmundicia, y ha llegado el momento de limpiarlo.

—Matando gente —señaló Ekon con voz queda—. Asesinando a millones de personas.

—Sí. —El dios asintió con solemnidad—. Recordarás que, cuando eras un niño, te dije en cierta ocasión que las elecciones más difíciles a menudo requieren las mentes más poderosas.

—Ella no te ayudará —dijo Ekon—. Ahora, Adiah sabe lo que eres. Jamás colaborará en tus planes.

—Convencí a Adiah una vez —replicó Fedu con tranquilidad—. Confío en poder convencerla de nuevo. —Su voz contenía un trasfondo peligroso—. De un modo u otro.

—Se ha marchado. —Ekon procuró imprimir la máxima seguridad a su voz, al tiempo que avanzaba despacio hacia la entrada del jardín. No estaba lejos; podía conseguirlo si escogía bien el momento.

Fedu enarcó una ceja con ademán intrigado.

—En todos los años que he dedicado a colaborar en tu educación, nunca te he tomado por un mentiroso, Ekon.

—No miento. —Ekon tuvo que forzar las palabras—. Koffi y ella han escapado, me he asegurado de ello.

—Ah, sí, la otra daraja —dijo Fedu—. Eso no importa. Tú me conducirás a ellas.

—No, no voy a...

El dolor lo tomó desprevenido. Ekon cayó de rodillas con la espalda arqueada mientras el dolor latía a través de su cuerpo en olas agónicas, como si mil cuchillos le perforaran cada centímetro de la piel. Jamás en toda su vida había sentido algo semejante; quería morir. Tan repentinamente como había aparecido, el dolor se fue. Ekon se acurrucó en posición fetal, con la mitad de la cara pegada al suelo. Cuando se obligó a abrir un ojo, vio a Fedu plantado ante él.

—El esplendor posee una característica curiosa —empezó el dios en tono pausado—. Puede penetrar en el cuerpo de personas que no son darajas, aunque me han dicho que el dolor es insoportable cuando lo hace. —Dobló un dedo y el martirio regresó multiplicado por diez. Ekon chilló—. Me pregunto cuánto tardará en hacerte pedazos, antes de que me digas lo que quiero saber.

Otra ola de dolor restalló en el cuerpo de Ekon. En esta ocasión, no eran cuchillos, sino fuego que le quemaba la piel desde dentro. A través de los ojos empañados, atisbó a Fedu a su lado, inclinándose hacia él. Su mirada era gélida.

—Y por encima de todo —le susurró al oído—, me preguntó qué acabará contigo... si el dolor o la locura.

Ekon no pudo responder, no pudo hablar cuando la presión en los pulmones se tornó más y más asfixiante a medida que el dolor envolvía su cuerpo.

Lo último que oyó fue el golpe lejano de la trampilla del jardín.

33
Corazón y mente

Otro grito llegó a los oídos de Koffi.

Adiah giró en redondo al escuchar el sonido, ensanchando las aletas de la nariz. Levantó el hocico para olisquear el aire y lanzó el rugido más aterrador que Koffi había oído en su vida. Los ojos de ambas se encontraron en la oscuridad un instante y, al momento, Koffi tomó una decisión.

—¡Vamos!

Dando media vuelta sobre los talones, Koffi echó a correr de vuelta al templo. Adiah no precisó otra señal para salir disparada detrás de Koffi, gruñendo y enseñando los dientes. Koffi sabía que se estaban arriesgando, que en cualquier momento se toparían con algún otro trabajador del templo o con los Hijos de los Seis, pero la suerte estaba de su lado. En algún lugar lejano resonaban risas, el tintineo del cristal. ¿Estaban celebrando una fiesta? No tenía tiempo de pensar en eso.

«Ekon». Sus ojos escudriñaban cada pasillo, aturdidos. «¿Dónde estás?».

No conocía la distribución del templo aparte de lo que Ekon le había dicho: los pasillos y las puertas que desembocaban en pasajes aún más oscuros eran interminables. Adiah rugió con más rabia, y otro grito vibró en uno de los pasillos, esta vez más cerca. Koffi siguió el sonido hasta una puerta emparejada. Cuando la abrió del todo, descubrió un angosto tramo de escalera que ascendía a lo que parecía una puertita. Subió a toda velocidad, seguida de cerca por Adiah, y trató de empujarla, pero no cedió. Oyó un gruñido bajo y apenas tuvo tiempo de agacharse antes de que las garras de Adiah hicieran trizas de un golpe brutal la madera. Koffi se tapó la cabeza y cerró los ojos mientras las astillas de la puerta destruida caían a su alrededor. Un rugido resonó a su espalda y notó que Adiah la empujaba a un lado. Cuando volvió a abrir los ojos, el cepillo de su cola ya desaparecía por la abertura cuadrada. Con un último impulso, Koffi cruzó la puerta y, entonces, se detuvo en seco.

Comprendió que el jardín desplegado ante ella debió de ser hermoso en algún momento; las flores secas y muertas cubrían hasta el último centímetro del suelo. En otro tiempo, en otra época quizá, sin duda habría sido una especie de paraíso, un lugar de paz. Pero las flores le daban igual; sus ojos estaban clavados en las dos personas que había en el centro del jardín. Una estaba plantada de espaldas a ella y la otra, tendida en el suelo. Se concentró en esta última.

Ekon.

Le había pasado algo terrible; lo supo en cuanto lo vio. A la luz plateada de la luna, no distinguía heridas físicas en su cuerpo, pero el chico se estremecía de pies a cabeza, temblaba como solo había temblado en otra ocasión. Tenía rastros de lágrimas en las mejillas y los ojos vacíos, como si no la viera.

—¡Ekon!

Un rictus de dolor asomó a su cara cuando oyó la voz de Koffi. Parpadeó despacio y el gesto pareció ayudarlo a reenfocar la mirada. Los músculos del hombro se le relajaron y alzó la vista hacia ella desde el suelo. Agrandó los ojos cuando la vio.

—Koffi.

Pronunció el nombre con una voz afónica, estrangulada por el dolor. Koffi percibió una emoción en esa única palabra; tardó un momento en identificarla: miedo. Ekon estaba asustado. Empezó a negar con la cabeza a la vez que cerraba los ojos con fuerza.

—No... —Un gemido escapó de sus labios mientras se apretaba la cabeza con las manos como si intentara cortar un sonido que Koffi no alcanzaba a oír—. No, no puedes estar aquí. Tienes que...

—Ah, las darajas —dijo una vocecita que no conocía—. Por fin han venido, tal como esperaba.

Koffi se sobresaltó. Estaba observando a Ekon con tanta atención que casi se había olvidado de la figura que se erguía a pocos pasos de él. Provocaba escalofríos; la oscuridad la envolvía casi por completo, y no reconocía la silueta. A su lado, Adiah gruñó.

—¿Quién eres? —Las palabras de Koffi resonaron contra las paredes pétreas del jardín mientras la figura avanzaba hacia ellas, todavía con el rostro velado por las sombras. Señaló a Ekon—. ¿Qué le has hecho?

—Por fin reunidos después de tanto tiempo —dijo él con voz melosa—. Demasiado.

Koffi se detuvo desconcertada. No había respondido a su pregunta; las palabras ni siquiera tenían sentido. Solo cuando Adiah gruñó por segunda vez ató cabos. Las palabras no tenían sentido porque no iban dirigidas a ella.

La figura se acercó otro paso, finalmente iluminada por los rayos de luna. Era un hombre pequeño y frágil de piel castaña y ondulado cabello blanco. Unas profundas arrugas le surcaban las facciones, y parecía tan viejo como para ser su bisabuelo. Pero todo en él chirriaba. El cuerpo de Koffi se tensó cuando el hombre alargó una mano.

—Veo que no has cambiado. —No la miraba a ella, sino atrás—. Al menos no en los aspectos importantes. Dime, Ave Cantora, ¿todavía cantas?

Adiah respondió con un rugido, aunque distinto al anterior. Bajo el bramido se distinguía otra emoción, una terrible angustia. Koffi prácticamente notó el chisporroteo del esplendor en el aire. No se atrevió a volverse a mirar a la otra daraja; no tenía claro lo que vería. Nunca había escuchado el nombre que había usado ese hombre tan extraño.

¿Ave Cantora?

—Me alegro de que por fin hayas entrado en razón —prosiguió él—. Y de que hayas optado por el camino más fácil. Incluso me has traído carne fresca, una ayudante que contribuirá a nuestra empresa.

«Una ayudante que contribuirá a nuestra empresa».

Koffi cayó en la cuenta en ese momento. Lo entendió. Ekon había ido a buscar a su mentor, el anciano al que creía que habían lastimado. En vez de eso, había encontrado a alguien más, y ese alguien no era su mentor en absoluto.

—Eres Fedu —susurró.

—Una chica lista. —El dios volvió la cara hacia ella con una sonrisa espeluznante—. También a ti debo expresarte mi agradecimiento. Según tengo entendido, ayudaste a Ekon a procurarme a mi daraja. La has traído a mi presencia.

—¡No irá a ninguna parte contigo!

Koffi apretó los dientes y notó un zumbido de energía a su lado cuando Adiah adoptó una postura de ataque en consonancia. Fedu, por su parte, pasó la vista entre ambas con aire burlón.

—No me complace derramar sangre de daraja. —Había risa en su voz, aunque no se reflejó en sus ojos—. Pero no te confundas, niña, no eres sino una hormiga en mi camino. Si osas interponerte, te trataré como tal.

Koffi no respondió, no esperó. Dobló los dedos de los pies mientras se concentraba en invocar el esplendor. Notó un estremecimiento cuando la energía le ascendió por las extremidades y enseguida la sensación cálida de siempre la invadió. Oyó un bramido y percibió que el suelo temblaba. Junto a ella, Adiah gruñó.

Y, al momento, se estaban moviendo al unísono, Koffi corriendo por la izquierda y Adiah por la derecha. Koffi nunca lo había hecho, nunca había recurrido al esplendor para luchar, pero la energía que circulaba por su cuerpo pareció entender lo que se proponía, como si poseyera una consciencia propia que se hubiera fundido con la suya. Giró sobre los talones y notó el zumbido de una nueva corriente que le entraba por una mano, pasaba por su corazón y salía por la otra. Un rayo de luz dorada surgió de ella como una cinta y se enroscó en el aire como una serpiente antes de golpear la mejilla de Fedu. El dios siseó furioso y se volvió hacia ella, pero antes de que pudiera reaccionar, Adiah lo embistió por detrás con tanta fuerza que Fedu salió volando hacia atrás. Aterrizó de pie con una facilidad desconcertante. Se volteó cuando Koffi se abalanzaba contra él y levantó una mano lánguida que le provocó un dolor ardiente en la mejilla. Se sintió proyectada de espaldas y soltó un gemido cuando aterrizó en la tierra con un golpe que le cortó el aire. Una neblina tenue le empañó la visión, pero podía distinguir a Fedu y a Adiah a través de los retazos. Se acechaban mutuamente.

—Vamos, Adiah —dijo Fedu con suavidad—. Estás complicando las cosas más de lo necesario.

Lanzando mordiscos al aire, la daraja se abalanzó sobre él y le abofeteó la cara con un revoloteo de garras, pero él las esquivó con facilidad.

—Mira en qué te has convertido después de todos estos años, Ave Cantora. —Brincaba fuera de su alcance mientras ella intentaba alcanzarlo con las zarpas. Una sonrisa malvada atravesaba el rostro del dios—. Mira cómo has acabado por culpa de todo ese esplendor que llevas dentro. Antes eras la daraja más espléndida que había pisado la tierra; inteligente, bella y poderosa. Parece ser que últimamente eres poco más que una bestia titubeante; estúpida, fea y débil.

«La está provocando», comprendió Koffi. Adiah chilló; no se podía definir de otro modo. Fue un chillido de furia y violencia, pero también de angustia. Embistió nuevamente, y Koffi comprendió un instante demasiado tarde lo que se proponía Fedu. Sus labios intentaron articular una advertencia, pero llegó tarde. Sonó un horrible chasquido cuando el puño de Fedu golpeó la mandíbula de Adiah con fuerza sobrehumana. La potencia del impacto la proyectó hacia atrás. La daraja aterrizó a pocos centímetros de Koffi. No volvió a levantarse.

Fedu se sacudió el polvo de la túnica, impávido.

—Si no me das lo que quiero —dijo irritado—, lo tomaré.

Avanzó hacia la daraja con paso lánguido.

«Adiah». Koffi no se movió —no quería que Fedu supiera que seguía consciente—, pero buscó los ojos de la otra daraja y le pidió mentalmente que los abriera. «Adiah, por favor, despierta».

Fedu se estaba acercando; apenas un par de metros lo separaba de ellas. Koffi se miró la otra mano, que estaba a pocos centímetros de la pata de la daraja, todavía inmóvil. Por alguna razón, cuanto más observaba su mano, con más claridad oía la voz de Adiah. Recordó el momento en que las dos estaban sentadas en la Selva Mayor, el instante que miró a los ojos de una chica que se sentía perdida, cansada y asustada.

«No podré soportar este dolor otro siglo. No soy tan fuerte como para vencer a Fedu si me captura, ¿me entiendes?».

Koffi la había entendido. Tenían un plan y se había esfumado. Fedu había ganado. Se llevaría a Adiah, tal como quiso hacer siempre, y la usaría para lograr sus objetivos. Y ella se lo permitiría, no porque quisiera hacerlo, sino porque no le quedaba nada, porque no podía seguir huyendo.

Tiempo atrás, hacía toda una vida, Koffi era otra, una chica rebosante de esperanzas y sueños, amor y deseos. Era una chica atrapada entre el corazón y la mente. Al final, escogió ambos caminos, la opción que daba más miedo, pero también la más valiente. Koffi reflexionó sobre ello. Quizá tuviese su mérito haber aprendido a hacerlo, a elegir la opción más valiente. En algún lugar de su mente, resonaron las palabras que una anciana había pronunciado de pasada en el mercado, una lección: «Todo se puede canjear, si conoces su verdadero valor».

Alargó los dedos con el más ínfimo de los movimientos hasta rozar la piel de Adiah. Apenas se tocaban, pero no necesitaba más. Tan pronto como el esplendor, el nuevo anfitrión, notó su contacto, acudió a ella y la conquistó tan súbita y poderosamente como una marejada. Observó entre brumas cómo el cuerpo de Adiah empezaba a cambiar de nuevo, transformado y remodelado hasta volverse algo más humano. A lo lejos, una voz gritó:

—¡¿Qué estás haciendo?!

Koffi no lo miró, pero percibió la perplejidad en la voz del dios, su desconcierto. Le hizo caso omiso. El fragor del esplendor ahogó el resto de las palabras cuando se apoderó de ella, cuando la subyugó. En el instante en que notó el cuerpo lleno hasta el borde, supo que era demasiado —una cantidad desmesurada—, pero no se despegó. Esa era su elección, su decisión, su trueque.

Creyó oír desplazarse el aire cuando por fin soltó a Adiah y se sentó. El movimiento le pasó factura: los músculos le dolían, y los hombros le pesaban. Se sentía... más densa.

—¿Cómo estás haciendo eso?

Koffi alzó la vista y descubrió que Fedu se había detenido a pocos pies de ella. El dios agrandaba los ojos con sorpresa genuina.

—¿Por qué tu cuerpo es capaz de albergar tanto esplendor? No es posible...

—Quiero proponerte un canje. —Koffi apenas podía mantener los ojos abiertos—. Deja a Adiah y a Ekon y llévame a mí. Te acompañaré de buen grado.

—¡Koffi, no!

Se le desgarró el alma cuando miró a Ekon y vio el horror en sus facciones. Era peor de lo que nunca podría haber imaginado. Se obligó a volverse hacia el dios, expectante.

—Muy bien. —Fedu todavía la observaba, con la sorpresa grabada en la cara, pero parecía estar de acuerdo con la idea. Asintió—. Me acompañarás ahora.

Koffi no discutió. Tuvo que recurrir a cada fibra de su ser para levantarse del suelo, para caminar hacia el dios que la esperaba. El esplendor le reverberaba dentro con cada paso. Se le secó la boca cuando los dedos de Fedu le ataron las muñecas con una soga no muy distinta a la que le había sujetado las manos un rato atrás, pero resistió el impulso de encogerse. No demostraría miedo, no allí. No demostraría nada. Echó una ojeada final a Ekon; fue lo último que vio.

Y partió.

34
Bestias malditas

Hubo un fogonazo de luz en el jardín. A continuación, todo terminó.

El zumbido que resonaba en los oídos de Ekon tardó un ratito en apagarse. Aun entonces, dejó los ojos cerrados. Pasaron unos instantes antes de que se sentara tosiendo entre el humo y el polvo que saturaban el aire. Echó un vistazo al jardín y se le cayó el alma a los pies.

—¿Koffi? ¡Koffi!

Se levantó de un salto, sin prestar atención al dolor. El jardín del cielo estaba irreconocible, quemado y carbonizado como si una fuerza invisible hubiera destruido hasta la última gota de vida. Incluso el suelo, antes fértil y oscuro, se había teñido de un gris desigual y ceniciento. Se quedó mirando el lugar en el que había visto a Koffi delante de Fedu hacía solo un momento, mientras su mente intentaba encajar las piezas. Estaba ahí, ahí mismo. Y había desaparecido.

«No». Un pánico instantáneo y absoluto se apoderó de la mente de Ekon. Por primera vez en mucho tiempo, la antigua neblina amenazaba su visión.

«No, no, no».

De súbito, recordó la expresión de su cara, las dos emociones en conflicto en cada centímetro de su semblante. Había una tristeza terrible en su mirada, aunque también algo aún más aterrador si cabe: resolución mezclada con resignación, una decisión tomada. Koffi había decidido marcharse con Fedu, pero ¿adónde la había llevado? ¿Adónde habían ido?

Sus ojos miraron de nuevo el jardín del cielo, y luego se detuvieron. Un ligero movimiento captó su atención. Tardó unos instantes en entender lo que estaba viendo y, cuando lo hizo, se le heló la sangre en las venas. Era un cuerpo. Despacio, con sumo tiento, se acercó con los músculos en tensión. Se detuvo y bajó la mirada, confuso.

El cuerpo pertenecía a una mujer de edad indeterminada. Era alta y delgada, con un cabello oscuro y rizado que le enmarcaba la cara como un halo. Había pétalos de flor y hojas esparcidos sobre su figura desnuda, y tenía los ojos cerrados con la expresión más pacífica del mundo. Ekon supuso que podría estar durmiendo, pero en el fondo de su corazón sabía que no era así. También sospechaba quién era esa mujer o, al menos, quién fue alguna vez. Algunos de los pétalos que antes la cubrían cayeron por los lados, pero otros se adhirieron a ella con lealtad cuando Ekon la trasportó al antiguo lecho de flores y la depositó encima. No había suficiente tierra para enterrarla. Sin embargo, algo le impedía marcharse todavía. Buscó en el suelo a su alrededor hasta encontrar una roca con un canto lo bastante afilado y se arrodilló a su lado por segunda vez. Le dolía cada músculo del cuerpo mientras escribía las palabras en el suelo, pero se obligó a hacerlo a conciencia, de todos modos. Cuando terminó, miró las letras:

Satao y Adiah

Era insuficiente, comprendió mientras miraba la minúscula inscripción, pero no podía hacer nada más. Volvió a levantarse con esfuerzo y dejó que la piedra le resbalara de los dedos. Repicó contra el suelo. Algo cambió en el ambiente, pero él siguió inmóvil, esperando algo que no estaba seguro de saber nombrar siquiera. Captó la ironía de la situación; se había pasado la vida aprendiendo los secretos para ser un guerrero y pensando que también eran los secretos para ser un hombre. Enterrar el cuerpo de una joven no formaba parte del aprendizaje, pero, al hacerlo, se sintió más viejo, como si hubiera pagado una especie de cuota silenciosa. No era la costumbre entre su pueblo, el acto no se ajustaba a la tradición, y sin embargo, comprendió que no lo lamentaba. Miró a la daraja por última vez antes de encaminarse a la entrada del jardín. Se sintió extraño cruzándola esa vez y aterrizando en la escalera entre fragmentos de la madera que Adiah había destruido. A lo lejos, oyó los ruidos de la fiesta, que se alargaba en la sala de oración del templo. Tuvo la sensación de que procedían de un mundo del todo distinto, de algo que le era ajeno. Sin hacer ruido, dejó atrás la escalera y cerró la puerta del trastero. Sabía que, en algún momento, alguien encontraría la puerta y el jardín del cielo; para entonces él ya estaría lejos.

Recorrió el pasillo a hurtadillas, de regreso a los dormitorios. Un plan empezaba a desplegarse en su mente. Tomaría el equipo necesario de su habitación, víveres de las cocinas si tenía tiempo y entonces...

—¿Ekon?

Se quedó petrificado, incómodo y asustado al mismo tiempo. Si bien sabía desde el instante que oyó la voz a quién iba a ver cuando se diera la vuelta, eso no lo ayudó a mirar a Kamau a los ojos. Su hermano estaba de pie al otro lado del pasillo. Su ceño fruncido reflejaba desconcierto.

—¿Qué haces aquí? —preguntó Kamau. Su ceño se acentuó—. ¿Por qué no estás en la fiesta?

—Me voy, Kamau. —Ekon tragó saliva—. No puedo..., no puedo ser un Hijo de los Seis.

—¿Te vas? —Su hermano repitió la frase como si perteneciera a una lengua que no entendía, y luego negó con la cabeza. Incluso soltó una risa desganada—. No pensarías irte sin despedirte de mí o del hermano Ugo, ¿verdad?

El corazón le martilleó el pecho con dolor. Por más que aún estuviera horrorizado por los actos que había cometido su hermano, no le entusiasmaba decirle la verdad. Inspiró hondo e irguió la espalda todo lo que pudo.

—Kam, el hermano Ugo nos... dejó.

Fue igual que abofetear a su hermano en la cara; Kamau se tambaleó cuando descifró las palabras. La tristeza los envolvió cuando una expresión de horror cruzó el semblante de Kamau.

—Dejado —repitió con voz hueca—. ¿Cómo que nos ha dejado?

Ekon no podía ocultárselo. Le tembló la voz.

—Ya no está con nosotros.

—Pero ¿cómo? —Kamau avanzó un paso y un sufrimiento visible fluctuó en su cara. ¿Por qué...? —Se interrumpió, como si acabara de entender algo; al instante, un rictus de rabia le deformó las facciones—. Le has hecho daño.

—¿Qué? —Ekon se sobresaltó—. No, Kamau...

—Te dije que estaba rezando. —Kamau avanzó hacia él con aire amenazador y los dientes al descubierto—. No tenías que molestarlo. Por tu culpa, le ha pasado algo malo.

El corazón de Ekon latió desbocado. Las palabras que decía su hermano, las emociones que expresaba, no tenían la menor lógica. Un rayo de luna procedente de una de las ventanas del pasillo iluminó la cara de Kamau mientras se acercaba. En ese momento fugaz, Ekon lo comprendió.

Las pupilas de su hermano no tenían un tamaño normal. Parecían inmensas; estaban dilatadas de un modo extraño.

Un aroma dulzón se propagó por el aire en ese momento. Ekon procuró no aspirarlo al notar el escozor en la nariz. Cuando habló, intentó hacerlo en un tono sereno.

—Kamau, escúchame.

Su hermano se abalanzó sobre él sin previo aviso. Ekon apenas tuvo tiempo de prepararse antes de tener a Kamau encima. Infinidad de estrellas estallaron en su campo de visión cuando los dos chocaron y luego se estamparon contra el suelo, un golpe seco de cuerpos contra piedra. Trató de liberarse, forcejear para zafarse de las manos de Kamau mientras su hermano lo aferraba de las muñecas para inmovilizarlo. De cerca, Ekon olió los restos de la planta de hasira en las prendas de Kamau, vio sus ojos inyectados en sangre de un modo antinatural. Pateó con todas sus fuerzas y lo empujó hacia atrás, pero el gesto le pasó factura. Un nuevo pinchazo le atravesó el costado como fuego y un rictus de dolor asomó a sus facciones. Un instante después, lo tenía encima otra vez, en esta ocasión rodeándole el cuello con los dedos. Ekon trató de respirar, en vano. Su visión empezó a poblarse de puntos negros, y el mundo se volvía más borroso por momentos.

—Kam... —resolló—. Kam..., por favor...

No supo qué fue exactamente, si el timbre de su voz o su manera de pronunciar el nombre de su hermano. Pero en esa fracción de segundo, más allá del vidrio de sus ojos, vio algo más, un destello. Y por más que fuera ínfimo, casi invisible, estaba ahí de todos modos. Esa chispa de entendimiento, esa minúscula luz en los ojos de Kamau era la parte de él que las hojas de hasira no podían alcanzar. Ekon le sostuvo la mirada y se ancló a ese algo, suplicante.

—Por favor. —Susurró la palabra mientras Kamau aumentaba la presión—. Por favor.

Los dedos de Kamau se aflojaron ligeramente, solo un instante, y Ekon lo aprovechó. Se puso en pie de un salto y le propinó un cabezazo tan fuerte que el otro cayó de espaldas y se desplomó inconsciente en el suelo. Ekon se levantó despacio, tratando de desentenderse del brumoso mundo de alrededor y del nuevo dolor pulsante en la frente. Miró el cuerpo despatarrado de Kamau y luchó por aflojar el nudo que tenía en la garganta. Cuando las lágrimas se le acumularon en los ojos y luego empezaron a caer, no las contuvo; ya estaba harto. Llevaba toda la vida peleando contra las mismas cosas. «Los hombres no lloran». «Los guerreros no lloran». Él había deseado ser un guerrero, creía que el título y el rango le darían algo que quería, que necesitaba. Las emociones se debían enterrar sin darles más vueltas, porque hacerlo era una muestra de entereza. Así que había enterrado el dolor. Se había pasado años enterrando todo aquello que lo incomodaba, lo disgustaba o lo ponía nervioso, y huyendo de las pesadillas hasta que habían acabado persiguiéndolo como fieras ávidas.

También estaba cansado de huir.

Ekon se arrodilló junto a su hermano y lo incorporó con cuidado hasta dejarlo recostado contra la pared. Le aferró la mano un momento antes de ponerse en pie.

—Adiós, hermano.

Luego, dio media vuelta y echó a correr.

Para cuando llegó a la puerta trasera del templo, un manto de nubes oscurecía las estrellas. Cada uno de los músculos de su cuerpo protestó cuando Ekon se agachó, pero no había más remedio; no podía dejar que lo vieran. Elevó una silenciosa oración de agradecimiento cuando se deslizó por debajo de los arcos dorados del distrito de Takatifu y descubrió que los puestos de vigilancia estaban vacíos; o bien los guerreros que solían estar apostados allí habían acudido a la fiesta, o bien los habían avisado de que había problemas en alguna otra parte.

Las calles de la ciudad también estaban desiertas, señal de lo tarde que era. Ekon torció el gesto cuando las primeras gotas de lluvia salpicaron sus brazos desnudos y humedecieron sus sandalias, de tal modo que cada paso era más complicado. Estaba cerca del distrito de Chafu, los arrabales de la ciudad. Si pudiera llegar allí y esconderse hasta haber descansado lo suficiente para emprender el viaje a la Selva Mayor...

—¡Eh, tú! —gritó una voz—. Los ciudadanos tienen la orden de permanecer en sus casas. ¡Identifícate!

A Ekon se le heló la sangre en las venas según apuraba el paso.

Oyó el crujido de otras sandalias que lo seguían sobre la tierra.

—¡Alto! —le ordenó la misma voz, cuyo dueño corría hacia él—. ¡En nombre de los Seis!

Ekon salió disparado. Giró a la derecha y se escondió en un callejón estrecho, atento a la llegada de más guerreros que se acercaban. No estaba familiarizado con esas callejuelas. No tenía claro si estaba despistando a los guerreros o se estaba perdiendo aún más. Llegó al final de la calle y se detuvo. Estaba en las últimas, todavía destrozado tras el encuentro con Fedu.

—¡Chist!

Ekon dio un salto. La calle estaba sumida en la oscuridad, desierta, pero la llamada había llegado a sus oídos con claridad. Miró la calle, buscando.

—¡Chist, chico! —lo llamó una voz femenina—. ¡Aquí, rápido!

Ekon miró a la izquierda. La puerta de una tienda que parecía cerrada se abrió de golpe, y una figura encapuchada se asomó para pedirle que se acercara, con gestos frenéticos.

—¡Ven!

Hacerlo entrañaba peligro y puede que fuera una tontería, pero Ekon no tenía alternativa. Corrió hacia la tienda; la figura que lo había llamado le cedió el paso el tiempo justo para que entrara antes de volver a cerrar a toda prisa. Se libraron por un pelo; instantes después, los Hijos de los Seis marchaban calle abajo. Cuando los pisotones se perdieron a lo lejos, Ekon echó un vistazo a su alrededor.

Le fue imposible adivinar qué mercancía se había vendido algún día en esa tienda. Despacio, Ekon miró a su rescatadora.

—¿Quién... quién eres?

La figura, todavía encapuchada, no respondió.

—¿Por qué me has ayudado? —insistió Ekon en susurros—. ¿Por qué nos has ayudado?

Esta vez la figura asintió.

—Estás herido y necesitas cuidados.

El chico frunció el ceño.

—No hasta que me digas...

—Te lo explicaré todo, te lo prometo —lo interrumpió ella—. Pero acompáñame antes de que empeores las cosas. Tengo un sitio donde podrás descansar.

Ekon deseaba seguir preguntando, pero el cansancio lo estaba venciendo. Lentamente, siguió a la encapuchada por un pasillo torcido hasta que llegaron a lo que parecía la trastienda, donde normalmente se guardarían las mercancías. Sin embargo, eso no era un almacén. Una pequeña lámpara de aceite iluminaba temblorosa las polvorientas paredes, y había varios sacos de lo que parecía harina unidos para crear un camastro. La figura le indicó a Ekon que se sentara. En cuanto lo hizo, el dolor se apoderó de él. Jamás en toda su vida se había sentido tan adolorido, y, lo que era peor, todavía notaba punzadas en el costado, hirientes como un cuchillo. Se frotó la zona sin pensar y el dolor se multiplicó por diez. Gimió.

—Acuéstate —le ordenó la figura—. Las heridas son graves.

Con la vista nublada, Ekon observó el punto de su costado que más le dolía; allí no había nada. Devolvió la mirada a la figura intentando distinguir una cara bajo las sombras de la capucha.

—Estoy bien —musitó—. Ahí no hay nada.

—No hablo de tus heridas físicas, muchacho.

Ekon se dispuso a discutir, pero la figura se retiró la capucha por fin. Ekon dio un respingo.

Aunque solo había visto a la anciana una vez, la reconoció igualmente. Fue una sensación extraña, y el recuerdo regresó a su pensamiento como un sueño medio olvidado. Vio el pelo corto y algodonoso, la piel oscura y el amuleto que llevaba colgado al cuello con un cordel de cuero. De cerca y a esa luz más brillante, distinguió un símbolo grabado con tosquedad en el metal, aunque no sabía qué significaba. La primera vez que la había visto, en los barrios bajos de la ciudad, tenía otro aspecto, pero...

—Es usted. Fue usted la que...

—Me llamo Themba. —La anciana se presentó en tono oficial antes de señalar los sacos. Mechones de ese pelo algodonoso le asomaban del turbante—. Acuéstate y deja de moverte o te vas a lastimar.

—Me encuentro bien... —Cerró la boca cuando ella lo regañó con la mirada—. De acuerdo.

Themba le posó las nudosas manos en los hombros y lo empujó hacia los sacos de harina con una fuerza sorprendente. A continuación, se irguió para examinarlo. Pasado un momento, succionó el aire, impresionada.

—Es peor de lo que pensaba —dijo como para sí. Hizo chasquear los nudillos y miró a Ekon con una expresión cauta—. Intentaré hacerlo con suavidad, pero debo advertirte. Te va a doler a pesar de todo.

Ekon apenas tuvo tiempo para sentarse.

—¿Qué se propone...?

Y entonces lo asaltó el dolor, todavía más atroz que el sufrido en el jardín. Arqueó la espalda al notar que le arrancaban algo con la misma violencia que si usaran tenazas. Con la misma rapidez con la que había llegado, el tormento desapareció, pero a Ekon todavía se le saltaban las lágrimas.

—Lo peor ya ha pasado —dijo Themba—. Te sentirás mejor por la mañana. Ahora vamos a proporcionarte sustento.

Ekon intentó mantener los ojos abiertos mientras ella se encaminaba a un rincón de la estancia, pero estaba perdiendo la batalla. Intentó moverse y un gemido escapó de sus labios. La anciana tenía razón; lo peor sin duda había pasado, aunque aún le dolía todo el cuerpo. No supo cuánto tiempo había transcurrido antes de que abriera los ojos y viera a Themba de nuevo plantada ante él. Esta vez, sostenía una pequeña calabaza llena de agua.

—Bebe.

Su cuerpo reaccionó antes de que su mente lo hiciera, y bebió varios tragos con ansia. La mujer lo observó sin pronunciar palabra hasta que terminó.

—¿Qué tal te encuentras ahora? —le preguntó con voz queda.

—Mejor —reconoció Ekon.

—Bien.

El chico titubeó y luego le devolvió la calabaza.

—Gracias —dijo al cabo de un momento—. Por ayudarme.

Themba inclinó la cabeza.

—¿Cómo lo ha hecho? —preguntó—. ¿Cómo me ha quitado el dolor?

Themba esbozó una sombra de sonrisa.

—Digamos que tengo... un don.

Dobló los dedos y un tenue resplandor bailó entre ellos.

Ekon se incorporó.

—¿Es usted... una daraja?

—Muy listo, jovencito.

—Pero yo pensaba... —La mirada de Ekon se desplazó a sus propias manos—. El hermano Ugo.... Pensaba que los darajas habían desaparecido.

—Muchos sí —respondió Themba con tristeza—. Pero no todos.

Ekon cerró los ojos y negó con la cabeza mientras trataba de unir las piezas mentalmente para sacar conclusiones lógicas. Pasado un momento, los abrió y miró a la anciana a los ojos.

—¿Cuántos hay? —quiso saber—. O sea, darajas.

—No lo sé —dijo Themba—. Hace años que no me relaciono con otros darajas.

—¿Por qué?

—Porque estoy escondida. —Alejándose de él, se agachó para rellenar la lámpara de aceite—. Durante muchos años, esta ciudad no ha sido segura para los míos. Me temo que sigue sin serlo.

Con un rictus de dolor, Ekon bajó las piernas del camastro.

—No puedo quedarme —declaró—. Tengo que irme.

Themba enarcó una ceja gris.

—Recuéstate, hijo.

—Usted no lo entiende... —Ekon se obligó a ponerse en pie, haciendo caso omiso de las estrellas que, una vez más, flotaron ante él—. Tengo que ayudar a mi amiga. Ella también es una daraja y se la han llevado...

—Soy consciente de los problemas que tiene Koffi.

Ekon se quedó de piedra, ya sin acordarse de las estrellas que le empañaban la vista.

—Usted... ¿Usted conoce a Koffi? ¿Alguna vez ha hablado con ella?

—En dos ocasiones, aunque ella solo recordará la segunda. —La mirada de Themba proyectaba una tristeza palpable—. La vez anterior, Koffi era un bebé.

Ekon la miró fijamente, desconcertado.

—No lo entiendo. Koffi se enteró hace muy poco de que era una daraja. ¿Cómo es posible que usted lo supiera?

—Porque la conozco desde hace mucho tiempo —fue la respuesta de Themba—. Aunque ella no me conozca a mí. Aunque no se le permitiera conocerme.

—Pero...

Poniéndose en pie, Themba lo hizo callar con un gesto de la mano, pero su expresión no era de irritación.

—Descansa, hijo. —Cruzó la sala y empujó a Ekon con suavidad de vuelta al camastro—. Ahora lo más importante es que te recuperes.

Vista de cerca, la mujer le sonaba de algo, aunque Ekon no fue capaz de identificar el parecido mientras se dejaba caer en los sacos.

—Tengo que encontrar a Koffi...

—Duerme —insistió ella—. Mañana, cuando te hayas recuperado, crearemos un plan.

Ekon tenía los ojos cerrados y las palabras se iban apagando. Themba habló en voz tan baja que Ekon no estaba seguro de haber oído lo que murmuró para sí.

—Y después partiremos en busca de mi nieta.

Nota de la autora

En mayo de 2015, mientras estaba sentada en mi habitación rodeada de cajas de mudanza, empecé a escribir un relato que —muchos años más tarde— se convertiría en la versión de *Predadores y presas* que la mayoría conoce en la actualidad. El relato ha evolucionado de manera significativa con el paso del tiempo, y la idea vaga y ambiciosa que era al principio acabó por convertirse en una novela de fantasía con cara y ojos, rebosante de toda la parafernalia que me encantaba y anhelaba ver en la literatura para jóvenes adultos. Mientras escribía y revisaba la historia a lo largo de los años, llegó a ser algo más que un medio para expresar mi creatividad; también devino en una forma de catarsis, una oportunidad de explorar, reivindicar y honrar un legado que fue borrado del mapa con violencia como consecuencia de la esclavitud transatlántica.

Me refiero a *Predadores y presas* como fantasía panafricana porque, si bien Eshōza es un lugar imaginario, buena parte de sus influencias e inspiración proceden de un continente muy real: el africano. La decisión de no ubicar la trama en una región concreta de África fue meditada; como mujer negra estadounidense, lo cierto es que nunca sabré con exactitud —ni siquiera de manera aproximada— dónde nacieron y prosperaron mis antepasados antes de su captura, de modo que la historia es un homenaje a la cultura, las leyendas y la tradición de distintas regiones del continente. También explora el fenómeno de ser el resultado de una diáspora forzada. Si están familiarizados con África y los estudios afroamericanos, tal vez captarán algunas de las referencias, unas más sutiles y otras más evidentes, que aparecen en las páginas de la novela, pero me siento en la obligación de aclararlas para despejar las dudas de aquellos que puedan formularse preguntas al respecto.

Un personaje importante, a pesar de sus limitadas apariciones en *Predadores y presas*, es un renombrado naturalista llamado Satao Nkrumah. Si bien no está inspirado en ninguna persona real, debe su nombre a dos figuras distintas. La primera es Kwame Nkrumah (1909-1972), que fue un destacado erudito ghanés y un líder político considerado a menudo el padre del panafricanismo, la ideología que promueve la unidad entre los afrodescendientes. El nombre de Satao procede, por qué no decirlo, de un elefante. Las personas que me conocen saben que siento debilidad por los elefantes. *Satao el Elefante* (1968-2014) fue un majestuoso animal keniano conocido por sus singulares colmillos, tan largos que casi rozaban el suelo. En mayo de 2014 fue torturado y asesinado a manos de cazadores furtivos en busca de marfil en un golpe devastador a la conservación de la vida salvaje en África oriental. En consecuencia, Satao Nkrumah lleva el nombre de un revolucionario y de un hermoso elefante.

Abundan los guiños a los anticolonialistas y a los líderes políticos panafricanos a lo largo del libro. Era importante para mí que Ekon —un joven negro que adora los libros— no solo estuviera rodeado de eruditos, sino de eruditos que tuvieran su mismo aspecto. La historia ha marginado, «otreado» y subestimado la erudición, la literatura y la historia negras a lo largo del tiempo; por decirlo de manera sencilla, quería que Ekon habitara un mundo en el que la excelencia negra se preservara y se enalteciera, y así lo sugieren escenarios como la biblioteca del Templo de Lkossa. Advertirán que varios de los maestros del templo donde vive Ekon llevan el nombre de aclamados líderes políticos y revolucionarios negros, como Nnamdi «Zik» Azikiwe —el primer presidente de Nigeria—, Julius Nyerere —el primer presidente de Tanganica, que corresponde a la actual Tanzania—, Jomo Kenyatta —el primer presidente de Kenia—, Patrice Lumumba —el primero en ocupar el cargo de primer ministro en la República Democrática del Congo independiente— y Marcus Garvey —el fundador de la Asociación Universal del Desarrollo Negro y la Liga de Comunidades Africanas.

La lengua zamani que aparece a lo largo de *Predadores y presas* está basada en el suajili, una lengua que hablan alrededor de once millones de personas en la actualidad, principalmente en África oriental. Debo aclarar que yo no hablo suajili con soltura, pero lo he escogido como base del zamani porque siempre me ha parecido una lengua hermosa, de la que procede mi nombre: Ayana. Los lectores que hablen árabe tal vez adviertan que algunas palabras se parecen o son idénticas a los mismos términos en esta lengua; se debe porque después de años de comercio e intercambio cultural, el suajili ha evolucionado y ha adoptado algunas palabras árabes. Si bien en cierto momento me planteé la idea de usar en *Predadores y presas* una lengua construida o *conlang*, al final decidí que hacerlo sería una forma de otredad. En mi juventud, descubría a menudo lenguas de fantasía basadas en el continente europeo, pero nunca había encontrado ninguna inspirada en el continente africano, y quería cambiar eso.

Los seres mitológicos y monstruos de esta historia están extraídos —en su mayoría— de la tradición del continente africano, y fueron uno de los aspectos del libro que más disfruté mientras lo escribía. Aunque los jokomotos no proceden de ninguna leyenda —no fui capaz de encontrar ningún ser legendario que se ajustase a la descripción que necesitaba—, el resto pertenece a la mitología tradicional. Lo que dice Ekon en cierto momento sobre los grootslangs es cierto: proceden de la mitología sudafricana, según la cual los dioses dividieron a los grootslangs en dos animales distintos —elefantes y serpientes— para que no fueran tan espeluznantes.

Los biloko (el plural de «eloko») aparecen en la mitología del pueblo mongo de la República Democrática del Congo, en África Central. Según la tradición mongo, son seres malvados de pequeño tamaño que viven en las espesuras de las selvas y los bosques húmedos tropicales. Cuenta la leyenda que adoptan la forma de niños inocentes, llevan campanillas que pueden usar para hechizar a los incautos, y que su apetito por la carne y los huesos humanos es insaciable. En los cuentos tradicionales, los biloko engañan a menudo a mujeres «tontas». En *Predadores y presas*, quise subvertir el tópico y que fuera Ekon el que cae en la trampa del eloko.

Los yumbos proceden del pueblo wólof de Senegal, en África occidental. Los orígenes de este ser mitológico no están claros, y los estudios apuntan a que podría haber evolucionado a partir de la invasión europea del África occidental, pero en general se los describe como una especie de seres feéricos que bailan a la luz de la luna y adoran celebrar banquetes por todo lo alto. Quise incluirlos en *Predadores y presas* porque me parecen adorables y también porque quería que al menos uno de los seres con los que se topan Koffi y Ekon en la Selva Mayor fuera amistoso.

El árbol umdhlebi (a veces escrito «umdhlebe») es otro producto de la tradición zulú de Sudáfrica y se conoce como «el árbol del hombre muerto» en la vida real. Su nombre en latín es *Euphorbia cupularis* y, si bien no se considera tóxico ni venenoso en la actualidad, los relatos orales sobre sus poderes son aterradores.

Los seis dioses de Eshōza no están extraídos de ninguna tradición, y la religión de la que proceden pertenece a la ficción. Aunque el continente africano rebosa religiones hermosas y fascinantes —incluidas adaptaciones del islam, el cristianismo y otras de ámbito más local—, no me pareció adecuado emplear una religión que las personas profesan y practican en una novela de fantasía.

Los yaba y los gede no son pueblos reales, pero representan una pequeña fracción de las diversas etnias que a menudo comparten espacio en todos los países y regiones de África. Aunque muchas de esas personas podrían parecer —a ojos de un foráneo— tener un mismo fenotipo, a menudo hablan lenguas distintas, profesan religiones diferentes y en ocasiones ni siquiera se llevan bien.

En *Predadores y presas* hay un capítulo llamado «La mamba y la mangosta» que se convirtió en uno de los más divertidos de escribir por su base real. De hecho, la mamba negra es una de las serpientes más letales del mundo; su veneno puede matar a un adulto en quince minutos aproximadamente y, cuando alguien muere por su mordedura, se debe casi a que no recibe ayuda médica a tiempo. También es cierto que la mangosta es el enemigo mortal de la mamba. Me fascinó descubrir que las células de las mangostas han evolucionado de tal modo que son relativamente inmunes al veneno de la mamba, lo que, unido a su increíble rapidez, las convierte en un poderoso rival de la serpiente. Observar la lucha entre las dos es una de las maravillas de la naturaleza.

Para terminar, la historia del Shetani —que significa «demonio» en suajili— está inspirada en parte en un hecho real que tuvo lugar en Kenia entre marzo y diciembre de 1898. Sucedió que, durante varios meses, dos leones de la misma familia acecharon y mataron sistemáticamente a los trabajadores de la construcción del ferrocarril que tenía que unir Kenia con Uganda. Lo llamativo no era la presencia de leones en la zona de Tsavo, sino la conducta de estos dos leones en particular —los leones macho no suelen cazar, y desde luego no lo hacen en pareja—. Hubo tantas muertes que el ferrocarril corrió peligro de quedar a medias. Al final localizaron y abatieron a la pareja de leones —apodados *Fantasma* y *Oscuridad*—, pero el misterio de los motivos que los empujaron a cazar seres humanos sigue sin resolver, más de un siglo después.

Agradecimientos

Predadores y presas, como me refiero a la novela cariñosamente, es la expresión creativa de la que estoy más orgullosa hasta la fecha, una confluencia de deseos y esperanzas hecha realidad. Hay muchísimas personas a las que me gustaría dar las gracias de corazón por ayudarme a materializar este sueño de diferentes maneras.

Vaya mi primer agradecimiento a mi agente literario y fiero defensor en el mundo editorial: el extraordinario Pete Knapp. Pete, lo que haces a diario por el mundo de la literatura infantil es pura magia. Gracias por creer en esta historia de todo corazón y por creer en mí. Gracias por responder a cada una de mis preguntas, por convertir *RuPaul's Drag Race* en una importante lección de crecimiento y por recordarme que nunca tenga miedo de pedir la luna. Un sincero agradecimiento también a Emily Sweet, Andrea Mai y el fabuloso equipo de Park & Fine.

Mi segundo agradecimiento es para mi sensacional editora, Stacey Barney. Stacey, desde el principio acompañaste a *Predadores y presas* por el mundo editorial con sumo cuidado y sé que soy mejor escritora gracias a tu sagaz ojo editorial —hablando de ojos, tenías razón; ¡había demasiados!—. Gracias por ser un espíritu afín en este viaje y por nuestros apasionados debates sobre procesadores de alimentos y T-Pain. Por encima de todo, gracias por no «dejarme salir de casa enseñando la combinación». (¡Me acordé!)

Predadores y presas no sería el libro que es sin el increíble equipo de Penguin Young Readers y G. P. Putman's Sons Books for Young Readers, que demostraron tanto amor y entusiasmo desde el principio. Gracias de corazón, sin un orden especial, a Jennifer Loja, Jennifer Klonsky, Felicia Frazier, Emily Romero, Kim Ryan, Shanta Newlin, Carmela Iaria, Alex Garber, Venessa Carson, Summer Ogata, Lathea Mondesir, Olivia Russo, Ashley Spruill, Cindy Howle, Caitlin Tutterow, Shannon Span, Bezi Yohannes, James Akinaka y, cómo no, a Felicity Vallence —*¡Aussie! ¡Aussie! ¡Aussie!*—. Espero de corazón que esta historia les llene a todos de orgullo.

Un inmenso agradecimiento a Ruth Bennett, Natalie Doherty y Asmaa Isse de Penguin Random House en el Reino Unido, por llevar *Predadores y presas* «al otro lado del charco» y acercarlo a nuevos lectores del Reino Unido y toda la Commonwealth. Me llena de alegría saber que mi libro estará en hogares de países que yo nunca he visitado.

Muchas gracias a mi dinámica agente del sector cinematográfico, Berni Barta, por impulsar este libro en la industria del cine con pasión y fervor tan genuinos.

Vaya mi infinito agradecimiento a Theresa Evangelista, la genial mente que transformó el desordenado documento de mi portátil en algo tan hermoso. Theresa, gracias por tu cariño, visión y talento. Doy las gracias a Marikka Tamura por dar vida a las páginas de este libro con un diseño tan cuidadoso y bien presentado. Mi más sincero agradecimiento asimismo a Virginia Allyn por los maravillosos mapas dibujados a mano que aparecen al principio del libro.

Estoy en deuda muy especialmente con Chandra Wohleber, que seguramente —sin duda— me ha librado del ridículo un montón de veces mientras corregía el libro. Gracias, Chandra.

Deseo nombrar a un grupo de personas que me han brindado su amistad durante la aventura que supuso la publicación de *Predadores y presas*. En ellos he encontrado compañeros críticos, confidentes y una red de apoyo irreemplazable sin la cual no habría llegado al final. Gracias a Lauren Blackwood, Lane Clarke, Natalie Crown, Alechia Dow, J. Elle, N. T. Poindexter, Emily Thiede y Amélie Wen Zhao. Un agradecimiento especial a Maiya Ibrahim, que ha leído *Predadores y presas* más veces que nadie y se ha portado como una verdadera amiga.

A Roshani Chokshi, mi leal Virgilio en este viaje: cuánto me alegro de que el universo nos haya reunido en mitad de una pandemia. Decir «gracias» no basta para expresar hasta qué punto me siento agradecida por todo lo que eres, pero te agradezco igualmente los consejos, el apoyo incansable y el aviso de que «esconda siempre los colmillos para que nunca vean venir el bocado».

Muchas gracias a los autores de mis novelas favoritas. Algunas de sus obras han cambiado mi vida, y unas cuantas han sido tan amables de responder y dar ánimos a una escritora en ciernes muerta de nervios y con muchas preguntas: Sabaa Tahir, Renée Ahdieh, Leigh Bardugo, Shelby Mahurin, Brigid Kemmerer, Adalyn Grace, Kate Johnston, Samantha Shannon y Shannon «S. A.» Chakraborty.

No habría llegado a esta meta sin el apoyo de tantos amigos de la comunidad de escritores online: Daniel Aleman, Veronica Bane, Rena Barron, TJ Benton, Kat Cho, Becca Coffindaffer, Tracy Deonn, Brenda Drake, Ryan Douglass, Sarah Nicolas, Kellye Garrett, Stephanie Jones, Allie Levick, Lori

Lee, Taj McCoy, Cass Newbould, Molly Night, Claribel Ortega, Tóla Okogwu, Tómi Oyemakinde, Jamar Perry, Ryan Ramkelawan, Irene Reed, Jesse Sutanto, Jeida Storey, Brandon Wallace, Catherine Adel West y Margot Wood. Gracias a los blogueros, críticos de libros, bibliotecarios, libreros y educadores que han apoyado e impulsado este libro desde el comienzo. Vaya otro inmenso agradecimiento a los *influencers* y artistas negros que me dieron su apoyo en los medios sociales cuando *Predadores y presas* salió publicado; vuestras voces son inmensamente poderosas.

A Corey y a Ashley, gracias por cada una de las aventuras, buenas, malas y de las otras. Les agradezco su amor y apoyo, y que sean la razón por la que quiero hacer el bien en el mundo. Deseo que se cumpla cada uno de sus sueños y que yo esté aquí para verlo.

A mi madre y a mi padre, gracias por la Casa Amarilla, por el circo, por seguir trenzándome el pelo tenga la edad que tenga, y por los macarrones con queso y el pastel de camote que siempre saben a casa. Muchas gracias por dejarme sacar de la biblioteca todos los libros que pudiera cargar y por fingir que no se daban cuenta cuando seguía escribiendo debajo del edredón después de que me mandaran a la cama. Os agradezco que me enseñaran a no rendirme y a ser bondadosa. Los quiero mucho.

A la abuela Elezora, la abuela Geri y el abuelo Roland, gracias por su amor y por darme pequeñas partes suyas que han hecho de mí la persona que soy. Al abuelo George, la abuela D. y a mi querido abuelo Aston: siento que no estuvieran aquí para ver este momento, pero espero que se sientan orgullosos de mí. Lo añoro muchísimo todo el tiempo.

A mis numerosas tías, tíos y primos, muchas gracias por educarme, por alentarme y por regar una pequeña flor para que pudiera crecer. Doy gracias también a mi familia australiana por recordarme que se me quiere en todo el mundo. A Paul, Gail, Matt, Natalie, Brett, Michael, Tarek, Huda, Medina y Latifa: *mahalo nui!*

A la tía Meredith y a la tía Rhonda: les agradezco tantas risas y momentos preciosos, y por recordarme que Dios no me hizo temerosa.

A mis mejores amigas de siempre, Adrie y Robyn: son irreemplazables. Gracias por estar ahí siempre y por haberme concedido una hermosa amistad que abarca décadas y continentes. He aprendido a ser mejor con ustedes y gracias a ustedes.

He tenido la suerte de contar con infinidad de amigos y mentores que me han demostrado una bondad infinita. Mi agradecimiento a Bates, Bricker, Brumett, Jarret, Billie, Akshay, KI Fall'12, Daniel, Katie y Sterling, Chris, Kim, Michelle, Kris, Alison, Stacey, Joan, Mackenzie, Ronetta Francis, Erin Hodge, Jon Cannon, doctora Angela Mosley Monts, doctora Janine Parrsy, doctor Calvin White (hijo), señor William «Bill» Topich, señora Megan Abbott, decano Todd Shields y muy especialmente al doctor Jeff «Jefe» Ryan de la clase Polvios 2013, que cambió mi vida.

Y a mi Pudin: has estado a mi lado en cada paso del camino, incluidos los momentos difíciles, cuando nos separaron muchos kilómetros durante un año entero. Tu inmenso amor y la fe inquebrantable que tienes en mí no conocen límites; qué honor llamarte mío y llamarme tuya. Vivan los viajes al Outback, las meriendas en el acantilado, un banco en un parque de Nueva Orleans y una playa en Hawái. Nuestra historia es mi favorita por encima de todas.